Speilet

Boktittel: Speilet
Forfatter: Arve Strøm-Erichsen
Utgave og år: Første utgave, 2024
Opphavsrett: © 2024 Arve Strøm-Erichsen
Skrifttype: Bona Nova
Omslagsdesign: Marta Dec, BOLDbooks
Forlag: BoD · Books on Demand, Oslo, Norge

ISBN: 978-82-845-1079-8

Trykk: Libri Plureos GmbH, Hamburg, Tyskland

Speilet

ARVE STRØM-ERICHSEN

Jan

1

Da Jan omsider fikk øye på bilen tre hundre meter unna, var han så nedkjølt av regn og vind at han knapt klarte å fote seg. Turen tilbake hadde vært lang og strabasiøs. Da han startet fem timer tidligere, var himmelen lettskyet med rikelig solskinn. Til tross for at det var sent i september, varmet solen fremdeles godt. Han hadde forsøkt å holde et høyt tempo. Med unntak av de siste to-tre kilometerne, var det stigning hele veien. I tillegg til klær, niste og en termos med kaffe, lå det tolv ryper i sekken, og den ekstra vekten bidro til at han ble god og svett.

Etter om lag tre timer hadde været begynt å forverre seg. I begynnelsen trodde Jan at det bare ville blåse litt opp, men etter en stund begynte det å sludde. Selv om han var i god form, merket han hvordan kreftene ebbet ut på grunn av nedkjølingen fra vinden og nedbøren. I sekken hadde han både en regntett anorakk og en ullgenser, men selvsagt hadde han vært for optimistisk. Det var fortsatt et par hundre meter igjen av stigningen, og han hadde derfor håpet at den fuktige nedbøren ville gå over til tørr snø om han bare kom seg litt høyere opp i terrenget. Men nei, sluddet ble til regn og før han rakk å ombestemme seg, var han gjennomvåt.

Da Jan endelig kom frem til bilen, skalv han så kraftig av kulden at han slet med å få tak i bilnøkkelen. Nøkkelen var festet i en liten sikkerhetskrok under lokket på sekken, og fingrene var så stive og numne at han ikke klarte å få den løs. Omtåket som han var, innså han plutselig at det ikke var nødvendig. Med skjelvende hender trykket han på fjernåpneren. Han sukket høyt av lettelse da han hørte klikket fra dørlåsen da den åpnet seg. Han åpnet bakluken og la fra seg børsen og sekken. Så rev han raskt av seg klærne på overkroppen og trakk en langermet ullundertrøye ut av en plastpose fra sekken. Det var bra at han hadde lært seg å pakke skikkelig, slik at han kunne skifte til tørre klær. Det skulle tatt seg ut om han kom tilbake til bilen med sekken full av våte klær.

Jan fikk på seg den tørre undertrøyen, og trakk deretter en flanellskjorte, som han hadde lagt igjen i bilen, over hodet. De våte klærne hev han fra seg i baksetet. Til slutt tok han på seg ytterjakken, som han hadde lagt i førersetet, og satte seg inn bak rattet. Den gjennomvåte jakthatten han hadde på seg, la han på passasjersetet.

Jan trakk pusten dypt, og med et høyt sukk, startet han bilen. Det var en lettelse å høre motoren ruse opp. Med skjelvende fingre skrudde han varmen på «High». Han lente seg bakover i setet for å vente på varmen som snart ville komme.

Fire dager tidligere hadde Jan ankommet den avtalte møteplassen. Det var tredje året på rad at de skulle jakte i Vest-Jotunheimen. Ole Johan hadde en bekjent som leide et stort jaktterreng i nærheten av Skogadalsbøen. Siden han og resten av jaktlaget bare var interessert i storvilt, hadde Ole Johan ordnet det slik at han selv, Arvid og Jan kunne jakte på rype i det samme området.

Da han kom frem til møteplassen, var Ole Johan og Arvid allerede der. De hadde parkert bilene sine på en liten, flat slette like ved veien, noen hundre meter fra Sognefjellshytta. Været var ganske godt, med blå himmelflekker mellom hvite skyer, en lett bris, og et par minusgrader i luften. Jan parkerte bilen sin ved siden av de to andre, men på en måte som sikret at han ikke ville bli blokkert hvis andre ønsket å parkere der.

De var enige om å komme seg raskt av gårde, siden turen til Skogadalsbøen, der de skulle overnatte, ville ta flere timer. Skogadalsbøen var en privat fjellstue. Jan og søsteren hans, Fride, hadde vært der en påske sammen med onkelen deres da Jan var tenåring.

Jan hadde sett frem til dette lenge. For tredje året på rad skulle de jakte i det samme området, og de to forrige årene hadde bydd på fantastiske opplevelser. Selv om det å jakte i et så utfordrende og ulent fjellterreng var krevende, oppveiet de unike naturopplevelsene for strevet. Landskapet var spesielt betagende på denne tiden av året, preget av levende høstfarger. Det faktum at det vanligvis var rikelig med ryper i området, gjorde bare opplevelsen enda bedre.

Jan åpnet bakluken på Land Cruiseren. Bak i bilen lå Jala i et hundebur. Jala, en irsk setter, var Jan sin jakthund og gode turkamerat. Han hadde overtatt henne da hun var fire år gammel, etter å ha møtt en gammel skolekamerat, Rolf, som ønsket å omplassere henne fordi han mente hun ikke var god nok som jakthund. Jan hadde lenge ønsket seg en hund, men hadde ikke følt seg i stand til å oppdra en valp på grunn av jobbsituasjonen. Rolfs hund var imidlertid voksen og vant til å være alene hjemme. De avtalte at han skulle ha Jala hjemme hos seg en helg for å se hvordan de kom overens.

At Rolf kunne gi fra seg en slik flott hund var mer enn Jan kunne forstå. I løpet av helgen var saken klar, Jan ville beholde Jala.

Da alle tre var klare, la de i vei. Arvid ledet an, fulgt av Jan med Jala, og til slutt Ole Johan som også hadde med seg sin jakthund. Candy, var en engelsk setter med lys pels og sorte tegninger, også hun en tispe, omtrent på samme størrelse som Jala.

Vegetasjonen hadde allerede kledt seg i sin mest fantastiske høstprakt, brun, brungul, oransje og rød. En hund som tok stand flere hundre meter unna, var omtrent umulig å oppdage. De oransje dekslene på hundene var derfor til stor hjelp.

Etter at de hadde gått litt over en halv time, slapp de hundene fri. De løp av gårde mens halene pisket ivrig fra side til side. Jan la merke til at Jala begynte å trekke vestover i terrenget, bort fra stien de fulgte. Han vurderte derfor om han skulle kalle Jala tilbake, slik at gruppen kunne holde seg samlet. Men Arvid og Ole Johan hadde fortsatt videre langs den merkede stien og var allerede et godt stykke foran Jan. Ettersom alle tre var utstyrt med kart og kompass, var det derfor ikke krise om de fulgte litt forskjellige ruter. Jan tok derfor opp mobiltelefonen og ringte Ole Johan.

«Hvis dere ikke ser meg innen en time, må dere vente på meg», forklarte han og beskrev hvor han ville gå.

Jala hadde allerede forsvunnet mellom steinene som lå i mengder innover, etterlatt av isbreer som hadde skurt gjennom landskapet for tusenvis av år siden. Av og til fikk Jan et glimt av henne idet hun hoppet ivrig fra den ene steinen til den andre. Han var bekymret for at Jala skulle skade seg, da det var lett å falle ned i en sprekk eller et hull, og han begynte å angre på at han hadde begitt seg såpass langt fra stien.

Da Jan omsider nådde rundt på den andre siden av høydedraget, ble det endelig slutt på de store steinene. Til høyre for han stupte en elv ned i ville kaskader fra en bratt fjellside. Der han ikke trådte på nakent fjell, var bakken dekket av irrgrønt gress. Terrenget skrånet markant nedover, men flatet ut i store avsatser eller trinn. På en av avsatsene lenger nede fikk han øye på Jala, delvis skjult bak et par store steiner. Det var noe hun var veldig oppslukt av. Hadde hun funnet fugl?

Da Jan kom nærmere stedet der Jala sirklet rundt, så han hva det var. Bak den ene steinen lå en død sau. I solvarmen hadde buken svellet opp som en ballong, og beina sprikte ut i luften. Hodet på sauen hadde store merker etter bitt. Litt lenger nede lå to store lam, drept på samme måte. Og enda lenger nede oppdaget Jan nok en sau og et lam til. Det var blod overalt på bakken. Det ene lammet var brutalt åpnet i buken, mens de andre, til tross for bittmerkene i hodet, var stort sett hele. Alt tydet på at de var drept av jerv.

Da de kom frem til Skogadalsbøen var klokken nærmere syv om kvelden. Siden de hadde hunder med, måtte de overnatte i et anneks som lå like nedenfor selve hovedhuset. Storviltlaget hadde ankommet et par dager tidligere, og hadde rett før de tre kom, felt en toårs gammel elgkalv i terrenget ovenfor Skogadalsbøen. De hadde flådd dyret på stedet, og uten innvoller klarte de å dra det ned til turisthytten ved å binde et kraftig tau rundt bakbeina. Skrotten hadde de hengt opp inne i et lite stabbur. Selv om elgen bare var to år gammel, var Jan imponert over størrelsen.

«Dere må bli med på middagen», oppfordret Tommy på storviltlaget. «Det er tradisjon å spise hjertet til den første elgen som blir felt.»

Klokken slo åtte og det var dekket opp tre langbord. Det hadde tydeligvis kommet flere andre gjester, både vanlige fotturister og lokale folk fra bygden. Ved bordenden så Jan at Tommy bar frem et stort fat. Han plasserte det på bordet og ba folk forsyne seg. Da turen kom til Jan, forsto han at det var elghjertet som ble servert i tykke skiver.

Jan syntes det så ut som en slags svamp. Han visste dette var høytid for storviltlaget og at han derfor ikke kunne la være å smake på det. Han var nær ved å spytte det ut, men grep etter drammen som han hadde bestilt og skylte munnfullen raskt ned, til stor latter fra alle på jaktlaget som fulgte nøye med.

Etter middagen, da folk hadde satt seg ved de forskjellige småbordene rundt om for å avslutte kvelden, kom det en mann bort til bordet der Jan og de to andre hadde satt seg. Den fremmede presenterte seg som Ola Øvregard. Han fortalte at han lette etter noen bortkommende sauer, og spurte om de sett noen på veien ned fra Sognefjellshytta. Jan fortalte om de døde sauene han hadde sett, og hvor han hadde kommet over dem.

Dagen etter la Jan merke til at Jala ikke oppførte seg helt som vanlig, hun virket stiv i beina, og haltet litt på venstre forfot.

«Jeg tror jeg må la Jala ligge her i dag», forklarte Jan de to andre, «hun har sår på potene. Jeg skal smøre de inn med potesalve og tar på henne noen sokker. Jeg håper hun blir bedre hvis hun får hvile seg her i dag. Vi må klare oss med Candy.»

«Hva er det som her skjedd?» spurte Ole Johan.

«Gnagsår! Det skjedde nok da vi gikk ned der vi fant de døde sauene», svarte Jan. «Terrenget øverst var bare en sammenhengende steinur.»

«Er det greit at hun ligger alene på rommet hele dagen?» spurte Arvid.

«Ja, hun er vant til å ligge alene. Jeg sørger for at vannskålen er full, og at døren er lukket. Jeg skal snakke med de som jobber her.»

Det var ikke noe problem å la Jala bli igjen, hytteverten tilbød seg til og med å ta henne ut i løpet av dagen.

«Strålende, tusen takk», sa Jan takknemlig. «Da slipper jeg å bekymre meg for henne.»

«Har dere forresten fått med dere at det er meldt et voldsomt regnvær i dag?» spurte hytteverten. «Det er varslet flom.»

«Du verden, gjelder det her i området? Det er jo så bratt terreng her, så flom kan det vel ikke bli?»

«Absolutt, vi ligger midt i det verste nedslagsområdet. Med alle disse høye fjellene rundt oss, kan det raskt bli mye nedbør og kraftig vannføring i elvene.»

Jan fortalte om værvarslet til de to andre som ventet utenfor. Men de mente de var vant med all slags vær, i dette området kunne været gå fra regn til snø og fra stille og sol til full snøstorm på et øyeblikk.

De hadde planlagt å jakte på motsatt side av dalen. Selv om det ikke var mer enn omtrent en kilometer i luftlinje fra Skogadalsbøen, måtte de gå hele veien opp til Storebrua for å krysse elven, Utla. Nedenfor broen rant eleven i et dypt juv som det var umulig å passere.

Da de hadde krysset Storebrua og begynt å gå nedover på den andre siden, kom de første regndråpene. Litt senere passerte de en plass som het Vormell, og kom så til Kalvedøla, en liten elv som rant ned fra fjellet. Ved elvens smaleste punkt krysset de over en smal klopp laget av tre-fire planker festet med pæler i bakken.

Da de kom over på andre siden startet jakten. Terrenget var ujevnt og sidebratt, og nedbøren som hadde tiltatt gradvis, var nå blitt ganske kraftig. Tunge skyer og tett dis hang nedover fjellsiden og gjorde det umulig å se Ole Johan som var lenger oppe i fjellsiden der Candy hadde forsvunnet.

Arvid dukket opp bak bare ti-femten meter nedenfor Jan. Han hadde blikket vendt oppover i terrenget, og var ikke oppmerksom på det glatte fjellparti han var på vei mot, det falt bratt nedover. Før Jan rakk å rope for å advare han, skled Arvid. Han falt sidelengs ned på fjellet som om noen hadde nappet beina vekk under han, og idet han traff underlaget, slo børsen i bakken. Jan hørte et kraftig smell, og noen meter foran seg sprutet stein og jord opp. Etter en kort stund reiste Arvid seg, blek i ansiktet. Heldigvis hadde han ikke fått alvorlige skader, kun en sår albue og en øm skulder.

«I helvete, det var nære på! Hadde du ikke sikret børsen?» ropte Jan.

«Selvsagt hadde jeg det», svarte Arvid fortvilet og ristet energisk på hodet. «Slaget mot børsen må ha utløst skuddet likevel. Gikk det bra?»

«Ja, men hadde jeg vært én meter lenger frem, hadde jeg vært ille ute», svarte Jan.

Etter å ha gått videre i omtrent en halv time, ble regnværet så intenst at de knapt klarte å orientere seg. Ole Johan kom ned til de to andre, med Candy som diltet slukøret like bak han.

«Det er ikke noe poeng å jakte lenger, det blir ikke noe fugl i dette regnværet, uansett», sa Ole Johan.

Vannet strømmet ned fra fjellsiden. Bekker de tidligere ikke hadde lagt merke til, hadde vokst seg til store elver, og det som tidligere var elver, hadde blitt til ville stryk. Regnet fortsatte å strømme ned med en slik kraft at det nærmest føltes som om noen sto og helte bøtter med vann over dem. De ble enige om at det var om å gjøre å komme seg tilbake til Skogadalsbøen så fort som mulig.

«Dette er helt vilt», ropte Ole Johan da de begynte å gå, tydelig nervøs over hvor raskt været endret seg. Han hadde koblet Candy, slik at hun ikke skulle løpe ut i terrenget igjen. «Vi må komme oss tilbake før hele fjellsiden skyller ned over oss.»

De satte opp tempoet, det var ingen tid å miste. Jan tenkte på kloppen de måtte krysse. Det var det eneste stedet de kunne passere.

Da de nådde kloppen, sto den allerede delvis under vann, men ikke verre enn at de mente det lot seg gjøre å komme seg over den.

«Jeg går over først, ikke kom etter før dere ser hvordan det går med meg», sa Jan. «Jeg kan ta imot fra andre siden om det er nødvendig. La meg ta børsen din, Ole Johan, du trenger begge armene fri når du skal ta med deg Candy over kloppen.»

Jan grep børsen til Ole Johan og tok forsiktig noen skritt ut på de sleipe plankene. Først plasserte han den høyre foten forsiktig frem. Han kjente kraften fra vannet som slo mot støvlene. Midtveis på kloppen kjente Jan hvordan vannet tok kraftig tak i beina hans. Flere ganger skvulpet det over støvlekanten, og han kjente det iskalde vannet strømme ned i støvlene. Vannet presset seg mot beina med slik kraft at Jan måtte anstrenge seg for ikke å trå utenfor. Da han omsider hadde kommet seg velberget over, snudde han seg for å se etter de to andre.

Ole Johan var nestemann, han hadde Candy i kobbelet og forsøkte å få henne til å følge etter. Men Candy rikket seg ikke, hun nektet å gå ut i det strie elvevannet. Jan så at at Ole Johan ropte noe, men det var umulig å høre hva han sa. Ole Johan tok av seg sekken og ga den til Arvid. Deretter løftet han Candy opp i armene før han forsiktig satt den ene foten ut på kloppen. I løpet av den korte tiden siden Jan hadde krysset elven, hadde vannføringen økt enda mer, det var som om hele syndefloden hadde sluppet løs. Ole Johan skrittet videre, med den ene foten forsiktig foran den andre. Med Candy i armene var det vanskelig å se hvor han satte føttene, og Candy sprellet vilt i armene hans, hun var fra seg av skrekk. Midt utpå kloppen mistet Ole Johan fotfestet, det strie vannet presset foten med slik kraft at han tråkket utenfor. Han falt sideveis fremover. I et desperat forsøk på å unngå å falle i elven grep han instinktivt etter kloppen, men mistet grepet om Candy. Hun forsvant i elven med et høyt hyl.

Arvid sto igjen på den andre siden, med sin egen sekk på ryggen og Ole Johan sin hengende på brystet. Han sto som forstenet og stirret på det hele. Jan, som hadde lagt fra seg børsene og sin egen sekk, løp resolutt ut på kloppen. Candy dukket opp i de frådene vannmassene og ble dradd videre ut mot stryket. Virvlene i vannet førte henne imidlertid tilbake mot kloppen.

Uten å tenke seg om, hoppet Jan ut i elven mens han holdt seg fast i kloppen med høyre arm. Han kunne se redselen i øynene på hunden. Med venstre arm strakte han seg mot Candy, som panisk pisket med forbeina og forsøkte å svømme mot han. Idet Candy var i ferd med å bli dradd mot fossen, fikk Jan tak i jaktdekselet, men Candy ble dradd under overflaten igjen. Jan kjente at vekten fra hunden forsvant, dekselet hadde løsnet. Han slapp taket i kloppen for å strekke seg etter Candy, men strømmen tok tak i han også. Idet Jan kjente at han ble dradd ut mot stryket, fikk han øye på Arvid som sto på kloppen med en lang grein i hånden som han rakte mot han. I siste øyeblikk fikk Jan grepet tak i greinen.

Morgenen etter ville ikke Ole Johan være med på jakt, han ville ha en rolig dag på hytta for å slappe av, som han sa. Det var ikke mye de hadde klart å si til hverandre etter det som hadde skjedd. Ole Johan var fortvilet over tapet av Candy, hunden som betydde alt for han, og som han hadde trent opp fra hun var liten valp.

«Er valget mellom kona eller Candy, blir det Candy», pleide han spøkefullt å si.

De to andre bestemte seg for å ta Jala med opp i Skogadalen, slik at de slapp å ta den lange transportetappen til Storebrua igjen. Været hadde nok en gang skiftet, og solen strålte fra en skyfri himmel. Et lite stykke inn i dalen fant Jala fugl. Jan skjøt først en rype, og deretter lot han Arvid gå frem da Jala på nytt tok stand. Jala sto tålmodig og ventet. Da hun gikk frem for å reise fuglen, fløy en stegg opp, og like etter tre ryper til. Arvid traff den ene av de tre.

Etter et par timer sa Arvid at han hadde fått nok. Han var trett etter gårsdagens strabaser, og følte seg ikke bra i den forslåtte armen. Jan, som også hadde tenkt å avslutte jakten tidlig, bestemte seg på grunn av det fine været for å gå videre innover dalen.

Lenger inne åpnet terrenget seg opp. Jan var kommet en god del høyere og tregrensen var for lengst passert. Han hadde vanskelig for å konsentrere seg, mens han fulgte Jala med blikket der hun søkte rundt i terrenget. Tankene på gårsdagens opplevelser ville ikke slippe taket. Først var det vådeskuddet - hva om han hadde blitt truffet? Foten kunne ha røket, og han kunne ha blødd i hjel. Med det vanvittige regnværet og med det lave skydekket hadde det i alle fall ikke vært mulig å bli hentet av helikopter. Og Candy, som forsvant i fossen. De hadde forsøkt å lete et stykke langs stryket, men det var ikke mulig å komme seg videre nedover. Ole Johan hadde sagt at det uansett ikke var mye poeng i å finne en død hund. Det var like greit at hun fikk sin grav i villfjellet, blant alle rypene. Jan hadde følt døden puste han i nakken da han lå i elven, suget fra strømmen og draget mot fossen. Han kunne fortsatt kjenne dødsangsten fra øyeblikket han trodde han ble dratt ut i stryket.

Tanken på det som kunne ha skjedd fikk Jan til å tenke over livet han selv hadde levd, oppveksten, familien, venner og alt annet.

«Er det dette som kalles skjebnen?» undret han. «Hvor nært var jeg egentlig på å ende livet mitt her oppe i fjellene?»

Tankene veltet innover Jan.

Plutselig fikk han øye på Jala. Hun hadde tatt stand, stående rak og flott med forbeina på en liten stein, i silhuett mot den blå himmelen. Vakre, rødbrune Jala, uten bekymringer, bare til stede i øyeblikket. Jan betraktet Jala og de vakre omgivelsene. Fjellene reiste seg steilt mot den dype blå himmelen, dekket av et tynt snølag. De hvite toppene, den blå himmelen og de vakre høstfargene lenger ned i fjellsiden rammet Jala inn som i et vidunderlig maleri.

Plutselig forsvant solen bak skyene, for så å bryte gjennom igjen med en sterk stråle som traff Jan og Jala.

Jan sto der midt inne i det strålende lyset og betraktet alt det vakre rundt seg.

«Nå står Jala og jeg her på livets scene», tenkte han overveldet. Børsen var klar til skudd, men Jan senket den, han skjøv sikringen på plass. I samme øyeblikk lettet fire ryper to meter foran Jala, hvite som snø, de var allerede kledd i sin vinterdrakt. Steggen kaklet for å varsle de andre, og med raske vingeslag forsvant de innover den vakre dalen. Så ble det helt stille.

En merkelig følelse av lykke, men også dyp sorg, falt over Jan. En voldsom følelse av avmakt overveldet han med en slik kraft at han sank ned på kne. Jan la fra seg børsen, bøyde seg fremover og støtte seg med begge armene for ikke å segne helt sammen. Alle kreftene var borte. Tårene begynte å renne ukontrollert og Jan brast ut i en voldsom gråt. Jala som hørte han, snudde seg og kom bort. Først slikket hun ansiktet hans og deretter la hun seg ned ved siden av han. Da Jan omsider klarte å samle seg og fikk pusten tilbake, hvisket han stille.

«Hva har jeg gjort? Hva er det jeg har gjort!»

2

Jan løsnet håndbrekket og satte bilen i «Drive». Det skulle bli godt å komme seg hjem, men han hadde en lang kjøretur foran seg. Idet han skulle kjøre ut på veien, fikk han øye på den våte jakthatten han hadde lagt fra seg på passasjersetet. Han grep tak i den for å legge den ned på gulvet foran setet. Da han løftet den opp, fikk han øye på konvolutten han hadde tatt med fra Bergen.

Fem dager tidligere, da Jan gikk til bilen sin som sto i garasjeanlegget under blokken der han bodde., kikket han ned i postkassen som han ikke hadde åpnet på flere dager. Han åpnet den og tok opp det som lå der. Det var mest reklame, men også fire konvolutter. Tre av konvoluttene var åpenbart regninger, men på den fjerde konvolutten var navnet og adressen hans skrevet for hånd. Han kjente ikke igjen håndskriften og snudde konvolutten. Det var ingen avsender. Han la reklamen og regningene tilbake i postkassen. Siden han var sent ute, tok han med seg brevet uten å åpne det. Han regnet med at han ville stoppe et sted på veien og tenkte han kunne lese brevet da.

Men turen opp til møtestedet, som han beregnet ville ta nærmere fem timer, ble lang. Spesielt på strekningen ut av byen hadde det vært tettpakket med biler. Jan fikk derfor ikke tid til å stoppe underveis, han måtte kjøre direkte til møteplassen for å komme frem til avtalt tid. Brevet hadde derfor blitt liggende uåpnet på bilsetet.

Jan trådte inn bremsen og satte bilen i «Park». Han tok konvolutten opp og studerte skriften på nytt. Hvem i alle dager kunne det være fra? Han kunne ikke engang huske sist noen hadde sendt han et brev. Skulle han åpne det nå? Nei, det fikk vente til litt senere, til han fikk varmen i seg igjen. Jan la brevet tilbake på setet og kjørte ut på veien igjen. Veien buktet seg videre. Dis og tåke vekslet med klar himmel. Han ble nesten døsig av å kjøre i slikt vær, og det var vanskelig å konsentrere seg om kjøringen.

Tankene falt igjen tilbake på jakten.

Etter at han og Jala hadde kommet tilbake da han jaktet med Arvid i Skogadalen, hadde han gått ned til annekset for å legge fra seg jaktutstyret. Arvid og Ole Johan var ikke der, de hadde tydeligvis gått bort til hovedhuset allerede. Han fant dem inne i stuen.

«Hvordan går det med deg, Ole Johan?» spurte Jan.

Ole Johan forsøkte å smile, men klarte det ikke. Jan kunne se at han fremdeles ikke var tilbake til normalen etter tapet av hunden sin.

Jan tenkte på den følelsesmessige reaksjonen han hadde hatt i Skogadalen, men han fortalte ikke noe om det, selv om han fremdeles følte seg ganske uvel.

Da de litt senere satt og spiste middag, la Jan merke til at Ole Johan bare satt og pirket i maten. Til slutt sa Ole Johan at han kunne tenke seg å gå litt tidligere til sengs.

«Jeg er ikke helt i form», sa han stille.

Jan innså at han måtte finne på noe for å få Ole Johan på andre tanker. Ole Johan måtte ut på jakt igjen.

«Jeg drar i morgen, men hvis du vil, kan du få låne Jala de siste dagene dere er her?»

Ole Johan hadde sett på Jan, som om han nesten ikke trodde det han hørte. Jan lot vanligvis ikke noen få låne Jala.

«Mener du virkelig det?»

«Ja, visst. Det er veldig trist det med Candy, men om dere skal ha utbytte av de to dagene dere har igjen, trenger dere en jakthund.»

«Jan, ærlig talt, nå overrasker du», svarte Ole Johan etter en liten tenkepause. «Dette er ikke særlig likt deg. Hva er som går av deg?»

Endelig kunne Jan ane et lite smil fra Ole Johan. Han ville gjerne låne Jala. En liten stund senere sa Arvid at han var trøtt han også.

Da Arvid hadde gått, gikk Jan bort til kjøkkenet. Han ba om en øl og en akevitt. Jan var fremdeles forundret over det som hadde skjedd med han inne i Skogadalen, og han ville ha en stund for seg selv. I tillegg var en dram god å sove på.

Det var lørdag kveld og mange gjester var kommet til Skogadalsbøen i løpet av dagen. Foruten de fra storviltlaget, og vanlige fotturister, var det også kommet flere opp fra Årdal. Det viste seg at akkurat denne lørdagen, tredje lørdag i september, var en fast festdag på Skogadalsbøen. Folk i bygden visste at det var jegere på hytta og at det i tillegg kanskje var den siste helgen det var mulig å gå på fottur i fjellet. Snøen kom ofte på denne tiden av året og neste helg kunne det være helt gjensnødd. Uansett ville Skogadalsbøen bli stengt for sesongen om to uker, derfor hadde flere fra området omkring tatt turen dit.

Stemningen ble etter hvert ganske bra. En kar spilte trekkspill og flere danset mens andre sang. Jan hadde sittet og betraktet folk, det var hyggelig å se så mange glade mennesker. Han hadde lagt merke til tre kvinner som satt ved ett av bordene. De hadde kikket bort på han flere ganger. Bare de ikke kom for å engasjere han til dans, det var det verste han visste. Han hadde kunnet danse litt gammeldans for mange år siden, da han var sammen med Trude, men nå hadde han for lengst glemt mesteparten.

Den ene kvinnen reise seg og kom bort til Jan.

«Hei, jeg heter Nina, er du også på jakt her?» spurte hun smilende og satte seg ned.

«Ja, jeg er her med to andre», svarte Jan kort, han forsøkte å være hyggelig selv om han ikke hadde lyst til å snakke med noen akkurat nå.

«To andre? Er ikke dere mange flere jegere her, da?»

Hun nikket bort mot bordene hvor storviltlaget hadde benket seg.

«Jo, men det er ikke de jeg er sammen med. Vi er tre stykker som jakter på småvilt, på rype.»

«Hvor er de to andre, da?»

«De har nok køyet allerede, det har vært et par lange og strabasiøse dager.»

«Var det kanskje dere som hadde den hunden som forsvant i fossen?» spurte hun, nå alvorlig.

«Ja, dessverre, det var nok det.»

«Var det din hund?»

«Nei, heldigvis ikke, det var en av de andre sin. Jeg har hund med meg jeg også, men heldigvis var den ikke med på jakt i går. Den hadde fått noen gnagsår på potene så jeg lot den bli igjen her.»

«Du er ikke sammen med noen andre her, da?»

Hva mente hun med det?

«Nei, det er jeg ikke, det er bare oss tre.»

Jan var ganske ordknapp. Hva i alle dager skulle han si til en fremmed kvinne? Hun forsøkte tydeligvis å få i gang en konversasjon med han, men han var egentlig ikke interessert. Han hadde lyst til å sitte litt for seg selv, med tankene sine, før han ville gå og legge seg han også.

Men Nina hadde tydeligvis andre planer for kvelden.

«Du har ikke lyst til å bli med meg inn på rommet da, ta et glass vin?»

Jan, som var i ferd med å tømme ølglasset, fikk nesten innholdet i vrangstrupen. Hørte han riktig? Han stirret måpende på henne. Det var første gang han ble sjekket opp på den måten. Kvinnen som satt der, var opplagt en del yngre enn han. Tanken på det hun tydeligvis ville gjorde at Jan intuitivt kjente begjæret bruse frem i seg. Jan studerte henne. Ansiktet var litt pløsete, med flere røde flekker. Hun drakk eller røykte for mye, tenkte Jan. Følelsen av begjær som et øyeblikk hadde jaget frem i han, forsvant like brått som det hadde kommet.

«Nei, jeg beklager, men jeg tror ikke det.»

Jan forsøkte å være hyggelig, men klarte det ikke helt. Han lot blikket falle på den høyre hånden hennes, hun hadde en glatt gullring på ringfingeren.

Nina merket at Jan stirret på ringen, hun løftet hånden.

«Den er etter min mormor», stammet hun rødmende.

«Ja, besteforeldre er gode å ha til mangt de», svarte Jan syrlig, han kunne ikke la være å flire litt, da han sa det. Fornærmet reiste Nina seg og forsvant tilbake til de to andre.

Jan satte seg bedre til rette bak rattet. Varmluften fra bilen var endelig i ferd med å få kroppstemperaturen hans tilbake til normalen. Han smilte av tanken på at han hadde blitt sjekket opp. Hadde han kanskje vært for uvennlig? Kanskje Nina også var en ensom person, akkurat som han selv. For Jan måtte innrømme at han følte seg ensom, men det var vel et bevisst valg? Da Jannike forlot han, hadde han bestemt seg: Aldri mer. Han ville aldri knytte seg til noen igjen, bare for å bli skuffet og forlatt. Nei, det ville han ikke utsette seg for en gang til.

Jan hadde grublet mye på det, kanskje det var han som var problemet? For når han tenkte etter, måtte han innrømme at det aldri hadde vært lett for han verken å vise eller å snakke med andre om sine egne følelser. For eksempel den gangen han og Fride hadde sittet på kjøkkenet. Foreldrene hadde vært på en konsert i Grieghallen, noe de gjorde nesten hver eneste torsdag, og Fride hadde spurt om han ikke kunne ta seg en tur innom, siden det var så lenge siden de hadde sett hverandre. Vanligvis pleide han å komme med alle mulige slags unnskyldninger, men denne gangen hadde Jan hatt dårlig samvittighet og sagt ja.

De hadde sittet der med hver sin kaffekopp uten å snakke om så mye annet enn helt hverdagslige ting. Fride bodde fremdeles hjemme hos foreldrene den gangen. Etter videregående hadde hun hatt flere strøjobber, hun tok forberedende og planla å ta samfunnsfag. Men hun hadde problemer med rus. I perioder kunne hun være helt frisk, i neste øyeblikk bare forsvant hun og kunne være borte i flere dager uten at noen verken så eller hørte fra henne. Derfor ble det heller ikke noe av studiene.

Fride hadde smugtittet på Jan flere ganger. Jan kjente Fride så pass godt at han forsto når det var noe hun lurte på, eller når det var noe spesielt hun ville snakke med han om.

«Jan, er du noen gang redd?»

Jan hadde sett undrende på Fride.

«For å dø for eksempel?»

Fride stirret på Jan, det var noe spesielt med blikket hennes, hun virket nærmest engstelig.

«Redd for å dø? Nei, jeg tror da ikke det. Hvorfor skulle jeg være redd for det? Jeg er jo ikke syk eller noe sånt.»

«Men, er du aldri redd for at du plutselig kan dø? Det er ikke selvfølgelig at du lever i morgen bare fordi du lever i dag.»

«Men, det er vel ikke noe poeng i å gå rundt og være redd for å dø bare fordi det kan skje noe du ikke kan vite om på forhånd, er det?»

Han tok ikke det Fride sa alvorlig, alt kunne jo skje med en uten at det var noe å gå rundt å bekymre seg for.

«Jeg må si at jeg ofte misunner deg, Jan», fortsatt Fride, nærmest bebreidende, «du er alltid så selvsikker, og det virker som om du ikke lar noe gå inn på deg. Hvordan klarer du egentlig det?»

Jan visste ikke helt hva Fride ville frem til, eller hva han skulle svare.

«Jeg vet ikke, det er vel bare slik jeg er.»

«Men om du bare skyver alt fra deg, murer deg inne, blir du ikke ganske kald og ensom på den måten, da?»

«Hør nå her, det var du som spurte om jeg var redd for å dø», svarte Jan irritert, «og nå mener du at jeg er kald bare fordi jeg ikke kan svare deg skikkelig?»

«Nei, det er ikke det jeg mener. Kanskje jeg må omformulere meg. Er du noen gang redd for å leve, Jan?»

Jan stirret på Fride, han ble ganske overrumplet. Det spørsmålet var noe helt annet. Eller var det det?

«Redd for å dø eller redd for å leve», svarte Jan forundret. «Går ikke det omtrent ut på det samme?»

«Tar du livet ditt som en selvfølge, Jan?» fortsatt Fride pågående.

Fride stirret intenst på Jan, hun ville ikke slippe blikket hans. Gjorde han det? Satte han pris på livet sitt?

«At jeg tar livet som en selvfølge? Jeg har vel mine ups and downs jeg også, slik som alle andre. Selvsagt har jeg det.»

Blikket til Fride boret seg ubarmhjertig inn i han, hun lot han sitte der og vri seg. Jan følte at Fride forsøkte å se inn i han, inn i sjelen hans.

«Jeg vet ærlig talt ikke hva jeg skal svare deg, Fride», svarte han usikkert, han stirret forvirret på henne. «Men jeg tror ikke jeg tar livet som en selvfølge akkurat.»

Jan fikk ingen respons, Fride bare stirret utforskende på han.

Nå, mange år senere, forsto Jan hva den samtalen med Fride egentlig hadde handlet om. Fride hadde den gangen kjempet med avhengighet, i et desperat forsøk på å slippe unna sine egne demoner. Hun hadde prøvd å nå ut til ham, få han til å forstå hvor vondt hun hadde det. Det hun hadde spurt om var noe mye dypere enn bare frykten for døden. Hun ville vite hvordan man kunne finne mening i livet når alt føltes meningsløst. Hun var fanget i en ond sirkel av selvdestruksjon og frykt. Jan hadde ikke forstått det den gangen, og han kunne heller ikke svart henne selv om han hadde forstått det. Han måtte stille innrømme at han aldri, virkelig aldri, hadde tenkt gjennom det. Var livet han levde noe han verdsatte?

Fride hadde lett etter en måte å føle seg levende på, en måte å bryte fri fra seg selv. Jan skulle ønsket at han hadde forstått det. Kanskje kunne han ha hjulpet henne. Men den innsikten kom for sent.

Veien slynget seg fremover. Jan kjørte som han var på autopilot. Tankene på Fride gjorde at den merkelige følelsen av avmakt kom tilbake, den som han hadde følt så sterkt da han falt på kne inne i Skogadalen. Var han ulykkelig? Nei, det kunne han ikke si, men var han lykkelig? Det var han heller ikke. Men, hvis han verken var lykkelig eller ulykkelig, hva var han da? Gikk han virkelig bare rundt og passet på at han var sånn midt imellom, på lunken så å si? Ikke glad, men heller ikke trist. Han var selvsagt takknemlig for at han levde, men ville han egentlig kjenne etter hva han virkelig følte?

Kanskje klarte han ikke å fylle livet sitt med noe viktig fordi han var redd for å miste det igjen?

Et liv er ikke bare ment for å gjennomføres, det skal vel leves også. Og skal en leve et liv, må en tåle å både ha følelser og å vise følelser.

Var det kanskje det Jan selv hadde fått kjenne på der oppe i dalen? Han var fremdeles forundret over det han hadde sagt.

«Hva har jeg gjort!»

Hva i alle dager hadde han ment med det? Det måtte ha vært noe han hadde følt, noe ubevisst. Kanskje det ikke bare var det han hadde gjort, men like mye det han ikke hadde gjort, som fikk han til å si det han sa. Der, inne i fjellheimen, omgitt av den vakre og ville naturen, hadde han plutselig følt på seg selv, på sitt eget liv.

Denne plutselige forståelsen, dette innsynet i egne følelser, hadde slått han med en slik uventet kraft. Han hadde aldri før kjent en slik klarhet, en slik intens bevissthet om sitt eget liv. Det var som om naturen selv hadde tvunget han til å se innover, til å konfrontere det han hadde unngått så lenge.

I det korte øyeblikket hadde han forstått at han hadde levd livet sitt uten egentlig å leve det.

3

Jan nærmet seg Turtagrø og varmeapparatet i bilen var fortsatt på full styrke. Da han kjørte fra parkeringsplassen ved Sognefjellshytta, hadde duggen fra fuktigheten inne i bilen gjort det vanskelig å se ut gjennom frontruten. Etter hvert som varmen i bilen steg, forsvant duggen gradvis, og temperaturen i kroppen kom tilbake. Jan justerte varmen ned noen grader og satte seg bedre til rette i bilsetet. Veien buktet seg videre gjennom landskapet, enkelte svinger var litt skarpere slik at han måtte senke farten. Men stort sett var veien oversiktlig og sikten god.

Turen opp fra Skogadalsbøen hadde vært lang og anstrengende, og Jan var trett. Han kjente at han ble døsig. Selv om han ikke følte seg sulten, innså han at han burde ta seg en pause når han kom til Turtagrø.

Alenelivet hadde Jan for lengst vent seg til. Å knytte seg til en kvinne igjen, nei, det ville han absolutt ikke. Det var vel to år, nei, nærmere tre år nå, siden Jannike og han hadde gått fra hverandre. Jan smilte bittert. Selv før han traff Jannike hadde han stusset på om han hadde mistet lysten på kvinner. Ikke det at han hadde mistet potensen eller trodde at han var homo eller noe slikt, nei, overhodet ikke. Men det var et eller annet som skar seg hver eneste gang han var sammen med en kvinne. Det var akkurat som om de han var sammen med gikk lei av han etter en kort stund. Eller, ikke akkurat lei, det var vel kanskje mer det at han ble for kjedelig, for lite spennende på en måte. Det var i alle fall det Jan trodde skjedde, for egentlig var han vel en person som kom godt overens med de fleste. Han var kanskje ikke av den mest humørfylte typen, men sprek var han i alle fall, nærmest atletisk, og det appellerte til mange kvinner, det visste Jan godt. Det var nok ikke der problemet lå. Det var mer som om at i det øyeblikket han ble sammen med noen, så mistet de interessen for han. Det var slik han oppfattet det. Men Jan forsto ikke hvorfor. Var det det at han var for snill, eller for ettergivende? Måtte han liksom behandle kvinner likegyldig for at de skulle beholde interessen? Og når det kom til sex og slikt, var han for forsiktig på det området også? Gikk han for sakte frem, tok han for lite initiativ?

Da Jan var tenåring, var det ikke mangel på jenter han hadde vært sammen med. Han hadde alltid likt å kline og ta på brystene deres. Han hadde tidlig merket at jenter likte og ble ganske opphisset av det, slik han selv ble. Men han hadde alltid stoppet der, det var vanskeligere å få tak i kondomer da han var yngre. Å kjøpe noe slikt i butikken, der alle kunne se hva han ville, nei, det hadde han ikke hatt mot til. Det å ha samleie uten kondom, nei det torde han i alle fall ikke. Som yngre hadde Jan hørt de eldre guttene snakket om å «hoppe av i svingen». Det var risikabelt, forklarte de, og det var fort gjort å vente for lenge, slik at jenten ble gravid. Og noen av guttene, like før han ble tenåring, hadde til og med ment at en kunne bli steril av å hoppe av i svingen. Han ble derfor engstelig med tanke på å ligge med jenter, selv om han hadde hatt veldig lyst.
Jan måtte flire, han kom til å tenke på Ottar som hadde bodd i samme gate som han. Ottar var alltid frempå med jenter og hadde ligget med en pike i nabolaget.

Jan husket fortsatt Ove som hadde kommet løpende nedover gaten.

«Ottar knuller en jente inne i skogen!» ropte han opphisset.

Jan Marius, Per og han selv hadde løpt etter Ove. Og ganske riktig, inne mellom trærne, på en liten gresskledd åpning, lå Ottar. Jenten lå på ryggen og Ottar hadde lukket øynene. Jan kunne huske at han og de andre guttene hadde stått og sett på ganske forundret, de hadde aldri sett noe slikt før.

Noen dager senere hadde Ottar fått fullstendig panikk, han hadde ikke klart å hoppe av i svingen, forklarte han gråtkvalt. Ottar var overbevist om at han hadde «smelt henne på tjukken». Han gikk hvileløs omkring i gaten i flere uker. De andre guttene kunne finne han sitte gråtende i trappeoppgangen der han bodde.

Men det hadde gått bra, jenten hadde ikke blitt gravid og etter en stund var Ottar den samme igjen.

Jan smilte for seg selv, snakk om skjebnens ironi. Alt kavet med prevensjon bare for å finne ut senere at han var steril. Når han tenkte etter, var det vel bare en gang han hadde hatt ubeskyttet sex, men da var det hun som tok initiativet, ikke han.

Hvorfor var han slik, så tilbakeholden og forsiktig? Hadde det noe med foreldre hans å gjøre? Jan hadde alltid hatt stor respekt for foreldrene sine, og han var strengt oppdradd. Bare tanken på å gjøre en jente gravid hadde fått han til å miste sexlysten. Jan ristet oppgitt på hodet ved tanken, alle de gangene han hadde engstet seg unødvendig. Kanskje forholdet mellom han og Jannike ikke hadde trengt å ende slik det gjorde dersom han hadde visst at han ikke kunne gjøre henne gravid?

Da Jan møtte Jannike for første gang, hadde han nettopp feiret sitt tjueårsjubileum på jobben. I banken ble slike anledninger behørig markert, så Jan hadde fått blomster og en sjekk på fem tusen kroner. Det ble feiret med kake og kaffe, og alle i avdelingen møtte opp. Sjefen holdt tale og skrøt over hvor dyktig han var og hvor godt likt han var av alle. Selv om dette var det samme som ble sagt til alle som hadde jubileum, var det en hyggelig tradisjon, og Jan satte pris på å bli feiret.

Han hadde begynt som trainee i banken i 1981, like etter at han var ferdig med militærtjenesten. Han var bare litt over tjue år gammel og hadde kun realfaglinjen som utdannelse. Den første tiden besto mye av arbeidet i å løpe rundt i det store bankbygget med pakker og papirer, men etter hvert fikk Jan ansvar for å passe på utstyr som ble kjøpt inn og som skulle brukes til å betjene bankens kunder i filialene. Banksystemene ble mer og mer lagt over til data, eller som de kalte det den gangen, Elektronisk Data Behandling, eller EDB.

Jan var med på utviklingen og etter en del år ble han en av ekspertene som kunne «alt» om kassasystemene. «Kundene kommer til å betjene seg selv innen ti år», uttalte administrerende direktør i banken. Selv om Jan visste at det han jobbet med ikke ville vare evig, var han likevel rolig i troen på at det ikke kom til å skje med det første. Han håpet å kunne slutte i banken når han ble sekstito år, og hvis han fremdeles var like sprek da, kunne han bruke mer tid i fjellet. Det var det han likte best av alt.

Det var omtrent et års tid etter at Trude hadde gått fra han den siste gangen at Jan møtte Jannike. En spesiell feil hadde oppstått på et av kassasystemene, og Jan ble bedt om å kontakte en av programmererne om problemet. Jan hadde gått opp de to etasjene til der programmererne hadde kontorene sine. Han kjente ingen av dem personlig, men visste godt hvem de var. I kantinen satt de alltid ved det samme langbordet, som om det var deres faste plasser. Det gjorde forresten alle andre også, Jan inkludert.

Jan banket på det første kontoret han kom til.

«Kom inn», hørte han en stemme si.

Jan åpnet døren. Innfor satt en søt, ung kvinne. Han hadde lagt merke til henne i kantinen. Hun var virkelig søt.

«Hei?» spurte hun og smilte.

Jan ble helt satt ut ved synet av henne. Det overrasket Jan at han reagert som han gjorde, hjertet hans banket fortere.

Fy søren, hun var virkelig flott. Det smilet, den tettsittende genseren og de yppige brystene.

«Æ ..., jeg skulle ha snakket med en av de som jobber med konto-programmene.»

«Ok», svarte hun, fremdeles smilende, «da kan du kanskje begynne med meg da. Jeg heter forresten Jannike.»

Jannike rakte frem hånden, og Jan tok den varsomt og presenterte seg. Håndtrykket hennes var fast.

«Hva kan jeg hjelpe deg med?» spurte Jannike og slapp hånden hans. Hun virket plutselig litt mer utålmodig, det var best å komme til saken.

Jannike var ikke sammen med noen. Hun hadde hatt flere forhold tidligere, men ingen av dem hadde blitt varige. Jannike var elleve år yngre enn Jan, men hun hevdet at dette bare betydde at hun var sammen med en moden mann. Hun hadde prøvd seg på mange unge gutter på sin egen alder, men de var ikke stand til å ta en eneste voksen avgjørelse, og de var heller ikke noe tess i sengen.

Jan var ganske fasinert av Jannike. Hun var veldig selvbevisst og viljesterk, med bein i nesen. Selv om hun var impulsiv, hadde hun alltid en god begrunnelse for det hun ville eller gjorde. Jan var selvfølgelig med på alt det Jannike kunne finne på. Om det var en fjelltur, eller en spontan helgetur til Syden, spilte ingen rolle for han, bare han var sammen med Jannike, var han fornøyd.

Da de hadde vært sammen nærmere fire år flyttet Jan inn til Jannike. Hun hadde skaffet seg en Vestbo-leilighet som lå like i nærheten av jobben hennes. Leiligheten var ganske ny, og med den korte avstanden til arbeidsplassen, fant de ut at det var mest praktisk å bo i hennes leilighet. De kunne sykle eller til og med gå til jobben, så kort var avstanden. Det var Jannike som foreslo at Jan skulle flytte inn hos henne. Når det gjaldt temaer som hadde med langsiktighet og forholdet deres å gjøre, var Jan forsiktig. Innerst forsto han ikke at Jannike, som var så ung og vakker, ville binde seg til en som var så mye eldre enn henne. Derfor torde han heller ikke å snakke om slike ting. Det var Jannike som måtte ta slike initiativ.

En vår foreslo Jan at de skulle ta en fjelltur i Jotunheimen. Jannike hadde hørt mye om Jotunheimen, om det å gå fra hytte til hytte. Selv om hun tidligere bare hadde vært på noen kortere dagsturer sammen med venninner, var hun veldig interessert i å bli med på en slik tur.

Men når Jannike gikk på tur, løp hun. Jannike løp over alt, alltid. Å gå var for pyser. Selv når hun var i byen og skulle handle, løp hun i gatene. Jan var fasinert av å være sammen med en så sprek jente. Han likte selv å være i god form, men løping hadde han aldri vært særlig ivrig på. Han var egentlig ganske skeptisk til alt løpehysteriet. Folk måtte ha demping i joggeskoene, ett par for asfalt, ett for grusvei, og nå hadde det jammen kommet joggesko for terreng også. Jannike hadde selvsagt et par for enhver anledning. Selv hadde Jan bare ett par vanlige joggesko og ett par han brukte når det regnet. De skulle liksom være vanntette, men det var de bare de første par gangene han hadde brukt dem.

Men Jan måtte begynne å løpe han også hvis han ville være med Jannike på tur. Men å løpe i Jotunheimen eller på lengre fjellturer, det nektet han.

«Det får være en avtale at jeg løper med deg når vi tar en ettermiddagstur her i byen, men når vi reiser på langtur, går vi begge to, du og jeg, sammen», sa Jan, uvanlig bestemt til han å være.

Jannike var enig i det.

Turen til Jotunheimen skulle vare i ti dager. De satt mange kvelder og planla turen. De ville ta båten fra Bergen og inn Sognefjorden, til Hermansverk. Derfra skulle de ta buss videre til Skjolden for så å gå inn i fjellheimen. Først ville de gå opp på Fannaråki og overnatte der, og så videre til Sognefjellshytta. Derfra skulle turen gå over Smørstad-breen og videre ned til Spiterstulen. Fra Spiterstulen skulle de bestige Galdhøpiggen. Deretter var planen å gå videre østover mot Besseggen og Gjende.

Det ble en uforglemmelig tur, og været hadde vært strålende selv om det var kaldere enn hva de hadde håpet på. Når de kom frem til en ny hytte, gode og slitne, tok de seg en kattevask, byttet til tørre klær og gikk til fellesmiddag hvor det satt mange andre fornøyde fotturister, som dem selv. Hva mer kunne man ønske seg?

På vei til Spiterstulen hadde de hatt en fantastisk tur over Smørstadbreen. De måtte ha brefører over breen, slik som da de gikk opp til Fannaråki. Det var sprekker overalt og farlig om man ikke var forsiktig. Jannike hadde vært helt i ekstase.

Da de kom frem til Spiterstulen, spiste de middag og satte seg deretter ved et bord. Jannike med et glass rødvin og Jan med et glass øl. De gledet seg til turen dagen etter, da skulle de bestige Galdhøpiggen.

«Er det langt opp, Jan? Er det bratt?»

Jan hørte iveren i Jannike sin stemme.

«Jeg tror at det på kartet er merket av som en fire ti-mers tur. Stigningen herfra og opp er mellom tretten og fjorten hundre meter, mener jeg, men vi klarer vel å gå på litt kortere tid vil jeg tro», sa Jan. Han hadde gått turen en gang tidligere for mange år siden, men kunne ikke nekte for at han gledet seg.

Lengst inne i rommet var en gjeng med ungdommer. En ung, langhåret gutt satt og spilte gitar mens han sang: «Vi skal ikkje sove bort sumarnatta.»

Han var omringet av unge jenter som satt benket rundt han.

«Herregud», utbrøt Jan, «dette er jeg for gammel til å høre på. Hva pokker skal vi finne på?» Klokken var nesten halv tolv på kvelden.

«Vet du hva?» Jan reiste seg og gikk bort til Jannike, grep rundt henne og reiste henne opp fra stolen og kysset henne på munnen.

«Hva er det?» spurte hun forbauset.

«Jeg inviterer deg herved til å bli med på den mest spektakulære turen du noen gang kommer til å oppleve. Vi drar på Galdhøpiggen!»

Jannike stirret forvirret på Jan

«Unnskyld meg, men jeg kunne ikke unngå å høre hva dere snakket om», hørte de noen si. De snudde seg og så en ung mann sitte ved nabobordet. Jan tippet at han kunne være på Jannike sin alder. «Har dere noe imot at jeg blir med dere?»

«Nei, selvsagt ikke», svarte Jan og snudde seg mot Jannike. «Det er vel greit det?»

«Klart det», svarte Jannike.

Iveren på å komme i gang lyste ut av øynene på de alle tre.

Om lag femten minutter senere sto de klare utenfor hyttedøren. Klokken var nøyaktig tolv, men i den lyse sommernatten var det fremdeles mulig å se. Den unge mannen hilste ordentlig på dem, og introduserte seg selv som Frank.

«Jeg tror soloppgangen er klokken tre», sa Frank. «Det hadde vært fantastisk om vi hadde fått den med oss på toppen.»

«Det er tre timer til, det kan bli knapt, men vi får se om vi klarer det», svarte Jan.

Det var ikke lange avstanden fra hytten til der terrenget begynte å stige. Lett frost gjorde underlaget hard, og det var lett å gå. Stien de fulgte var tydelig, og etter år med ferdsel var bakken rensket for lyng og kratt. Flere steder delte stien seg i parallelle tråkk, slik at de kunne velge seg hvert sitt spor uten å gå i hælene på hverandre.

Selv om det var bratt i begynnelsen, ble det ikke mindre bratt etter som de gikk. Jan hørte pusten fra de to andre, ingen sa et ord. De kom fort inn i en takt hvor pust og skritt fulgte hverandre rytmisk. Jan kjente svetten renne nedover ryggen og han kikket etter Jannike. Den slanke kroppen, spenstig og flott, med hestehalen som danset bak i nakken hennes. Nikkersen hun hadde på seg satt stramt og fint rundt hoftene og lårene, den kortermete ullundertrøyen likeså. Tursekken hun hadde på ryggen fikk brystene hennes til å stikke freidig frem mellom skulder- remmene. Jannike var, etter Jan sin mening, den flotteste jenten han visste om.

«Skal vi ta en liten drikkepause?» spurte Frank, han hev etter pusten.

«Ja, la oss gjøre det», svarte Jan, like andpusten.

Den bratteste stigningen var nå over, terrenget hadde flatet seg litt ut, for så å stige igjen noen hundre meter lenger borte. Bak dem, i retning mot Spiterstulen, strakte dalen seg videre nordover. På motsatt side av dalen kunne Jan skimte fjellene opp mot horisonten.

Jannike gikk femti meter foran, og av og til ropte hun tilbake til dem: «Kom igjen, gutter! Nå må dere ta dere sammen!»

«Hjelpe meg for en sprek jente», hørte Jan Frank stønne.

«Ja, hun går fra de fleste, man må bare ikke skryte for mye av henne, slik at hun får nykker», svarte Jan muntert.

Omsider hørte de Jannike rope: «Der er toppen, jeg ser den! Vi er oppe!»

Jan kunne skimte silhuetten av en varde mot himmelen.

Da de like etter sto på toppen av Galdhøpiggen, fikk de se solen som begynte å skinne på de første fjelltoppene lengst borte i horisonten. De hadde klart å bestige toppen på to timer og tre kvarter.

Fjellene, først de høyeste toppene, ble malt i et rødgult lysskinn. Etter som solen sakte steg opp, ble fjellene og himmelen lyst opp i en fargeprakt som gikk fra blått til rødt og gult, ja det så nesten ut som landskapet ble malt i gull. Andektige sto de der alle tre, det var som et sceneteppe sakte gled til side til ære for de tre som sammen hadde valgt 'ikkje å sove bort sumarnatta.'

Ett år senere hadde alt blitt helt jævlig. Jan husket godt den dagen problemene startet. Det var lørdag, og de satt ved frokostbordet. De hadde vært sammen i nærmere seks år.

«Jan, har du noen gang tenkt på å få barn?»

Jan hadde først ikke forstått hva Jannike mente.

«Barn?»

«Ja, sånne små vet du, som kommer ut av magen. Først skriker de, etter en stund ber de om ukepenger, og til slutt reiser de sin vei!»

Jan lo, hun kunne virkelig få sagt det.

«Er du gravid, Jannike?»

«Nei, er du gal, men jeg tenkte faktisk på at jeg kunne tenke meg å bli det.»

«Du har aldri snakket om det før. Jeg må innrømme at jeg ikke har tenkt veldig mye på det selv heller», sa Jan og stirret usikkert på Jannike. «Har vi ikke det fint sammen, slik som vi har det, da?»

«Vi har det fint, Jan, men du vet godt at jeg er veldig glad i barn. Hvis vi noen gang skal få barn, må det være nå. Jeg er trettiseks år, og skal jeg ha barn, er det kanskje på tide å gjøre noe med det.»

Det Jannike sa kom fullstendig uforberedt på Jan. Selv var han snart førtisyv år. Hvis han fikk barn nå, ville han være omtrent pensjonsklar når ungen ble tenåring. Tanken gjorde Jan ganske betenkt.

«Men, du tenker ikke at jeg er for gammel, da?»

«Du, din gale hingst, du virker ikke særlig gammel når du rir meg, akkurat.»

Jan forsto hva Jannike la opp til, måten hun forsøkte å egge han opp på. Det var vel bare å gi seg, ellers var det nok på hodet ut.

Og Jannike hadde virkelig lagt en plan. Hun begynte å føre oversikt over syklusen sin for å få bedre greie på når hun hadde eggløsning. Problemet var at syklusen hennes varierte, slik at hun ikke kunne stadfeste et eksakt tidspunkt. Derfor brukte Jannike andre indikatorer i tillegg, hun målte kroppstemperaturen, kjente på magen om den hovnet opp og sjekket seg nedentil for utflod. Det ble et voldsomt kjør. Jan måtte stille opp til alle døgnets tider. Jannike kunne til og med komme ned på kontoret hans på jobben.

«Du må komme med en gang, vi må hjem!»

Kollegaene til Jan og Jannike merket at noe var på gang, men de klarte å prate det bort, for de ville ikke ha noe snakk på jobben.

Men Jannike ble ikke gravid. Etter fem måneder snakket hun med gynekologen, som først sa at problemet like gjerne kunne være at Jannike stresset for mye.

«Slapp av, la det skje av seg selv, slutt med alt det der om eggløsning og sånt, det ordner seg selv.»

Men å si noe slikt til Jannike, det kunne gynekologen bare glemme.

Jannike foreslo at de skulle ta prøver av seg begge to for å sjekke for sterilitet. Hun maste på gynekologen og til slutt skrev han ut en henvisning til Jan. Det var enklest at han sjekket seg først.

Jan syntes det var skikkelig ubehagelig og kunne ikke helt ta situasjonen innover seg.

«Mener du virkelig at jeg skal sette meg inn i et bøtteskap og se på pornoblader for å runke sæd ned i et reagensrør?»

«Jan, jeg vet at det ikke er enkelt for deg, men dette er den eneste måten å finne ut av det på.»

«Men, herregud, det kan da være andre grunner til at du ikke har blitt gravid!»

«Det er det vi må finne ut av, Jan», svarte Jannike irritert. «Poenget er at vi må ta én ting om gangen. Vi starter med det som er enklest å finne ut av. Er alt ok med deg, ser vi på mine egg, men det er langt mer komplisert å sjekke. Og hvis de også er ok, da må vi finne ut om det er noe annet som er problemet.»

«Noe annet, hva skal det være?»

«Det er jo det jeg forsøker å si deg. Vi må finne ut av det, hører du ikke etter?»

Jan hørte på måten Jannike snakket til han på at han like godt kunne gi seg. Før hadde de kunnet ligge i het omfavnelse, men de siste månedene, etter at de prøvde å få barn, hadde gleden med sex fullstendig forsvunnet. Lidenskapen var borte, og Jan hadde til og med problemer med å få utløsning, noe som kunne gjøre Jannike helt fra seg.

«Hva pokker er det med deg, Jan? Nå må du komme.»

Som om dette var noe en bare kunne skru på. Jan visste at Jannike mente det beste, men hun var i ferd med å kvele alt det han hadde av sexlyst i seg. Bare for å få et barn. Var det virkelig verd det?

Fem dager etter at Jan hadde tatt sædprøven, fikk han en telefon med beskjed om å komme ned til legekontoret. Jan spurte om det ikke var like greit å fortelle resultatet over telefonen, men nei, det var ikke prosedyren, svarte en dame, de måtte være sikre på at de snakket med riktig person. Jan ble engstelig over hva prøven ville vise. Tenk om han virkelig var steril.

Da han og Jannike møtte opp dagen etter, ble de vist inn på et legekontor.

«Voldsomt hvor omstendelig dette er da», sa Jan og forsøkte seg med en liten latter, men i virkeligheten var han veldig nervøs.

Jan følte de hadde ventet inne på kontoret i en evighet da det omsider banket på døren. Inn kom en lege i hvit frakk.

«God dag, mitt navn er Per Nystrøm, jeg er overlege her.»

Etter å ha hilst på de begge satte han seg ned i en stol bak skrivebordet. I hånden holdt han i en mappe med noen papirer.

«Ja, da er sædprøven din klar», sa han litt nølende.

Han studerte arkene han holdt i hånden, for så å legge de fra seg. Han kikket først bort på Jannike, deretter snudde han seg og stirret på Jan med alvorlige øyne.

«Prøven viser nok dessverre at sædkvaliteten din er dårlig.» Legen snudde seg mot Jannike igjen. «Det er trolig det som er årsaken til at du ikke har blitt gravid», fortsatte han.

Jan forsto først ikke hva legen sa, han ble helt lamslått.

«Men det må da være noe som kan gjøres», sa Jannike, hun tok Jan sin hånd.

«Hm, det er nok ikke helt enkelt. Vi kan snakke om diverse former for kunstig befruktning, men det er noe som kan være komplisert. Vi må i alle fall undersøke deg først.»

Fremdeles henvendte han seg til Jannike, som om Jan ikke var til stede. Jan orket ikke å si noe. At han ikke hadde vært særlig ivrig på å bli far, var én ting, men det å ikke kunne bli det i det hele tatt, det var noe helt annet.

Legen tok seg god tid, og Jannike snakket og snakket. Hun ville liksom ikke akseptere at det ikke var noe de kunne gjøre. Men da de omsider reiste hjem, var begge klar over at det som egentlig hadde blitt fortalt dem, var at om de ville ha barn, var det adopsjon de trolig burde tenke på. Men Jan visste at det aldri ville gå, han var altfor gammel til at noe slikt ville være mulig.

Etter den dagen forandret alt seg. Jannike ble mer og mer stille. De klarte ikke å snakke om barn, og de lot bare dagene gå. Jan var fortvilet. Alt det som han og Jannike hadde hatt sammen, bare smuldret bort. Innerst inne visste Jan at for Jannike var det å bli mor til et barn det eneste som betydde noe, og Jan kunne ikke hjelpe henne med det.

Et par måneder senere kom Jannike hjem fra jobb, og fortalte at hun hadde fått seg jobb i Oslo.

«Det er en jobb i et selskap som skal utvikle noe de kaller nettbank, og de er ute etter folk i teamet som kan stormaskin og banksystemer.»

«Men, vi har jo IT-avdeling i banken i Oslo. Hvorfor har du ikke bedt om å få jobbe der, dersom du vil til Oslo?» spurte Jan, han stirret urolig på Jannike.

«Jeg trenger en forandring, Jan, jeg må gjøre noe med livet mitt som får meg ut av dette. Akkurat nå føles det som jeg ikke lever.»

«Og det er min skyld?» spurte Jan ulykkelig.

«Det er ikke din skyld, det er ingen sin skyld. Det er bare forbannet uflaks, Jan.»

Jan tenkte seg litt om. Kanskje Jannike hadde rett, at de burde bryte opp, få litt mer fart på samlivet. Slik de hadde hatt det den siste tiden var i alle fall ikke greit. Å skifte miljø kunne kanskje være en måte å starte på nytt på.

«Det er greit, Jannike, om du tror at det vil være bra for oss. Det er andre i min avdeling som har arbeidstedet sitt i Oslo, så det bør ikke være noe problem om jeg ber om det samme. Men jeg tror neppe lønnen blir endret og alt er nok dyrere i Oslo, men med to lønninger går det sikkert bra likevel.»

Jannike stirret på Jan med et trist, men fast blikk.

«Jan, jeg er lei for det, men ... Jeg reiser alene.»

4

Vel fremme ved Turtagrø svingte Jan av veien. Uten å ha tenkt nærmere over det, hadde Jan lagt merke til at det hadde stått uvanlig mange biler parkert utenfor hotellet da han passerte Turtagrø fire dager tidligere. Nå var det flere telt på nedsiden av veien som ble demontert, folk pakket sammen utstyr og var i ferd med å dra. Hva enn som hadde foregått, virket det som arrangementet eller begivenheten nå var over.

Jan slo av motoren og gikk ut av bilen. Han stakk bilnøkkelen ned i jakkelommen, og med et par spenstige skritt sprang han opp trappen til inngangsdøren, som sto halvåpen og vendte ut mot trappen han kom opp. Rett innenfor var en slags resepsjon, med en enkel disk. På den var det plassert en betalingsterminal og et stativ med postkort. Jan kunne se at det var bilder på kortene av forskjellige fjelltopper. «Hurrungane» sto det på ett kort, og på et annet «Store Skagastølstinden». Bak disken sto en dør på gløtt, og på veggen like ved hang bilder av andre fjell og fjelltopper. Mellom disken og døren, helt inn mot hjørnet, var en plakat festet i veggen med en spiker. «Fjellførerkurs» og «Bre- og klatrerkurs», sto det med nydelig håndskrift.

En yngre kvinne, hun var vel mer å regne som ungpike, dukket opp i døren bak disken.

«Hei», smilte hun, «kan jeg hjelpe deg?»

«Ja, takk», svarte Jan og nikket til henne, «jeg håpet å få meg en kopp kaffe og kanskje noe å spise. Er det mulig å få kjøpt noe mat her?»

«Vi har dessverre ikke servering her før i kveld, men kaffe kan du få. Du finner en kanne inn i salongen.» Hun pekte mot en lukket dør ved inngangen. «Vi har noe havregrøt som jeg tror fremdeles er lunken. Er det noe du vil ha, kanskje?»

«Havregrøt, ja, det høres bra ut det. Har du sukker og litt kanel også?»

Jan kjente at han var blitt skikkelig sulten.

«Selvsagt, bare sett deg i salongen, så skal jeg komme inn med grøten.»

Jan åpnet døren og gikk inn i salongen. Han satte seg ved et av de mange bordene. Utenfor så han veien som snodde seg videre nedover i dalen, det var ikke særlig langt han kunne se. Selv om det var frost i luften og været hadde lettet noe, var sikten dårlig på grunn av tåken som stadig kom sigende ned fra fjellsiden, nesten som bølger i sjø som fløt dovent av sted. På vei til Turtagrø hadde Jan kjørt gjennom flere slike tåkedotter. De kom og gikk, i det ene øyeblikket kunne han se klart, i det neste var sikten bare noen få meter.

Jan skjenket seg en kopp kaffe og satte seg ned for å nyte det lille han kunne se av utsikten gjennom vinduet. Han lente seg tilfreds bakover i stolen. Det skulle bli godt å komme hjem igjen, selv om han syntes det var ensomt å komme hjem uten Jala.

Piken kom inn med et brett, hun hadde med en stor tallerken med havregrøt og to mindre skåler med kanel og sukker.

«Jeg visste ikke hvor mye du ville ha, så jeg tok med en god porsjon», sa hun. «Du behøver ikke betale for den, det er grøt som har stått igjen, den skulle kastes likevel.»

«Det er jo fantastisk», sa Jan takknemlig, «tusen takk.»

Jan tok skjeen og strødde kanel på havregrøten. Deretter gjorde han det samme med sukkeret fra den andre skålen. Han smilte for seg selv, han tenkte på det faren deres alltid sa til han og Fride da de var små: «Husk å ta kanel først, ellers kan dere få kanelolose.»

«Hva er kanelolose?» hadde de spurt bekymret.

«Vet dere ikke det?» hadde han svart med en alvorlig mine. «Har dere ikke merket at hvis dere puster inn kanel og får det ned i lungene, så begynner dere å hoste?»

Jo, det hadde de selvsagt merket begge to.

«Det er det som er kanelolose», hadde faren sagt, fremdeles like alvorlig.

Selv om Jan senere hadde forstått at faren bare spøkte, kunne han likevel ikke unngå å legge merke til at han alltid strødde sukker oppå kanelen.

Da han var barn, var det alltid moren som hadde laget mat. Jan kunne ikke huske noensinne å ha sett faren lage seg en eneste matbit. Jan mistenkte at faren omtrent ikke klarte å koke vann. Etter at faren ble alene, hadde det vært et svare strev med å få han til å spise, særlig nok næringsriktig mat. Når Jan besøkte han, passet han på at han fikk i seg skikkelig og varm middagsmat. Det var egentlig ikke galt med farens matlyst, spesielt mat med skikkelig smak.

Det var i militæret Jan lærte seg å lage mat. Vinteren, det året han ble tjue år, reiste Jan til rekruttskolen. Han var egentlig glad for at han skulle reise hjemmefra, bort fra alt sammen. Fride var på kjøret og Jan kunne ikke hjelpe henne. Dagen Jan skulle møte på rekruttskolen kunne ikke komme fort nok.

Han ble innrullert i kystartilleriet, og han skulle først på rekruttskole på Hysnes fort, et kystartilleri som lå et stykke ute i Trondheimsfjorden. Etter rekruttskolen ble han sendt videre til Nes fort, et kystartilleri som lå like ved Lødingen i Nordland. Da de kom dit, viste det seg at alle papirene med informasjon om rekruttene ikke var sendt med dem. Derfor, på mer eller mindre loddtrekning, ble

Jan beordret til kjøkkenet, som «potetskreller» som det populært ble kalt.

Den første tiden hadde Jan vært rasende, men han fikk beskjed om at alt ville bli ordnet når papirene kom. Da det omsider skjedde, var han imidlertid ikke lenger like negativ til kokkejobben. Han hadde oppdaget at det var mange fordeler med å ha en slik tjeneste. Vakten var fra klokken tolv midt på dagen til samme tid dagen etter og deretter fikk han fri like lenge. På frivakten kunne Jan gå turer i fjellene som lå høye like bak kystartilleriet. Naturen i Nord-Norge var storslagen, og all fritiden brukte han til å komme seg ut på tur. Etter hvert som han ble mer kjent, tok han også turer lenger innover på Hinnøya.

Etter et par måneder på fortet spurte sjefskokken Jan og de andre menige kokkene om det var noen som kunne tenke seg å ta en kokkejobb på et torpedobatteri litt lenger inne i fjorden, Korshamn torpedobatteri. Kokken der var blitt sykemeldt og ville være borte i minst en måned. Den som påtok seg jobben, måtte ta ansvar for alt, innkjøp, regnskap, matlaging og servering. Det var fjorten mann på batteriet, og alle som tjenestegjorde der, fikk utbetalt matpenger i tillegg til den vanlige daglønnen. Det var kokkens ansvar at matpengene ble disponert forsvarlig.

Jan kunne egentlig tenke seg litt forandring, så etter en liten tenkepause sa han at han var villig til å ta på seg jobben.

Da Jan kom frem til Korshamn, ble han tatt godt imot, selv om det ikke var vanskelig å se at flere der var skeptiske til at en uerfaren menig skulle erstatte den sykemelde kokken.

Det var bare å hive seg ut i det. Først skulle det lages kveldsmat som var enkelt, det var bare å skjære brød og sette ut pålegg. Jan snakket med et par av de menige og fikk etter hvert oversikt over måltidene de var vant med å få servert.

Det gikk opp for Jan at han egentlig ikke visste veldig mye om matlaging. Det var telefon i byssen, og Jan ringte derfor til sin mor om mat og oppskrifter. På den måten fikk han også mer informasjon om hvordan det sto til hjemme. Harry klarte seg bra på skolen, men det gikk tydeligvis ikke like bra med Fride. Jan ble ute av seg hver gang han hadde snakket med moren. Hun hilste aldri fra verken faren eller Fride når Jan spurte hvordan det gikk med dem, og derfor orket Jan nesten ikke å spørre om dem heller.

«Hils de andre», var det eneste han orket å si.

Dagene og ukene som kokk gikk fort og da måneden nærmet seg slutten, ble Jan spurt om han kunne tenke seg å fortsette. Alle var fornøyde med den gode maten, og i tillegg var det et bra overskudd med matpengene. Jan orket ikke å ha alt ansvaret alene lenger. Han likte jobben og det var kjekt at alle var fornøyde, men det var på tide å gi seg før han gikk lei. Og han ville opp i fjellene igjen. Han hadde omtrent ikke vært utenfor døren siden han kom til Korshamn.

Da Jan kom tilbake til fortet etter oppholdet på Korshamn og hadde kommet vel inn i rutinene igjen, ble han kjent med en ny menig. Vegard var en bergenser som tjenestegjorde på kontoret til fortsjefen. Det viste seg at han hadde jobbet i Bergens Arbeiderblad som fotograf. Jan hadde fått se fotoapparatet til Vegard, et Nikon-speilreflekskamera, noe Jan aldri hadde sett før.

«Har du ikke fotoapparat med deg?» spurte Vegard, men kamera hadde ikke Jan.

«Vi kan fotografere sammen og så kan jeg lære deg litt», sa Vegard.

Jan tente på ideen og sammen reiste de til en fotobutikk i Lødingen som Vegard visste om. Da de kom inn i butikken, var det første de fikk øye på et speilreflekskamera som lå like under glassplaten i disken, rett innenfor inngangsdøren. Canon sto det på apparatet.

«Blenderen er 1,2», sa Vegard begeistret, «det er en veldig god linse.»

Og derfor var prisen selvsagt også veldig høy, tre tusen ni hundre og femti kroner, sto det på lappen som hang på apparatet. Jan hadde spart seg opp tre tusen kroner, mye fra ekstra lønn som han fikk da han var kokk på Korshamn. Han tenkte et par dager på om han virkelig skulle kjøpe seg et såpass dyrt fotoapparat. Problemet var at om han skulle kjøpe et billigere speilreflekskamera, måtte han reise helt til Harstad, en tur på syv mil. Nei, det kunne han bare glemme. Jan reiste derfor tilbake til fotobutikken og spurte om det var greit at han betalte resten på avbetaling fra lønnen han fikk.

Vegard var flink til å lære fra seg. De tok bilder av alt mulig, tilfeldige gjenstander de fant slengt i naturen, trær og busker, gamle hus eller falleferdige skur, og de tok bilder av hverandre. De fotograferte helst med slides eller sort/hvitt. Sort/hvitt-bildene kunne de fremkalle i et eget fremkallingsrom på fortet, og Vegard lærte Jan hvordan det skulle gjøres. I nærmest stummende mørke, med bare en lyspære som gav fra seg et svakt rødt lys, sto Vegard tett inntil Jan og førte hendene hans for å lære han hvordan fremkallingen skulle gjøres

En ettermiddag fikk Jan noen voldsomme smerter i magen, på høyre side. Smertene var akutte, og han klarte ikke å holde seg på beina. En lignende smerte hadde Jan hatt det siste året han gikk på gymnaset. Da ble han innlagt og operert for blindtarmbetennelse.

Smertene ville ikke gi seg og Jan ble hentet med sykebil og kjørt til Harstad sykehus. Kjøreturen var lang og humpete. Hver gang bilhjulet slo ned i et av de mange hullene i veien, var det som om magen til Jan holdt på å revne. Det ble tatt røntgen av nyrene. Røntgenlegen var fra Ungarn. Da bildene var ferdige, og legen fikk studert dem, utbrøt han på dårlig norsk: «Dine nyre kaputt.»

Tilbake i leiren traff Jan Vegard i leserommet. Jan satt der alene og tenkte på den grusomme beskjeden han hadde fått. Han var i sjokk over diagnosen og ulykkelig fortalte han Vegard om sykehuset og det han hadde fått vite. Både Jan og Vegard visste såpass at med nyrer som var «kaputt», var utsiktene heller dårlige.

«Det var da synd med deg som er så ung», utbrøt Vegard etter å ha tenkt seg litt om, han visste tydeligvis ikke helt hva han skulle si for å trøste. Jan følte seg ikke særlig mye bedre etter den kommentaren. For virkelig å understreke hvor medfølende han var, la Vegard den ene armen sin forsiktig rundt Jan sin skulder. Vegard trykket Jan nærmere til seg og ...

Jan stivnet til, forsøkte Vegard å kysse han på kinnet?

Etter et lite sekunds forskrekkelse skrek Jan opp: «Hva i helvete er det du gjør, hva faen er dette?»

«Nei, nei, vær stille, vær så snill, unnskyld, du må roe deg», sa Vegard, panikken lyste ut av ansiktet hans. Men Jan var ikke til å stoppe. Han løp ut av rommet mens han skrek: «Din forbannede homo!»

Det ble et voldsomt oppstyr. En offiser hadde hørt hva Jan ropte, og Jan ble kalt inn til forhør. Han måtte forklare hvorfor han hadde kalt Vegard for homo. Først fortalte Jan om mørkerommet, og at han allerede da hadde følt at det var noe med Vegard. Men da han skulle fortelle videre om det som skjedde inne på leserommet, fikk han panikk. Jan forsto at det ikke var særlig overbevisende det han forsøkte å beskrive. Fortsjefen og den dagansvarlige offiseren som hadde hørt Jan rope, forhørte han, i tillegg var en tillitsvalgt til stede. Jan oppfattet blikket fortsjefen og dagansvarlig utvekslet mens han forklarte seg, og blikkene fikk han til å bli engstelig for at de kom til å tro at det var han som var homo. Derfor løy Jan. Han fortalte at Vegard hadde kysset han, og at Vegard sikkert forsøkte seg fordi Jan hadde et svakt øyeblikk på grunn av bekymringen for nyrene.

På grunn av det gode skussmålet Jan hadde, særlig fra tiden på Korshamn, ble Jan trodd på det han fortalte. Vegard ble dimittert og måtte reise hjem. Jan husket enda det fortvilte blikket Vegard sendte han da han ble transportert ut av leiren.

Jan stirret tankefullt ut av vinduet, tåken gjorde at sikten nå var lik null. Han visste at Vegard fremdeles bodde i Bergen, men han hadde aldri verken sett eller hørt noe mer til han etter tiden i militæret. Jan hadde heller aldri funnet ut om Vegard virkelig var homofil. Det spilte for så vidt ikke noen rolle, skaden hadde skjedd den gangen likevel. Nå var det ikke lenger forbundet med like mye tabu og hets, men å være homofil i militæret den gangen kunne ikke ha vært særlig greit.

Om Vegard virkelig hadde forsøkt å være intim med Jan den gangen, var han heller ikke sikker på. Kanskje var det bare noe han hadde innbilt seg. Kanskje han rett og slett ønsket å tro at det var det Vegard ville fordi han selv hadde vært ute av balanse. Han hadde jo trodd at han var døden nær. Da Vegard ble dimittert, hadde Jan tenkt at det bare var til pass for han, gutter eller menn som likte hverandre, de hadde ikke noe i verken militæret eller andre steder å gjøre.

Men en stund etter at Jan selv ble dimittert, hadde han tilfeldigvis lest om en på hans egen alder som var homofil eller skeiv som han selv beskrev seg. Jan leste et lite dikt han hadde skrevet. Han hadde aldri glemt det.

Først tegner du en rett linje.
Deretter en til.
Linjene er ikke parallelle.
Men er det den ene
eller den andre som er skeiv?

Jan sukket høyt uten å være klar over det. Hadde han rett til å dømme? Hva som var akseptabelt var vel egentlig oppfatninger, eller fordommer, skapt av samfunnets normer for hva som var rett eller galt.

Havregrøten hadde gjort godt. Det var på tide å komme seg videre, det var enda et godt stykke å kjøre før han var nede i Øvre Årdal. Og fra der til Bergen ville det ta enda et par–tre timer. Jan tok kaffekoppen og helte resten av innholdet i seg, selv om kaffen i koppen var blitt lunken.

Jan reiste seg for å gå ut til bilen, det var vanskelig å la tankene fra tiden i militæret slippe. Det året hadde vært spesielt, og den første tiden hadde han vært ganske ute av seg på grunn av forholdet med Trude og problemene til Fride. Da han endelig følte at han hadde lagt alt det triste hjemme bak seg, presterte han å få Vegard sendt hjem i skam og fornedrelse. Livet hadde sannelig tatt underlige veier. Og Jannike, hvordan gikk det med henne, mon tro? Var det virkelig fordi han var steril at hun hadde forlatt han, eller hadde det vært noe annet? Hadde hun kanskje følt at han ikke hadde noe å gi henne da hun innså at de ikke kunne få barn sammen? Var det det at han ikke klarte å fylle livet hennes med noe som betydde noe for henne? Var det kjærlighet som manglet? Han hadde vært så glad i henne, men hadde ikke klart å vise det godt nok. Var han bare opptatt av seg selv og det han selv hadde behov for?

5

Da Jan kom tilbake til bilen, så han at det fremdeles var noen som holdt på å rydde nede ved teltplassen. En stor platting, eller en slags scene, var montert midt ute på sletten, og like ved sto et stort telt som enda ikke var demontert. Teltet lignet en lavvo eller et militærtelt, slik Jan kunne huske det fra tiden i militæret, kjegleformet med åpning i toppen. Jan krysset veien og gikk ned mot scenen og teltet. Han var nysgjerrig på hva som hadde foregått og gikk bort til en kvinne som strevet med å rulle sammen en stor presenning.

«Hei, har det vært en leir eller noe sånt her?»

Kvinnen snudde seg mot Jan. Hun var kanskje like under tretti år, kledd i en mørkeblå fjellbukse, en rød fjellanorakk og fjellstøvler.

«Leir og leir, det har vært den årlige filmfestivalen. Kombinert med turer, fjellklatring og slikt», svarte hun og kastet et kjapt blikk på Jan mens hun fortsatte å rulle presenningen.

«Filmfestival?» spurte Jan forundret. «Går det an å ha noe slikt her oppe?»

«Ja, det er nok mulig det.» Hun rettet seg opp. «Det er vel mer for spesielt interesserte, et smalt nedslagsfelt om du kan si det slik», sa hun og smilte til Jan.

«Jeg har hørt om smalfilm, men ikke om film med smalt nedslagsfelt», svarte Jan og forsøkte å være humoristisk.

«Fjell, fjellklatring, breer og basehopping», svarte hun fremdeles smilende, «det er nok for spesielt interesserte. Både det vi driver med, og filmer vi liker å se på.»

Hun bøyde seg og fortsatte å rulle sammen presenningen.

Jan nikket. «Da forstår jeg hva du mener.» Han betraktet henne.

«Kan jeg hjelpe deg?»

«Vil du det? Det er hyggelig av deg. Om du ruller her, kan jeg ta den andre siden.»

Bortsett fra i militæret, hadde Jan bare ligget i telt et par ganger i sitt liv. En gang var ute på plenen med Ove da de var små gutter.

Jan bodde i en blokkleilighet som de flyttet inn i da han var fem år, en blokkleilighet med tre soverom, stue og kjøkken, og et lite bad. Fride og Jan delte det ene rommet, foreldrene på det andre. Da Harry ble født fem år senere, tok foreldrene spisestuen som sitt soverom, slik at Harry kunne ligge i samme rom som foreldrene, og Fride og Jan fikk hvert sitt soverom.

Faren arbeidet hos en fiskeforhandler. Fisk ble kjøpt av lokale fiskere og levert videre til alle fiskebutikkene rundt om i Bergen. Jans mor var hjemme de første årene han og Fride var små. Da Fride begynte på skolen, fikk moren seg jobb i en skobutikk.

Fride var ofte inne etter skoletid, mens Jan alltid var ute i gaten og lekte. Det var et tøft gateliv, og hvis du havnet i krangel, måtte du klare deg selv. Det hendte at Jan løp hjem til foreldrene for å si at noen hadde slått han, men da pleide faren å si at han fikk ta igjen. Kom han gråtende hjem, sa faren bare at han måtte ta seg sammen.

Det var aldri trøst å få, bare formaninger og kjeft. Ofte når faren kom hjem fra jobb, gående oppover gaten fra busstoppet, kunne Fride og han løpe faren i møte. Men det var bare Fride han løftet opp i luften, aldri Jan. Jan kunne enda huske hvor lei seg han ble, og hvor urettferdig behandlet han følte seg.

Jan sin far hadde vært flink i idrett da han var ung, derfor forsøkte han å få både Fride og Jan til å begynne med både håndball, fotball, og friidrett, som løping og lengdesprang. Men Jan var ikke flink til sånne ting. Han likte heller å leke ute, klatre i trær og leke cowboy og indianer, eller politi og røver. Men å løpe på en grusbane hvor noen tok tiden, eller hoppe i en grop med sand hvor noen målte hvor langt en hoppet, det likte ikke Jan. På fotballbanen var det bare skriking, syntes han. Det var voksne som ropte at en først skulle sparke ballen et sted, og deretter skulle han ikke sparke ballen dit likevel.

Men han strevde det han kunne for at faren skulle være stolt av han. Den første gangen han hadde spilt fotballkamp mot et annet lag, var han rundt syv år gammel. Jan sto midt ute på grusbanen som han følte var uendelig stor. Alle de andre guttene løp etter ballen borte ved det ene målet, bortsett fra Jan og en annen gutt fra det andre laget. Jan ville ikke løpe etter ballen, han fikk ikke tak i den likevel. Han hadde snudd seg mot den andre gutten og sagt at han syntes drakten hans var fin. Guttene på det andre laget hadde alle gule drakter med flotte, blå tall på ryggen. Jans drakt var rød, men falmet og han hadde ikke tall på ryggen.

«Hvor bor du?» hadde Jan spurt nysgjerrig. Det kunne være at han kunne leke med gutten dersom han bodde i nærheten.

«Jan, nå må du våkne opp!»

Det var faren til Jan som ropte, og Jan kunne høre at han var irritert. Faren sto like ved der Jan og den andre gutten sto. Det var flere andre menn der også, sikkert fedrene til de andre guttene. Jan hørte at alle lo og han så at faren bare ristet oppgitt på hodet.

Hver gang disse barndomsminnene kom frem, kjente Jan den bitre følelse av aldri å ha strukket til i farens øyne. Uansett hvor mye Jan anstrengte seg for at han skulle være stolt av han, nyttet det ikke.

Etter at han flyttet hjemmefra og fikk egen jobb og eget sted å bo, pleide Jan å ringe hjem for å høre hvordan moren hadde det. For moren hans var den eneste som hadde vist han oppmerksomhet og kjærlighet. En og annen gang, kunne han spise middag hjemme hos foreldrene. Det var moren som spurte om han kunne komme, og han passet på å takke ja av og til. Hun var alltid glad for å se han.

Men fra sin far fikk Jan bare et nikk til hilsen. Faren sa sjelden noe, og Jan sa ikke mye tilbake heller. Han visste ikke helt hva han skulle snakke med faren om, når han likevel ikke interesserte seg for hva han holdt på med. Det var slik Jan følte det.

Men en dag ringte faren, og Jan tenkte med en gang at det måtte være noe skrekkelig galt.

«Jan, det er mor!» Jan hadde aldri hørt faren slik før. Gråtkvalt stotret han frem: «Du må komme hjem, mor er død.»

Jan sin mor døde bare syttien år gammel, hun ramlet om på gaten på vei hjem fra butikken. Det var hjertet. Sjokket over morens død, og ikke minst sorgen etterpå, var stor både hos Jan, Fride og faren. Men de viste det på forskjellige måter. Faren ble innesluttet, enda mer enn før. Jan klandret faren sin, det var moren som hadde holdt familien sammen. Hun hadde skjemt bort sin ektemann og aldri tatt kampen opp mot han, til tross for alle de tåpelige innfallene og de idiotiske meningene hans. Jan mente at morens dødsfall ikke kom overraskende. Hun var utslitt, og hun hadde mistet livsgnisten etter at de hadde mistet Harry fire år tidligere.

Med Fride gikk det nesten helt galt. I farens tjuvlånte bil kolliderte hun med en stor lastebil like utenfor Voss sentrum. Bilen ble totalvrak og Fride, som kjørte, ble innlagt på Voss sykehus. Utrolig nok overlevde hun uten annet mén enn et stygt arr som gikk fra pannen og ned til kinnet. Etter det hadde Fride to ansikter. I profil fra høyre var hun som før, men fra venstre så hun ut som et spøkelse i en skrekkfilm.

To år etter at moren døde, og mens Jan og Jannike fremdeles var sammen, fikk faren tykktarmskreft som spredte seg til leveren og skjelettet. Det var ingenting legene kunne gjøre. Faren ville ikke snakke om det, verken med legen eller Jan. Han bare fortsatte som før, levde sitt ensomme liv mens han ble stadig svakere etter som kreften tok mer og mer tak i kroppen hans. Da han til slutt ble lagt inn på et sykehjem, visste Jan at det bare var snakk om uker. Utrolig nok hadde faren klart å holde det gående hjemme med hjelp fra hjemmetjenesten.

Jan var daglig innom sin far på sykehjemmet, han lå på et enerom, og Jan kunne komme og gå som det passet han. Men faren sa aldri noe når Jan besøkte han. Jan snakket om ting som hadde skjedd på jobben eller om hendelser i landet og verden ellers, han snakket bare for å ha noe å si, for det var ingen respons fra faren. De siste dagene dukket også Fride opp. Jan og Fride skiftet på å sitte hos faren, slik at det alltid var noen der.

Det var lenge siden Jan hadde sett Fride og det var godt å se henne igjen. Selv om han var klar over at Fride fremdeles slet med å komme seg ut av narkotikahelvete, var han lettet over at hun så ut til å ha en bedre periode. Riktignok var det lett å se på henne hva hun drev på med, når en visste om det. Heroin merker folk på en spesiell måte. Jan betraktet Fride forsiktig der hun satt ved sengen til faren. Fride passet alltid på at hun ikke viste den venstre siden av ansiktet sitt. Hun var velstelt og for en gangs skyld virket hun helt fri for stoffer. Jan syntes at det var lettere for han å være med faren når også Fride var der.

Den siste gangen Jan besøkte faren, fortalte sykepleieren at hun trodde det nærmet seg slutten. Hjerterytmen var ujevn og svak. Jan kom inn på rommet, hvor faren lå med innsunkne kinn, tynn og avmagret, en kropp preget av for lite næring og væske. Han lignet på de bildene Jan hadde sett fra konsentrasjonsleirene under andre verdenskrig. Faren stirret tomt ut i rommet, Fride hadde gått ut på gangen for å trekke litt frisk luft, hun hadde sittet inne på rommet hos faren i fem strake timer.

Jan bøyde seg frem: «Hei, far, det er Jan.»

Faren lå der helt urørlig. Så hørte Jan faren hviske: «Si noe!»

Jan forsøkte å møte farens blikk i håp om en siste kontakt, et farvel.

«Hva vil du jeg skal si, far?» spurte han.

Men ansiktet, det tomme blikket, fortalte at han ikke lenger kunne se.

6

Da presenningen var rullet sammen, spurte Jan om han kunne hjelpe med å bære den.

«Ja, tusen takk, det er veldig hyggelig av deg. Den er litt tung må jeg innrømme», svarte den unge kvinnen takknemlig.

Jan grep tak i presenningen og la den over den ene skulderen.

«Hvor vil du at jeg skal legge den?» spurte han.

«Den skal inn der.» Hun pekte mot en trebygning som lå like til venstre for selve hovedbygningen, den så ut til å bli brukt til å lagre redskaper og slikt, med åpen garasjeport i fronten. Da Jan hadde lagt fra seg presenningen, spurte han om det var noe mer han kunne hjelpe til med.

«Nei, tusen takk skal du ha, det var veldig hyggelig av deg å hjelpe meg.»

Jan snudde seg for å gå tilbake til bilen. I samme øyeblikk kom en liten jente løpende og vinket ivrig til kvinnen.

«Mamma, mamma, se hva jeg har fått.»

Piken rakte frem et postkort hun hadde fått av hun som sto i resepsjonen, fortalte hun stolt. Jan, som fremdeles sto like ved, kunne se at det var et bilde på kortet av noen som klatret oppover et bratt fjelloverheng.

«Når skal vi klatre, mamma?» spurte piken med et bebreidende tonefall. «Du har sagt at jeg skal få gjøre det.»

Kvinnen smilte og kikket bort på Jan mens hun forklarte litt unnskyldende: «Jeg har lovet henne at hun skal få være med meg på fjellklatring en gang. Men det er vanskelig for henne å forstå at hun må bli litt eldre.»

Jan nikket forståelsesfullt. Det var kjekt å treffe en pike med slik entusiasme og interesse for fjellet.

At han selv begynte å interessere seg for friluftsliv, var ikke en tilfeldighet. I tillegg til idrett, hadde faren også en sterk interesse for turgåing. Han kom fra Fjell, et lite tettsted vest for Bergen, hvor uteliv var en naturlig del av oppveksten. Etter at Jan og Fride ble født, ble det derfor mange søndagsturer på byfjellene som omkranset Bergen.

Da Jan var tolv år gammel, ble moren veldig syk, og Jan ble sendt på sommerleir til Kvamskogen som Bergen Turlag arrangerte. På Kvamskogen bodde Jan i Turlagets hytte sammen med andre gutter. De lærte å lage naturhytter av greiner og busker, og de lærte hva en kunne spise av det de fant ute i naturen, som bær og slikt. Etter den gangen reiste Jan flere ganger med Turlaget på lignende opphold og var også med på andre friluftturer som ble arrangert for barn.

Men Fride stakkars, hun ble dessverre livende redd for alt som hadde med fjell å gjøre etter den forferdelige påsketuren med onkel Andreas.

Det var den første påsken Fride og Jan skulle dra på tur uten at foreldrene var med. Jan var femten år og Fride tretten. De hadde gledet seg lenge til turen. De skulle på tur til Jotunheimen sammen med onkelen, som bodde i Bergen på den tiden. Onkel Andreas var fjellvant og hadde vært mye i Jotunheimen. Foreldrene følte seg derfor trygge på at han og Fride var i de beste hender.

De reiste med båt fra Bergen og inn Sognefjorden til Høyanger. Derfra tok de først buss og deretter drosje helt inn i Jostedalen. Drosjen kjørte dem til et sted som het Holmevassbu. Derfra skulle de ta seg opp i en dal som het Fagerdalen, for så å gå videre til en ubetjent hytte som het Arntzbu. Fra Arntzbu skulle de gå videre innover i Jotunheimen.

Været hadde vært bra, med bare en liten bris som trakk ned fra dalen. Et stykke oppe i Fagerdalen kom de til en bratt fjellside som de måtte krysse. Det hadde klarnet opp og temperaturen gikk plutselig fra pluss til minus. Snøen, som hadde vært våt og myk, hadde fått en hard hinne av is. Først da de sto midt ute i et bratt heng, merket de at snøen hadde blitt til is. Det var nesten umulig å få feste med skiene, til tross for at de hadde ski med stålkanter. Femti meter lenger nede var et åpent juv med frådende vann. Forsiktig tok de av seg skiene.

«Dere må vente her til jeg har laget trinn i snøen!» ropte onkel Andreas. De kunne høre på stemmen hans at han var engstelig.

Onkelen tok frem en tollekniv fra sekken og begynte å hakke små trappetrinn. Mens han holdt på med det, sto Jan og Fride og ventet med ski og staver under armene og med hver sin tunge sekk på ryggen. Det var tungt å stå der uten å røre på seg, og jo lenger de måtte vente, desto verre ble det. Til slutt fikk begge to panikk. Jan trodde at han kom til å miste balansen, han følte seg svimmel. Han var redd for at hvis han ikke klarte å holde seg på beina, ville han skli nedover og ikke stoppe før han lå i juvet. Fride, som sto like bak Jan, hadde begynt å gråte. Da de omsider kom seg over henget og ned på sikker grunn, var hun helt hvit i ansiktet og skalv over hele kroppen.

Men det skulle bli verre. Etter syv, åtte dager med fantastisk påskevær, hadde de overnattet på toppen av Fannaråki. Til tross for solslørene de gikk med for ikke å bli solbrent, hadde de alle tre fått en kraftig rødbrun farge i ansiktet. Jan gledet seg til å komme hjem, han var helt sikker på at jentene på skolen kom til å syntes han var flott med den fine brunfargen. Da de hadde kommet ned fra toppen og var nesten helt nede hvor løypen delte seg og gikk videre mot Skogadalsbøen, måtte de på nytt ta seg over et brattheng. Det var en snødekt igjenfrosset elv. Først gikk onkel Andreas, deretter Jan og til sist Fride. Skiene hadde de tatt av seg da det for lengst var slutt på skispor, bare noen dype fotspor viste hvor folk hadde gått. Snøen var våt, det var plussgrader i luften og det var vanskelig å gå i de dype støvlesporene som var tråkket opp. Men skulle de komme videre, måtte de over henget, det var ingen andre steder de kunne passere. Et stykke nedenfor der støvlesporene gikk, flatet terrenget litt ut, for deretter å falle hundre og femti meter fritt ned i dalbunnen.

«Ta skiene under venstre arm og stavene i den andre for å støtte dere med», sa onkel Andreas, «og pass på at dere har skikkelig fotfeste før dere tråkker ned i det neste fotsporet!»

Jan kunne se en jernstang stikke opp av snøen et stykke nedenfor, like til høyre for der de gikk, med et stykke tau som hang og slang fra den. Åtte meter lenger nede sto nok en jernstang. Tauet hadde trolig vært bundet fast mellom begge jernstengene som et sikringstau, men nå var det til ingen nytte. Onkel Andreas gikk med forsiktige, men stødige skritt nedover. Jan forsøkte å tråkke i de samme sporene, men det var ikke lett. Først måtte han løfte den ene foten opp av det dype fotsporet han sto i, for deretter å skritte over og ned i det neste. Sporene var dype, og det var vanskelig å holde balansen. Da Jan passerte jernstangen, vurderte han å gripe tak i tauet, men skjønte fort at det ikke var mulig med begge hendene opptatt med ski og staver. Jan begynte å bli engstelig, fotsporene var løse og flere ganger raste snøen litt ut når han tråkket ned i dem. Jan stirret nedover i henget mot stupet, hjertet begynte å banke fort, han kjente svetten renne nedover ryggen under vindjakken og den tykke ullgenseren han hadde på seg.

«Neeei!»

Skriket fra Fride fikk det til å gå kaldt nedover ryggen hans. Snøen ved sporet der Fride hadde tråkket ned i, hadde rast ut. Fride sklei nedover, rett mot stupet, mens hun hylte av redsel. Hun tviholdt på ski og staver mens hun rutsjet nedover, og Jan så at hun forsøkte å sette støvlene ned i snøen foran seg. Om Jan aldri så mye hadde ønsket det, var han ikke i stand til å bevege en eneste finger, han bare stirret på Frides ville ferd nedover. Da Jan var sikker på at Fride var på vei utfor stupet, klarte hun som ved et under å presse den ene støvelen ned i snøen. Hun snurret rundt og ble mer eller mindre kastet inn mot den nederste jernstangen, og der hang hun, fremdeles med ski og staver som hun tviholdt på. Onkel Andreas og Jan sto begge som lamslått, de bare stirret på Fride. Det var som om de var redde for at den minste lyd ville få henne til å rutsje videre nedover.

Til slutt var det Fride som ropte, skrekkslagen og hysterisk: «Stå ikke bare der, da, dere må hjelpe meg!»

Da reagerte onkel Andreas.

«Sitt helt stille Fride, jeg kommer ned til deg, men ikke rør deg!»

Onkel Andreas stakk ski og staver ned i snøen. Han tok av ryggsekken og festet den ene skulderselen over skien, slik at den ikke skulle forsvinne. Opp av sekken dro han to lange lærreimer. Først laget han en løkke på den ene reimen ved å trekke enden gjennom spennen og deretter festet han enden av reimen i spennen på den andre, slik at han fikk dobbel lengde. Forsiktig skrittet han seg nedover til Fride.

«Lirk løkken forsiktig rundt håndleddet ditt, Fride. Se om du klarer det uten å miste skiene og stavene.»

Onkelen kastet enden av reimen med løkke ned til Fride. Fride samlet stavene og skiene under den ene armen, og forsiktig lirket hun den frie hånden inn i løkken.

«Nå trekker jeg forsiktig til, slik at løkken strammer seg. Men grip tak i reimen med hånden selv om du har løkken rundt håndleddet ditt.»

Onkel Andreas kunne ikke gå helt ned til Fride, han var redd for at snøskavlen like ved ville rase ut. Med reimen, som kanskje var tre meter lang, strammet han forsiktig til, mens Fride forsiktig akte seg baklengs oppover ved å sparke fra med beina. Sakte, men sikkert fikk han trukket henne opp til der han og Jan sto. Det var ikke mye som ble sagt etterpå, der de sto midt i henget, de visste at de måtte videre, noen annen løsning var det ikke.

Da de var kommet seg ned av henget og over på trygg grunn, var Fride blitt helt likblek i ansiktet, all brunfarge var fullstendig borte. Denne gangen gråt ikke Fride, hun bare stirret på Jan med et blikk som Jan aldri hadde glemt. Det var helt tomt, pupillene i øynene til Fride var store som tallerkener. Det var som om Jan kunne se rett inn i sjelen hennes, det var et slikt blikk en får når døden har tatt på deg.

Etter den påsken ville ikke Fride gå på tur lenger. Fjellturer skydde hun som pesten. Til å begynne med merket Jan det mest på temperamentet hennes. Hun kunne bli rasende hysterisk over små bagateller, eller ekstatisk glad over nesten ingenting. Humøret hennes svingte som en jojo.

Elendigheten startet for fullt da Fride begynte på gymnaset. Hun begynte på samme skole som Jan, på engelsklinje med kunstfag. Det var bare jenter som gikk der, de kledde seg annerledes og holdt seg for seg selv, adskilt fra de andre elevene.

Det var da hun traff John. John og to andre drev alle med stoff. Jan visste godt hvem de var, han hadde sett dem ved skoleplassen flere ganger tidligere. De kom i friminuttene og solgte til de andre elevene. En dag fikk Jan høre via noen andre at Fride hadde røkt hasj. Da han spurte henne om det var sant, ble hun rasende for at han kunne spørre om noe slikt. Men en dag de var hjemme alene og snakket om hva de syntes var spennende og hva de hadde lyst til å oppleve, fortalte Fride at hun hadde røykt hasj. Hun påsto skråsikkert at det ikke var farlig å røyke av og til, samtidig som hun sa til Jan at han måtte holde seg lang unna det. Selv mente hun å ha full kontroll.

Men Fride hadde ikke full kontroll og alt ble bare mye verre.

En kveld kom politiet på døren. De hadde funnet Fride sammen med noen andre ungdommer i et forlatt hus. Politiet hadde hatt rassia og funnet narkotika på flere. Fride ble heldigvis kjørt hjem da de ikke fant noe på henne.

Etter å ha holdt seg i ro en stund begynte Fride å gå ut igjen. Foreldrene var oppgitt over at hun var så obsternasig og vrang, og de visste ikke hva de skulle foreta seg. Ofte ble Jan sendt ut for å lete etter henne, fordi faren mente at han måtte vite hvem hun var sammen med siden de gikk på samme skole. Jan forsto at faren reagerte som han gjorde på grunn av at han var bekymret for Fride. Men han følte det dypt urettferdig at oppførselen hennes gikk ut over han. Det virket nærmest som faren klandret han for at Fride var som hun var.

Av og til tenkte han at det var det som hendte den påsken, som hadde gjort at Fride ble slik som hun ble. Han bestemte seg for at når han kom tilbake til Bergen, skulle han forsøke å ta kontakt med henne. Var det noen som kunne gjøre noe for henne, var det vel han. Andre hadde hun nok ikke.

7

Da Jan satte seg inn bak rattet, fikk han igjen øye på kon-
volutten som lå på setet ved siden av. Vannet fra den våte
jakthatten hadde trukket godt inn i papiret, og den hadde
begynt å løse seg opp. Han tok konvolutten og åpnet den
forsiktig. Da han begynte å trekke ut de to arkene som lå
inni, falt noe ned i fanget hans. Jan kikket ned. Selv om det
lå med baksiden opp, forsto han med en gang at det var
et bilde. Han tok det opp og snudde det. Fargene hadde
forandret seg på deler av bildet på grunn av fuktigheten,
men heldigvis ikke verre enn at han kunne se at det var en
kvinne og en gutt. Kvinnen på bildet kjente han ikke, men
ansiktet til gutten fikk han til å reagere. Gutten, eller den
unge mannen på bildet, kunne være om lag tjue år. Han
lignet på Harry, håret var mørkeblondt, men kanskje noe
lysere enn det Jan kunne huske at Harrys hår hadde vært.
Og hadde ikke han på bildet blå øyne? Jan studerte bildet
nøye, men det var vanskelig å se tydelig. Harrys øyne hadde
i alle fall vært brune. Men munnen og ansiktsformen var
da ganske lik, var de ikke? Hjertet til Jan banket fortere.
Det var ikke Harry, det var sikkert, men likevel var noe
som fikk Jan til å tenke på han. Hadde Harry fått et barn
med noen? Nei, det var vel ikke mulig, og han på bildet
var altfor gammel. Jan la bildet fra seg og brettet de to
brevarkene forsiktig ut. Det var en pen håndskrift, den

samme som på konvolutten. Fuktigheten hadde løst opp blekket helt nederst på det ene arket slik at deler av det som var skrevet var uleselig. Jan begynte å lese:

Kjære Jan!

Jeg skriver til deg fordi jeg i mange år har båret på en hemmelighet. En hemmelighet som også angår deg. Du husker meg kanskje ikke, men vi traff hverandre for flere år siden på Heinseter, på Hardangervidda, hvor vi sammen gikk tilbake til Halne.

Jan mistet nesten pusten. Han tok opp bildet igjen og studerte det nøye. Nå mente han å kunne dra kjensel på kvinnen, selv om hun på bildet var eldre enn han husket henne.

Han var vel tjueen år gammel og hadde nettopp kommet tilbake fra militæret da han tok en helgetur alene til Halne. Han skulle ta båten over Halnefjorden, for derfra å gå videre til Heinseter. Planen var å overnatte der og gå tilbake til Halne dagen etter. Siden han hadde reist opp lørdag ettermiddag og det bare var snakk om en todagers tur, var det en grei måte å komme seg fort inn på vidda. Fra enden av vannet, der han gikk av båten, tok det bare et par timer å gå til Heinseter.

Jan hadde kommet frem til Heinseter ganske sent på kvelden. Det hadde vært få gjester der, et middelaldrende par fra Nederland, noen dansker og tre norske kvinner som var på helgetur. Da Jan hadde spist middag om kvelden, spurte en av de tre kvinnene om han ville komme bort og sitte sammen med dem. Det hadde han takket ja til. Alle tre var en del eldre enn Jan, kanskje i trettiårsalderen. De ble sittende utover kvelden, og Jan fortalte om turer han hadde gått både i Jotunheimen og på Hardangervidda. De tre var ikke særlig fjellvante og for to av dem var turen til Heinseter en jomfrutur, som den ene av de hadde sagt, mens hun blunket til de to andre.

Jan fortalte at han dagen etter skulle gå tilbake til Halne. Han hadde hørt at det var en gammel jaktgrav inne ved en innsjø som het Skaupsjøen, og han ønsket å studere den litt nærmere. Jan fortalte de tre, som interessert hørte på, hvordan jegere før i tiden felte reinsdyr ved å bygge steingraver med steingarder i en slags kile hvor de jaget reinsdyr inn i innsnevringen slik at de falt ned i et dypt hull ved enden av kilen.

Den ene av de tre kvinnene fortalte at hun også skulle tilbake til Halne, i motsetning til de to andre som skulle gå videre til Rauhelleren. Hun spurte Jan om hun kunne få gå sammen med han. Jan svarte at det var bare hyggelig, men at det var en lang tur.

Da de skulle gå tilbake dagen etter, hadde været vært utrolig flott. Solen stekte, og temperaturen var opp mot tjue grader. De hadde satt seg ned ved dyregraven, og spist nisten de hadde tatt med seg, og drukket vann fra en bekk som rant like ved. Jan husket også at de pratet om hva de jobbet med og hvor de bodde, men noe særlig mer kunne han ikke lenger huske. De hadde krysset elven som rant ut fra Skaupsjøen og ut i Halnefjorden og gått videre langs Skaupsjøen der de kom til et par fjellbuer som lå like ved enden av vannet. Der hadde de tatt en ny pause.

Det var stekende varmt i luften. Jan kunne huske at det var hun, var det ikke Anne hun het, som foreslo at de skulle ta et bad i det flotte fjellvannet, for å svale seg som hun hadde sagt. Anne hadde gått ned til vannkanten og før Jan fikk sukk for seg hadde hun tatt av seg klærne og gått ut i vannet, helt naken. Forfjamset sto Jan tilbake og så på. Det var fristende å ta en dukkert, men å kle seg naken foran en ukjent kvinne, var vanskelig. Men Anne hadde snudd seg mot Jan. Vannet rakk henne bare opp til litt over navlen.

«Kom igjen da, det er helt herlig. Du er vel ikke pyse?» hadde Anne ropt.

Hva skulle en ung mann si eller gjøre når en kvinne spurte om en var pyse? Og han kunne ikke unngå å legge merke til at Anne var en virkelig flott kvinne. Til tross for alderen, hun var sikkert nærmer ti år eldre enn han selv, var hun slank og flott, og brystene hennes var yppige.

Jan hadde gått ned til vannkanten, nølende hadde han tatt av seg klærne og vasset ut i vannet. Vannet var svalende og deilig, men synet på hun som sto der naken ute i vannet og ventet på han, var mer enn Jan kunne stå imot. Flau forsøkte han å vende seg halvt vekk fra henne, slik at hun ikke skulle se. Han vasset fort for å komme ut og ned i vannet før han avslørte seg helt. Men Jan mistet balansen, han ramlet fremover i vannet, rett mot Anne, og før han visste ordet av det lå han nærmest og glante henne rett inn i skrittet.

Anne hadde ledd høyt, hun hadde strukket armene mot han og trukket han mot seg, samtidig som hun la seg bakover i vannet. På den måten ble Jan liggende over Anne. Han kjente hvordan kroppen hennes ble presset opp mot han. Anne hadde tatt hånden til Jan og lagt den over det ene brystet sitt. Så kjente Jan at hun berørte han i skrittet, og hun visket leende inn i øret hans: «Kom da.»

Jan hadde vært så oppspilt og forvirret over å bli forført på den måten at han hadde vært helt ute av stand til å tenke klart. Anne tok han med opp på gresskanten. Der hadde de hatt samleie.

Resten av veien frem til Halne hadde de gått og snakket om løst og fast, men ikke om det som hadde skjedd. Ønsket Anne å treffe han igjen? Skulle de holde kontakten? Hun var mye eldre enn han, men nå hadde de ligget sammen. Jan var helt forvirret, dette var en situasjon han aldri hadde vært borti før, og han visste ikke helt hva han skulle si eller hva han burde gjøre.

Da de omsider kom frem til Halne, hvor de hadde parkert bilene sine, spurte Jan om de skulle gå inn for å ta en kopp kaffe eller kjøpe seg noe mat. Men Anne hadde takket nei, hun ville kjøre av sted med en gang.

«Skal vi treffes igjen, eller noe sånt?» mannet Jan seg omsider opp til å spørre.

Anne smilte og gav Jan en klem.

«Nei, takk skal du ha, det tror jeg ikke, men takk for en minnerik tur, den kommer jeg ikke til å glemme så lett.»

«Men om jeg kommer til Oslo, vil du at jeg skal kontakte deg?»

«Nei, for all del, ikke gjør det er du snill. Jeg tror ikke min mann vil sette særlig stor pris på det!»

Jan sto lamslått tilbake og så etter bilen. Han stusset på om han burde bli sint eller skuffet, men samtidig måtte han innrømme at det hadde vært en spennende og deilig opplevelse.

Jan begynte å lese brevet på nytt igjen. Var det virkelig mulig at det var Anne som hadde skrevet det?

Kjære Jan!

Jeg skriver til deg fordi jeg i mange år har båret på en hemmelighet. En hemmelighet som også angår deg. Du husker meg kanskje ikke, men vi traff hverandre for flere år siden på Heinseter, på Hardangervidda, hvor vi sammen gikk tilbake til Halne.

Først nå har jeg bestemt meg for å kontakte deg. Jeg ber om unnskyldning for det, men det er en grunn for det som du kanskje vil forstå når du leser dette.

Årsaken til at jeg nå kontakter deg er at jeg ønsker å informere deg om at jeg ni måneder etter at vi var sammen, fikk en sønn, som du altså er far til.

Jan stoppet å lese. Han! Far til en sønn! Det var jo ikke mulig, hva pokker kunne dette være for noe. Et øyeblikk tenkte Jan at han skulle rive brevet i stykker, men han klarte ikke å la være. Han måtte lese alt sammen.

At det er du som er faren er jeg nok hundre prosent sikker på, fordi jeg var ikke sammen med noen andre enn deg den tiden. Men slikt er jo i dag også mulig å fastslå med en DNA-test, om det skulle være aktuelt. Og bare for å slå det fast med en gang, jeg kontakter deg ikke for å kreve noe som helst av deg, ei heller at du skal påta deg noe ansvar eller noe slikt.

Det er viktig for meg å fortelle deg at det som skjedde den gangen på Hardangervidda, for meg var et valg jeg tok helt bevisst og noe som har vært til stor glede og berikelse for meg hver eneste dag siden. Både det at vi to var sammen den ene gangen og senere over å ha blitt beriket med en sønn. Jeg har levd alene i alle år, både før og etter at vi to var sammen. Jeg husker jeg fortalte deg da vi skiltes på Halne at jeg var gift. Det var noe jeg sa, for å unngå at du skulle føle noen forpliktelser eller vise videre interesse for meg. Du tenker kanskje at det var veldig egoistisk av meg å opptre på den måten, og jeg må bare innrømme at det var det også. Men samtidig var det den måten jeg kunne oppnå noe jeg av hele mitt hjerte ønsket, nemlig å bli mor. Men jeg har aldri ønsket å binde meg til noen. Din sønn har derfor måtte vokse opp uten en far, men han har hatt meg, og to besteforeldre som alle tre har gitt han all den kjærlighet og omsorg han kunne ønske seg.

Din sønn, som er oppkalt både etter stedet der vi traff hverandre og deg, er for lengst blitt en voksen mann, med god utdannelse og med en god karriere. Du trenger ikke å bekymre deg, han klarer seg veldig godt. Jeg lovet å fortelle han hvem faren hans var den dagen han ble voksen.

Men først nå har dette blitt aktuelt, og han har altså bedt meg om å kontakte deg. Han har veldig lyst til å treffe deg, sin far. Han har bedt meg

  at han ønske
 og hans fulle navn e
 om du ikke ønsker å møte
  for det. Du behøver i så fa
 det, så ber han deg o

han er f
kontakt
Med ve

Den siste delen av brevet var uleselig, skriften var ødelagt av all fuktigheten. Jan måtte lese brevet to ganger før han la det fra seg. Tankene var bare kaos. På nytt tok Jan opp bildet for å studere det nærmere. Nå forsto han hvorfor han på bildet minnet om Harry. Og Jan som trodde at han ikke kunne få barn. Kunne det virkelig være slik at han ikke var steril likevel? I hvert fall kunne han ikke ha vært det den gangen? Hva var det egentlig legen hadde sagt til han og Jannike? At han hadde dårlig sædkvalitet? Kunne det være at det var noe som hadde kommet med alderen? Det var jo slik det måtte være, tenkte Jan. Og nå var han altså blitt far.

Brått ble Jan fylt med en voldsom glede, han klarte plutselig ikke å se klart. Tårene begynte å presse seg frem, og rant nedover kinnene hans. Jan forsøkte å tørke de bort med håndbaken mens han kjente at følelsene sprengte seg på i brystet.

«Jeg er far til en gutt som er oppkalt etter meg», sa han halvhøyt. Han studerte bildet av Anne og sønnen på nytt.

«Det er derfor han ligner slik på Harry. Stakkars Harry.» Tankene gikk tilbake til den forferdelige ettermiddagen for ti år siden.

8

Harry jobbet i USA og hadde overrasket alle med å komme hjem for å feire jul med familien. Et par timer tidligere hadde Jan snakket med Harry. Han fortalte at han hadde vært innom senteret og tilfeldigvis møtt Bård, en gammel venn av Jan. Jan og Bård var gode venner fra tiden på gymnaset, og de hadde holdt kontakt siden. Bård hadde ofte vært hjemme hos Jan, og ble etter hvert godt kjent med Fride. Senere ble han også kjent med Harry, selv om han var en del yngre enn de tre andre.

«Fride foreslo at jeg skulle invitere Bård på besøk», hadde Harry forklart. «Du må love meg at du kommer, ta med Trude. Det blir litt merkelig om det bare er jeg og Fride som er hjemme.»

Tidligere på ettermiddagen hadde Jan truffet Trude, og hun hadde sagt hun trengte en pause. Igjen! De hadde vært sammen nærmere et halvt år denne gangen. At Trude nok en gang sviktet han, var mer enn hva han kunne begripe. Han var helt satt ut, hele kroppen hans skalv og svetten rant som om han hadde høy feber.

«Det forbannede kvinnfolket», ropte Jan og slo hånden fortvilt mot rattet. At han kunne la seg lure og misbrukes slik hver eneste gang. Selv om Jan var sint og forbannet på Trude, var det likevel fortvilelsen over å miste henne igjen som mest av alt rev og slet i han. Han var så uendelig glad i den jenten, men hva kunne han gjøre?

«Hvem pokker har hun falt for denne gangen? At jeg aldri lærer.»

Jan traff Trude for første gang på et felles arrangement for all russen i byen. Jan hadde for en gangs skyld meldt seg på, han brukte vanligvis ikke å være med på fester eller arrangementer av noen slag. Men da Arne og Bård, som han var mye sammen med, meldte seg på, bestemte han seg for å bli med han også. Trude sto ved inngangen, sammen med to andre og ønsket velkommen. Hun var med i arrangementskomiteen. Jan la merke til henne med en gang. Hun var mørk i håret, hadde helt brune øyne og var ganske liten. Jan var litt over en meter og åtti, mens han tippet at Trude neppe kunne være mer enn en meter og sekstifem. Smilet Trude møtte han med gjorde at han ble helt forfjamset.

«Hei. Velkommen, jeg håper du kommer til å få en fantastisk kveld.»

Både måten hun sa det på og blikket hennes gjorde at Jan trodde de hadde møtt hverandre før. Men han klarte ikke å plassere henne.

«Men, har vi truffet hverandre før?» spurte Jan nølende. «Jeg kan ikke helt huske hvor?»

Trude begynte å le, og de to andre som sto sammen med henne lo de også. Jan innså at dette var en velkomsthilsen alle fikk og ikke noe annet. Han kjente rødmen stige opp i ansiktet.

«Æ, jeg beklager, men jeg misforsto, jeg ...»

Han klarte ikke å si noe mer, han ble bare stående og se på Trude med store øyne.

«Unnskyld, men jeg må nesten be deg gå og henge fra deg jakken der inne.»

Trude skjøv forsiktig Jan videre innover i inngangen. Det sto andre i kø som også skulle inn.

Flau gikk Jan videre for å henge fra seg jakken og skjer-fet. Han kikket bort på Trude, som fremdeles sto på trappen og tok imot folk. Plutselig snudde hun seg og stirret tilbake. Hun vinket og smilte bredt til han. Jan ble helt forvirret.

Under middagen holdt russepresidenten tale, og det var mye latter og rop fra salen, men hva som ble sagt, husket han ikke. Etterpå skulle det være dans. Et av byens lokale rockeband skulle spille, men Jan var ikke særlig interessert. Han var ingen danseløve, og han hadde sagt til Bård at han kom til å gå når de var ferdig med å spise. Sannheten var at Jan ikke torde å engasjere noen jenter, i frykt for at de ville si nei til å danse med han. Jan var helt sikker på at Trude syntes han var en raring på grunn av det som skjedde da han ble tatt imot av henne. Henne torde han i alle fall ikke å engasjere.

Da de skulle i gang med dansingen, kikket Jan mot utgangen, han ville smyge seg ut. Tanken på at noen fikk øye på at han gikk, likte han ikke, han måtte bare komme seg usett ut. Det hadde vært hyggelig så lenge de satt og spiste, men å stå og se på de andre danse, det orket han ikke. Da han var nesten fremme ved garderoben, hørte han noen rope bak seg.

«Hei, du har ikke tenkt å stikke av, vel?»

Jan snudde seg og der sto Trude. Hun grep tak i han og dro han med inn i lokalet.

«Du må danse med meg. Du har vel ikke tenkt å svikte meg?»

Jan danset med Trude hele den kvelden, han var helt forgapt i henne.

De første månedene var Jan og Trude uatskillelige. I russetiden var det festing og mye gøy, og da sommeren kom, reiste de på telttur til Sørlandet. Både Trude og Jan hadde tatt sertifikat og de fikk låne bilen til Trude sine foreldre.

Jan reiste i militæret samme høst, han tenkte mye på Trude, men de klarte ikke å holde kontakt med hverandre. Han fikk et brev fra Trude etter et par måneder og han skrev tilbake. Jan var ikke særlig flink til å skrive, men han fortalt om livet i leiren og det han drev på med. Men etter det første brevet fra Trude hørte ikke Jan noe mer fra henne.

Da Jan omsider kom hjem igjen og begynte å jobbe i banken, tenkte han på om han skulle forsøke å ta kontakt med Trude, men han tok ikke motet til seg. Så en dag, et par år senere, var han inne i en klesforretning i sentrum for å kjøpe seg en vinterfrakk. Helt tilfeldig la Jan merke til en som sto med ryggen til borte ved disken. Jan kjente henne først ikke igjen, hun hadde et langt lyst hår som hang nedover ryggen og dekket en kledelig lys beige kåpe.

«Tusen takk for hjelpen», hørte Jan henne si.

Jan trodde han kjente igjen stemmen. Mannen bak disken ga kvinnen en bærepose. Da hun snudde seg, stirret hun rett på Jan. Smilet hun gav Jan fikk han nesten til å ramle om.

«Trude, er det virkelig deg? Du har fått lyst hår.»

Det var alt Jan klarte å stamme frem.

«Ja visst», svarte Trude leende, hun var akkurat den samme smilende jenten.

Trude var ikke sammen med noen, og de avtalte å treffes senere i uken. Hun leide en liten leilighet i sentrum sammen med en annen venninne, men hun flyttet inn til Jan uken etter, i en liten toroms leilighet på Landås som Jan leide. Trude fortalte at hun hadde arbeidet forskjellige steder etter gymnastiden, men nå hadde hun startet med jusstudier.

Den første tiden var alt fint, nesten som da de var sammen før Jan reiste i militæret. De kunne nesten ikke få nok av hverandre. Bortsett fra jobb og studier, var de sammen hele tiden. Det eneste de gjorde var å spise, sove og elske sammen, alt annet var uinteressant.

Men etter noen måneder merket Jan at Trude endret seg. Hun begynte å overnatte hos venninnen i sentrum igjen. Det var mye enklere når hun måtte lese til sent på kvelden, forklarte hun, for da slapp hun den lange bussturen opp til Landås. Hun måtte være på lesesalen tidlig få å en ledig plass.

Da Trude også begynte å reise bort i helgene, kjente Jan uroen vokse. Kom Trude til å gjøre det slutt med ham? En morgen før hun dro på universitetet, ringte Jan henne. Hun hadde overnattet hos venninnen, og Jan spurte om de skulle gå på kino samme kveld. Som vanlig svarte Trude at hun måtte lese. Jan insisterte likevel på at han måtte snakke med henne. Han måtte finne ut om noe var galt.

«Det er bare en kort samtale», insisterte Jan.

Jan kunne ikke holde ut lenger, uansett hvor mye han forsøkte å konsentrere seg om andre ting, tenkte han bare på henne.

Jan møtte Trude på universitetet utenfor lesesalen. De gikk og satte seg i kantinen, på et bord litt for seg selv. Jan kjente at han var kvalm, han følte at det var like før han måtte brekke seg.

«Hva er det du vil snakke med meg om?» spurte Trude utålmodig, hun kikket på armbåndsuret sitt, som om Jan forstyrret henne. Jan tenkte seg litt om før han mannet seg opp.

«Den siste tiden, Trude, det er akkurat som om du unngår meg ...»

Jan ville fortsette, spørre om noe var i veien, om Trude ikke var glad i han lenger.

«Jan, jeg trenger en pause, jeg må ha litt tid på meg», svarte hun før han fikk sagt noe mer.

«Pause, hva mener du?» spurte Jan måpende.

«Jeg syns du har forandret deg, Jan, og jeg vet ikke helt om det er oss to. For å være ærlig, jeg må få ting litt mer på avstand.» Trude så på Jan med bebreidende øyne, som om han var skyld i et eller annet. «I alle fall for en stund.» Den siste setningen la Trude til med en selvmedlidende mine.

«Har jeg forandret meg?» Jan stirret uforstående på Trude. «Hva mener du med det?»

«Nei, jeg vet ikke helt, det er det jeg må få tenke litt på.»

«Men, pause, hva mener du med pause? Trude, jeg er glad i deg, du kan da ikke mene at jeg ...»

Jan var fortvilet. Han visste ikke hva mer han skulle si, og Trude ville ikke engang høre på han. Hvordan skulle han få Trude til å ombestemme seg?

Noen dager senere på jobben overhørte Jan tilfeldigvis noen som snakket sammen. Kjartan, en kollega av Jan, var sammen med Trude, hørte han de si. Jan husket at Trude hadde truffet Kjartan da hun var med Jan på det årlige julebordet banken arrangerte.

Et par måneder senere ringte Trude til Jan, hun angret sa hun, og hun lengtet veldig etter han. Jan ble selvsagt veldig lettet og glad. Han tok henne tilbake, selvfølgelig gjorde han det, håpløst forelsket som han var i henne.

Men det skjedde på nytt. Trude gjorde det slutt og denne gangen for en lengre periode. Jan var helt fortvilet, og han følte at Trude mer eller mindre brukte han som en slags stasjon mellom alle eventyrene. Etter hvert fikk han også høre ryktene om at Trude var kjent som litt av en rundbrenner.

«Du bør ærlig talt holde deg unna henne, Jan», sa Kjartan, en dag da de traff hverandre i kantinen. «Hun ligger med alle hun klarer å komme over.»

Men Jan ble forbannet på Kjartan. Selvsagt sa han det, han som selv hadde blitt forlatt av Trude. Innerst inne var Jan klar over at han ikke burde tenke på Trude, men han klarte rett og slett ikke å la være. Og da Trude igjen dukket opp, følte Jan bare glede, og han glemte alt som hadde skjedd tidligere og alt han hadde sagt til seg selv. Trude forklart Jan hvor vanskelig alt var for henne. Selvsagt var det bare Jan hun egentlig var forelsket i, bedyret hun, med tårer i øynene.

«Jeg elsker deg, Jan, du må tro meg, jeg er bare redd for å binde meg. Det er fordi jeg tror at om jeg gjør det, vil du komme til å forlate meg», forklarte Trude med et blikk som fikk Jan til å smelte.

Og selv om Jan syntes forklaringen var helt på trynet, ønsket han å tro på det. Han var helt håpløst forelsket. Trude kunne sno han rundt fingeren sin, og selv om han visste inderlig vel at Trude brukte han, klarte han likevel ikke å gjøre noe med det.

«Denne gangen er det alvor», tenkte han hver gang, «nå har hun sikkert lært. Denne gangen skal det gå bra!»

Jan parkerte bilen utenfor huset til foreldrene. Harry hadde foreslått at han skulle ta med Trude, men nå ble jo det ikke noe av. Han ristet oppgitt på hodet og slo av motoren. Han orket nesten ikke tanken på å gå inn i huset.

Plutselig hørte han Harry rope fra inngangsdøren: «Kommer du, Jan? Du har vel ikke tenkt å bli sittende i bilen?»

Han gikk ut, låste bildøren og ruslet mot Harry. Han forsøkte tappert å smile, men orket ikke å svare.

«Bård er allerede kommet», fortsatte Harry.

Som vanlig var Harry smilende og glad. Hadde den gutten aldri noen bekymringer? Det var nesten litt irriterende, han hadde alltid vært foreldrenes yndling og derfor alltid sluppet unna når noe skjedde. «Han er så liten, han forstår ikke hva han har gjort», var det moren alltid hadde sagt da de var mindre. Og om faren kjeftet for noe de hadde funnet på, var det Jan som fikk høre det, ikke Harry.

«Du er den eldste av dere Jan», pleide faren å si, «det er du som må bruke hodet.»

Inne i gangen hang Jan fra seg ytterjakken, og tok av seg skoene. Deretter tok han på seg tøflene som alltid sto på sin faste plass. Bård sto på kjøkkenet og kuttet opp sjampinjong til pizzaen.

«Hei, Bård, har Harry satt deg i arbeid?» spurte Jan med

et tørt smil og nikket mot Bård. «Pass på, ellers ender du opp med å måtte ta over hele pizzabakingen.»

«Det trenger du ikke bekymre deg for», svarte Bård og flirte.

Jan visste ikke helt hva han skulle si, han var mest opptatt av hvordan han skulle forklare at Trude ikke var med.

«Er Fride kommet?» spurte Jan.

«Nei, men hun er nok på vei», svarte Harry. «Hun sa at hun ikke ville være her før litt før halv sju, men det passer perfekt siden pizzaen da skal være omtrent ferdig.» Harry sjekket klokken, som om han beregnet tiden det ville ta å lage pizzaen. «Hvor er Trude, forresten? Jeg trodde du skulle ta henne med?»

Før Jan rakk å forklare at noe hadde kommet i veien, avbrøt Bård ham: «Jan, kan jeg få en prat med deg?» Bård hadde fått et alvorlig, kanskje litt nervøst uttrykk i ansiktet. «Kan vi gå inn i stuen?»

«Er det noe alvorlig som har skjedd?» spurte Jan, fortsatt litt avvisende, da de var på vei inn i stuen.

En ubehagelig tanke slo ned i Jan. Var det Trude han ville snakke om? Hadde Bård og Trude blitt sammen? Jan ble helt fra seg, og han kunne ikke å tenke på noe annet. Han fryktet at Bård og Trude hadde forelsket seg. Det var åpenbart når han tenkte over det, de to virket veldig begeistret for hverandre. Hvordan kunne han være så naiv. Trude var alltid etter vennene hans, var hun ikke? Det måtte være grunnen til at Trude hadde oppført seg så hemmelighetsfull og holdt seg unna ham, og hvorfor han han ikke hadde snakket med Bård på lenge.

Da tanken først slo ham, ble Jan stadig mer overbevist om at det var det som hadde skjedd. Raseriet og fortvilelsen han følte vokste seg så sterk at han verken klarte å tenke eller snakke.

«Jan, jeg må fortelle deg noe. Det er noe jeg må si, eller spørre deg om, før jeg gjør noe mer», sa Bård.

Selvsagt, det var da Harry spurte om Trude at Bård plutselig måtte snakke med han. Jan så sammenhengen, to pluss to var selvfølgelig fire. Jan stirret på Bård med både panikk og fortvilelse, han bare ventet på det han fryktet Bård ville si.

«Du skjønner, jeg har forelsket meg og siden du er min beste venn, min eneste virkelig venn, må jeg være ærlig og fortelle deg, eller ...», Bård lette litt etter ordene, «få din velsignelse, om jeg kan si det slik.»

Der kom det Jan hadde fryktet. Og Bård av alle! Ordene og måten Bård så ned i gulvet på, Jan tok det som en bekreftelse på mistanken. Jan klarte ikke å kontrollere seg lenger. Bård hadde forelsket seg i Trude, og nå ville han fortelle det til han og be om at de fortsatt måtte være venner. Hvordan i all verden kunne han tro det!

Tanken på at Bård og Trude var sammen fikk Jan til å miste all fornuft, det svartnet for ham, og raseriet tok helt overhånd.

«Nei!», skrek Jan. «Helvete heller, kom deg ut, Bård!» Jan var helt hysterisk og ute av stand til å tenke klart. «Tror du ikke jeg har skjønt det? Du kan bare glemme å være min venn, når du legger deg etter henne! Dra til helvete, Bård, kom deg ut av huset før jeg slår deg ned. Ser jeg deg igjen, dreper jeg deg!»

Jan mistet fullstendig besinnelsen. Han tok tak i skjorten til Bård slik at flere knapper løsnet. Han dyttet Bård ut i gangen, og rev opp ytterdøren mens han presset Bård mot den. Bård, sjokkert over Jan sin oppførsel, prøvde å si noe, men Jan skrek så høyt at Bård ikke fikk sagt noe. Harry, som hørte det voldsomme rabalderet i gangen, åpnet kjøkkendøren og stirret lamslått på Jan som dyttet og slet i Bård. Uten motstand lot Bård seg presse ut døren mens han så på Harry med et fortvilet blikk.

Etter å ha kastet Bård ut, hev Jan også ut ytterjakken og skoene hans etter mens han skrek: «Dra til helvete! Jeg håper jeg aldri ser deg igjen.»

Så smalt han igjen døren.

«Hva i alle dager er det som har skjedd?» spurte Harry sjokkert. «Hva er det som går av deg?»

Harry gikk mot ytterdøren.

«Det skal du bare drite i», skrek Jan hysterisk. «Og du åpner ikke den forbannede døren.»

«Du kan ikke bare kaste ut Bård på den måten.»

«Jo, det kan jeg. Han er en jævla drittsekk, han har lurt meg.»

«Lurt deg? Med hva?»

«Han har ... Han ...»

Jan klarte ikke å tenke klart, alt bare snurret rundt i hodet på han. Harry stirret på han mens han ristet på hodet.

Litt senere, etter at Harry hadde gått tilbake til kjøkkenet og Jan hadde gått inn i stuen igjen, hørte de ytterdøren bli åpnet.

«Hei dere, er pizzaen klar?» Det var Fride sin glade stemme.

Fride gikk inn på kjøkkenet og Jan fulgte etter.

«Nei, jeg skulle akkurat til å gå i gang med å steke den», svarte Harry stille.

«Hvor er Bård?» Fride kikket seg forventningsfullt rundt. «Jeg trodde han også skulle komme?»

«Bård har gått», svarte Harry, og så oppgitt på Jan. «Det klikket for Jan. Han hev Bård på dør.»

«Hva er det du sier?» Fride snudde seg sjokkert mot Jan. «Er det sant, Jan?»

«Trude slo opp med meg i dag, og Bård ville fortelle meg at han og Trude ... De er sammen. Jeg hev han ut. Han er en forbannet drittsekk.» Jan mumlet usammenhengende mens han satt seg ned på en kjøkkenkrakk, fremdeles helt slått ut.

«Er det mulig, da forstår jeg i det minste litt bedre hvorfor du ble så sint», sa Harry. «Men du kan ikke oppføre deg slik uansett, Jan.»

Fride ble ganske blek og satte seg ned på en krakk med blikket slått ned. Det var tårer i øynene hennes.

«Ikke vær lei deg, Fride», sa Harry og gikk bort for å trøste henne. Han bøyde seg for å gi henne en klem, men Fride reiste seg brått opp og løp ut av kjøkkenet og forsvant opp trappen.

Like etterpå ringte det på døren.

«Hvem er det nå?» utbrøt Harry og gikk for å åpne.

«Jo, hun er her», hørte Jan Harry si. «Et øyeblikk.»

«Fride, det er noen som spør etter deg!»

Fride kom ned trappen. Jan hørte Fride snakke.

«Ja ... Nei ... Ja vel, jeg kommer.»

Fride tittet inn gjennom kjøkkendøren. Hun så fortsatt ganske lei seg ut.

«Jeg stikker ut med John, si til far og mor at jeg blir sen.»

John var ett år eldre enn Jan, og han var virkelig en sleip type. Det var noe uærlig og mistenkelig ved hele fyren. Jan visste at han drev på med narkotika, og at han var årsaken til alle problemene Fride hadde. Jan hadde gjentatte ganger bedt Fride om å holde seg unna han, men nå var Jan så utmattet at han ikke klarte å reagere.

«Da blir det bare oss to til å spise pizzaen», sa Harry oppgitt da Fride hadde gått, «vi har i alle fall nok mat. Fytterakkern for en kveld, må jeg si.» Harry sukket tungt. «Jan, kan du stikke ned på senteret og kjøpe litt øl før de stenger? Vi har gått tom.»

«Nei, det orker jeg ikke, du får du gjøre det selv», svarte Jan humørløst.

«Men jeg må få pizzaen i stekeovnen, jeg kan ha den klar til du er tilbake.»

«Nei, jeg sa jeg ikke orker. Hvis du vil ha øl, må du fikse det selv.»

Jan var fremdeles veldig opprørt.

«Kan du passe på stekingen, da?»

«Ja, jeg får vel det, da», svarte Jan surt.

«Da setter jeg den inn i ovnen. Tar du tiden? Etter femten minutter må du ta den ut og strø på osten, og husk å drysse på litt oregano på toppen. La den steke i om lag fire–fem minutter til, til osten har smeltet og begynner å bli gyllen. Klarer du det?»

«Herregud, Harry, det der er da ikke akkurat rakettforskning» utbrøt Jan irritert. «Selvsagt klarer jeg det.»

Harry svarte ikke, han forsvant ut døren. Like etterpå hørte Jan han kjøre av gårde.

Da Harry hadde kjørt, gikk Jan inn i stuen og satte seg ned i sofaen. Han følte seg helt utslitt og fortumlet. Han tok seg til hodet, som om det holdt på å eksplodere, som om noen hadde gitt han et hardt slag i hodet. Jan lente seg bakover mot sofaryggen og la en pute bak i nakken. Det føltes som han falt ned i en bunnløs brønn. Alt ble mørkt.

9

Jan satte bilen i «Drive» og svingte ut på veien, han måtte komme seg videre. Egentlig var han altfor oppskaket til å kjøre. Sønnen ønsket kontakt med han, men hvordan skulle han klare det? Skriften var uleselig, og det var ikke mulig å tyde verken navn eller adresse. Men Anne hadde tydeligvis klart å finne ut både hva han het og hvor han bodde, så det burde være mulig for han å klare det samme, for han hadde selvsagt veldig lyst til å treffe sønnen sin.

I årene etter bruddet med Trude hadde Jan isolert seg. Han hadde følt seg mislykket og forsøkt å glemme minnene om Harry og den forferdelige kvelden hjemme. Han hadde blitt flink til å fortrenge det, det var som om det bare var noe han hadde hørt om, som ikke angikk ham, slik hadde han lært seg å leve med det. Men i virkeligheten lå alt dette som en eneste stor kreftsvulst inne i ham, gnagende og voksende for hver dag og hver time. Det var egentlig uutholdelig. Jan følte at han var skyld i alt som hadde skjedd. Da han i tillegg fikk vite at han ikke kunne få barn, innså Jan at han kom til å leve resten av livet sitt ensom, uten familie.

Jan hadde aldri truffet Jannike igjen etter at hun forlot ham, men gjennom andre kollegaer hadde han hørt at hun hadde flyttet sammen med en annen. En kollega fra

Oslo hadde tilfeldig truffet Jannike og samboeren hennes, han husket bare fornavnet hans. Han het Frank! Jan ble nesten kvalm da han hørte det, kunne det virkelig være den samme Frank som de hadde gått sammen med opp til Galdhøpiggen?

Jan forsto at Jannike fremdeles ikke hadde fått barn. Han hadde flere ganger, rett etter at hun dro fra ham, faktisk tenkt at det kanskje var hun som ikke kunne få barn, og han hadde til og med ønsket at det var tilfelle. Jan måtte innrømme at han likte tanken på at de kanskje var i samme båt. At han ikke betydde mer for Jannike enn at hun forlot han bare fordi han ikke klarte å gjøre henne gravid, var noe han aldri klarte å komme over. Hvis man virkelig er glad i noen, skjer ikke slikt. Kanskje han bare hadde vært et redskap for Jannike, akkurat slik han hadde vært for Trude.

Like nedenfor Turtagrø kjørte Jan av riksveien for å ta Tindevegen videre til Øvre Årdal, samme vei han hadde kjørt noen dager tidligere. Tindevegen var en relativt fin og nyasfaltert fjellvei, riktignok med en berg-og-dal-bane-lignende profil, som buktet seg som en slange mellom fjellsidene på begge sider. Veien var stort sett oversiktlig og kjøreforholdene var rimelig gode, bortsett fra enkelte små tåkeflak som han av og til kjørte inn i. Luften var blitt klarere, og på displayet kunne Jan se at temperaturen hadde sunket. Enkelte partier av veien hadde fått en speilblank ishinne som det nesten var umulig å få øye på, den så ut som fuktig asfalt.

Da veien begynte å svinge kraftig nedover, veltet tåken på nytt tett nedover fjellsiden. Før Jan visste ordet av det, kunne han ikke lenger se veibanen foran seg. Bakfra skinte den lave kveldssolen, og omsluttet bilen i et gult og rødt tåkehav. Jan tråkket forsiktig på bremsen, men ingenting skjedde. Bilen bare fortsatte med samme fart. Hjulene låste seg mens bilen sklei av sted på den speilblanke veien. Jan pumpet fortvilet på bremsen, men han klarte ikke å få kontroll over bilen, og farten økte nedover den bratte hellingen. Gjennom sladrespeilet kunne Jan se sollyset som fortsatt skinte gjennom tåkedisen. Det var et vakkert, oransje lyshav.

Elena

10

Da Elena åpnet øynene, så hun rett inn i ansiktet på en mann som sto bøyd over henne.

«Hvordan føler du deg?»

Elena forsøkte å si noe, men tungen føltes som limt fast i munnen.

«Det har vært noen tøffe dager for deg», fortsatte han, «men du behøver ikke engste deg, du er over det verste nå.»

Elena bare stirret på mannen, hun forsto ikke hva han mente. Han var kledd i en hvit frakk, hun var tydeligvis på et sykehus. Mannen i den hvite frakken smilte beroligende.

«Sørg for at hun får hvilt seg», sa han og nikket mot en sykepleier som sto like ved. «Jeg kommer tilbake til deg når du har fått samlet deg litt mer», sa han vennlig før han forsvant ut av rommet.

Sykepleieren kom bort til sengen der Elena lå.

«Hei, du skal få noe å sove på. Forsøk og hvil deg.»

Da Elena våknet igjen, trengte sollyset seg inn gjennom persiennene i det halvmørke rommet hun lå i, og tegnet et mønster av parallelle striper på gulvet. Elena så seg rundt. Gjennom glassruten i døren kunne hun skimte skygger av folk passere hastig forbi. Til venstre for henne var et nattbord med et glass med vann. Litt bortenfor nattbordet så hun et apparat på hjul som blinket med noen lys samtidig som det gav fra seg en monoton, pipende tone. Et stativ sto like til høyre for henne ved sengen, med to poser hengende ned fra noen kroker. Blank væske fra posene dryppet ned i slanger og videre ut i to kanyler, den ene var stukket inn i Elena sin høyre arm og den andre ...?

Elena kikket på kanylen som var tapet fast i håndbaken. Hva i alle dager hadde skjedd? Elena forsøkte å tenke etter. Sakte begynte det å demre for henne. Armen hadde hovnet opp. Hun hadde vært hos fastlegen og fått antibiotika, men den hadde bare blitt verre. Etter et par dager var hele armen hoven og rød. Fra albuen og ned til de første fingerleddene så armen ut som en rød ballong fylt med vann. Da hun fikk vanskeligheter med å holde seg på beina, ringte hun alarmsentralen.

Elena kikket på venstrearmen sin. Hun kunne så vidt se fingrene stikke ut av bandasjen, som gikk fra skulderen og helt ned til fingertuppene. Det siste Elena kunne huske helt klart, var at hun ble hentet av en ambulanse, så ble hun lagt på en båre. Deretter var alt fjernt, som om en tett tåke hadde lagt seg rundt henne. Elena var sikker på at hun hadde hørt en stemme, noen hadde snakket til henne. Han sa at han ville fortelle henne noe og hadde lagt noe på brystet hennes. Hun kunne fortsatt kjenne vekten der.

Døren til rommet ble åpnet og en sykepleier kom inn.

«Hvordan føler du deg?»

«Jeg vet ikke, jeg føler meg ganske svimmel og kvalm», svarte Elena, overrasket over at sykepleieren snakket til henne som om de hadde kjent hverandre lenge.

«Pulsen din er litt høy», sa sykepleieren, mer til seg selv enn til Elena, mens hun holdt pekefingeren og langfingeren på Elena sitt høyre håndledd. Hun festet en blodtrykksmåler rundt Elena sin overarm og pumpet den opp.

«Blodtrykket ditt er helt normalt», sa hun og nikket fornøyd for seg selv. «Du har vært bevisstløs en stund, så det er nok naturlig at du føler deg både kvalm og svimmel etter alt du har vært igjennom», fortsatte hun. Elena hørte luften sive ut av måleren og hun kjente presset rundt armen avta.

«Det er noen her som ønsker å besøke deg. Går det bra tror du?»

Elena svarte ikke, hun bare nikket.

Det var Elena sin far og hennes bror, Richard. De listet seg inn i rommet som om de var engstelig for noe. Da de fikk øyekontakt med Elena, smilte begge to lettet. Elena sin far bar på en bukett med røde roser, pent pakket inn i gjennomsiktig cellofan. Han la buketten forsiktig fra seg på bordet ved siden av Elena sin seng.

«Hvordan går det med deg, vennen min?» spurte han og bøyde seg ned for å gi Elena en klem.

Richard kom også bort til henne. Han strøk så vidt hånden sin over Elena sin høyre arm. Han sa ikke noe, bare nikket og presset frem et smil. Elena kunne se engstelsen i øynene hans.

De fant seg to stoler som de skjøv inntil sengen og satte seg.

«Hvordan går det med deg?» gjentok faren. «Føler du deg bedre?»

«Jeg gjør vel det», svarte Elena og forsøkte å kjenne etter. «Jeg forstår det ikke. Sykepleieren sa at jeg har vært bevisstløs, men jeg husker ikke noe? Hva er det som har skjedd?»

«Husker du ikke?» Faren hadde dype rynker i pannen.

«Nei?»

«Du fikk blodforgiftning i armen din.»

«Blodforgiftning?» gjentok Elena, hun studerte den bandasjerte armen sin. «Si meg, hvor lenge har jeg vært her egentlig, hvilken dag er det?»

«Det er lørdag, du ble innlagt på mandag, for fem dager siden.»

«I fem dager?»

«Du har vært bevisstløs, Elena.» sa Richard alvorlig.

«Fem dager», gjentok Elena. «Jeg kan da ikke ha vært bevisstløs hele den tiden?»

«Du har nok det, du kom til deg selv først i natt, det er i alle fall det de sa til meg», svarte faren.

«Men det kan ikke være mulig», sa Elena oppgitt. «Jeg vet at det har vært noen her inne.»

Begge to bare stirret på Elena.

«Jeg kan ikke ha vært bevisstløs hele tiden», gjentok Elena. «Det var en som var her. Jeg trodde kanskje at det kunne ha vært deg, pappa?»

«Nei, det var nok ikke meg. Det har sikkert bare vært en lege eller en av sykepleierne.»

«Det var en her, som la noe på brystet mitt, en bok eller noe sånt.»

«En bok? Hva mener du?» Han stirret uforstående på Elena. «Jeg forstår ikke helt hva du sikter til. Vi har vært her på sykehuset, men ingen av oss har fått lov til å komme inn til deg. Du var veldig syk, Elena. Vi trodde en stund ...»

Faren stoppet å snakke, svelget flere ganger og kikket urolig på Elena med tårer i øynene.

«Det var i alle fall noen her», gjentok Elena.

«Det var nok ikke meg og ikke Richard heller for den saks skyld», svarte faren og kikket bort på Richard. «Jeg tror kanskje du bør hvile deg litt, vennen min. Du er sikkert omtåket etter alt det som har skjedd. Vi kan komme igjen litt senere.»

«Da må det ha vært noen andre», utbrøt Elena i sine egne tanker. Hun hørte ikke etter. «Det var noen som la noe på brystet mitt. Jeg er nesten sikker på at var en bok. Det må ha skjedd for ikke så lenge siden, for jeg tror jeg har lest boken», fortsatte Elena forundret. «Jeg vet i alle fall hva den handler om.»

Faren og Richard stirret på Elena, urolige og nesten skremt over oppførselen hennes. Hun var tydeligvis ikke frisk og hadde vrangforestillinger.

«Elena, du må slappe av. Du er sikkert bare litt forvirret. Jeg tror det er best at vi lar deg være i fred en stund. Det har nok vært en stor påkjenning for deg, alt det du har vært gjennom. Jeg skal si fra til sykepleieren», sa faren og reiste seg.

Elena svarte ikke, hun bare stirret oppgitt på de begge.

«Du må passe på deg selv, Elena», sa Richard. «Du er den eneste søsteren jeg har, vet du. Jeg har ikke råd til å miste deg, du forstår vel det?» Richard bøyde seg og gav Elena en klem. «Ha det bra så lenge, vi sees i morgen», sa han og fulgte etter faren som allerede var i ferd med å forlate rommet.

Elena ble liggende og stirre på døren som ble lukket seg bak dem. Hun forsto ikke hva Richard mente med det han sa.

Hun trakk i snoren som hang ved siden av hodet hennes.

«Jeg trodde jeg hadde en bok her», sa hun da sykepleierne kom inn, «har du sett den?»

Elena søkte med øynene rundt om i rommet.

«Din far nevnte at du snakket noe om en bok, hva mener du med det?»

«Jeg trodde jeg hadde en bok her. Den må ha vært ganske tykk, i alle fall var den ganske tung», la Elena til, for å poengtere at den ikke bare kunne forsvinne i løse luften.

«Det var ikke noen bok med deg da du kom hit i går kveld», svarte sykepleieren nølende. «Er du sikker på at du ikke husker feil?»

«I går? Kom jeg hit i går?» spurte Elena forskrekket. «Har jeg ikke vært her lenger? Min far sa jeg hadde vært her i fem dager?»

«Det var nok før du ble overført fra Intensiven.»

«Intensiven?»

«Ja, du ble flyttet hit, da du ...», hun nølte litt, «da du var over det kritiske.»

Elena forsto ikke hva sykepleieren mente.

«Men kan du ikke i alle fall sjekke? Jeg er fryktelig redd for den boken.»

«Jeg skal snakke med de på Intensiven», smilte hun beroligende og forsvant ut døren. En liten stund senere kom hun tilbake.

«Jeg er nok redd for at du husker feil. Det var ikke noen bok med deg da du ble lagt inn. Jeg har for sikkerhets skyld sjekket i posen med eiendelene dine også. Det er ingen bok der heller.»

«Jeg hadde den ikke med meg. Det var noen som besøkte meg, en mann tror jeg. Det var han som kom med den. Kan det ha vært legen? Han sa i alle fall at han skulle komme tilbake.»

«Legen?» utbrøt sykepleieren og stirret forskrekket på Elena. «Nei, legen har i alle fall ikke gitt deg noen bok, det kan du være ganske sikker på.»

«Da må det ha vært på det andre stedet, før jeg ble flyttet hit», forsøkte Elena seg, hun begynte å bli usikker. Kanskje noen hadde rotet den bort da hun ble flyttet?

«Nei, du kan umulig ha fått den på Intensiven», svarte sykepleieren avvisende. «Der var du bevisstløs hele tiden, i alle fall så vidt jeg vet. Og det er heller ikke mulig at noen kan ha besøkt deg der. Du har ligget på isolat. Dit kommer ingen inn utenom sykehuspersonellet. Du husker nok feil er jeg redd. Du er nok fremdeles bare litt omtåket tenker jeg. Det er ikke så unaturlig etter det du har vært gjennom», sa hun bestemt.

Elena forsøkte å tenke etter. Var det mulig at hun virkelig tok så feil? Hun var ganske forvirret og svimmel fremdeles, det merket hun. Nei, hun var helt sikker på at hun husket riktig. Hun hadde ligget i en seng da boken ble lagt på brystet hennes. Det var en mann som gjorde det, han hadde til og med snakket til henne. Hun kunne fremdeles kjenne vekten av boken som ble lagt på brystet hennes, så tung at hun følte hun ikke fikk puste.

«Jeg kan umulig ha vært bevisstløs hele tiden, hvordan skulle jeg ellers huske at jeg fikk den?» spurte Elena opphisset.

Elena var fortvilet. Hvordan kunne de rote slik? Hun var helt sikker på at boken hadde forsvunnet da hun ble flyttet.

«Du må forsøke å roe deg», sa sykepleiersken og ristet oppgitt på hodet. «Det er ikke mulig er jeg redd. Det er nok et eller annet som spiller deg et puss. Husk at du har vært bevisstløs lenge. Det er ikke uvanlig å være litt forvirret etter det du har vært gjennom. Du må forstå at det har vært en stor påkjenning for kroppen din. Det tar nok bare litt tid før alt kommer tilbake til deg. Når du har kommet deg litt mer til hektene, vil du huske hvordan alt henger sammen.»

Hun snudde seg for å forlate rommet.

Elena var oppgitt. Sykepleieren hørtes ut som om hun trodde hun snakket til et lite barn. Hvorfor kunne hun ikke høre etter.

«Det er dere som roter, ikke jeg.»

Sykepleieren gikk ut av rommet og lukket døren forsiktig etter seg.

Elena forsøkte å huske nøyaktig hva som hadde skjedd. På et eller annet tidspunkt måtte noen ha vært inne hos henne. Hun kunne ikke ha vært bevisstløs hele tiden. Den forbaskede armen, alt sammen var et eneste rot.

11

Det var Vigdis som hadde foreslått at de skulle reise. Vigdis hadde en venninne fra gymnaset som jobbet i den norske ambassaden i Rabat, som hun hadde avtalt hun skulle besøke i ferien. Elena takket først nei, hun hadde aldri vært i Marokko og tanken på å reise til et helt ukjent land var ikke særlig fristende.

«Hva kan man egentlig se eller opplever der, da?» spurte Elena, nærmest for å konstatere at Vigdis ikke kunne svare på det. Men Vigdis fortalt om Janne som hadde vært i Rabat i litt over et år og som allerede hadde besøkt mange spennende og fargerike steder. Casablanca hadde Elena hørt om, men ikke særlig mye om de andre byene, som Rabat, Marrakech eller Fes. Vigdis viste henne bilder som Janne hadde sendt, og litt etter litt begynte Elena å tenke at det kanskje kunne være spennende å bli med likevel.

Turen til Marokko ble en stor opplevelse. Janne hadde tatt seg fri fra jobben på ambassaden, og sammen reiste de for å besøke flere av de stedene Vigdis hadde fortalt om. Først besøkte de Casablanca, den største byen i Marokko, og den byen som mest lignet på en europeisk storby. Det var kanskje den byen som var minst spennende. Deretter besøkte de Fes, en by som lå lengre nord i Marokko og ikke langt fra Tanger, hvor de hadde kommet med fergen fra Spania. Det var kanskje den mest pittoreske byen av de alle.

Etter Fes dro de til Marrakech, som var et eventyr, syntes Elena. Byen besto av en sentrumskjerne som ble kalt Medina, og var omkranset av en gammel bymur. Innenfor muren var det marked med et yrende folkeliv. Det ble solgt tepper i alle farger og størrelser og vesker og andre typer lærvarer. Elena kjøpte seg en fin veske, og med Janne som prutet, kostet den neste ingenting. Det ble solgt håndhamrete fat og lysestaker i alle størrelser og fasonger, laget i messing og kobber, inngravert med flotte tegninger og mønstre. Alt ble laget på stedet, folk satt og hamret og banket overalt hvor de gikk. Elena følte hun var i en annen verden, hun hadde aldri opplevd noe lignende.

Da de skulle spise couscous på en restaurant inne i selve Medina, gikk de opp på takterrassen i restauranten for å trekke litt frisk luft mens de ventet på at maten skulle bli ferdig. Fra takterrassen kunne de se rett ned på en plass med et utall kummer. De ble tydeligvis brukt til å garve og farge skinnvarene de solgte. Med innlevelse forklarte Janne at arbeidet var lite miljøvennlig og at det sikkert også var ganske helsefarlig. Men marokkanerne var et stolt folkeferd, og arbeid som dette var tradisjonsrikt og gikk fra generasjon til generasjon, forklarte hun ivrig.

Elena og Vigdis lærte seg fort å ha mynter klar, for en måtte tipse for omtrent absolutt alt. Parkerte du, måtte du passe på å tipse den som passet på bilene i gaten der du parkerte. Glemte du det, kunne du risikere at bilen hadde en fæl ripe når du kom tilbake, forklarte Janne.

Dagene gikk fort og de opplevde mye. Det slo Elena hvor hyggelige og vennlige alle var. Hun tenkte allerede at hun ville komme tilbake til Marokko en annen gang. Hun trivdes også bedre og bedre i selskap med Janne og Vigdis. Selv om Elena trodde hun kjente Vigdis godt fra før, oppdaget hun helt nye sider ved henne. Vigdis hadde veldig godt humør og hun var enkel å være sammen med, men hun hadde lett for å engste seg, og Elena følte at hun måtte passe på henne.

Dagen før de skulle reise hjem besøkte de Casablanca igjen. Siden det var siste dagen de var sammen, tok de for en gangs skyld inn på et femstjerners hotell. Hotellet hadde flere svømmebasseng og det var deilig å være på et såpass flott sted etter alle turene de hadde hatt til mer fattigslige og spartanske områder. Elena og Vigdis tok inn på ett rom sammen, en suite, mens Janne fikk et litt mindre rom, siden hun var for seg selv.

Da kvelden kom, bestemte de seg for å spise på hotellets restaurant. Da de hadde spist og fått i seg et par flasker vin til maten, forslo Janne at de skulle ta en drink før de avsluttet kvelden.

«De har en fantastisk Singapore Sling her», sa Janne.

De gikk sammen til baren, hvor Janne bestilte drinker og de slo seg ned ved et bord like ved bardisken. Etter litt kom bartenderen med drinkene.

«Skål for en fantastisk ferie», sa Vigdis, «og takk til deg, Janne, for at vi fikk bo hos deg. Takk for at du har tatt deg slik av oss og alt det fantastiske du har vist oss.»

«Å, jeg har hygget meg like mye som dere», svarte Janne med et stort smil.

Elena merket at de ble betraktet av fire menn like ved. En av mennene forsøkte seg med et nikk, men Elena lot som hun ikke merket det. Etter en stund kom han som hadde nikket bort til dem.

«Parlez-vous français?»

«Non», svarte Vigdis veldig bestemt, før de andre to fikk sagt noe. Janne, som snakket utmerket fransk, kastet et forbauset blikk bort på Vigdis.

«Good evening, ladies, it looks like you're having a great evening.» Den høflige mannen slo over på engelsk. «Is it ok if we join you?»

Elena kunne se at Janne var åpen for selskap, men igjen, før Janne fikk sagt noe, svarte Vigdis.

«No, it is not ok. I am sorry, but we are not interested.» Vigdis virket ganske irritert.

«Det hadde da vært kjekt å få litt selskap, Vigdis», forsøkte Janne seg.

«Nei, vet du hva, det gidder jeg virkelig ikke», svarte Vigdis surt. «Har ikke vi tre det hyggelig nok uten at vi skal feste med folk vi ikke kjenner?»

Janne måtte være enig i det.

Da de hadde drukket opp drinkene, kjente Elena at hun begynte å bli beruset. Det var lenge siden hun hadde drukket såpass mye. De hadde vel til sammen klart å tømme to flasker rødvin til måltidet og før det hadde de startet med hvert sitt glass hvitvin. Og cocktailen de nettopp hadde drukket, var god, men virket veldig sterk. Omsider ble de enige om at kvelden var slutt. De reiste seg og takket hverandre for en hyggelig aften.

Elena og Vigdis gav Janne en god klem da de sto utenfor døren til rommet deres.

«Søren», sa Janne plutselig. «Jeg må ha glemt skjerfet mitt nedi baren. Jeg stikker ned etter det. God natt da dere, takk igjen for en kjempehyggelig kveld.»

Da Elena og Vigdis gikk inn i suiten, kom de først til salongen.

«Skal vi legge oss eller skal vi ta en drink fra minibaren?» spurte Vigdis.

«Er det ikke veldig sent?» spurte Elena. Hun kjente at hun egentlig hadde drukket nok.

«Kan vi ikke ta en drink til før vi legger oss? Please!»

Vigdis gikk bort til minibaren, hun fant frem to miniflasker med gin og en flaske tonic, og helte oppi to glass.

Elena satte seg ned i sofaen, mens Vigdis slo seg ned i en stol.

«Skål Elena, det er jammen hyggelig å være sammen med deg», sa Vigdis fornøyd.

«Ja, skål», svarte Elena, «og takk i like måte.»

Vigdis reiste seg og satte seg ned i sofaen ved siden av Elena. «Har du reist mye til utlandet før?» spurte hun. Hun smilte og vendte seg mot Elena mens hun la den ene armen over sofaryggen.

«Ikke mye. Jeg har vært noen turer til Gran Canaria. I den forrige jobben min reiste jeg noen ganger til Tyskland og Frankrike og et par ganger til USA. Og så studerte jeg i USA. Men ferier som dette, om sommeren, nei, det har jeg vel ikke gjort mer enn én gang før.»

«Hvor reiste du da?»

«Til Spania, La Manga. Jeg var der en uke for noen år siden. Men det var dønn kjedelig, det eneste du kunne foreta deg der var å svømme eller sole deg. Det var tettpakket med skandinaver, mange nordmenn. Det var ikke spesielt spennende. Selv maten på restaurantene kunne du bestille fra menyer som var skrevet på norsk.»

«Reiste du sammen med noen?»

«Nei, jeg reiste alene.»

«Hvorfor det? Har du ingen kjæreste, Elena?»

«Nei, det har jeg ikke.»

«Har du hatt kjæreste noen gang?»

«Skal si du spør», smilte Elena, «jo, jeg har hatt kjæreste, men det er flere år siden.»

Elena syntes det var ubehagelig å bli minnet om det.

«Savner du ikke å ha noen å være sammen med, da?»

Elena følte det nesten som om Vigdis forsøkte å forhøre henne. Hun savnet Henry, men det var ikke noe hun ville snakke om.

«Enn du da, Vigdis, er du sammen med noen?»

«Nei, ikke nå.» Vigdis så ned, men Elena la merke til at Vigdis fikk tårer i øynene. «Det er ingen som er glad i meg», hvisket Vigdis stille.

«Hva er det du sier, Vigdis. Nå må du ikke tulle.» Elena måtte passe seg for ikke å begynne å le. «Klart det er mange som er glad i deg.»

«Det er ikke det jeg mener. Det er ingen som liker meg som kjæreste, altså.»

Begynte Vigdis å gråte? Elena stirret forbauset på Vigdis. Det rant tårer nedover kinnene hennes.

«Vigdis, kjære deg, hva er det med deg?»

Elena la armen forsiktig rundt Vigdis. Vigdis sank inn i armkroken hennes, gråten kom i høye hulk.

«Jeg tror du har fått litt for mye å drikke, Vigdis, kanskje vi bør legge oss.»

«Nei, det har ikke noe med det å gjøre, Elena. Jeg er ikke full om det er det du tror. Jeg blir bare så lei meg over at ingen forelsker seg i meg. Jeg kan bli glad i andre, men det skjer aldri at noen er glad i meg tilbake.»

Vigdis stirret på Elena, øynene hennes druknet i tårer.

«Ikke vær lei deg, Vigdis. Nå har du i alle fall meg her.»

«Hva mener du med det?»

«At jeg er her sammen med deg. Vi er gode venninner, og jeg er glad i deg. Du må ikke være lei deg.»

«Er du glad i meg?»

«Ja, selvsagt er jeg det.»

«Men, forstår du ikke. At jeg er glad i deg også. Forstår du ingenting? Jeg ...»

Vigdis stoppet opp litt.

«Elena, jeg er forelsket i deg, du må da ha forstått det?»

De hadde avtalt å treffe Janne til frokost klokken halv ni morgenen etter. Men først da klokken var litt over ni dukket Janne opp.

«Beklager, dere, men jeg forsov meg, det ble litt sent i går. Hva med dere, har dere sovet godt?»

Vigdis kastet et flakkende blikk på Elena.

«Gikk dere å la dere etter at dere gikk på rommet?»
spurte Janne nysgjerrig.

«Nei», svarte Elena, og lot som hun ikke la merke til at
Vigdis rødmet, «vi tok oss først en gin tonic fra minibaren.
Det ble sannelig nok alkohol i går, jeg kjenner det enda.»

«Og hva med deg da, Janne?» spurte Vigdis urolig.

«Vel», Janne dro litt på det, «det ble ganske sent. Husker
dere han typen som kom bort til oss da vi satt i baren?
Jeg traff han igjen da jeg gikk for å lete etter skjerfet. Vi ...»
Janne trakk pusten og himlet med øynene. «Jeg ble med
han på rommet hans!»

Da de hadde spist og gjort seg klar for å dra tilbake til
Rabat, spurte Janne om en av de andre kunne kjøre. Hun
var trett etter nattens strabaser og redd hun kom til å
sovne bak rattet.

«Jeg bare må ha meg litt søvn på veien hjem», sa hun på
en litt melodramatisk måte.

«Kjører du, Elena?» spurte Vigdis. «Jeg er ikke særlig
opplagt jeg heller, og jeg er ikke vant med automatgir.»

Elena var ikke helt pigg hun heller. Det var lenge siden
hun hadde drukket såpass mye. Men hun var i grunnen
glad for å kunne kjøre mens de andre sov, slik at hun slapp
å måtte snakke om alt mulig.

Elena var ganske forvirret over at Vigdis hadde lagt an
på henne kvelden før. At hun hadde sagt at hun var forel-
sket i henne, hadde kommet fullstendig overraskende på
Elena. Tanken hadde ikke slått henne i det hele tatt. Men
når hun tenkte nærmere etter, hadde hun jo merket at
Vigdis ofte berørte henne ved å tilfeldigvis stryke henne
over en arm eller en skulder. Og om hun var begeistret
over et eller annet, gav hun gjerne Elena en klem, men
det gjorde hun også med Janne, så det var kanskje ikke
så veldig spesielt. Og ved flere anledninger hadde Vigdis
stukket hånden sin inn i Elenas når de var ute og gikk.

Elena hadde ikke tenkt noe særlig over det, det var som
om de bare var to søstre som gikk og leide hverandre, eller
som gode venninner naturlig kunne gjøre.

Da Vigdis sa at hun var forelsket i henne, hadde tårene
rent så voldsomt at Elena følte en sterk omsorg for hen-
ne. Hun hadde tatt Vigdis inn i armene sine for å trøste
henne. Vigdis hadde kysset Elena på kinnet, og av en eller
annen grunn hadde hun bare latt henne gjøre det. Da
Vigdis fortsatte å kysse henne forsiktig på munnen, hadde
Elena først ikke visst hvordan hun skulle reagere. Hun
var redd for å såre henne om hun skjøv Vigdis fra seg. De
hadde sett på hverandre, og Elena hadde gitt etter. Vigdis
omfavnet henne, og de hadde kysset hverandre lenge. Så
hadde Vigdis tatt henne i hånden og dratt henne med inn
på soverommet. Elena hadde vært ganske forvirret.

Inne på soverommet hadde Vigdis tatt genseren av seg.
Hun trakk den opp over hodet og sto der naken oventil,
og hun hadde sett på Elena med et blikk som tydelig viste
hva hun ønsket. Elena hadde fått panikk.

«Vigdis, nei, jeg kan ikke, dette blir helt feil. Jeg beklager,
men jeg vet ikke helt hva jeg vil. Ikke nå, jeg må få mer
tid på meg.»

Elena hadde ikke visst hva annet hun skulle si.

Det som hadde skjedd gjorde Elena usikker. Var hun vir-
kelig lesbisk? Elena smakte på ordet. Helt fra hun var
ung trodde mange at hun var lesbisk. Som barn likte hun
å leke med gutter, hun hadde ingen jentevenner. Senere,
som tenåring, var det heller omvendt. Men Elena hadde
aldri følt at hun var interessert i jenter, ikke på den måten.
Som tenåring hadde hun hatt flere beilere, men det var
alltid gutter. Elena visste at hun tok seg godt ut, hun var
høy, en meter og et par og åtti. Hun var slank uten å være
direkte feminin, med brede hofter og slikt. Hun var heller
kraftig, med smale hofter og brede skuldre. Og hun likte å

ha det mørke håret kort, nesten som gutteklipp. Med sitt rene ansiktstrekk og intense gråblå øyne, var det få menn som ikke kikket langt etter henne. Og hun likte å bli sett etter, det måtte hun innrømme. Hun lot seg også gjerne bli invitert ut, men om hun merket at om noen ble altfor interessert, brøt hun fort kontakten med dem.

Elena kikket i sladrespeilet. Hun kunne se at Vigdis satt i baksetet og sov tungt. Hun satt halvt lent bakover med i en merkelig posisjon og med åpen munn, noe som fikk Elena nesten til å bryte ut i latter.

Hun måtte få snakket ut med Vigdis. Hun var ikke forelsket i henne, og lesbisk var hun vel ikke? Elena måtte likevel innrømme at det var et eller annet hun ikke ble helt klok på. Hun ble nærmest engstelig dersom hun merket at en mann ble for interessert i henne. Med en kvinne var det annerledes, kvinner var på en måte ikke like skremmende. De var mer som likemenn, om en kunne bruke et slikt uttrykk kvinner imellom, og med andre kvinner følte Elena at hun lettere kunne snakke om personlige ting, om forhold som hun aldri ville ha snakket med en mann om. Selv med Henry hadde Elena ikke utlevert sine innerste tanker, de hadde hun holdt for seg selv. Det var etter at Henry døde at Elena hadde følt et veldig ubehag bare ved tanken på at en mann skulle komme for nær henne. Men det var vel ikke veldig rart, hun hadde jo vært så glad i Henry, og å forelske seg på nytt i en mann ville ikke føles naturlig.

Dagen etter skulle Vigdis og Elena dra tilbake til Spania. Fergen skulle gå fra Ceuta, en by som lå syv mil nordøst for Tanger. Janne kjørte hele veien fra Rabat og som vanlig satt Vigdis og halvsov i baksetet. Elena satt fremme med Janne. Innimellom småpratet de om hva de hadde sett og opplevd, men stort sett var de tause hele veien, med Janne som konsentrerte seg om bilkjøringen. Elena lot tankene vandre mens hun betraktet landskapet langs den endeløse veien. Det var pussig at veiene i Marokko, til og med utenfor tettstedene, var breie og asfalterte, selv om man ikke kunne se annet enn ørkenlignede stepper.

Da de gikk i land i Algeciras, var det lange køer med folk, særlig foran passkontrollen, og helt fremme i køen kunne de se tollerne som ivrig endevendte bagasjen folk hadde med seg.

«Dette kommer til å ta tid», sa Vigdis.

«Vet du når bussen går?» spurte Elena urolig.

De hadde dårlig tid, og med den lange køen og det håpløse tempoet til tollerne, ville de sikkert bruke langt over en halvtime bare på å komme seg gjennom tollen. Bussen gikk om bare knappe tjue minutter.

Et stykke lenger fremme fikk Elena øye på en mann som gikk med fire-fem andre personer på slep etter seg. Han tråklet seg gjennom folkemassen mens han vinket at de andre skulle følge etter.

«Ser ikke de der veldig nordiske ut?» Elena pekte ut personene som fulgte etter hverandre. «Kom, Vigdis.»

De grep koffertene sine og løp etter følget.

«Unnskyld», sa Elena, hun grep tak i mannen som gikk først, «er du norsk?»

«Ja visst, er det så tydelig?» svarte han på klingende sørlandsdialekt.

«Vi må nå en buss som går om noen minutter. Kan du hjelpe oss? Vi klarer ikke å forklare tollerne at vi har dårlig tid, og jeg tror ikke det hadde hjulpet noe særlig om de forsto oss heller. Vi kommer fra Rabat, vi har vært på ferie der og må tilbake til Torremolinos. Vi er med i en pakkereise som Stjernereiser arrangerer.»

«Bare følg etter meg, lat som om dere er sammen med oss.»

Det viste seg at Kai, som mannen het, var reiseleder for samme reiseselskap som Elena og Vigdis reiste med. De var på vei tilbake fra en sightseeingtur i Ceuta.

Tollerne var tydeligvis vant med både Kai og dagsturene, derfor slapp de alle gjennom uten noe nærmere kontroll.

«Vi har egen transport tilbake til Torremolinos», forklarte Kai, «dere kan få sitte på med oss.»

For et hell.

Kai viste seg å være fra Kristiansand. Han hadde jobbet for Stjernereiser i flere år og hadde vært reiseleder i flere forskjellige land.

Elena fortalte Kai om oppholdet deres i Marokko. Han hørte interessert etter og stilte ivrig oppfølgingsspørsmål, og når han selv snakket, gestikulerte han ivrig med armene. I hånden hadde han en bunt med reddiker som han knasket på. Plutselig, mitt i en beretning om alpene i Marokko, hvor han fortalte om skiheisene der, holdt han reddikene opp til Elena og sa: «Vil du ikke ha noen? De er veldig saftige og gode. Du kan trygt spise de, jeg har vasket de», før han fortsatte å snakke i samme tempo.

Elena tok et par reddiker som hun spiste mens hun hygget seg med historiene Kai fortalte.

Senere på ettermiddagen, etter at Elena og Vigdis kom til hotellet, merket Elena at hun begynte å bli dårlig. Først begynte hun å fryse. Feberen kom kastet på henne. Hun måtte legge seg ned med en gang hun kom inn på rommet. Vigdis betraktet Elena bekymret.

«Hva tror du det feiler deg, Elena?»

«Jeg vet ikke helt, jeg stusser på om det kan ha noe å gjøre med de reddikene jeg spiste, de jeg fikk av Kai. Det er det eneste jeg har spist.»

«Reddiker?» utbrøt Vigdis. «Fikk du reddiker av Kai?»

«Ja, han hadde kjøpt de på markedet i Ceuta, men at han sa at han hadde vasket de. Jeg tenkte ikke over det.»

Vigdis fikk nærmest panikk.

«Er du gal? Har du spist reddiker fra markedet? Du vet at vi er blitt advart mot slikt. Hva er det du tenker på?»

Etter kort tid lå Elena i sengen og ristet av feber. Hun

klarte ikke å svare Vigdis, som spurte om hun skulle forsøke å få tak i en lege. Vigdis fikk totalt panikk, det virket som om Elena hadde feberkramper. Vigdis var sikker på at Elena kom til å stryke med, så hun løp ned i resepsjonen for å finne hjelp. Gråtende forsøkte hun å forklare til kvinnen bak disken at hun måtte få tak i en lege med en gang. Folk ved resepsjonen sto forskrekket og betraktet Vigdis.

«Er det ikke noen her som kan spansk, som kan hjelpe meg!» ropte Vigdis med en blanding av engelsk og norsk.

«Excuse me, what is the problem?»

Vigdis snudde seg, bak henne sto en middelaldrende kvinne sammen med en mann på samme alder.

«My friend is terrible sick, she needs a doctor.»

Kvinnen snudde seg mot resepsjonisten og snakket til henne på spansk. Deretter snudde hun seg mot Vigdis igjen. «What is you room number?»

Sammen med kvinnen fra resepsjonen gikk Vigdis tilbake til rommet. Der fant de Elena nærmest bevisstløs. Hun ristet i et voldsomt feberanfall, og de klarte ikke å få kontakt med henne.

«Voy a llamar por una ambulancia», sa damen fra resepsjonen og forsvant ut av rommet.

Vigdis ble igjen hos Elena. Elena beveget munnen, men stemmen hennes var svak og utydelig. Vigdis bøyde seg for å høre bedre.

«Hva sier du, Elena?»

Vigdis klarte så vidt å høre Elena.

«Henry», hvisket hun.

12

Elena traff Henry for første gang våren 1995. Hun var tjue-etre år gammel, og i ferd med å fullføre sitt tredje og siste år som ingeniørstudent. På fredager var det alltid livlig i Hulen på Nordnes, festlokalet for ingeniørstudentene. Der danset glade, øldrikkende studenter til øredøvende musikk som ble pumpet ut av store søylehøyttalere. Elena hadde for en gangs skyld blitt med Line.

Elena og Line gikk på automatiseringslinjen og var de to eneste jentene i klassen. De fleste jentene studerte enten kjemi eller EDB. Selv om Line og Elena også var interessert i data, var det først og fremst datamaskinene og hvordan de fungerte som fanget interesse, ikke programmering. Begge hadde gått på realfaglinjen på gymnaset og søkt seg inn på automatiseringslinjen, hvor de holdt på med elektronikk og slikt. De valgte å studere i Bergen fremfor NTH i Trondheim fordi ingeniørskolen i Bergen, eller Teknikken som skolen ble kalt, hadde et samarbeid med et universitet i USA. Etter fullført ingeniørutdannelse på Teknikken kunne man ta sivilingeniørutdannelse ved et universitet i Sør-Dakota og av den grunn hadde begge to, uavhengig av hverandre, planlagt å dra til USA for å fortsette utdannelsen sin der.

Denne kvelden hadde Line avtalt med to andre gutter i klassen at de skulle treffes i Hulen, og hun hadde forsøkt å få Elena til å bli med. Elena hadde aldri vært i Hulen før og hun hadde unngått stedet fra første dag. Hun var en flittig student og brukte ikke tid på festing eller andre, etter hennes mening, unyttige aktiviteter. Men denne gangen hadde Line klart å overtale Elena. De var snart ferdige med utdannelsen, og det skulle feires. For å få Elena med seg hadde Line sagt at de bare skulle være i Hulen en kort stund for å treffe de andre i klassen og på en måte å si farvel etter tre år. Deretter skulle de gå på kino sammen.

I Hulen var det allerede stappfullt med folk da de kom. Flere sang til musikken som dundret ut av høyttalerne, mens andre nærmest ropte i et forsøk på å føre en samtale. Stemningen var absolutt upåklagelig. De fant Victor og Thomas like ved bardisken, akkurat slik Line hadde avtalt. De to hadde allerede skaffet seg hver sin pils.

«Hei», sa Thomas som sto nærmest, og nikket mot ølglassene. «Vil dere ha?»

«Ja takk, klart det», svarte Line. Elena nikket hun også, de var tørste begge to.

Victor, som sto halvt vendt bort fra Thomas, var tydeligvis midt inne i en ivrig diskusjon med en annen gutt Elena ikke hadde sett før. Hun kunne ikke høre hva de snakket om i all støyen fra musikken. Etter en liten stund pirket Line Victor på ryggen.

«Nå får du jammen gi deg, Victor. Skal du ikke snakke med oss også? Og forresten, skal du ikke presentere oss?»

Victor snudde seg, litt forfjamset. «Hei! Beklager, men jeg prøvde bare å forklare denne typen at jobbutsiktene er bedre for oss som går på automatiseringslinjen.»

Typen, som Victor kalte han, rakte frem hånden.

«Hei, Henry Våge», presenterte han seg. Håndtrykket føltes fast, men samtidig behagelig. Da blikkene deres møttes, følte Elena en merkelig varme spre seg i kroppen.

«Oljen er fremtiden», påsto Henry. Det viste seg at han gikk på maskinlinjen. «Jobbene i elektronikk og EDB kommer til å forsvinne. Alt blir automatisert. Dere burde vel vite det dere som går på automatiseringslinjen.»

Henry flirte selvsikkert, men han var selvsagt alene om å mene det. Elena prøvde å kommentere, men på grunn av all støyen måtte hun bøye seg frem for at Henry skulle høre bedre. Henry bøyde seg frem av samme grunn, men de var ikke helt samkjørte og holdt på å skalle hodene sammen. For å unngå kollisjon rykket Henry brått tilbake, og den brå bevegelsen fikk glasset han holdt til å skvulpe over. Ølet rant nedover den tynne silkeblusen Elena hadde på seg. Henry grep etter en papirserviett som lå på disken for å tørke av blusen hennes, men stoppet brått. Det var umulig å ikke legge merke til at Elena var uten BH.

«Unnskyld», utbrøt Henry og gav Elena servietten. «Jeg beklager, det var virkelig ikke meningen.»

«Å, er du sikker på det?» svarte Elena med et glimt i øyet. Hun kikket ned på den våte blusen sin som nærmest klamret seg til brystene hennes. «Det der virket jo som det var helt planlagt.»

De lo alle sammen, Henry også, selv om han ble ganske rød i ansiktet.

Nesten-kontakten mellom Elena og Henry og situasjonen som oppsto, gjorde at Elena ble veldig nysgjerrig. Han så da veldig kjekk ut? Han virket som han var litt eldre enn henne. Elena forsøkte å studere han uten at han la merke til det. Han var mørk og ganske høy, kanskje nærmere en meter og nitti. Elena betraktet han forsiktig fra øyekroken, rødmingen hans var helt herlig. Hun likte slike typer som ikke oppførte seg som de var Supermann.

Det ble Henry og Elena som gikk på kino sammen den kvelden. Line ombestemte seg og ville bli i Hulen sammen med de andre. Hun sa det til Elena med et unnskyldende blikk. Elena var ikke overrasket, det lå liksom i luften at Line sa hun ikke hadde lyst. Henry, som ikke var der sammen med noen, foreslo at han kunne bli med. Han sa

at han egentlig kunne tenke seg å gå tidlig, det var for mye
støy. Elena dro først litt på det.

«Ok, hvorfor ikke», svarte hun omsider, ikke akkurat
veldig inviterende. Men Henry lot seg ikke be to ganger.

«Supert! Hva har du tenkt å se?» spurte han smilende.

Etter hvert ble det tydelig for alle at Elena var forelsket i
Henry. Det ble stor forundring blant de andre jentene, in-
kludert Line, som trodde Elena ikke var interessert i gutter.
En gang Elena var hjemme hos Line, spurte Line like ut.

«Si meg, Elena, hva liker du egentlig best, gutter eller
jenter?»

«Hvorfor spør du om det?» spurte Elena uten å være
overrasket.

Elena hadde ventet på at Line før eller senere kom til
å stille det spørsmålet. Hun hadde aldri vært sammen
med gutter. Bortsett fra en gang på gymnaset, da Elena
en veldig kort stund hadde vært sammen med Frode, som
gikk i parallellklassen.

Frode var veldig populær, og alle jentene var forelsket i
han. Og det var ikke få han hadde vært sammen med. «Han
skiftet jenter som andre skiftet truser», ble det sagt om han.
Da Frode la an på Elena, ville ikke Elena si nei, hun visste at
de andre jentene trodde at gutter ikke interesserte henne.
Det gjorde det egentlig heller ikke, men da Frode, av alle,
spurte om hun ville være med på Bristol, sa Elena ja, bare
fordi hun ville vise de andre jentene at hun var sammen
med den mest populære gutten på skolen.

De var en hel gjeng som pleide å gå på Bristol i Ber-
gen sentrum. En gang i måneden bestilte Rolf, som gikk
i klassen til Frode, bord i Speilsalen. De spiste snitter og
drakk en rosévin som het Matheus. Guttene gikk i dress
og jentene i fine kjoler, for fint skulle det være. Unntatt
Elena som helst gikk i bukse med en silkebluse eller en
tynn genser under en jakke, hun gikk aldri i kjole.

En fredagskveld, da Elena skulle dra hjem fra Bristol ganske sent, ville Frode følge henne hjem. De tok bussen ut til Fyllingsdalen. Fra holdeplassen fulgte de en gangvei som gikk langs Ortunvannet og videre opp mellom boligblokkene der Elena bodde. Da de kom til noen benker som sto langs vannet, ville Frode at de skulle sette seg ned. Frode la armen rundt Elena og ville kysse henne. Elena, som ikke likte det, lot han likevel få gjøre det.

«Kom», sa Frode plutselig. Han reiste seg og ville trekke Elena med inn i buskene som vokste tett like bak. Elena, som først ikke forsto hva Frode ville, fulgte nølende etter. Før hun rakk å reagere, kastet Frode seg over henne. Først forsøkte han å kysse henne på halsen. Elena kjente hånden hans, først mot det ene brystet sitt og deretter i skrittet. Da Elena forsto at Frode forsøkte å få hånden ned i buksen, rev hun seg løs.

«Stopp! Hva er det du driver med? Gi deg», hveste hun.

Men Frode gav seg ikke, han forsøkte å presse Elena mot bakken. Elena kjente hånden hans under bukselinningen og fikk fullstendig panikk.

«Du slutter, sa jeg!» ropte hun. «Hold opp med det tullet!»

Men Frode gav seg ikke.

«Gi deg, Elena, jeg vet at du vil ligge med meg. Slutt å være så forbannet vanskelig», peste Frode opphisset.

Da Elena forsto at Frode ikke ville gi seg, grep hun tak i hånden som var kommet ned i buksen hennes. Med kraft trakk hun den opp ved å ta tak i lillefingeren som hun bøyde bakover.

«Hva faen er det du gjør? Du knekker fingeren min», hylte Frode.

Elena slapp fingeren. Frode lå ved siden av henne mens han jamret seg i smerte.

«Din forbannede fitte, tror du ikke jeg vet hvorfor du ikke vil? Du er en jævla lesbe, jeg vet det nok. Du ligger med jenter, det er det du gjør, alle vet det!»

Så løp Frode av sted.

Etter det fortalte Frode til alle på skolen at Elena var en lesbe. Elena sa ingenting, hun brydde seg ikke, folk fikk tro det de ville.

«Jeg spør fordi jeg ikke er helt sikker på deg», svarte Line. «Eller på legningen din, for å si det slik. Jeg har ikke noe med det, du behøver ikke svare meg om du ikke vil.»

«Og om jeg ikke svarer, hva blir konklusjonen din da?»

Elena likte å irritere folk på denne måten. Dersom noen spurte henne om noe, sendte hun like gjerne et spørsmål i retur.

Line svarte ikke, hun bare stirret overbærende på Elena. Elena begynte å le.

«Line, jeg skal ikke terge deg. Jeg foretrekker gutter, men jeg kan ikke si at jeg er veldig dreven eller ivrig på akkurat det.»

«Jeg må innrømme at jeg av og til har sett for meg at du kunne være annerledes, Elena», sa Line og smilte på en litt underlig måte.

«Lesbisk?» spurte Elena. «Og hva så om jeg hadde vært det?»

«Da hadde jeg kanskje lagt an på deg», svarte Line.

«Nå må du gi deg, Line.»

«Nei, jeg bare tuller med deg, Elena, ta det helt med ro.» Line så på Elena med det samme underfundige blikket. «Jeg har ikke helt bestemt meg for om du er den rette typen.»

Elena himlet med øynene og Line lo høyt.

Henry var en flott type. Han var ikke bare mørk i håret og hadde brune øyne, han lignet egentlig litt på en spanjol eller en italiener, selv om han kanskje var litt for høy til det. Henry brukte å spøke med det.

«Det er nok noen forliste sjøfolk fra Sør-Europa som har svømt i land ute på øyene», pleide han å kommentere når noen nevnte utseende hans.

Etter noen uker spurte Henry Elena om de var sammen.
«Vi er det, i alle fall så ofte vi kan, om ikke annet.»

Elena visste hva Henry siktet til, men hun klarte ikke la være å late som om hun ikke forsto hva han mente. Hun elsket å se Henry når han ble usikker på henne.

«Ja, men ..., jeg mener sammen som ...», Henry nølte, «som kjærester.»

Henry grep Elena rundt skulderen og han trykket henne forsiktig til seg, slik han ofte gjorde når han ville kysse henne.

«Frir du nå, Henry? Er ikke det litt tidlig», spurte Elena med et spøkefullt smil.

«Jeg hadde ikke tenkt å fri», svarte Henry forvirret. Han forsto ikke at Elena ertet han. «Jeg mente å si at jeg ...» Henry svelget. «Jeg ønsker at vi skal være sammen, Elena. Jeg er glad i deg. Vi kan vel starte der og la det som skjer, skje.»

Et sånt resonnement kunne Elena være med på. Ta et skritt om gangen. Og hun likte Henry veldig godt. Hun likte å være sammen med han, hun følte seg trygg sammen med han. I tillegg virket det som de var på bølgelengde når det kom til det meste.

En dag da de sto ute på takterrassen på skolebygget, spurte Henry om de skulle flytte sammen. Henry leide en liten leilighet som lå nede i Hans Tanks gate, fem minutter nedenfor der skolen lå.

«Du kan like godt flytte inn til meg, det er mye mer praktisk. Du er jo så ofte hos meg likevel.»

Elena stusset litt, kunne hun tenke seg det? Henry hadde rett i at det var mer praktisk, men hun var usikker på om hun var klar for det. Å overnatte var jo noe annet. De hadde heller ikke hatt sex sammen ennå. Henry hadde villet flere ganger. De kunne ligge i sengen og kysse på hverandre og når de holdt på slik, kunne Elena ta klærne av seg, bortsett fra trusen. Hun lot Henry kysse henne, også på kroppen, men de hadde aldri ligget sammen. Hver gang det nærmet seg noe slikt, og Elena forsto hva Henry ville, endret alt seg, og den deilige følelsen hun hadde, forsvant. Det var som om hun våknet opp fra en god drøm. Det endte alltid med at Elena fant på en eller annen unnskyldning, eller at hun sa at det var for tidlig for henne. Hun var av den typen, sa Elena, som mente at en skulle vente med slikt til etter en var gift, eller i alle fall forlovet. Men sannheten var at hver gang hun tenkte at nå skulle de gjøre det, var det som om panikken gjøv gjennom henne.

En gang de hadde holdt på slik, hadde de sittet i sofaen og kysset. Elena følte virkelig at hun var glad i Henry. Hun elsket han. Henry kysset henne på halsen. Hun kjente at han strøk henne over brystene, først utenpå genseren, deretter førte han hånden inn under genseren og blusen. Elena la seg bakover i sofaen, og Henry fulgte villig etter mens de kysset heftig videre. Elena satte seg opp og dro av seg genseren og så blusen. Deretter vippet hun beina ned på gulvet, reiste seg, dro ned buksen i en fart og så la hun seg tilbake på sofaen i bare trusen. Nå fikk det bare stå til, men det måtte skje fort, før hun ombestemte seg. Men da Henry la seg over henne igjen og hun merket at han åpnet buksen sin, kom panikken voldsomt tilbake. Henry trakk av henne trusen og presset seg ned mellom beina hennes. Elena kjente at hun fikk pusteproblemer, hun ble helt stiv av skrekk. Elena sluttet å kysse Henry, hun vendte hodet til siden og lå med lukkete øyne mens hun ventet på det som skulle skje. Men Elena merket at Henry strevet, for hun bare lå der, med beina presset sammen, uten å hjelpe til eller på noen måte respondere på Henry sine heftige følelser. Gleden og lykken hun hadde følt for et øyeblikk siden, var erstattet med panikk og angst. Hun kunne ikke, hun fikk det ikke til. Til slutt gav Henry opp.

«Elena, jeg klarer det ikke. Du er stiv som en stokk. Hva er det som plager deg? Det er akkurat som om du ikke vil.» Elena merket at Henry satte seg opp, men hun klarte ikke å møte blikket hans. «Er det noe i veien, Elena?»

Men Elena svarte ikke. Hva skulle hun si? Hun merket at Henry var lei seg, han trodde kanskje det var han det var noe galt med. Elena var ulykkelig, hun var skuffet over seg selv og over hvordan hun reagerte, men hun orket ikke å snakke med Henry om det.

Det nærmet seg eksamen og Henry og Elena var opptatt med å forberede seg. Elena hadde for lengst fortalt Henry at hun ville studere videre i USA. Henry visste selvsagt om universitetet i Sør-Dakota, halve klassen hans hadde planer om å reise dit. Men Konrad, Henrys onkel, hadde allerede tilbudt Henry en god jobb i rederiet.

Henrys familie på morssiden kom fra Våge på Austevoll, en av øyene som lå like sørvest for Bergen. Hele slekten til Henrys mor jobbet med fiske, eller, som det hadde blitt mer og mer av de siste årene, i offshore-næringen. Olje-plattformene hadde etablert seg langs hele vestlandskysten, og jobbene der var det mange av. Henry fortalte at han var en såkalt attpåklatt. Han hadde to eldre søsken og derfor hadde Henry i barndommen tilbrakt mesteparten av sommerferien på slektsgården, sammen med fetteren sin, Vilfred, som var på Henrys alder. Siden Henry skulle få seg utdannelse, noe det i morsslekten var få som hadde, ble det mest naturlige valget for han å velge den linjen på Teknikken som lå nærmest offshore-næringen, og da ble det maskiningeniør. Det var i alle fall det onkel Konrad, far til Vilfred, hadde anbefalt Henry.

«Du skal få jobb i rederiet vårt når du er ferdig, Henry», hadde han lovet, stolt som han var over sin nevø som fikk seg utdannelse. Han håpet at Henry ville begynne like etter at eksamen var unnagjort. Henry forsøkte å snakke Elena fra å reise, hun ville jo helt sikkert lett kunne få seg en jobb i Bergen. Men for Elena var det en helt uteluk-ket tanke. Hun hadde lagt en plan og den hadde hun til hensikt å følge, forklarte hun Henry med besluttsomhet.

Dersom Henry ville være med, var det supert, om ikke reiste hun alene.

«Betyr det virkelig mer for deg å reise, enn at vi kan være sammen her hjemme?» spurte Henry en av gangene de diskuterte saken.

«Betyr det virkelig mer for deg å være igjen her i Norge, enn at vi kan være sammen der borte?» spurte Elena tilbake.

De kranglet ikke, men Elena irriterte seg over at Henry stadig forsøkte å få henne til å ombestemme seg. Omsider fikk hun Henry til å forstå at det ikke nyttet å få henne på andre tanker. Hun fikk han til å innse at dersom han ville være sammen med henne, var det bare å bli med til USA.

13

Midt i juni landet de på flyplassen like ved Rapid City, byen der universitetet lå. De ble møtt av Per, en norsk gutt som hadde reist over året før. Han hentet dem med en stor amerikansk Ford. Bilen tilhørte et annet norsk par som også studerte på universitet, og som nettopp hadde reist til Hawaii på ferie. Siden de var bortreist, fikk Elena og Henry låne både bilen og huset de leide, slik at de fikk bedre tid til å skaffe seg hus og bil selv. Rapid City var en liten by med mellom tretti og førti tusen innbyggere, og bygningene i sentrum av byen lå langs to parallelle gater, slik Elena hadde sett i westernfilmer.

Da Per hadde satt dem av og dradd videre, låste de seg inn i huset, eller som vel mer kunne sammenlignes med en campinghytte hjemme. Elena og Henry satte fra seg koffertene og så på hverandre, de følte seg litt bortkomne.

I løpet av den første uken fikk de ordnet med det meste. De bestemte seg for å leie et lite hus oppe på en høyde som bla kalt «Star Village», et område med utleieleiligheter som lå like ved universitetet. Huset var lite, men var greit nok for to personer. Etter å ha besøkt to bruktbilforhandlere bestemte de seg for å kjøpe en gammel Ford Gran Torino, som de betalte to tusen dollar for.

I dagene som fulgte reiste de rundt med bilen for å bli mest mulig kjent i området mens de enda hadde tid. Det var enda flere uker til studiene skulle begynne. Fra Rapid City tok det en halvtime til Mount Rushmore, stedet med de fire presidenthodene, og ikke langt unna lå Deadwood, en gammel gullgraverby. Mount Rushmore og Deadwood lå like ved Black Hills, et hellig område for sioux-indianerne fra gammelt av. På prærien like ved Rapid City var en enorm naturpark som het Badlands, hvor blant annet bisonokser gikk i flokker og beitet. Og de dro ofte til Angostura Lake som var det faste badestedet for alle de norske studentene på universitetet.

Etter kort tid følte Elena og Henry at de hadde blitt godt kjent med både de andre studentene og omgivelsene hvor de skulle oppholde seg de neste to årene. Elena syntes det var fantastisk å være sammen med Henry i et nytt land, det var bare de to og ingen andre å bry seg om. Så lenge de to var sammen, følte hun at hun kunne håndtere alle utfordringer.

Den første høsten på South Dakota School of Mines and Technology ble en voldsom overgang, for Henry, som begynte på Mechanical Engeneering, og for Elena og Line, som begge skulle gå på Electrical Engeneering. Elena merket at tempoet på undervisningen var noe helt annet enn hva hun var vant med fra Teknikken.

Den første uken, da de skulle ha sin tredje undervisningstime i Electronics og knapt hadde rukket å sette seg, ba professor Gruber alle om å legge vekk bøker og notater. Han delte ut et ark og sa at de skulle ha en prøve. En prøve som ville telle med i sluttkarakteren.

«Twenty-five points of a total of five hundred», proklamerte Gruber med alvorlig mine. «Ok, thirty minutes, that's what you have!»

Først skjønte ikke Elena hva som skjedde. Prøve? Hva i

alle dager, allerede nå? Hadde de fått beskjed? Og hun som nesten ikke hadde åpnet boken ennå, de hadde jo bare hatt to timer undervisning. Elena snudde seg mot Line, som satt to benker til høyre for henne. Line var like forvirret og måpte da hun møtte Elena sitt blikk. Elena tok motet til seg og snudde seg mot gutten som satt til venstre for henne.

«Do you understand what is going on?»

«Yeah, we are going to have a test!»

«Test, what is a test, is it important?»

«Important? What do you mean? If you like to pass, it is. If you don't care, it's not.»

Det ble en bratt læringskurve. Elena og Line, som begge var ganske ambisiøse, forsto at om de ikke sørget for å være a jour hele tiden, ville de ganske fort ramle av lasset.

Det var ikke alle de norske studentene som klarte den brå og harde overgangen. Flere trodde de kunne fortsette med det vanlige skippertaket mot slutten av semesteret, og brukte mye tid på festing og andre fritidssysler. Men for Elena ble det lite tid til annet enn skole og lesing.

Etter at ukens undervisning var over på fredagene, gikk flere av de norske ut, enten på McDonalds eller Burger King, for å spise. Deretter var det hjem for å avslutte dagen med å forberede det som skulle skje neste uke. Vanligvis skulle de skriftlige oppgavene leveres inn mandag og derfor ble søndagen, etter kanskje en liten tur i parken, brukt til oppgaveløsing. Men til å begynne med forsøkte Henry og Elena å ta fri lørdagene.

Elena merket at kjøret på skolen, som både hun og Henry heldigvis tok alvorlig, førte til at de ikke fikk mye fritid sammen. Utenom skolearbeid ble det nesten bare tid til søvn og måltider. Om kvelden kunne de av og til sitte hjemme og se på et eller annet fjernsynsprogram eller høre på musikk. Henry, som var veldig musikkinteressert, kom en dag hjem med en platespiller, et nytt stereoanlegg og to Bose-høyttalere. Men oftest gikk de og la seg når dagens skolearbeid var unnagjort, de måtte være opplagt neste dag.

De første ukene og månedene var det ikke bare arbeidstempoet som var en utfordring, men også språket. En ting var å snakke og forstå engelsk sånn til hverdagsbruk, noe helt annet var det å sitte i en undervisningssal og forstå en foreleser som snakket amerikansk. Til å begynne med forsøkte Elena intuitivt å oversette det som ble sagt og skrev alt på norsk. Men, sakte, men sikkert, oppdaget hun at hun begynte å notere på engelsk, og stor var opplevelsen da hun etter noen måneder oppdaget at hun hadde begynt å tenke på engelsk.

Da Henry og Elena følte at de hadde fått hodet sånn noenlunde over vannet og at den første, litt paniske oppstarten på skolen begynte å ta mer form av rutine, tillot de seg å utvide fritiden i helgene. Lørdagsfri ble til lørdags- og søndagsfri, riktignok bortsett fra søndagskveldene. Den var fremdeles holdt av til alt skriftlig som skulle innleveres dagen etter.

Noen lørdager gikk de på dans eller på restaurant, mens dagen derpå ble brukt til å sove og hvile. Andre ganger kunne Henry og Elena ta bilen for å legge ut på langtur. Veiene var flotte og brede, og en kunne komme langt av sted dersom en tok hele dagen i bruk.

Elena nøt tiden hun og Henry hadde sammen, det føltes helt spesielt for henne. Egentlig var det det samme hva de fant på, om de var på dans, om de kjørte i bilen mens de hørte på Stereo94 på tur til Mount Rushmore, Deadwood eller Badlands. Elena elsket disse stundene sammen med Henry. At de var kjærester, var ikke vanskelig for andre å se. Bare de beveget seg noen meter, gikk de tett omslynget, det var nesten som de snublet i hverandre. Og for hvert tiende skritt måtte de enten klemme eller kysse hverandre. Med cowboyhatt og boots, som etter hvert ble den vanligste påkledningen, var de et flott par.

Det var ikke bare kjærligheten, det var noe mer. Elena følte hun var i et slags drømmeland, alt var bare så fantastisk. De var langt hjemmefra, uten noen forpliktelser eller mas fra noen eller noe, ikke annet enn hva de i så fall krevde av seg selv. Det var en slik uendelig, befriende følelse. Hun håpet at det ville vare evig.

Problemene begynte med at Elena måtte diskutere oppgaveløsningene over telefonen. Telefonen var i stuen, hvor Henry satt. Hun og Line hadde stadig behov for å snakke med hverandre, og de hyppige samtalene gjorde at Elena og Henry etter hvert innså at det kanskje var best at de byttet rom. Men det var ikke en god løsning. Elena, som nå hadde telefonen like ved seg, fikk fort den uvanen at hun ringte Line med en gang det var noe hun stusset på. Dette førte igjen til at Line begynte å gjøre det samme. Telefonene gikk i et sett, og de høylytte diskusjonene mellom Elena og Line likeså. De satt omtrent og løste oppgavene sammen over telefonen.

Til slutt gav Henry opp. I et øyeblikk av resignasjon og frustrasjon sa han at Elena like godt kunne sitte sammen med Line dersom de måtte snakke så mye med hverandre. Elena var selvsagt ikke uenig i det. Line hadde vært inne på den samme tanken, men Elena hadde vegret seg for å foreslå det for Henry. Men i det øyeblikk Henry brakte ideen på banen, svarte hun at det hadde hun ikke tenkt på, men at det kanskje var lurt, og at hun måtte bare høre med Line om hva hun mente. Henry forsøkte å si noe om at han egentlig mente at Elena kanskje burde klare å løse oppgavene på egenhånd, uten å måtte snakke med Line hele tiden. Det var kanskje mer læring i å gjøre slikt selv, mente han. Men Elena var sterkt uenig i det. Måten hun og Line løste oppgavene på var både effektiv og mer kreativ, påsto hun, det var jo slik en løste oppgaver i det virkelige arbeidslivet, gjennom samarbeid.

Fra påfølgende søndag ettermiddag ble det faste arbeidsstedet hos Line. Line leide en liten leilighet i Holcomb Avenue, hvor fem-seks norske studenter bodde i samme gaten. Det var såpass langt unna der hvor Elena og Henry bodde at Elena kjørte dit. Etter norske forhold var kanskje ikke avstanden lenger enn at det ville være naturlig å spasere, men i Rapid var det ikke norske forhold. Dersom noen gikk ved veien, var det ikke uvanlig at bilister stoppet opp for å spørre om noe var galt og om en ville sitte på. Folk i Rapid var usedvanlig hyggelige og hjelpsomme, og de reagerte om noen tok beina fatt.

Til å begynne med tok Elena arbeidet med hjem for å ferdiggjøre det som skulle innleveres, etter at hun og Line hadde gjort ferdig oppgavene. Men etter noen uker begynte det å skli ut. Elena ble sittende lenger hos Line, for de hadde så mye å snakke om. Da Henry til slutt ringte og spurte hvor hun ble av, måtte Elena prøve å bortforklare hvorfor det hadde gått så lang tid. Line ble irritert på henne over at hun hadde så dårlig samvittighet overfor Henry at hun følte hun måtte lyge. Line mente at Elena måtte kunne gjøre det hun ville og at hun burde si det rett ut til Henry.

Det som fikk Elena til å forstå at hun ikke kunne fortsette på samme måte, var at Henry en søndag kveld banket på døren til Line. Henrys forklaring var at han bare hadde villet gå en liten kveldstur etter all lesingen, for å få litt frisk luft, og at han fant ut at han like godt ville stikke innom i tilfelle Elena var klar for å dra hjem. På hjemturen virket Henry sur. Elena forsøkte å late som ingenting, men stemningen gjorde at hun hadde vanskelighet med å finne på noe hyggelig å si. Det hjalp heller ikke noe at Line hadde vært så snurpete og sur da Henry dukket opp. Av og til undret Elena seg på om Line ikke likte Henry. Line hadde aldri antydet noe slikt, men likevel ...

«Det skal bli deilig å få seg litt søvn», sa hun med påtatt begeistring da de kom inn i leiligheten.

Henry svarte ikke. Elena merket at det var noe, og hun spurte om de skulle ta seg en øl før de gikk og la seg.

«Jeg trodde du bare ville gå rett til sengs», svarte Henry mutt.

«Nei, det var vel heller det at jeg mente at det var godt å bli ferdig med oppgavene.»

Henry så på Elena med et spydig blikk, og himlet med øynene.

«Godt å bli ferdig slik at vi kunne dra hjem, altså», prøvde Elena seg. Hun hadde innsett at Henry var forbannet over ett eller annet.

Henry gikk bort til kjøleskapet og tok ut to ølbokser og gav den ene til Elena.

«Hva er det, Henry?» spurte Elena oppgitt.

«Hvorfor kan du ikke være hjemme når du leser. Du er alltid hos Line. Må du absolutt sitte hos henne, kan du ikke like godt være her?»

«Henry, jeg beklager, men det er mye enklere å jobbe sammen med Line. Det er ikke bare selve lesingen som er utfordringen, det er først og fremst det å kunne diskutere noe en ikke forstår. Og å løse oppgaver sammen går mye lettere og fortere. Og, ærlig talt, var det ikke du som foreslo at jeg skulle sitte hos Line? På grunn av all den ringingen?»

«Men, må du absolutt være hos Line absolutt hele tiden? Du går tidligere og tidligere bort til henne, og du kommer senere og senere hjem. Hva driver dere på med der borte egentlig?»

Henry hadde bekymringsrynker i pannen.

«Driver på med? Hva mener du? Vi hjelper hverandre, det vet du veldig godt. Hva skulle det ellers være?»

«Nei, du kan så spørre», svarte Henry oppgitt.

Elena var forvirret. Hun kunne akseptere at Henry var lei seg over at hun var lenge hos Line, men at han mente det var unødvendig, var vanskelig å forstå. Når hun fortalte at det var den beste måten for henne å arbeide på, og for Line også for den saks skyld, så måtte vel Henry godta det.

«Jeg kan selvsagt sitte her i telefonen igjen, og ringe noen andre, dersom det er det du vil. Men det er ikke særlig praktisk. Hver gang det er noe jeg stusser på», forsøkte Elena å forklare. «Mener du virkelig at jeg skal forsøke å få tak i noen som tilfeldigvis har tid til å snakke med meg, og som i tillegg jobber med de samme oppgavene? Line og jeg jobber mer effektivt om vi er sammen, forstår du ikke det?»

«Effektivt sammen? Det er merkelig at alt det dere to gjør sammen er så forbannet smart og viktig. Med meg gidder du nesten ikke å være sammen med lenger. Det er så vidt vi treffes før vi går og legger oss.»

Henry var merkbar irritert. Riktignok hadde Elena merket at Henry den siste tiden hengte seg opp i at hun gikk bort til Line, men om Elena skulle være helt ærlig, hadde hun ikke tenkt særlig mye over det.

Nå kjente Elena at hun også ble irritert. Her jobbet hun livet av seg for å få gode resultater. De skulle tross alt klare studiene og få seg jobb etterpå, det var vel et poeng å få gode karakterer?

«Hvorfor sier du det? Hva er problemet, Henry?»

«Jeg bare sier at det er merkelig at du ikke kan lese hjemme, men at du må være sammen med Line hele tiden. Kan ikke Line komme bort til oss, for eksempel? Hvorfor må du alltid gå bort til henne?»

«Nei, nå må du gi deg, Henry.» Irritasjonen økte i Elena. «Skulle vi liksom sittet her sammen med deg? Vi kommer bare til å forstyrre hverandre. Det er ikke det at vi sitter stille og leser sammen, vi snakker sammen, vi diskuterer når vi løser oppgaver.»

«Men, jeg kan godt sitte inne på soverommet vårt om dere sitter i stuen. Det kommer ikke til å plage meg i alle fall, om dere er her.» Henry gav seg ikke.

«Slutt å tulle, Henry. Om det ikke plager deg, kan det hende at det vil plage Line, eller meg for den saks skyld.»

Det siste burde ikke hun ha sagt, forsto Elena. Det hun mente var at de kanskje ikke klarte å konsentrere seg like godt.

«Jeg mener ...», begynte Elena fortvilet, men nå var blitt Henry virkelig sint.

«Hva faen mener du med det?» avbrøt han henne. «Mener du at Line ikke liker å være her sammen med deg dersom jeg også er her? Skal hun liksom ha deg for seg selv, er det det du mener?»

«Nei, Henry, beklager, det var selvsagt ikke det jeg mente å si. Jeg ...»

Men Henry ville ikke høre på henne, han grep bilnøklene og gikk ut døren, som han smelte igjen etter seg. Like etterpå hørte Elena bilen starte. Skulle hun løpe etter han?

Men Elena løp ikke etter Henry. Det var hun for sta til å gjøre. Hvinene fra bilhjulene fortalte at han forsvant.

Elena satt lenge oppe den kvelden og ventet på at Henry skulle komme tilbake. Det var sent da han omsider dukket opp. Han forklarte mutt at han hadde vært borte hos noen kompiser. Henry hentet seg en Budweiser fra kjøleskapet og satte seg ned i sofaen. Uten å si noe mer slo han på fjernsynet, og da Elena forsøkte å snakke med han, bare reiste han seg og gikk og la seg.

Elena lot være å gå bort til Line de neste dagene. Men hun merket fort at det ikke var særlig lurt med hensyn til skolearbeidet, og etter tre dager gav hun opp, hun måtte bort til Line igjen. Henry virket likeglad.

En uke senere sa Henry at han trodde det var like lurt at de ikke bodde sammen lenger.

«Men hvorfor vil du ikke det?» spurte Elena fortvilet.

«Fordi jeg ikke ser poenget med at vi bor sammen. Vi er ikke sammen på ordentlig heller, er vi?»

Henry var ikke direkte sint, han virket mer oppgitt.

«Er vi ikke sammen? Men hva mener du?» spurte Elena spakt. «Selvsagt er vi sammen!»

«Er vi det, Elena? Vi bor sammen og spiser sammen, men er ikke det alt? Vi har aldri elsket sammen, du trekker deg unna med en gang jeg kommer for nær deg. Så lenge det er kyss eller klem er det greit, men med en gang det blir mer alvorlig, finner du på en eller annen merkelig unnskyldning. Du vil vente til vi er forlovet, eller til vi er gift, sier du, eller du har mensen. Det er alltid ett eller annet. Herregud, Elena, jeg har trodd at det bare var snakk om å være litt tålmodig, men, ærlig talt, nå vet jeg ikke lenger. Du sier alltid at jeg må gi deg mer tid. Greit, nå gir jeg deg mer tid, men for deg selv», la Henry til med en oppgitt mine.

Etter som Henry snakket ble Elena mer og mer fortvilet. Hun elsket Henry, men det var sant at hun ikke ville ligge med han. Hun hadde forsøkt flere ganger å la han få elske henne. Men det endte på samme måte hver gang. Elena klarte det bare ikke. Hun bare lå der, som en dukke, eller som et stivnet lik.

«Hva mener du med at jeg kan få tid for meg selv? Jeg trenger da ikke tid for meg selv, Henry, vær så snill. Det med Line, jeg behøver ikke å lese sammen med henne, om det er det du vil.»

Elena så på utrykket til Henry at han forsøkte å tenke gjennom hva han skulle svare.

«Elena, du forstår ingenting, det er ikke bare lesingen, og det er ikke bare Line. Det er ikke bare én ting, det er alt sammen, Elena, hele pakken. Den funker ikke for oss. Vi er ikke sammen, når det er på denne måten.»

Henry stoppet å snakke. Han sto der med hodet bøyd, som om han sto og betraktet noe på gulvet.

«Men, Henry, du må tro meg, jeg er glad i deg. Vær så snill å tro meg, Henry. Går du fra meg bare fordi vi ikke har ligget sammen? Er det virkelig det som er problemet, Henry?»

Elena var blitt desperat i stemmen.

«Det er håpløst, Elena», svarte Henry oppgitt. «Jeg har bestemt meg, du forstår det ikke uansett.»

Henry virket resignert, han løftet blikket og stirret på henne. Elena kunne se at gløden i øynene til Henry var borte.

Dagen etter spurte Line om det var noe som var galt.

«Du ser ut som et spøkelse, Elena. Du er helt grå i ansiktet.»

Elena fortalte om krangelen hun og Henry hadde hatt og at han hadde bedt henne flytte. Tårene rant nedover kinnene hennes.

«Fy faen, Elena. Er Henry sjalu på meg eller noe sånt? Tåler han ikke at vi leser sammen engang?»

Elena stirret oppgitt på Line. Line forsto tydeligvis ikke hva hun forsøkte å si. Dette handlet da ikke om Line.

«Jeg har aldri forsøkt meg på deg. Det er det verste jeg har hørt, for en drittsekk.»

Elena forsto ikke hvorfor Line sa det hun sa, og orket ikke å forklare Line alt om henne og Henry, at de aldri hadde hatt et skikkelig elskovsforhold.

«Elena, du flytter inn til meg, hører du? Jeg er bare glad for å ha selskap. Og vi kan dele på husleien og mat og sånt, det blir helt supert.»

«Men, Line, hva med Reidar? Jeg trodde han bodde hos deg?»

«Han bare sover hos meg, han leier sammen med Tore fremdeles. Men, jeg hadde egentlig tenkt å hive han ut likevel, jeg er temmelig lei av han for å være helt ærlig. Han er god i sengen for å si det sånn, men det er alt. Jeg har ikke tenkt å bruke livet mitt på han akkurat.»

Utflyttingen foregikk uten noen stor dramatikk. Da Elena hadde samlet de siste tingene sine og skulle gå ut i bilen til Line som ventet utenfor, forsøkte Elena å si noe til Henry. Det var vanskelig for henne å finne ordene.

«Da er jeg ferdig, da», hvisket hun lavmælt.

Elena håpet at Henry ville ombestemme seg.

«Da er jeg ferdig», gjentok Elena, denne gangen høyere slik at Henry skulle høre henne.

«Ok, da får du ha det bra, Elena», svarte han kort.

Elena kjente at hun nesten begynte å gråte.

«Vi sees på campus», klarte hun å presse frem, uten at han skulle høre at stemmen hennes nesten brast.

«Sikkert», svarte Henry.

Henry hørtes sånn passe interessert ut. Var han ikke like lei seg som hun var? Hvorfor kunne de ikke fortelle hverandre at de var lei seg og at de skulle forsøke å være sammen likevel? Henry var den eneste hun var glad i, og det var for han hjertet hennes banket og som hun elsket. Hun visste det, spesielt nå når som hun var i ferd med å miste han, men hvorfor klarte hun ikke å vise det til ham?

Det ble noen tunge uker. Hun hadde ikke sett særlig mye til Henry, de møttes sporadiske på campus når de gikk mellom undervisningsbyggene. Elena forsøkte å smile hvis hun møtte ham, hun ville ikke vise hvor fortvilet hun var, mens hun håpefullt lette etter et lite tegn på at Henry ønsket å treffe henne. Men til Elenas store fortvilelse ga ikke Henry det minste tegn til forsoning. Det korte nikket han sendte henne, fortalte Elena at det ikke var noe å håpe på.

En kveld, etter at Elena hadde bodd med Line i tre uker, og hun satt og leste en science fiction pocketbok som hun hadde kjøpt på campus, klarte hun ikke å holde masken lenger.

«Line, har du noen gang vært virkelig forelsket? Jeg mener forelsket, ikke bare sex og sånt», presiserte hun.

Line så overrasket ut da hun kikket bort på Elena.

«Hva i alle dager mener du med det?»

«Du er ganske frempå med gutter, og du legger ikke særlig skjul på at du går til sengs med dem heller. Men forelsker du deg noen gang, eller gjør du det bare på grunn av at du har lyst til å ligge med dem?»

Line forsto tydeligvis ikke hva Elena ville frem til med spørsmålet.

«Det er ikke vondt ment Line, du må ikke misforstå. Jeg stusset bare på hva du ...»

Men Line misforsto. «Så du mener jeg bare ligger med gutter?»

«Line, ikke bli sint, jeg er bare så ulykkelig. Det jeg egentlig forsøker å spørre om, det er det med Henry, jeg vet ikke hva jeg skal gjøre.»

Elena fant frem et lommetørkle. Line sitt blikk forandret seg, hun reiste seg og satte seg ved siden av Elena på sofaen.

«Elena, du skal ikke være lei deg, det går nok over, skal du se. Det tar bare litt tid av og til.»

«Men jeg vil ikke at det skal gå over, jeg forstår bare ikke hva jeg føler, Line, verken for Henry eller ellers. Jeg er glad i Henry, men jeg klarer ikke å gå til sengs med han.»

«Klarer ikke eller vil ikke?» spurte Line.

«Det går vel ut på det samme, gjør det ikke?» spurte Elena og tørket bort tårene som rant ned.

«Nei, det er ikke helt det samme. Men resultatet er kanskje det samme, det kan jeg være enig i. Er det derfor dere har gått fra hverandre, Elena?»

«Henry mener jeg ikke kan være glad i han når jeg ikke har sex med han. Vi har vært sammen, vært naken sammen og ligget inntil hverandre og klint og tatt på hverandre, alt det der. Men når han vil ligge med meg ...» Elena lette etter ordene. «Han mener jeg er ufølsom, og han sier at han mister tenningen.»

Line sperret opp øynene.

«Det er det verste jeg har hørt, Elena», utbrøt hun oppbragt. «For en drittsekk. Om han har potensproblem er det pokker meg ikke din skyld. Fy flate, det er det verste jeg har hørt, noen gang. For en drittsekk», gjentok hun, forakten og indignasjonen i ansiktet hennes var ikke til å ta feil av.

«Nei, Line, det er ikke Henry sin feil, det er min, det er jeg som ikke slapper av. Det er sant som han sier, jeg blir liksom helt stiv av skrekk når jeg kjenner ... penisen, forstår du? Jeg vet ikke hva det er, men det skjer hver eneste gang. Til å begynne med sa jeg til han at det var fordi jeg ville vente, til jeg var helt sikker på forholdet, altså. Men til slutt kunne jeg ikke skylde på det lenger.»

«Men du kan da ikke mene at om du ikke har lyst til å ligge med Henry, så er det din skyld eller din feil. Det er tross alt du som bestemmer over deg selv og om du vil pule eller ikke.» Line var rå i språkbruken, slik hun alltid var når hun ble sint. «Nå forstår jeg hvorfor du flyttet Elena, det var helt rett av deg.»

«Det var Henry som ba meg flytte, ikke jeg», svarte Elena stille, hun syntes ikke samtalen hadde blitt helt slik som hun hadde tenkt seg. Hvordan skulle hun forklare dette til Line?

«Men, Line, når du ligger med noen ...», forsøkte Elena på nytt.

«Da er det fordi jeg ønsker det», avbrøt Line irritert, hun var fremdeles veldig opphisset. «Det er da ikke min skyld eller mitt problem om han ikke kan, eller ikke vil, for den saks skyld. Herregud, det er ikke alltid at begge vil.»

Elena forsto at hun ikke hadde fått samtalen inn på rett spor og hun forsøkte en gang til.

«Men, du elsker dem ikke, gjør du? Er det noen du har ligget med som du har elsket, Line?»

Line ble stille, sinnet hennes var borte. Hun stirret først ned i gulvet før hun så opp og blikkene deres møttes igjen.

«Nei, Elena, jeg har ikke vært forelsket i noen, ikke som jeg vet.»

Lines øyne ble blanke.

«Line, gråter du?»

Elena var helt lamslått. Hva i alle dager hadde skjedd?

«Elena, jeg skal være helt ærlig med deg.» Det var noe i blikket hennes som fortalte Elena at Line ville si noe viktig. «Av og til stusser jeg på om det kan være noe galt med følelsene mine. Jeg liker å ha sex, men jeg har selvsagt også lyst til å bli forelsket. Men det har aldri skjedd for meg. Det er sikkert derfor mange mener jeg er lett på tråden, men jeg bryr meg egentlig ikke om det. Men jeg håper jo at jeg blir forelsket en gang jeg også», sa Line alvorlig. «Og det er farlig også», la hun til, «det forstår jeg, det å forsøke å bli forelsket på den måten. Det er lett å lure seg selv, men jeg vet i alle fall hvorfor jeg er som jeg er.»

Line tidde et øyeblikk. Uttrykket i ansiktet hennes endret seg. Fra irritasjon var det nå en slags tristhet som hadde kommet over henne.

«Elena, jeg er enebarn. Foreldrene mine skilte seg da jeg var ni år. Jeg vokste opp i Oslo med to foreldre som begge var glade i meg, det var ikke det, men begge giftet seg på nytt. Etter det hadde de mer enn nok med de nye familiene sine. Jeg fulgte med pappa da han flyttet til Bergen og bodde der til jeg var gammel nok til å kunne bo alene.»

Line trakk pusten og ristet oppgitt på hodet, hun så på Elena. Ansiktsuttrykket hennes endret seg igjen.

«Jeg var vel ikke mer enn seksten år før jeg flyttet for meg selv», fortsatte Line. «Jeg leide en liten hybel ute i Sandviken som pappa betalte for. Og jeg klarte meg, det viste jeg både mamma og pappa at jeg gjorde.» Line virket enda mer bestemt. «Jeg skal nok klare meg, Elena. Jeg skal få meg en god jobb og gjøre akkurat som jeg vil, men om jeg vil gifte meg og få barn, nei, det er jeg slett ikke sikker på om jeg vil.»

Det formelig gnistret av de stålgrå øynene til Line.

«Og når vi først snakker om følelsene våre, Elena, så kan jeg like godt si til deg at jeg har ligget med jenter også.»

Line stirret Elena rett inn i øynene da hun sa det siste.

«Hva er det du sier?» svarte Elena sjokkert.

«Du trenger ikke å se sånn på meg, Elena. Ikke lat som om du ikke har skjønt det. Husker du den gangen i Bergen da jeg spurte deg om du var lesbisk?»

«Ja, det husker jeg», nærmest stammet Elena. «Du sa at du hadde tenkt å legge an på meg.»

«Hvis jeg skal være helt ærlig så sjekket jeg deg opp da jeg spurte. Men jeg forsto at det ikke var noe poeng.»

«Men du er jo sammen med gutter, Line?»

«Og jenter. Men jeg gjør bare det jeg selv vil. Det er det som er hele poenget, jeg gjør det jeg selv ønsker, ikke hva andre mener eller forventer jeg skal gjøre.»

Elena var helt stille, hun funderte på det Line hadde fortalt. Merkelig, det var hun som hadde tenkt å betro seg til Line, fortelle henne alt og nå var det Line som betrodde seg til henne.

«Er du sjokkert, Elena?» spurte Line og smilte nærmest utfordrende.

Elena svarte først ikke. Line brydde seg tydeligvis ikke med hva verken hun aller andre mente uansett. Line var så selvstendig og selvsikker, hun var den rake motsetning av henne selv. Elena la merke til at Line fremdeles studerte henne med det samme underlige blikket, det var både hoverende og nedlatende, men også noe bedende ved det. Skulle hun kunne dømme Line, som alltid hadde vært der for henne? Elena ristet umerkelig på hodet.

«Nei, ikke sjokkert, men overasket, det må jeg innrømme. Jeg hadde vel ikke forestilt meg at du var sammen med jenter.»

«Det har bare skjedd noen ganger, Elena, men jeg er, for å være helt ærlig, ikke sikker på hva jeg foretrekker. Men, det er ikke slik at jeg er veldig opptatt av å finne ut av det heller. Slikt finner vel ut av seg selv etter hvert, tenker jeg», sa Line.

Plutselig slo en forferdelig tanke ned i Elena, hun kjente at hun ble kald gjennom hele kroppen. Var det derfor? Hadde Henry trodd at hun og Line hadde noe på gang?

Månedene på universitetet fløy av gårde. Da Elena flyttet inn hos Line, var vårsemesteret allerede i ferd med å avsluttes. Både Line og Elena oppnådde svært gode resultater, med karakterer som A og A minus, og selv om Elena hadde aldri vært en racer i matematikk, førte iherdig innsats til at også i dette faget gikk overraskende bra.

De avtalte å bli med Mark og Chris, to amerikanske studenter, på en bilferie i august etter avsluttet sommersemester. Begge hadde nylig kjøpt seg hver sin Ford Mustang og ønsket at Elena og Line skulle bli med. Elena sørget for å avtale med Line at hun skulle holde seg unna alt som hadde med sex å gjøre, de var med på turen kun fordi det var hyggelig.

Det ble to fantastiske uker. Turen gikk gjennom Yellowstone Park i Nord-Dakota og vestover mot San Fransisco. Fra San Fransisco fulgte de Highway 1 til Los Angeles. Deretter gikk ferden videre til San Diego og derfra østover mot Las Vegas og Grand Canyon. I Grand Canyon stoppet de for å beundre det storslagne landskapet fra en av de mange utsiktspunktene. De dype juvene skar seg gjennom fjellformasjonene og virket bunnløse, så enorme at det var vanskelig å fatte. Elena fikk øye på noe som beveget seg sakte nederst i et av juvene. Etter hvert gikk det opp for henne at det var mennesker som vandret der nede. I den klare luften kunne hun tydelig se de små miniatyrskikkelsene som langsomt snirklet seg frem. Det var som å skue ned på en annen planet, eller inn i en annen verden.

14

En lørdag rett etter høstsemesteret hadde startet, hadde de fleste av de norske studentene avtalt å møtes på Angostura Lake. Noen av studentene var gift og hadde med seg familiene sine. Elena pleide av og til å kaste frisbee med de barna som var store nok til å klare seg selv. Barna måtte passes på, for i villniset mellom parkeringsplassen og stranden lurte det klapperslanger. De fleste single studentene hadde nok med seg selv eller den de var sammen med, så det var få som tok seg tid til å leke med barna, slik Elena gjorde.

Elena sto til knes ute i vannet og kastet frisbee til en gutt på seks år som het Joachim, da hun hørte noen si navnet hennes.

«Hei, Elena, hvordan går det med deg?»

Elena snudde seg. Det var Henry som sto i vannkanten. Hun hadde sett Henry på campus og på noen fester, men de hadde ikke snakket sammen etter at de gikk fra hverandre.

«Hei», svarte Elena overrasket, «det går bra.» Hun kjente hvordan hjertet begynte å banke. «Enn du da?»

Elena fant ikke på noe annet å si, hun klarte bare å tenke på at Henry sto der rett foran henne og at han ikke måtte forsvinne igjen. Henry smilte forsiktig.

«Det går vel sånn passe?» svarte han og trakk oppgitt på skuldrene.

Var det noe mer bak de ordene?

«Gikk det bra på eksamen?»

Pokker, alt hun klarte å spørre om var den forbaskede skolen. Elena ble irritert på seg selv.

«Jo, det gikk bra», svarte Henry, litt mer ivrig, «jeg har vel kommet meg gjennom det på en måte. Jeg hører rykter om at du har gjort det godt?»

Henry kikket usikkert på Elena.

«Jo da, det har gått greit.»

«Kast da!» ropte Joachim utålmodig. Elena kastet frisbeen, men det ble et helt mislykket kast, og frisbeen skjente innover mot land. Joachim sukket oppgitt og gikk for å hente frisbeen.

«Det kommer helt sikkert til å gå bra med deg, Elena, det er ikke noe i veien med hodet ditt, det har det aldri vært.»

«Men, er det verre med andre ting, mener du?»

Elena kunne bitt av seg tungen, at hun aldri kunne holde munn.

«Nei, for all del, det var ment som en kompliment», svarte Henry, tydelig lei seg. Elena forsto at hun måtte si noe mer fornuftig, noe mer hyggelig, ellers kom Henry bare til å snu seg og gå.

«Henry, jeg forsto at det var en kompliment, takk skal du ha. Det er hyggelig av deg å si det, og jeg er glad for at det går bra med deg også. Det betyr mye for meg å høre det.»

Endelig klarte hun å si noe hyggelig, og for en gangs skyld klarte hun å legge stoltheten til side et lite øyeblikk.

«Elena, jeg .... Jeg tenkte ...» Henry klarte ikke å si mer.

«Henry, kan vi treffes igjen?» Ordene kom spontant fra Elena.

«Det er ingenting jeg heller kunne tenke meg», svarte Henry, han strålte opp og vasset bort til Elena. Henry klappet Elena på kinnet slik han pleide. «Du er den eneste jeg klarer å tenke på, Elena. Jeg klarer nesten ikke å konsentrere meg om noe annet.»

Elena la armene rundt Henry og kysset han. Lykken som skyllet gjennom henne, fikk henne nesten til å falle om der hun sto til knes i vannet. Men Henry holdt henne fast i armene sine, han trykket henne inntil seg og kysset henne tilbake. De sto lenge slik, tett omslynget.

Henry hadde en avtale og måtte derfor kjøre tilbake til universitetet før Elena, men de avtalte å møtes igjen senere samme kveld.

Da Elena kom på land for å sette seg ned, løftet Line på solbrillene og stirret skeptisk på henne.

«Herregud, holdt dere på å svelge hverandre?»

«Er det ikke fantastisk?» svarte Elena og sukket henrykt. «Henry har savnet meg.»

«Er du sikker på at dette er lurt, Elena? Har du glemt alt som skjedde allerede? Han ville jo ikke ligge med deg?»

Line viket irritert.

«Men, jeg har da aldri sagt at han ikke vil det, jeg sa vel bare at han ikke klarte det, fordi ... Jeg mener, han ...» Elena stoppet opp. Hun fikk aldri forklart Line hva det var, det nyttet ikke å begynne på nytt igjen. «Vet du, Line, jeg orker ikke å ta dette opp igjen nå. Jeg skal treffe han i kveld, og det gleder jeg meg til.»

«Det kan da ikke være mer komplisert å forklare enn hva du selv gjør det til», svarte Line syrlig. «Du kan vel forsøke, såpass skylder du meg vel?»

«Skylder deg, hva mener du med det?»

«Vel, du kom løpende til meg da det ble slutt med mellom dere.»

«For det første kom jeg ikke løpende til deg, det er urettferdig av deg å si det. Jeg var veldig lei meg, det er riktig. Men det var like mye du som inviterte meg til å bo hos deg. Og jeg har ikke tenkt å flytte inn til Henry igjen, om det er det du tror.»

«Bare vent, jeg tenker nok at det endrer på seg ganske
fort», svarte Line, tydelig både irritert og fornærmet.

«Nei, det kan du være helt sikker på, Line, det tror jeg
ikke», svarte Elena bestemt. Såpass mye hadde hun lært.

Samme kveld dro Elena for å hente Henry. De hadde
avtalt å gå ut på Fire House, Elena elsket Piña Colada-en
de laget der, og Henry var begeistret for T-bone-steken
de serverte. Da hun banket på døren, åpnet Henry den
med en gang, som om han hadde stått rett innenfor og
ventet på henne.

«Hei», sa Henry. Før Elena fikk svart, kysset han henne.
«Kommer du inn først?» spurte han da de omsider klarte
å rive seg løs fra hverandre. «Vi kan ta en øl og høre på litt
musikk før vi går.»

Da hun kom inn i stuen, la hun merke til at det på bor-
det sto to stearinlys som var tent på, og to tomme ølglass
og litt chips i en skål.

«Skal si du disker opp», sa Elena med et smil.

«Jeg bør vel klare såpass», svarte Henry og smilte tilbake.

Elena satte seg ned i sofaen, og Henry hentet to bokser
med Budweiser fra kjøleskapet og helte opp glassene. Han
gikk bort til platespilleren og satte på en CD. Musikken
fra Supertramp, «Don't Leave Me Now», strømmet fra ut
fra Bose-høyttalerne.»

Hvordan går det med deg, Elena?»

Henry satte seg ned i sofaen ved siden av Elena, men
ikke helt inntil henne.

«Nå har jeg det bra», svarte Elena, hun la trykk på nå.
«Men det er noe jeg må spørre deg om. Det med Line og
meg. Har du trodd at ...» Elena nølte litt.

«Glem det, Elena», sa Henry og la armene om henne. «Jeg
har snakket med Line. Eller ..., Line tok kontakt med meg.»

Elena stirret lettet på Henry. Det var noe inne i henne,
noe hun ikke klarte å styre, hun følte bare at hele henne

var i ferd med å eksplodere. Elena pustet altfor fort, og hun merket at hun ble underlig varm og opphisset.

«Henry», sa hun, hun orket ikke å si noe mer. Henry la armene rundt henne og de kysset, inderlig og lenge. Før Elena fikk tenkt seg om rev hun av seg blusen og med et raskt grep trakk hun av seg BH-en og kneppet opp linningen i buksen. Elena presset Henry forsiktig ned på sofaen. Da han ville dra av seg buksen sin, skjøv Elena hendene hans vekk.

«La meg gjøre det, Henry.»

Elena tok av seg sin egen bukse og deretter trusen. Så bøyde hun seg over Henry og trakk av han skjorten. Henry virket overrasket, men lot Elena trekke ned buksen hans.

Nå måtte det bare få skje.

«Henry, se på meg. Se på meg!» Elena stirret inn i Henrys øyne, han hadde de vakreste øynene hun visste om.

«Jeg elsker deg, Henry», sa Elena stille, hun klarte å skyve angsten langt bort.

«Går det bra med deg, Elena?»

«Ja», hvisket Elena, «jeg er så utrolig glad i deg.» Elena kjente at tårene rant.

Morgenen etter, da Elena kom hjem, satt Line ved spisebordet ute i det lille kjøkkenet.

«Jeg vurderte om jeg burde etterlyse deg», sa Line syrlig.

«Men, du gjorde det ikke, forstår jeg?» Elena smilte lurt. «Jeg overnattet hos Henry.»

Elena måtte si det, selv om Line selvfølgelig hadde forstått det.

«Nei, sier du det.» Line studerte Elena. «Ja, og hvordan var det?»

«Å overnatte? Det var greit.»

Elena følte fortsatt at hun svevde av lykke.

«Ikke tull, Elena, har du ligget med Henry, eller har du ikke?»

«Jeg har ikke ligget med Henry, jeg har elsket med han.»

Line begynte å fnise.

«Elsket eller ligget, er ikke det omtrent det samme.»

«Nei, det er ikke det samme, ikke i det hele tatt. Og Line, jeg skal si deg en ting, det var jeg som ville det!»

Elena var lykkelig over å være sammen med Henry igjen, men, hun ble boende hos Line. Hun mente det ikke var lurt å flytte sammen med Henry igjen, selv om han flere ganger foreslo det. Men Elena ville ikke, hun var redd for at det ville ødelegge for dem igjen. Og det var på en måte mye mer spennende å besøke Henry for å elske med han.

15

Elena holdt jevnlig kontakt med foreldrene sine mens hun studerte i USA. Elenas mor var alltid engstelig for henne, slik mødre ofte er for sine barn. Hver gang de snakket sammen måtte Elena forsikre henne om at alt sto bra til. Det virket som om moren var overbevist om at det var umulig for Elena å kunne klare seg alene i et så stort land som USA. I tillegg var hun redd for at Elena kom til å slite seg fullstendig ut av noe så krevende som det å ta høyere utdannelse i et fremmed land, hvor man i tillegg måtte snakke engelsk. Elena forsøkte etter beste evne å berolige moren, og selv om hun av og til syntes det ble vel mye, var det på samme tid fint, ja, nærmest betryggende, at moren var så bekymret for henne.

Hjemme sto alt bra til, far var frisk og Richard trivdes i jobben. Berit hadde fått seg ny jobb i et konsulentselskap, og Lars og Trine var flinke på skolen.

Men ettersom månedene gikk, var det akkurat som om noe endret seg. Det var et eller annet som ikke var helt som det skulle være. Spesielt de få gangene Elena snakket med faren, ante hun at noe ikke stemte. Hun syntes stemmen hans var forandret. Var det bare at han hadde blitt eldre?

Elena visste at faren sitt store ønske alltid hadde vært at Elena skulle få seg en god utdannelse. Selv hadde han etter handelsgymnas tatt revisorutdannelse og arbeidet nå som regnskapssjef i et bergensrederi. Men han hadde tidlig ment at Elena kunne ha anlegg for en ingeniørutdannelse, ikke bare fordi han forsto at hun var en ganske oppvakt pike, men også fordi hun viste så stor interesse for tekniske ting. Allerede fra hun var ganske liten ville hun vite hvordan ting virket og hva som var inni. Det hadde satt han på mang en prøve, og det var ikke alltid han hadde klart å svare like godt.

«Er det noe i veien med mamma, pappa? Når jeg spør om det går bra med henne, snakker hun bare om dere andre. Jeg er urolig for at det er noe.»

«Nei da, vennen min, det er ikke noe å bekymre seg for. Hun har bare litt problemer med fordøyelsen, men legen sier det er kolikk og at hun ikke behøver å engste seg. Men hun er litt plaget av det og derfor hender det at hun ikke får sovet like godt. Men alt er i orden, du må ikke bekymre deg, Elena. Konsentrer deg om skolen og karakterene dine, det er det viktigste vet du. Vi klarer oss godt her.»

Da det andre året i USA nærmet seg slutten, og eksamenstiden kom, spurte Elena foreldrene sine om de kunne komme over for å besøke henne før studietiden var over. De hadde aldri vært i USA, og det kunne være hyggelig om de var til stede når Elena fikk utlevert eksamenspapirene.

Men uken før alle studentene skulle få utdelt vitnemål og diplomer, fikk Elena en telefon fra sin far.

«Elena, jeg er veldig lei for det, men vi må dessverre avlyse reisen. Mor er blitt dårligere, og hun må inn til en undersøkelse på sykehuset.»

«Hva er det som feiler henne, pappa?» Elena kjente redselen krøp nedover ryggen.

«Nei, det vet vi ikke ennå. Det er sikkert ikke noe galt, men smertene i magen er blitt verre. Hun skal inn til undersøkelse, røntgen og sånt. Jeg har ikke lyst å reise fra henne. Jeg er lei for at du må klare deg uten oss. Vi skulle selvsagt vært hos deg på den avslutningen, det hadde vært veldig hyggelig. Vi er veldig stolt av deg, Elena og vi er veldig glade i deg, piken min.»

Elena fikk toppkarakter, Master with Highest Honor, og hun og Henry diskuterte om de skulle studere videre i USA. Henry ønsket å ta tilleggsutdanning i økonomi, og de bestemte seg derfor for å reise til universitet i Minneapolis for å studere videre der.

Men sent samme dag som de hadde fått utdelt eksamenspapirene, ringte telefonen. Det var faren, han virket helt sønderknust. Han klarte nesten ikke å snakke. Ellinor, hans kjære kone og livsledsager i førtiåtte år, hadde fått kreft i underlivet. Legene hadde vurdert å operere, fortalte han Elena med gråtkvalt stemme, men svulsten var for stor og den lå komplisert til, det var usikkert om den kunne fjernes.

Elena hørte lamslått på faren som stammet og strevde med å forklare.

Elena klarte å få en flybillett til Bergen. Hun forlot alt. Henry lovet å ordne opp etter henne og å pakke det hun etterlot seg, hun skulle jo tilbake til USA for å studere videre sammen med han.

Da Elena kom hjem til Bergen fire dager senere, reiste hun direkte til Haukeland sykehus, der moren var innlagt. De hadde forsøkt å fjerne svulsten fra underlivet hennes, men operasjonen hadde ikke gått slik de håpet. Det viste seg at svulsten hadde vokst sammen med magesekken og deler av tykktarmen og derfor hadde operasjonen blitt avbrutt. Kreften hadde i tillegg spredt seg til lymfene og til skjelettet. Operasjonen hadde bare fremskyndet problemene. De månedene hun kanskje kunne hatt igjen, var brått blitt til dager.

Da Elena kom inn i rommet der moren lå, var faren hennes der med Richard, Berit, Trine og Lars. Alle sto omkranset rundt sengen til moren. Hun lå med øynene lukket og med en pustemaske som dekket munnen og nesen. Hun var blitt uendelig tynn i ansiktet, de deilige myke kinnene som Elena elsket å klemme og kysse, var helt hule. Øynene var innsunket og så ut som to mørke hull.

Elena måtte kjempe for å få luft i lungene, og før hun nådde frem til sengen brast hun ut i gråt. Med store hulk og fortvilte stønn gikk Elena bort til moren, bøyde seg over henne og kysset henne på pannen og på begge kinnene. I det samme øyeblikk åpnet moren øynene, som om hun bare hadde ligget og ventet på at Elena skulle komme. En sykepleier som sto ved henne på den andre siden av sengen, fjernet pustemasken som dekket munnen og nesen.

Elena kunne høre moren hviske til henne: «Elena, min kjæreste pike.» Hun smilte svakt og lukket øynene.

«Jeg tror vi andre skal gå ut en stund», sa faren, «Elena kan få være alene med mor en liten stund.»

Elena satte seg ned ved sengen og grep fatt i morens hånd. Det var stukket to nåler inn i blodårene, den ene i armen, den andre i hånden hennes. Blodårene hennes var som svarte streker i kontrast mot den tynne, bleke huden. Tårene rant, hun klarte ikke å stoppe gråten, fortvilelsen hadde tatt et klamt grep rundt Elena.

«Kjære mamma, jeg er så inderlig glad i deg», hvisket hun. «Du er den beste moren jeg kunne fått. Hva skal jeg gjøre uten deg? Du kan ikke dø fra meg.»

Hulkene fra Elena hørtes ut som fortvilte stønn. I samme øyeblikk åpnet moren øynene. Hun satte seg brått opp i sengen og løftet armen slik at slangen strammet seg og nålen som var tapet fast på håndbaken hennes nesten ble revet ut. Moren pekte mot fotenden av sengen og viftet med hånden som om det var noen der.

«Der skal Elena sitte!» sa hun med en bestemt og klar stemme. Så la hun seg ned i sengen og var død.

Seks dager senere ble moren kremert. Hennes siste ønske var at urnen med asken hennes skulle settes ned på kirkegården på Halsnøy, der familien kom fra. Elena fulgte faren da han skulle hente krukken hos kirkevergen. Elena kunne se at han var blitt mye eldre etter at Ellinor døde. Han hadde liksom skrumpet inn, blitt lut i ryggen, og glimtet han alltid hadde i øyekroken var helt borte.

«Hvordan går det med deg, pappa?»

«Det går vel på et vis, jeg er nå i live, vet du, men jeg savner mor.»

De så på hverandre, gav hverandre en klem og lot tårene falle.

«Det forstår jeg godt, pappa, jeg savner henne jeg også.»

16

To dager etter at moren var kremert, ringte Henry. Han ville vite hvordan det sto til med Elena og resten av familien hennes, men aller mest ville han fortelle at han savnet henne.

«Tror du at du blir lenge i Bergen? Kommer du tilbake nå i sommer, før universitetet begynner, eller hva tenker du?»

Da Elena i all hast dro fra USA, avtalte hun med Henry at hun skulle komme tilbake så fort som mulig. Og ettersom de begge hadde fått plass på universitet i Minneapolis, skulle Henry forsøke å skaffe et sted de kunne bo og ellers undersøke forholdene på universitetet. Men nå var Elena blitt usikker. Selv om faren forsikret henne om at han ville klare seg fint og at hun derfor måtte reise tilbake til USA, følte Elena at han nå bare hadde henne. Og til tross for at det hadde vært noen forferdelig triste dager hjemme, merket Elena likevel hvor deilig det var å være tilbake i Bergen.

Sorgarbeidet Elena frivillig påtok seg i håp om at faren ville livne til igjen, og alle timene hun og faren tilbrakte sammen i løpet av dagene som fulgte, påvirket også Elena. Samværet med faren ble like mye en trøst for henne som hun var for han. Det var vanskelig for henne å ta til seg at moren ikke lenger var en del av livet hennes.

Etter hvert begynte tvilen å spire i Elena. Hun hadde fått en merkelig ro, en slags trygghet i kroppen som hun ikke hadde kjent på lang tid. Det var som om all rastløsheten og jaget i henne var i ferd med å dø ut, som en brann som var i ferd med å slukke av seg selv. Det var først nå, langt borte fra det hele, at hun forsto hvor mye de to årene i USA og presset for å prestere egentlig hadde påvirket henne. Hva var egentlig poenget med å reise tilbake for å fortsette med lesejaget? Hun var jo allerede sivilingeniør. Hva mer var det egentlig å hente ut av å fortsette med nye fag og flere titler? Ingenting! Det eneste problemet var Henry.

Da Elena hadde fått ideen om kanskje å bli i Bergen, snakket hun med faren sin. Ektemannen til en av kontordamene han jobbet sammen med, arbeidet på Christian Michelsen Institutt. Gjennom han hadde faren klart å få en avtale om et jobbintervju for Elena.

«Henry, jeg tror jeg har bestemt meg for å bli i Bergen. Jeg orker ikke reise fra pappa, det virker som om han holder på å bli deprimert. Jeg tror jeg skal forsøke å få meg en jobb her, jeg har avtalt et intervju på Christian Michelsen Institutt. Det høres veldig spennende ut.»

«Men, Elena», hun kunne hørte fortvilelsen i Henrys stemme, «vi har planlagt dette. Jeg har gledet meg sånn, jeg orker ikke være fra deg. Tror du ikke din far klarer seg? Han er tross alt en voksen mann?»

Elena hørte at Henry var lei seg, men hun hadde bestemt seg, selv om det pinte henne å ikke kunne reise tilbake til Henry.

«Henry, selvfølgelig vil jeg at vi skal være sammen. Men kan ikke du heller komme hjem? Vi er tross alt ferdig utdannet begge to. Du må jo ikke ha den økonomigraden i tillegg.»

«Elena, du kan ikke mene at jeg skal gi opp dette, du vet hvor mye det betyr for meg. Du kommer hit, ikke sant?

Du må gjerne vente til skolen starter, men vær så snill. Jeg elsker deg, vær så snill.»

Men Elena ville ikke, selv om hun var dypt fortvilet over valget hun gjorde. Hun visste innerst inne at dette i verste fall kunne bety slutten på forholdet mellom henne og Henry, selv om hun ikke ville innrømme det. Dersom de virkelig elsket hverandre, ville de nok klare ett år fra hverandre, det skulle bare mangle.

Elena ble tilbudt en stilling som juniorforsker på Christian Michelsens Institutt, eller CMI som det ble kalt. Hun skulle jobbe sammen med fire andre i en gruppe som skulle arbeide med mønstergjenkjenning, et nytt satsingsområde. Elena skulle ha ansvar for programmeringen på en nyanskaffet datamaskin, og hun ble raskt veldig engasjert i arbeidet sitt. Hun trivdes både med de spennende arbeidsoppgavene og med å samarbeide med de andre i gruppen. Hun mente at det måtte være den beste jobben hun overhodet kunne ha fått.

Line hadde kommet tilbake til Norge en måned etter at Elena reiste hjem. Hun hadde fått jobb i Oslo, i et større konsulentselskap som drev med prosjekter innen databehandling. Hun arbeidet som prosjektleder og ble leid ut til forskjellige bedrifter. Når Elena snakket med henne, virket det som om hun trivdes godt i jobben, selv om det var mye overtid og press på å ferdigstille prosjektene. Prosjektene Elena var med i var mye mer innovative, og de fikk mye mer anledning til å utvikle egen kompetanse.

Elena og Henry holdt jevnlig kontakt på telefonen, og de hadde avtalt at hun skulle reise til Henry i julen. Men slik ble det ikke. Det viste seg at Henry hadde for mye å gjøre med studiene, og siden juleferien i USA var kort i forhold til hva den var i Norge, bestemte de seg til slutt for at Elena heller skulle vente med å komme til USA til våren, når Henry var ferdig med studiene.

<h1 style="text-align:center">17</h1>

Da sommeren kom, tok Elena fly fra Bergen til Schiphol og derfra videre til Minneapolis. Det hadde vært slitsomt at de et helt år bare kunne snakke med hverandre i telefonen. Men de hadde klart å holde det gående, til tross for altfor høye telefonregninger.

Da flyet landet på St. Paul og Elena kom frem til passkontrollen, kjente hun en merkelig usikkerhet. Skulle hun kysse Henry eller bare gi han en klem når de møttes? Det var lenge siden de hadde sett hverandre og Elena ble nesten engstelig for å bli skuffet når hun traff han. Kanskje Henry ikke engang var slik hun husket han? Kanskje de ikke følte det samme for hverandre lenger?

I lommeboken hadde hun et bilde av de to sammen. Henry holdt armen rundt Elena, og de smilte begge to, med presidenthodene ved Mount Rushmore som en flott bakgrunn. Elena husket det veldig godt. Det var en søndag formiddag. De hadde for en gangs skyld stått opp litt senere enn vanlig. Ute blåste det, lauvet i trærne som vokste like utenfor, raslet viltert, lik en typisk høstdag hjemme i Norge. De hadde ikke hatt noen planer for dagen, og det tunge teppet med skyer som lå tungt over byen indikerte at det heller ikke kom til å bli noe badetur til Angostura Lake. Temperaturen hadde falt merkbart i løpet av natten, og det tydet på at dette kun kom til å bli en kjedelig gråværsdag. I lokalradioen varslet de ikke uvær, selv om de mørke skyene kunne tyde på noe annet, men det var aldri godt å vite. Rapid City lå i overgangen mellom prærielandskap og Black Hills, så det var ikke rent sjeldent at været endret seg brått.

Elena og Henry hadde bestemt seg for at de ville kjøre opp til Mount Rushmore. De hadde vært der flere ganger før og det var et flott turområde, selv om det var tilrettelagt på typisk overdådig, amerikansk vis.

De hadde parkert bilen på den nesten tomme parkeringsplassen og vandret innover området. Stien de fulgte snodde seg mellom furutrærne, inn i landskapet, mot skulpturene som var hugget ut i fjellklippene fremfor dem. De enorme dimensjonene gjorde at det var vanskelig å bedømme avstanden opp til de fire ansiktene som stirret oppmerksomt ned på dem. Etter å ha fulgt stien hele veien rundt, kom de tilbake til utgangspunktet. Henry ville ta et bilde av Elena med presidenthodene som bakgrunn. Da han sto og fiklet med innstillingene på kameraet, passerte en eldre mann dem og spurte om han skulle ta bilde av de to sammen.

De hadde vært så lykkelige den gangen. Og nå hadde det gått nesten to år. Elena var tjueseks år, hun var fremdeles ung og med mesteparten av livet foran seg. Men hva ville hun egentlig med livet sitt? Elena visste at når hun nå traff Henry igjen, dersom de fremdeles følte det samme for hverandre, ville diskusjonen komme på nytt. Sist hun snakket med han i telefonen, hadde Henry fortalt at han hadde fått jobbtilbud i Philips Petroleum. Problemet var bare at stillingen var i USA. Han måtte være der i ett år før han eventuelt kunne bli overført til den norske delen av selskapet, som holdt til i Stavanger. Hvis han jobbet i Stavanger, ville de jo være mye nærmere hverandre, selv om Elena valgte å bli hos CMI.

Vel gjennom tollklareringen så Elena at det sto tett med folk og ventet, og midt inne i folkemengden fikk Elena øye på Henry. Hun kjente at hjertet begynte å banke fortere da hun fikk øye på ham, og hun løftet armen og vinket febrilsk.

Var Henry like glad over å se henne? Var det noe ved han som kunne tyde på noe annet? Han vinket tilbake til henne.

Da Elena omsider nådde frem til Henry, sto de et lite øyeblikk og stirret på hverandre, som om de måtte forsikre seg om at alt var som før. Så kysset de hverandre, inderlig og lenge. Elena måtte hive etter pusten. Var det mulig å være så glad i noen?

Henry kjørte, og Elena satt ved siden av han, nesten ute av stand til å si noe. At hun var glad i Henry, visste hun, men at hun skulle føle det så voldsomt, det kom overraskende på henne. Det var meningsløst med all den tiden de hadde vært fra hverandre. Hva var poenget med jobb og karriere, når det eneste hun egentlig ønsket var å være sammen med han? Elena smugkikket på Henry og smilte for seg selv. Henry oppdaget det.

«Hva er det, Elena, du stirrer slik på meg. Er det noe spesielt du tenker på?»

«Nei ..., eller jo, det er vel det», svarte Elena hemmelighetsfullt. «Vi er endelig sammen igjen, det er vel spesielt det?»

Henry kastet et nytt blikk på Elena, smilte tilbake til henne, og slapp den høyre hånden fra rattet for å gripe hennes. Berøringen fra Henry gikk nærmest som et elektrisk støt gjennom Elena.

«Ja, det er virkelig godt å se deg igjen, Elena, jeg har lengtet veldig etter deg.»

Det var nesten en times biltur til de var fremme der Henry bodde. Henry fortalte om universitetet og om studiene. Det hadde vært et greit år, men ikke som da de var i Rapid. Der hadde det vært mange andre norske studenter, og ikke minst, de to hadde vært sammen. Det siste året hadde blitt mye mer ensomt, men som Henry sa, det var ikke noe ulempe med hensyn til studiene, han fikk nok tid til å lese i fred. Elena fortalte han om CMI og alt hun drev på med der. Det hadde vært et bra år for dem begge, måtte de innrømme, selv om det var lang tid å være fra hverandre.

Det var blitt sent på kvelden. De satt i sofaen etter å ha spist en bedre middag. Huset Henry hadde leid lå like ved universitetet. Det var nesten helt likt det de hadde bodd i, i Rapid City. Dette var litt nyere, kanskje litt mindre slitt, men med to soverom, kjøkken og stue, samt en ytterdør som gikk rett inn i stuen.

De hadde kanskje sittet lenger enn nødvendig og pratet, drøyd tiden på en måte. Elena var trøtt etter den lange fly-reisen. Hun merket at hun både gruet og gledet seg til natten, når de skulle gå og legge seg. Elena var ikke helt sikker på hva som ville skje. Hun merket at Henry også var litt nølende.

«Ja, her er altså soverommet. Du legger deg vel her ... sammen med meg mener jeg?»

Elena forsto at Henry forsøkte å late som ingenting, men han kunne ikke skjule usikkerheten.

«Nei, vet du hva», Elena kunne ikke la være, «jeg regner da med at jeg tar sengen og at du ligger på sofaen.»

Hun kunne se at han i et lite øyeblikk ble usikker. Elena begynte å le, grep hånden til Henry og dro han etter seg inn på soverommet.

Det hadde vært en deilig kveld og natten ble enda bedre.

I dagene som fulgte kunne ikke Elena huske å ha vært lykkeligere noen gang. De første dagene holdt de seg i området der Henry bodde. De tok forskjellige dagsreiser rundt omkring. Egentlig var Elena likeglad når det kom til hva de gjorde, bare hun fikk være sammen med Henry, var alt annet uviktig. Uken etter kjørte de til vestkysten, først til San Fransisco, deretter videre sydover til Los Angeles og til slutt San Diego. De fulgte nesten den ruten hun og Line hadde tatt med Mark og Chris to år tidligere. Men å reise med Henry var selvsagt noe helt annet. Elena syntes at alt det hun opplevde var mye flottere og mer fantastisk fordi hun var sammen med Henry.

Men de hadde enda ikke snakket ordentlig sammen om hva de skulle gjøre når ferien var over, hvilke planer de skulle legge sammen. Da de kom tilbake til leiligheten i Minneapolis og det bare var tre dager igjen til Elena skulle reise, måtte de snakke om det.

«Elena», sa Henry. De satt sammen ved spisebordet og hadde nettopp gjort seg ferdige med hver sin hjemmelagde hamburger. «Hva gjør vi nå?» Hun kunne se at Henry var like usikker som henne. Og han visste like godt som Elena at de hadde en utfordring om de skulle klare å bli enige. «Jeg har takket ja til den jobben i Philips. Jeg tror ærlig talt ikke at jeg kan få noe bedre tilbud enn det. Lønnen er veldig god, men jeg må først jobbe i Houston på hovedkontoret i ett år. Deretter er jeg lovet en lederstilling i Stavanger. Philips er ute etter folk som kan norsk og som har både økonomisk og teknisk bakgrunn.»

Henry stirret intenst på Elena mens han snakket.

«Det er veldig hyggelig for deg, Henry. Du fortjener det virkelig. Med den innsatsen du har gjort så må jeg si at jeg unner deg det.»

Elena passet på at hun var positiv, men hun grudde seg til det hun visste ville komme.

«Men, kan du tenke deg å bli med meg til Houston?» Henry smilte bedende. «Vær så snill, Elena, jeg orker ikke at du reiser fra meg igjen.»

«Ja, det er jeg som reiser, ikke sant?»

Elena visste det på forhånd. Hun hadde gruet seg, men var likevel forberedt på at de kom til å havne i det samme uføret igjen. Ingen av dem ville gi opp sin egen karriere, og begge mente at den andre burde vike og gi plass for den andres behov. For det var vel nettopp det kjærlighet besto av, var det ikke? At man ofret seg for den andre - var ikke det beviset på ekte kjærlighet? Hvis det var sånn, hvorfor var det ikke slik for Elena og Henry? Eller var det pur stolthet og trass som fikk dem til å ende opp i denne håpløse situasjonen?

«Elena, ikke vri på det er du snill. Det spiller vel ikke noen rolle hvem som reiser. Jeg ønsker bare at vi skal være sammen.»

«Frir du til meg, Henry? Er det det du gjør? I så fall må jeg si det er en pussig måte du gjør det på.»

Elena kunne ikke noe for det, hun ble sur. Hun følte at det alltid var hun som skulle gi etter, at det var hun som måtte ofre seg. Var ikke hun like viktig som Henry? Var ikke hennes karriere like viktig som hans?

«Vel, det var vel ikke frieri jeg tenkte på, men det er kanskje en god idé. Vil du at vi skal gifte oss, Elena?»

«Om jeg vil at vi skal gifte oss? Herre min hatt, hva vil du, da?»

Elena hadde ikke tenkt at hun skulle dreie diskusjonen over på giftemål. For en idiot hun var, det var ikke det denne saken gjaldt. Forsto ikke Henry hvor hun ville? Forsto han ikke hva hun egentlig spurte han om?

«Om vi gifter oss, Henry», fortsatte Elena, «tenker du da at jeg blir med deg til Houston?»

Men Henry forsto ikke hva Elena spurte om, han bare stirret forvirret på henne.

«Ja, selvfølgelig», svarte Henry omsider. «Selvfølgelig vil jeg at du skal bli med, Elena. Hva skulle ellers være vitsen med at vi gifter oss?»

Elena kjente skuffelsen jage gjennom seg, det var som om hun fikk en kniv stukket inn i hjertet sitt.

«Ja, nettopp, Henry», sa Elena oppgitt, «hvorfor skulle vi ellers gjøre det? Det ville jo ikke være noe poeng at du ble med meg til Norge, dersom vi giftet oss, ville det?»

Elena lot spørsmålet henge i luften, hun kjente både

sinne og skuffelse. Men Henry forsto fremdeles ikke hva Elena ville frem til.

«Elena, må du vri og vende på alt? Hva skulle være poenget med at vi giftet oss dersom vi bare reiser hver til vårt?»

Henry hadde fått dype bekymringsrynker i pannen, uttrykket han alltid fikk når han ikke helt forsto hva som skjedde.

«Så du mener at vi gifter oss dersom jeg blir med deg, og om ikke jeg blir med deg, gifter vi oss ikke? Hører du ikke at dette ikke er særlig greit, Henry? Klarer du ikke å forstå det? Eller mener du virkelig at du liksom er kjemperaus nå, siden du tilbyr meg at jeg får lov til å gifte meg med deg og at jeg også får lov til å bli med deg?»

Elena klarte ikke å stoppe, hun hadde fått temperaturen opp på et nivå som gjorde at hun hadde vanskelig med å kontrollere seg. Hun bare durte i vei.

«Det er da søren meg en annen variant som det ser ut til at du ikke har tenkt på» fortsatte hun heftig, «at vi gifter oss, og at du blir med meg hjem til Norge. Hvorfor er ikke det et like aktuelt alternativ? Kan du svare meg på det? Pokker ta deg, Henry, du er så forbannet egoistisk. Det er det du er. Mitt liv, min jobb, min karriere, det driter du fullstendig i. Vet du egentlig hvilket år vi lever i, hvilket århundre for den saks skyld? Vi lever faen ta meg ikke i middelalderen, Henry, forstår du ikke det?»

Elena slo i bordet med flat hånd. Hun pleide sjelden å banne, men nå klarte hun ikke la være. Tårene hadde begynt å renne nedover kinnene hennes. Hun var fortvilet over at hun og Henry igjen hadde havnet i den samme håpløse situasjonen, selv om hun hele tiden hadde forstått at det var det som kom til å skje. Og hun var irritert over at hun alltid begynte å gråte. Henry reiste seg og grep tak i Elena og løftet henne opp fra stolen. Han la armene rundt henne uten å si noe. Elena sto hjelpeløs i armene hans og gråt høylytt, med ansiktet dypt begravet inn i halsgropen hans.

Den kvelden gikk Henry og Elena til sengs uten å si så mye mer. Avgjørelsen var tatt, de måtte bare akseptere at de begge hadde like rett til å gjøre sine egne valg og at de igjen reiste hver til sitt. Henry var overbevist om at de ville klare å være fra hverandre ett år til.

Den siste natten elsket de lenge. Elena følte det som om hun var sammen med Henry for siste gang, som om ragnarokk skulle komme neste dag og at alt liv på jorden ville opphøre. Hun hadde aldri følt det som dette tidligere. Hun kunne kjenne hver minste bevegelse, hver eneste muskel, hver eneste fiber i kroppen sin. Det var som om de smeltet sammen og ble til ett den natten.

Om lag åtte måneder senere, mot slutten av februar, fortalte Henry at han likevel ikke klarte å komme tilbake til Norge slik han var blitt forespeilet av selskapet. Det hadde skjedd omorganiseringer i Philips, og planene i Norge var endret, forklarte han fortvilet. Han var blitt overført til en annen del av selskapet som ikke hadde noe med Norge å gjøre. Stillingen hans var nå i USA.

«Hva sier du, kan du tenke deg å flytte over hit? Jeg er helt sikker på at det finnes bra jobber for deg her borte.»

«Men, Henry, har du glemt at jeg må ha spesiell arbeidstillatelse for å få lov til å jobbe i USA? Det må være en arbeidsgiver som sier at kompetansen min er så spesiell at den ikke kan skaffes på annen måte. Du må begripe at det ikke skjer. Er det noe de driver med i USA, så er det data og mønstergjenkjenning. Jeg har tross alt bare en master, og i USA er det ikke så mye å skryte av. Det blir i alle fall ikke aktuelt for meg å være i USA som hjemmeværende, lage mat og vente på at du kommer hjem.»

Da Elena sa det siste, forsøkt hun å le, men hun var egentlig ganske lei seg. Nå var de der nok en gang.

«Hva med deg, da? Det må da være enda enklere for deg å få jobb her i Norge, i Statoil eller Hydro. Jeg har en følelse av at de ansetter folk i hopetall. Du har ikke noen du kan kontakte? Du har sagt at utdannelsen din er etterspurt.»

Elena visste at flere av de norske Henry hadde studert sammen med i Rapid City, hadde begynt i Statoil og Hydro.

«Kjenner og kjenner, jeg vet om noen som jobber i Norge, men jeg har ikke hatt kontakt med noen etter at de reiste hjem.»

Elena hørte at Henry ikke var særlig entusiastisk over forslaget.

«Hva ønsker du å gjøre da, Henry?» spurte Elena skuffet. Hun forsøkte ikke å presse han, men håpet at han ville ta til fornuften denne gangen.

«Jeg skal tenke på det, Elena. Jeg må sjekke litt nærmere her hos oss, om det ikke lar seg gjøre å på en eller annen måte å bli overført til Norge likevel.»

Ukene gikk, og de gangene de snakket sammen, kom de ikke noe lenger. Elena følte seg helt utmattet av at de ikke klarte å bestemme seg for hva de ville. Hun kunne ikke la være å tenke at det måtte være noe annet som lå bak Henry sin uvillighet. Da sommeren nærmet seg, ble det klart at Henry ikke kom tilbake. I alle fall ikke før kanskje til jul, som han sa. Elena spurte om Henry i alle fall kunne komme til Norge i sommerferien sin, men Henry fortalte at han hadde jobbet for kort tid i Philips i den nye stillingen, at han ikke hadde rett til mer enn én uke ferie.

Elena var urolig. Hun hadde i lang tid gått og gruet seg, og tanken på at det kunne ligge noe annet bak Henry sin vegring plaget henne voldsomt. Enkelte kvelder kunne hun sitte hjemme og tenke på at det kanskje ville bli slutt mellom dem. Tanken på det fikk henne til å skjelve av fortvilelse, nærmest som om hun var febersyk. Andre dager var hun bare sint og forbannet på Henry og over den håpløse situasjonen de hadde satt seg i, men innerst inne mente Elena at det var Henry som sviktet.

Og det som Elena fryktet aller mest, skjedde. Da Elena sa at enten så kom han til Norge eller så kom hun over til han den uken han hadde ferie, ble Henry taus.

«Elena, jeg må fortelle deg noe», kom det etter en stund.

Det kjentes ut som om en stor klump som sank ned i magen på henne. Nå skjedde det virkelig!

«Elena, jeg har truffet en annen.»

Det var ikke til å misforstå, selv om Henry stotret frem ordene. Elena hadde mest lyst til å bryte sammen, men brått kjente hun hvordan fortvilelsen hun så lenge hadde hatt over den håpløse situasjonen, brått endret seg til et voldsomt raseri.

«Har du truffet noen? Hva mener du med det?» skrek Elena nærmest hysterisk. «Vi treffer vel alle noen hele tiden, uten at det er noe spesielt med det, vel?»

«Jeg mener, jeg har ikke truffet en annen på den måten, eller, jeg ...» Henry stotret hjelpeløst frem ordene, han visste ikke hvordan han skulle ordlegge seg.

«Og det forteller du nå.» Elena ville ikke høre på hva Henry forsøkte å si. «Hvorfor har du ikke sagt det før? Du kunne vel ha fortalt det for lenge siden.»

«Nei, hør på meg, Elena», forsøkte Henry fortvilet. «Jeg har vel ikke innsett det før nå, at det er blitt slik, mener jeg. Jeg beklager, Elena, jeg har virkelig forsøkt, men ting har bare skjedd helt av seg selv i den tiden vi har vært fra hverandre.»

«Forsøkt hva? Ting skjer ikke av seg selv, Henry, det er en dårlig unnskyldning.» Elena var helt fra seg. «Ting, Henry, ting skjer fordi vi vil at ting skal skje. Det er i så fall du som har villet det. Jeg må si jeg er ganske forbannet på deg. Du har visst hele tiden hva dette gikk ut på. Du har ikke villet komme tilbake til Norge, til meg. Du har bare skjøvet på det hele tiden. Du må da begripe at du er nødt til å jobbe med forholdet mellom oss du også, ikke bare gå rundt å syns synd på deg selv for at vi bor så forbannet langt fra hverandre. Jeg har også truffet andre som har lagt an på meg. Det er ganske fristende, det å bli beilet etter, men jeg har ikke latt meg forlede av den grunn.»

Elena måtte trekke pusten, og Henry, som hadde forsøkt å ta ordet flere ganger uten hell, så endelig sin mulighet.

«Elena, vi har helt sikkert hatt det like vanskelig begge to. Og du har vel gjort dine valgt du også. Det er da ikke bare jeg som ikke har kommet til Norge, du har ikke villet komme hit du heller.»

«Dette nytter ikke, Henry, jeg gidder ikke diskutere dette på nytt.» Elena hørte at Henry var fortvilet, men hun ville ikke forstå. «Du forteller meg at du er sammen med en annen! Sier du at det er slutt med oss to, at det er over?»

«Jeg har ikke sagt at jeg er sammen med noen, jeg vil bare være ærlig med deg. Det er bare en jeg har truffet noen ganger, men vi er ikke sammen, slik du tror. Elena, jeg er veldig lei for det.»

«Er det slutt, Henry, ja eller nei?»

«Det er ikke det jeg sier, jeg forsøker bare å fortelle deg at jeg ikke er helt sikker på hva jeg vil. Jeg trenger bare litt mer tid.»

«Greit, da er den saken avklart.» Elena avbrøt Henry igjen. «Du tror vel ikke at jeg gidder å bare gå her på gress og vente til du har funnet ut av det. Du får ha det bra, Henry. Jeg ønsker deg selvsagt det aller beste, men hva har du tenkt å gjøre når du oppdager at du har gjort en forferdelig feil? Hva har du tenkt å gjøre da?»

«Elena, jeg ...»

Elena hørte ikke etter, hun bare avbrøt samtalen.

Fortvilet satte Elena seg ned og la hodet i hendene. Den forferdelige erkjennelsen av at hun kanskje aldri mer skulle få se Henry igjen, begynte å sige inn over henne. Hun skulle aldri mer klemme han, kysse han eller elske med han. Elena kjente hun ble helt nummen i kroppen. Hun følte seg som en filledokke slengt ned på en stol med hodet og overkroppen slapt hengende uten støtte, som om hun var fullstendig tom for krefter. Elena hadde mest lyst til å skrike høyt, men hun klarte det ikke, hun bare satt urørlig i stolen og stirret med et tomt blikk ut i rommet.

Skulle hun ringe opp Henry igjen? Kanskje han ikke hadde villet gjøre det forbi? Hvorfor hadde hun brutt samtalen før han fikk snakket ut? Hadde hun virkelig vært så mye lykkeligere av å bry seg om jobb og karriere alle disse årene?

Etter å ha sittet slik en stund kjente Elena at kaoset i henne begynte å legge seg. Øyeblikket med selvmedlidenheten, som hadde veltet over henne som en brottsjø, begynte sakte å sige tilbake. Hun skuttet seg, det var som om hun måtte riste av seg tankene for å komme tilbake til virkeligheten.

Nei, hun måtte ta seg sammen. Det var faktisk Henry som hadde sviktet. Og han hadde ikke bare sviktet henne, han hadde sviktet seg selv også. Elena var overbevist om at Henry ville innse det, og at han før eller senere ville komme tilbake til henne.

Ukene og månedene som fulgte, var tunge for Elena. Det var bra at hun hadde jobben å gå til, der kunne hun i i det minste stenge ute alle tankene med å jobbe til langt på kveld. Det var heldigvis mer enn nok å holde på med. Men helgene var det verre. Selv om hun gikk på byfjellene og tok turer rundt om i nærområdet, kom tankene på Henry alltid tilbake. Etter hvert gikk det opp for henne hvor alene hun egentlig følte seg. Hun hadde nesten ingen å snakke med om bruddet mellom Henry og henne. Hun besøkte faren av og til, men utenom det hadde hun lite sosialt liv utenom jobben. Og Richard, hun hadde ikke snakket med han på lenge. Det var heller ikke Richard hun ville søke trøst hos, selv om hun følte behov for det.

18

Richard var fire år eldre enn Elena. I oppveksten hadde Elena, på grunn av aldersforskjellen, sett på Richard som nesten voksen i forhold til seg selv. Da de var yngre, hadde de tilbrakt mye tid sammen i feriene på hytten på Halsnøy. Det var ikke mange andre på deres alder som bodde i området der hytten deres lå, og i årene da de var barn var det de to som lekte sammen. Foreldrene hadde bygget hytten tidlig på sekstitallet på en tomt de hadde fått av morens onkel, som drev en gård på nordsiden av øyen. Hytten ble satt opp ytterst på et lite nes, hvor de kunne se tvers over fjorden til Fjelberg.

Da Elena var omtrent ti år gammel, fikk hun endelig ro alene i robåten uten at Richard var med. Men foreldrene hennes var veldig bestemt på at hun kun fikk ro inne i viken, slik at de kunne se henne fra hyttevinduet. Det var likevel nok av steder å sette teinene, og derfor var Elena fornøyd med det.

Men skulle de sette trollgarn eller dorge etter fisk, måtte i alle fall Richard være med. Bak på robåten, en stor Strandebarmer, en færing med to par årer, hadde faren en Yanmar påhengsmotor. Den ble brukt om de skulle lenger ut på sjøen, og Elena fikk ikke lov til å bruke den når hun var i båten alene. Da måtte påhengsmotoren henge oppslått, slik at det ikke festet seg tang i propellen eller at den slo borti steiner som stakk opp i vannskorpen. Strandebarmeren var en tung båt å ro, men Elena var kraftig og stor for alderen, det var ingen jenter som var like sterk som henne.

Richard pleide å sykle inn til Sæbøvik, et tettsted lenger inne på øyen, for å spille fotball med de andre guttene som bodde der fast. En gang klarte faren å overtale Richard til at Elena skulle få bli med. Elena kunne sykle tilbake alene om hun ble lei av å se på de andre spille, sa han til Richard, som motvillig gav etter.

Richard ville ikke at Elena skulle spille med dem, derfor plasserte han henne bak det ene målet. Der sto Elena og betraktet guttene. Det var gutter på Richard sin alder, men også noen som var yngre, på Elena sin alder. Alle fikk være med slik at det ble mange nok til at de kunne stille to lag.

En gang ble fotballen sparket langt over mål og bak gjerdet der Elena sto. Guttene ropte til henne at hun skulle hente ballen. Elena lot seg ikke be to ganger. Hun hev den opp i luften og med et klokkerent vristspark sendte hun ballen høyt over gjerdet og langt inn på banen, der de andre guttene måpende sto og så på. Etter det ba Richard Elena ta med seg joggesko. Hun ble valgt med på ett av lagene, men bare for å fylle opp, som Richard sa. Men det var bare noe han sa, Elena var minst like flink til å spille fotball som de fleste av guttene på hennes egen alder.

En av gangene hun spilte fotball, traff hun en gutt som het Helge. Helge var like gammel som Elena, og som Elena, var han med broren sin, Bjarne, som var ett år yngre enn Richard. Helge spilte ikke fotball selv, han var bare med for å se på, slik Elena hadde vært. Elena begynte å snakke med Helge en gang de skulle sykle hjem. Det viste seg at Bjarne og Helge skulle samme veien, men videre forbi hytten der Elena og Richard bodde, de skulle helt ut til Verdens Ende, der veien sluttet.

Da de syklet opp bakken fra Sæbøvik, der kirken lå og bakken ble brattere, gikk Elena og Helge av syklene sine. Da de begynte å snakke, viste det seg heller ikke Helge hadde lekekamerater på sin egen alder der han bodde, og Elena spurte derfor om de skulle treffes igjen.

Etter det var Elena og Helge sammen hele tiden. Enten syklet Elena ut til Helge eller så syklet Helge ned til Elena.

De gangene Helge syklet til Elena, pleide de å gå langs sjølinjen mellom hytten og gården til Elenas onkel. Sjølinjen var tett belagt med stein i alle størrelser og fasonger, alle glattskurte etter utallige stormer og urolig sjø som hadde malt og kvernet steinene over tusener av år. De pleide å snu steinene for å se om det var små krabber eller andre krepsdyr som lå gjemt under. Krabbene fanget de og slapp ned i en plastbøtte med sjøvann og litt tang. På den måten innbilte de seg at bøtten var en egen liten innsjø, en slags undervannsverden.

De gikk også langs stranden og lette etter steiner som var helt glattslipte og som var gode å holde i håndflaten, runde som små kuler, eller ovale eller helt flate. Hver stein hadde sin farge og sitt mønster, noen mørk grå, andre med striper i forskjellige farger, ikke bare gråtoner, men hvit som marmor, lyserød eller rosa, og noen til og med mørkerøde. Det var nesten som de gikk og fant kostbare skatter gjemt mellom de større kampesteinene. Stolt viste de steinene til hverandre når de fant en som de syntes var spesielt vakker.

Var det helt vindstille, noe det sjelden var, lette de etter de helt flate steinene. Da konkurrerte de om å kaste en stein ut over sjøflaten slik at steinen hoppet flere ganger før den forsvant under overflaten. De plukket ti steiner hver og kastet annenhver gang. Den som hadde fått en stein til å hoppe flest ganger når alle ti var kastet, vant. Oftest klarte de rundt tre–fire hopp, og en og annen gang så mange som åtte eller ti hopp.

Onkelen til Elena hadde et fjøs med griser, høns, sau og melkekyr. Hun og Helge gikk ofte for å besøke dyrene, spesielt lammene om våren. Det kjekkeste de visste var å gi kumelk til kopplam fra flasker. Når lammene sugde ut melken fra smokkene på flasken, trykket de så hardt imot at det var vanskelig å holde flasken.

Mellom gårdshuset og sjølinjen var det en stor frukthage. Elena sin mor hadde fortalt at det var en av deres forfedre som hadde ryddet og plantet hagen. Hagen var innrammet av en steingard og var rikt beplantet med eple-, pære-, plomme-, og morelltrær, samt med busker med rips, stikkelsbær og solbær. Lenger opp i hagen vokste enorme bøketrær, de sto som en allé ned mot et sjøhus som lå like ved steinbryggen. Midt i hagen vokste et enslig lite epletre, nesten en busk, med glassepler. Eplene var store og gule med helt hvitt eplekjøtt. Skulle de spises, måtte de plukkes akkurat de få dagene de var modne.

Elena sin mor kalte hagen for Edens hage, noe Elena først forsto betydningen av da hun ble eldre. Men at hagen var en Edens hage, var helt sant. Elena og Helge kunne være der i timevis. Det var som om de var i sin egen fantasiverden, skjermet fra alt bortsett fra alle småfuglene som kvitret og innsektene som summet omkring. Og de spiste frukt og bær til de fikk vondt i magen.

En dag satt Elena og Helge ved siden av hverandre på en stor stein som lå like ved veikanten ute på verdens ende. De betraktet de store, hvite skyene som drev bortover den blå himmelen.

«Der er en som ser ut som en båt.»

«Se, den ligner på en hest, eller en ku!» og «Der er en kanin!»

Sånn kunne de holde på mens de lo over alt det de syntes skyene lignet på.

«Er dere kjærester, dere? Helge er du forelsket i en jente! Eller er det en gutt?»

Det var Jonny, han bodde i et hus rett i nærheten. Han var ett år eldre enn Elena og Helge, en kraftig gutt som plaget alle ungene som bodde ute ved Verdens Ende, særlig de som var yngre enn han. Helge hadde fortalt Elena om Jonny, både at han var slem og at han hadde begynt å erte Helge fordi han var sammen med Elena.

Elena reiste seg.

«Hva var det du sa?» spurte hun stille, og knep øynene sammen for å vise Jonny at hun ikke var redd han.

Jonny sto ute i veien, med sykkelen sin som han holdt i styret med begge hendene. Først ble Jonny litt usikker, han var ikke vant til at noen svarte han.

«Du er en jævla guttejente og Helge er forelsket i deg», sa Jonny etter litt nøling.

«Nei, det er jeg ikke», hørte Elena Helge fortvilet svare.

«Jonny, kom, vi går.»

Det var Signe som snakket. Signe var søster til Jonny, og hun ville i alle fall ikke at Jonny skulle lage bråk med Helge, for hun var kjæresten til Bjarne.

Elena tok et skritt mot Jonny. «Hva var det du sa? Du må bare passe deg.»

Elena var ikke redd. Øynene hennes var blitt til to små streker og munnen hennes var helt sammenbitt.

«Passe meg? Hva mener du med det?» Jonny la fra seg sykkelen.

«Elena, du må komme.»

Elena hørte at Helge var redd, men hun rikket seg ikke. Jonny tok et par skritt mot Elena og tok tak i strikkejakken hun hadde på seg, like under haken hennes. Han snurpet sammen jakken i halsen med et fast grep, samtidig som han slo den knyttete hånden opp i haken hennes.

«Hva mener du med det?» gjentok han han hånlig.

Elena hadde ventet på denne anledningen, hun hadde bestemt seg for at om Jonny rørte henne, så skulle hun ta igjen. Og før Elena fikk tenkt seg om, slo hun til Jonny med knyttet hånd. Svingslaget traff Jonny rett i tinningen med slik kraft at Elena nærmest trodde hun hadde knekt håndleddet. Jonny slapp taket i strikkejakken hennes. Ansiktet hans var forvridd i smerte, han hylte opp og vaklet tilbake mot veien uten å ta med sykkelen.

Signe sto som forstenet og stirret på det som skjedde. Hun trodde nesten ikke det hun så. Måpende sto hun der uten å si et eneste ord, mens Jonny forsvant hylende hjemover.

Resten av sommeren var Elena den store helten på grusbanen. Signe hadde fortalt Bjarne hva som hadde skjedd, og Elena merket at de andre guttene visste det. Ikke bare var Elena like god som dem i fotball, hun hadde til og med gitt Jonny, som de alle var redde for, juling.

Noen år senere, da sommeren nærmet seg slutten og Elena og resten av familien skulle reise tilbake til Bergen, ble Richard og Elena med en siste gang for å se til laksegarnene, som faren til Bjarne og Helge hadde. De lå ganske værhardt til, helt nordvest på øyen, hvor svabergene langs land var bratte og skogen vokste tett helt ned mot sjøen. Garnene var plassert noen hundre meter fra hverandre, begge med et langt landgarn som strakte seg skrått ut fra land til hver sin garnkile. Laks som svømte langs land, ble av landgarnet tvunget utover mot åpningen i garnkilen og videre inn i en lukket garnpose.

Elena og Richard var ofte med Bjarne og Helge for å se om det var laks i garnene. Barn som vokste opp på en øy som Halsnøy, ble tidlig vant til å være på sjøen, og Bjarne håndterte farens båt like bra som en voksen mann. Det var ikke mye laks de fanget, det var slutt på den tiden da laksen gikk tett i Hardangerfjorden. Trålerne ute langs kysten hadde sørget for at det nesten ikke var laks igjen som kom inn i fjordene. Likevel hadde Otto, faren til Bjarne og Helge, bestemt seg for å ha garnene i sjøen.

Da hadde de i alle fall laks til seg selv og kanskje en og annen de kunne selge.

Nordvesten blåste ofte både kald og sterk, og det var heller ingen naturlige steder langs land det var mulig å bygge kai. Derfor måtte de ta motorbåten til Otto, som lå i le for nordvesten på motsatt side av øyen. Motorbåten var en åpen snekke med en slags kasse plassert midt i båten som dekket en totakter Saab motor. Bjarne startet motoren ved å sveive den i gang. Man måtte være forsiktig når sveiven ble dradd, startet ikke motoren, slo gjerne sveiven tilbake med en slik kraft at en lett kunne skade seg om den traff en arm eller hånd. Helge, som ivrig spurte om å få sveive, fikk alltid streng formaning av Bjarne om å holde seg unna.

Da de rundet nordspissen av øyen, møtte de nordvesten. De var heldigvis godt kledd og selv om vinden var kald, frøs de ikke. På grunn av at bølgene slo inn mot baugen, kom det stadig litt sjøsprøyt inn over dekk, men de var vant til det. Da de nærmet seg garnene, manøvrerte Bjarne seg mot den første garnposen. Han satt motoren i fri, for ikke å få garnet i propellen. Bjarne grep tak i korkekjeden som fløt i vannskorpen og begynte å trekke den langsomt opp og inn i båten. Den øverste delen av garnet, der korkene var, festet han ved å tre korkkjeden over en stang som stakk opp gjennom ripen i båten. Deretter begynte Bjarne forsiktig å hale resten av garnet inn i båten. Med vinden som presset mot båten og med steinene som hang tungt nedi sjøen i bunnen av garnet, var det tungt å dra. Utålmodig gikk Helge bort til ripen for å se om det var laks i garnet.

«Pass deg, Helge, gå tilbake i båten slik at du ikke står i veien. Du vet du ikke skal komme bort hit når jeg drar», ropte Bjarne til Helge, mens han selv kikket ivrig ned i garneposen som han hadde begynt å trekke opp. Etter hvert som Bjarne trakk inn garnet, plukket han ut en og annen død fisk som hadde satt seg fast i garnmaskene og kastet dem ut i sjøen. Det samlet seg tett med måker som ville hente opp den døde fisken som lå og fløt i sjøen. De flakset og laget et voldsomt leven mens de kjempet om maten.

Elena og Richard sto bak i båten, lengst vekk fra Bjarne. De hadde alle tre fått streng beskjed av Bjarne om å holde seg unna når han dro opp garnet. Det var fort gjort å vikle seg inn i garnet om en tråkket i det.

Plutselig ropte Bjarne at han så en laks. Og like etter ropte han begeistret at han så to til. Helge klarte ikke å holde seg lenger, han løp frem til Bjarne og bøyde seg over ripen for å se ned i sjøen. Vinden hadde økt, og bølgene slo med kraft inn mot snekken og presset den vekk fra garnet. Vindpresset og den tunge garnvekten gjorde at stangen i ripen, der garnet var festet, knakk med et kraftig smell. Garnet fór ut i sjøen med en voldsom kraft. Helge, som sto bøyd med hele overkroppen ut over båtripen, hektet den ene foten fast i garnmaskene, og sammen med det tunge garnet ble han dradd over rekken. Med et skingrende skrik forsvant han ned i dypet.

«Hjelp meg, Richard!» hylte Bjarne da han forsto hva som hadde skjedd. Han skrek fortvilet mens han forsøkte å gripe tak i garnet som raste ut i sjøen i vill fart. I panikk fikk Bjarne satt motoren, som gikk på tomgang, i gir. Han manøvrerte snekken fremover mot korklenken som lå og fløt i sjøen mens han hylte av redsel.

«Richard, du må ta tak i garnet! Du må få tak i garnet!»

Richard stormet frem og la seg over ripen, og omsider fikk han grep om korklenken. Bjarne stormet frem til Richard og sammen forsøkte de å trekke inn garnet. Helge lå like nede i sjøen, i den gule regnjakken kunne det nesten se ut som om det var en stor fisk som hadde satt seg fast i garnet. Richard og Bjarne dro det de klarte, mens Elena sto helt stiv av skrekk og så på. Bjarne skrek og gren i fortvilelse. Da de endelig fikk Helge til overflaten, var han livløs. Bjarne fikk tak i armen til Helge og sammen med Richard fikk de dradd han over ripen og inn i båten.

«Helge! Helge!» Bjarne skrek og jamret seg mens han lå bøyd over Helge og ristet han det han kunne.

Richard og Elena var helt lamslått. Det eneste de klarte å gjøre, var å stå og stirre på Bjarne som fortvilet forsøkte å få liv i Helge. De fortvilte ropene fra Bjarne blandet seg med de hysteriske skrikene fra alle måkene som fremdeles kjempet vilt om fiske-likene som fløt i sjøen like ved båten. Men verken ropene fra Bjarne eller skrikene fra måkene fikk Helge til å våkne opp. Alt Elena kunne se var noen rykninger i den høyre foten og den høyre armen til Helge, det var som om kroppen hans ikke helt ville gi slipp på han. Men øynene hans stirret tomt opp i luften, og Elena forsto at han ikke kunne se noe lenger.

Reisen tilbake Bergen ble utsatt. Da fredagen kom, samlet store deler av øyens befolkning seg i kirken. Elena satt sammen med Richard og foreldrene sine. Presten snakket, men det eneste Elena hørte, var Helges ulykkelige mor. Bildet av Helge som lå i båten med det tomme blikket, og den såre gråten fra moren gjorde at Elena ikke klarte å holde seg. Gråten kom helt av seg selv.

«Så, så, prinsessen min.» Elena kjente armen til faren, som la den rundt henne og trykket henne til seg. Med tårevåte øyne så Elena bort på Richard. Richard gråt ikke. Han bare stirret fremfor seg. Han var helt kritthvitt i ansiktet.

Pinsen året etter, da Elena var tretten år gammel, reiste hun tilbake til hytten med foreldrene. Det var første gangen hun var der etter Helge sin begravelse. Da fikk de vite at foreldrene, Bjarne og Helge sin søster, hadde flyttet fra øyen.

Sommeren som fulgte gikk uten at Richard ville bli med til Halsnøy, uansett hvor mye foreldrene maste og tryglet, var det ikke mulig å overtale han. Først da sommeren nærmet seg slutten, lot Richard seg omsider overtale til å bli med for en kort helg, men bare dersom han fikk ta med en venn. Det var den siste gangen Richard og Elena var på hytten. Etter det nektet begge to å bli med til Halsnøy, til foreldrenes store fortvilelse.

Selv om Elena var fortvilet over at det var slutt mellom henne og Henry, klarte hun likevel å tenke på alt det fine de hadde hatt sammen. Hun kunne fornemme lukten av kroppen hans når de elsket, føle håret hans når hun strøk han over hodet, og hun kunne se for seg det varme blikket hans og det lille smilet han alltid hadde.

At en slik merkelig følelse av dobbelthet, godt og vondt, skulle fremkalle minner fra barndommen, forundret henne. Hun så for seg gressbakkene der hun lekte med Helge som liten og hun kunne kjenne lukten av gress og blomster, lyden av fuglene som kvitret og lukten av salt sjø og tare når hun gikk langs stranden. Hun hadde gleden over de gode minnene om Helge, men også sorgen over at han var borte.

Var slike minner og bildene av dem skapt av følelser? Med tiden endret jo bildene seg, de falmet og kunne kanskje viskes helt ut. Men følelsene falmet ikke, de var som evige skatter eller skremmende demoner som dukket opp i bevisstheten, enten man ville det eller ikke.

Da julen kom, ville Elenas far reise til Oslo for å være sammen med Richard og familien hans. Elena var også invitert, men hun takket som vanlig nei. Hun orket egentlig ikke tanken på å være sammen med dem, spesielt ikke i julehelgen. Hun hadde ikke noe til overs for julefeiring, det ble for mye mas, hun fikk nesten pusteproblemer bare ved tanken. I tillegg tenkte hun at hun sikkert hadde godt av å oppleve noe litt mer spennende enn å sitte innelåst i Oslo. En tur til Syden ville være bra for henne. Varme og sol var langt mer å foretrekke enn regnvær og mørketid.

Elena bestilte seg reise til Syden, og to dager før julaften fløy hun til Gran Canaria.

Fjorten dager senere, da hun kom hjem igjen, fortalte Line henne om det forferdelige som hadde skjedd med Henry.

Oppvåkningen

19

Elena ble skrevet ut av sykehuset to uker etter hun hadde blitt hasteinnlagt. Infeksjonen i armen var leget, og til tross for at hun fremdeles følte seg slapp, kjente hun likevel at kreftene var på vei tilbake. Riktignok hadde hun fått beskjed om å ta det med ro den første tiden. Legen som skrev henne ut, sa at det ville gå flere måneder før hun ville være tilbake i normal form.

«Du har sannsynligvis fått i deg noe på den turen til Marokko. Både feberen du fikk og det at du var mye syk i tiden etterpå, tyder på det. Immunforsvaret ditt har nok blitt svekket, noe som kan forklare hvorfor du fikk den voldsomme betennelsen i armen. Du hadde merker etter et sår eller sprukket hud på albuen din, noe som ikke er uvanlig, men på grunn av et svekket immunforsvar har det utviklet seg til en alvorlig infeksjon og blodforgiftning. Du har nok bare vært ekstra uheldig med alle disse sammentreffene. Men om du hadde kommet til behandling noen timer senere, er jeg redd for at det ikke hadde gått like bra med deg. Hjertet ditt stoppet i nærmere seks minutter på grunn av blodforgiftningen.

En liten stund var vi ikke var helt sikre på om vi ville klare å få liv i deg igjen.»

Legen tok en liten pause mens han betraktet Elena, som om han ville sjekke om hun forsto alvoret i det han fortalte henne.

Det at Elena faktisk hadde var død en liten stund, hadde kommet som et sjokk da hun ble fortalt om det. Det var først på legevisitten, dagen etter at hun våknet opp, at hun fikk vite det. Legen hadde satt seg ned ved sengen hennes og fortalt hva som hadde skjedd. Like etter at Elena ble kjørt inn i akuttmottaket, hadde alarmen gått. Hjertet hadde plutselig stoppet på grunn av blodforgiftningen, og det hadde vært vanskelig å få det i gang igjen. Det ble brukt hjertestarter, og da de hadde fått hjertet til å slå igjen, ble hun lagt i kunstig koma. Hun ble holdt i den tilstanden i flere dager, frem til infeksjonen var helt under kontroll.

«Heldigvis gikk det bra», fortsatte legen da Elena ikke svarte. «Du trenger ikke bekymre deg. Hjertet ditt har vi sjekket opp og ned, og alt er helt normalt. Det viktigste nå er at du gir deg selv god tid, slik at kroppen din får restituert seg skikkelig. God og næringsrik mat, mye søvn, turer ute i frisk luft, det er det du trenger nå.»

Elena fikk to ukers sykemelding, men hun fikk beskjed om å komme tilbake til kontroll allerede uken etter, for sikkerhets skyld, som legen sa.

«Og husk å ta det med ro. Du bør ikke anstrenge deg eller slite deg ut på noen måte. Immunforsvaret ditt må få tid til å komme seg igjen.»

De første ukene tok Elena det rolig. Hun ringte sin far daglig, for at han ikke skulle bekymre seg over henne. Men for det meste gikk dagene med til korte spaserturer rundt om i området der hunbodde, og så sov hun mye.

Etter to uker begynte Elena på arbeid igjen. Jobb, spise og å se på TV om kvelden, det var alt hun orket. Matlysten var så som så, men hun fikk heldigvis i seg nok til at hun ikke fortsatte å miste kroppsvekt.

En morgen sto Elena foran speilet ute på badet og betraktet seg selv. Nærmere ti kilo hadde hun tatt av etter at hun ble syk. Det var lett å se at hun var blitt tynnere, altfor tynn etter hennes egen mening. Men på mange måter kledde det henne også. Hun var vel det en ville beskrive som atletisk bygget kvinne. Elena betraktet seg selv, hun sto naken foran speilet og vurderte seg fra topp til tå. Var hun en flott kvinne? Hun var vel det? Elena tok hendene opp under brystene og løftet de opp mot speilet. De var verken for store eller for små, sånn akkurat passe. Elena tok seg til hodet. Det korte håret hun alltid gikk med hadde blitt lengre. Kanskje ville hun se litt mer feminin ut om hun lot håret vokse? Det kunne vel ikke skade? Hun kunne tenke seg en kort hestehale.

Utenom faren, som stakk innom av og til, var det stort sett bare Vigdis som besøkte henne. Vigdis var bekymret over at Elena var så stille og lite snakkesalig.

«Hva er det med deg, Elena? Du virker nærmest som du går i transe. Føler du deg dårlig fremdeles? Har du vært på legekontroll? Er du sikker på at du er helt frisk?»

Nei, Elena følte seg ikke frisk. Eller rettere sagt, hun nærmet seg fysisk frisk, men mentalt følte hun seg helt utbrent. Men å fortelle noe om det som hadde skjedd på sykehuset til Vigdis var utelukket. Det ene var det med boken som hun trodde hun hadde lest. Etter hvert hadde Elena forstått at det ikke kunne være tilfelle. Det var ingen som kunne ha besøkt henne eller ha gitt henne noen bok. Men hun hadde opplevd at noen kom og snakket med henne, det var hun helt sikker på. Elena forsto det ikke, det som hadde skjedd var komplett uforklarlig, men det var altfor virkelig til at det bare kunne være innbilning.

Elena ble kjent med Vigdis like etter at hun begynte i Statoil. Elena skiftet arbeidsgiver etter at Sigmund, en tidligere kollega på CMI, tok kontakt med henne. Sigmund hadde selv sluttet hos CMI noen år tidligere og da han ringte Elena for å fortelle at de var ute etter en med IT-kompetanse, ble Elena fristet til å søke på stillingen. Elena hadde hatt en lengre permisjon like etter at Henry døde, og da hun kom tilbake i fullt arbeid, innså hun at karrieremuligheten på CMI var ganske begrenset. Stillingen Sigmund ringte om var i EDB-avdelingen, en avdeling som hadde ansvar for datasystemene i Gullfaks Divisjonen. På CMI arbeidet Elena stort sett med faglige problemstillinger, så det ville derfor være en stor overgang for henne å gå fra programmering i en selvstendig stilling til å ha ansvar for en gruppe på ti personer. Etter nærmere ni år på CMI hadde Elena imidlertid lyst til å flytte på seg, hun trengte nye utfordringer.

Statoil var kjent som en foregangsbedrift og HR-avdelingen var spesielt opptatt av å få frem kvinnelige ledere. En formiddag da Elena satt på kontoret sitt, etter å ha vært i Statoil i omtrent et halvt år, banket det på døren. Det var Vigdis, som jobbet i HR-avdelingen. En stilling som seksjonsleder var blitt ledig og Vigdis hadde spurt Elena om hun var interessert i å søke på den.

Etter det ble Vigdis en slags mentor for Elena. De hadde ukentlige samtaler hvor de diskuterte utfordringer og problemstillinger Elena slet med som leder. Å lede teknisk høyt utdannet personell var utfordrende. Alle var like opptatt av seg selv og sin egen karriere, og det å få seksjonen til å fremtre som én enhet var ingen enkel oppgave. Men Elena var uredd og klarte å ta de faglige konfrontasjonene når det var nødvendig. Sakte, men sikkert, klarte hun å opparbeide seg den respekten hun måtte ha som leder.

Fra å være en samtalepartner utviklet det seg etter hvert et nært vennskap mellom de to. De spiste ofte lunsj sammen, og etter hvert traff de hverandre på fritiden ved forskjellige anledninger. Det var en dag de var i kantinen, etter at det hadde pøst ned hele uken, at Vigdis spurte om Elena ville bli med henne på ferie til Marokko for å besøke Janne.

«Det er ikke noe alvorlig, Vigdis. Jeg er bare trett og utslitt. Jeg trenger litt tid for å komme til kreftene igjen.»

Elena forsøkte å virke overbevisende.

«Men du virker helt fraværende. Vet du hva? Jeg foreslår at jeg kommer hjem til deg på fredag, så kan du slappe av og så skal jeg sørge for at du får i deg noe god mat. Du trenger noen som kan dulle litt med deg. Det er greit at du skal ha ro, men du trenger vel litt selskap også. Du kan ikke bare gå rundt helt alene, uten å ha noen å snakke med.»

Elena syntes først at det ikke ville være lurt å være hjemme alene med Vigdis. Ikke etter det som hadde skjedd i Marokko. Men Vigdis insisterte og til slutt gav Elena etter.

Fredag etter arbeidstid ble Vigdis med Elena hjem. De kjørte innom kjøpesenteret og handlet inn mat og vin for kvelden. Vel hjemme hos Elena kommanderte Vigdis Elena ned i sofaen mens hun serverte henne et glass hvitvin.

«Jeg tar meg av maten, Elena, mens du slapper av.»

Senere på kvelden, etter at middagen var spist og de hadde drukket flere glass med vin, satte de seg i stuen.

«Skal si du har forandret utseende ditt, Elena», sa Vigdis. «Du som alltid har hatt kort hår. Jeg synes du kler den hestehalen. Du er mye mer ...», Vigdis tygde litt på det før hun fortsatte, «feminin om jeg skal si det. Den kler deg veldig godt.» Vigdis smilte forsiktig mens hun studerte Elena nøye. «Hvordan har du det egentlig, Elena? Jeg tenker mye på det at du fikk hjertestans og holdt på å stryke med. Herregud. Hvordan ville det vært om du ikke overlevde? Helt ærlig, Elena, jeg tror jeg hadde tatt min død av det.» Vigdis ristet på hodet. «Huff, det var kanskje ikke det beste uttrykket å bruke. Hvordan fikk du egentlig den blodforgiftningen?»

Elena kjente at vinen begynte å virke, og hun kjente at hun endelig klarte å slappe av. Vigdis var egentlig veldig hyggelig. Det var ikke vanskelig å snakke med henne. Uansett hva de snakket om var Vigdis alltid like blid og forståelsesfull.

«Etter at vi kom hjem fra den Marokko-turen ble jeg ikke kvitt mageproblemene. Du husker de reddikene jeg spiste?»

«Herregud, de skulle du aldri ha spist. Jeg forstår fremdeles ikke hva du tenkte på», sa Vigdis melodramatisk, med dype rynker i pannen. «Jeg trodde du skulle stryke med da du ble dårlig på hotellet.»

«Det var derfor jeg var så slapp og dårlig i tiden som fulgte. Jeg hadde en rift i huden på albuen som jeg fikk infeksjon i. På grunn av at immunforsvaret mitt var redusert, førte det til blodforgiftning.»

«Herregud!» gjentok Vigdis opprørt. «Men stoppet hjertet virkelig av det? Er slikt mulig?»

«Vel, det var i alle fall det som skjedde», svarte Elena oppgitt.

«Det er helt forferdelig, men, du er vel helt frisk igjen nå? I hjertet ditt, mener jeg? Eller er det farlig for deg fremdeles?»

«Jeg er visstnok helt ok, det var visst bare blodforgiftningen som gjorde at hjertet sviktet.»

«Bare! Herregud!» sa Vigdis for tredje gang og stirret bekymret på Elena. «Vet du hva, Elena. Jeg synes du burde ta deg en ferie eller noe sånt. Kommet deg vekk og bli helt frisk igjen. Du kan ikke bare løpe rett tilbake på jobb etter det du har vært gjennom. Hva sier du, skal vi ta oss en tur sammen, til Roma for eksempel?»

Elena var usikker på om hun ville det.

«Det kunne vært kjekt det, kanskje, men jeg vet ikke om jeg orker å reise nå. Det tar vel på å traske rundt om i Roma også? Jeg vet ikke akkurat hvor mye avslapping det blir.»

«Hva med en badestrand da, Tahiti eller noe sånt?»

«Det høres fristende ut, jeg skal tenke på det.»

De satt tause en liten stund mens de nippet i vinglasset.

«Elena? Vigdis stirret intenst på Elena. «Der nede i Marokko. På hotellrommet, da vi kysset, hva følte du egentlig?»

Elena hadde tenkt at temaet ville komme opp før eller senere. Og egentlig mente hun at det var like greit å få snakket ut med Vigdis. For måten de hadde avsluttet kvelden på i hotellrommet, var spesiell.

«Jeg var ganske usikker på hva jeg følte.»

«Har du tenkt på det i ettertid?»

«Nei, egentlig ikke», svarte Elena, hun stirret ut i luften. «Jeg forsto bare at det ikke var det jeg ville. Senere har jeg vel egentlig ikke ønsket å tenke på det.»

«Men, da vi kysset Elena, hva følte du da?»

Elena tvinnet på vinglasset hun holdt i hånden.

«Jeg tror ikke jeg følte noe spesielt i det hele tatt om jeg skal være ærlig. Jeg var kanskje mest forvirret.»

«Nettopp, Elena, det er akkurat det. Du bare gjorde det, forstår du?» Vigdis lyste triumferende opp. «Det er ikke enkelt å kysse en annen av samme kjønn om du tenker på at det er unormalt. Men om du bare lar følelsene styre, hva da?» Vigdis ventet et lite øyeblikk, som om hun ville se om Elena var med på resonnementet. «Du kysset meg tilbake, forstår du? Jeg merket at du likte det, Elena.»

«Jo, men alvorlig talt, Vigdis, det var i et helt ubetenksomt øyeblikk.» Elena ristet oppgitt på hodet. «Jeg vet ikke helt hva det var som gikk av meg. Det var sikkert omgivelsene. Og jeg hadde nok drukket litt for mye vin tror jeg.» Elena nikket for seg selv, overbevist om at hun hadde forklaringen. «Jeg ville jo ikke, husker du.»

«Fordi du begynte å tenke, du fikk panikk, sikkert på grunn av at du aldri har vært sammen med en annen av samme kjønn før. Men du forstår vel at måten du reagerte på kan bety at du liker meg likevel?»

«Selvfølgelig liker jeg deg.»

«På hvilken måte da?»

Elena kunne ikke unngå å legge merke til det utfordrende blikket fra Vigdis.

«Du er en hyggelig venninne. Jeg liker å snakke med deg og å være sammen med deg. Jeg føler jeg kan slappe av sammen med deg, du har ganske godt humør.» Elena kikket bort på Vigdis. «Og jeg synes det er ganske morsomt når du får panikk.» Elena smilte. «Husker du da han sjåføren stoppet ute på det øde stedet og ville by oss på Cola? Du var ganske skrekkslagen da.»

Vigdis begynte å fnise.

«Ja, og du fulgte rett etter han, uten å nøle. Jeg var sikker på at vi kom til å bli voldtatt der inne. Herregud, så redd jeg var. Men da du fulgte etter han, torde jeg ikke å bli igjen alene i bilen heller.»

De lo begge høyt. Vigdis reiste seg og gikk bort og hentet den påbegynte vinflasken, det var den andre de hadde åpnet. Vigdis helte først i Elena sitt glass, deretter sitt eget. Da hun var ferdig, satte hun seg ned i sofaen ved siden av Elena.

«Det var en hyggelig tur vi hadde», sa Vigdis.

Vigdis tok forsiktig glasset ut av hånden til Elena og satte det på salongbordet ved siden av sitt eget. Hun snudde seg mot Elena og stirret henne dypt inn i øynene. «Elena, kan du la meg få lov til å prøve en gang til, uten at du overtenker?»

«Hva mener du?» spurte Elena usikkert.

Men Vigdis svarte ikke, hun bøyde seg frem mot Elena og med et fast grep rundt Elenas nakke trakk hun henne mot seg og kysset henne. Elena ble overrumplet og strittet imot, men Vigdis gav seg ikke.

«Elena, slapp av, kjenn etter.»

Varsomt, men bestemt kysset hun Elena på nytt. Elena kjente at hun ikke klarte å gjøre motstand, eller, hun ville ikke gjøre motstand. Det var faktisk deilig å kjenne Vigdis kysse henne. Det var deilig å kjenne Vigdis sitte tett inntil seg. Elena kysset Vigdis tilbake, først forsiktig, så mer villig. Vigdis la seg frem over Elena og skjøv henne varsomt bakover i sofaen.

«Elena, jeg elsker deg. Jeg elsker deg virkelig, forstår du det?» hørte Elena Vigdis hviske.

Elena kjente at Vigdis lirket blusen forsiktig opp av bukselinningen og førte hånden opp mot brystet hennes. Elena forsto hva som var i ferd med å skje. Denne gangen lot hun det skje, hun følte at det var akkurat dette hun trengte, og ønsket. Endelig kunne hun elske med en annen igjen, uten å føle noe som helst frykt eller ubehag. Noe hun ikke hadde gjort siden hun var sammen med Henry.

20

Først to måneder senere var Elena i fullt arbeid igjen. Rekonvalesenstiden tok lengre tid enn hun hadde vært forberedt på. Hun hadde vært til kontroll på sykehuset to ganger, hvor hun ble sjekket opp og ned. Blodverdiene var ikke helt normale, men i og med at det ikke var andre tegn på at noe var galt, ble konklusjonen at videre oppfølging skulle skje hos fastlegen. Selv følte Elena seg imidlertid ganske bra. Riktignok kjente hun at hun ikke var helt tilbake til gammelt slag, men det var forståelig med alt det hun hadde vært gjennom.

Selv om hun og Vigdis ofte var sammen, så ville ikke den merkelige følelsen av ensomhet slippe taket. Etter sykehusoppholdet hadde noe forandret seg. Opplevelsen der hadde satt en kraftig støkk i henne, det at hjertet faktisk hadde stoppet, at hun hadde vært død et øyeblikk, var skremmende nok. Men det var ikke bare det. Det var en slags tomhet som hadde kommet i henne, hun klarte ikke å få livet helt tilbake igjen, følte hun. Det var et eller annet som stadig fikk henne til å miste konsentrasjonen og falle i tanker. Det kunne skje når som helst og i alle situasjoner. Selv når hun og Vigdis lo av noe de snakket om, eller når noe komisk hadde skjedd, kunne Elena brått bli alvorlig og falle i tanker. Elena kunne ikke forklare hva det var. Hun hadde fortalt legen at hun følte seg helt tom og utbrent etter sykehusoppholdet, men hva kunne vel en lege svare når alt ellers var normalt.

«Ta deg en ferie, slapp av, hvil deg, reis til Syden», var det hun fikk til svar.

Hun fikk selvsagt også spørsmål om hun trengte sykemelding, men det ville hun ikke ha. Hun var glad for å ha en jobb å gå til. Når hun var der, klarte hun i alle fall å fortrenge noen av tankene sine, selv om hun følte at jobben og samværet med kollegaene mer ble som et slags pliktløp hun ikke deltok i. Hun bare var der. Riktignok gjorde Elena det hun skulle, men ikke noe mer, initiativet og gløden var liksom helt borte. De merket det i avdelingen, men selvfølgelig sa ingen noe. Alle trodde det var sykdommen hun hadde vært igjennom som var årsaken.

Da julen nærmet seg, bestemte Elena seg for å reise til Madeira. Selv om både Elena sin far og Richard forsøkte å overtale henne til å feire julen sammen med dem, ville hun heller dra utenlands, slik hun hadde gjort de siste årene. Richard hadde riktignok ikke vært like overtalende som han pleide å være, det virket nesten som om han var lettet da hun forklarte at legen hadde anbefalt henne å dra til Syden og at hun allerede hadde bestilt en tur til Madeira. Elena følte heller ikke at hun hadde behov for reisefølge, og da Vigdis uoppfordret sa at hun ikke kunne bli med, slapp Elena å skuffe Vigdis ved å si til henne at hun egentlig foretrakk å reise alene.

Hotellet Elena bodde på, lå helt nede ved sjøkanten i Funchal, ikke langt fra det hun oppfattet var sentrum av byen. Etter at hun hadde installert seg på rommet, gikk hun ut. Hun fulgte en promenade som gikk fra hotellet, den buktet seg flere kilometer vestover langs klippekysten.

Det var godt å komme seg bort fra alt sammen, få tankene litt mer på plass. Hun var glad for at hun hadde tatt denne turen alene, det var godt å kunne vandre slik for seg selv med tankene sine. Tankefullt betraktet Elena de store havdønningene som seg døsig inn mot land og brøt mot de store sementblokkene som tydeligvis var lagt ut flere steder for å hindre at havet skulle bryte for langt inn over land. Det var merkelig, men når hun gikk slik for seg selv og lot tankene ta sine egne veier, ble alt så mye enklere. Hun fikk fred og ro til å la følelsene komme frem, uten at hun forsøkte å skyve det bort, slik hun gjorde hjemme i Bergen. Opplevelsen på sykehuset plaget henne, hun klarte ikke å få det ut av hodet, uansett hvor mye hun prøvde. Det var noe med logikken i det som hadde skjedd som ikke stemte. Slikt var ikke mulig, men likevel hadde det skjedd. Elena visste ikke hvordan hun skulle håndtere det, det var det som var problemet. Det var nesten som når en ikke visste om en skulle le eller gråte, det var den samme motsetningen med dette.

Som barn hendte det at Elena hadde hatt drømmer som hun hadde opplevd så sterkt at det tok lang tid etter at hun våknet før hun forsto at hun bare hadde drømt. Eller kanskje det var enda mer likt alle de gangene hun drømte om Helge. Hun kunne drømme at de syklet sammen eller var ute i robåten, og når hun våknet, glad over å ha drømt om han, måtte hun innse at han ikke lenger levde. Det var den merkelige dobbeltfølelsen, noe som var fint og trist på samme tid. Det var slik Elena følte det etter sykehusoppholdet.

Elena hadde gått et godt stykke vestover langs promenaden. Det var deilig å kjenne den svale brisen mot ansiktet. Det var ikke mange hun møtte, bare en og annen som tydeligvis gikk for mosjonens skyld. Havdønningene slo rytmisk mot klippene som lå et stykke nedenfor, de laget dype drønn hver gang de traff land.

At humøret til Elena svingte, var ikke bare utmattende, det førte også til at det var vanskelig å konsentrere seg om de enkleste ting. Legen på sykehuset hadde sagt at det ikke var helt ukjent at en kunne få virkelighetsforvrengninger, slik han tydeligvis mente Elena må ha hatt da hun etterlyste boken hun mente å ha fått. Selv om Elena hadde forstått at det ikke var det som hadde skjedd, klarte hun likevel ikke å få det ut av hodet. Uansett hvor mye hun forsøkte, vendte tankene tilbake til det samme. En eller annen person måtte ha sneket seg inn på rommet hennes mens hun lå i koma, og vedkommende hadde fortalt henne om en mann som het Jan. Det var den eneste mulige forklaringen hun kunne komme på. Det var faktisk mulig at en person som lå i koma kunne oppfatte det som ble sagt, det hadde hun funnet ut, og en slik forklaring kunne Elena til og med ha levd med. Problemet var bare det at hun ikke kunne få det til å stemme heller. Det var måten hun visste om Jan på. Det var ikke som en hun hadde hørt om eller truffet, slikt som var minner som kunne hentes frem fra hukommelsen og som hun visste hvor kom fra. Nei, dette var på en helt annet måtte, det var ikke minner, det var mer en slags følelse, eller en slags intuisjon, det var noe som bare var der og som hun ikke kunne plassere. Det var det som gjorde det så uhåndterlig. Det kunne sammenlignes med at hun plutselig hadde våknet opp på promenaden hun gikk på nå, uten å vite hvordan hun hadde kommet dit, men at hun hadde forstått hvor hun skulle.

For ikke å isolere seg fullstendig med tankene sine, meldte Elena seg på et par utflukter. På Madeira var det mange vannkanaler, eller lavadaer, som fra gammelt av var laget for å frakte regnvann fra fjellområdene lenger nordvest på øyen, der det ofte var mer nedbør, til de tørre områdene på øyas sydside. Man kunne vandre langs disse kanalene, som snoddde seg som en slange gjennom det frodige landskapet, tett bevokst med nydelige planter og trær med utallige av kvitrende fugler som fløy rundt overalt hvor enn de gikk.

På levada-utflukten ble Elena kjent med en guide som het Emanuel. Emanuel var portugisisk, men han snakket svensk fordi han hadde bodd i Stockholm i flere år. Da han og hans svenske kone gikk fra hverandre, hadde han reist tilbake til Portugal. Emanuel var en god del eldre enn Elena, kanskje midt mellom femti og seksti år, men han var en flott mann og var veldig hyggelig å prate med. Det virket som om Emanuel også satte pris på å snakke med Elena. Han fortalte at etter han hadde reist fra Sverige så hadde han begynt et nytt liv.

Emanuel stirret på Elena og han sa med en bestemt mine: «Ödet, Elena, du måste förstå det, ödet är rösten inuti dig. Du måste lyssna på vad den berättar till dig.»

Emanuel fortalte at han brøt med alt etter at de gikk fra hverandre. Han sluttet i sin faste jobb og tok etter det bare korte oppdrag som guide. Fra tiden i Sverige hadde Emanuel arbeidet i et selskap som arrangerte eksotiske turer. Selskapet eide to båter som seilte til forskjellige steder i verden. De hadde ekspedisjoner til Grønland, til Sørishavet og Svalbard. Fra tid til annen var han med til Svalbard som guide, fortalte han Elena.

«Har du inte varit på Svalbard? Jag trodde att alla norska hade varit där. Vad tänker du på? Du reser inte till Madeira utan att ha varit på Svalbard. Du måste lova mig att gå med nästa gång jag kommer att bli guide igen.»

Elena hadde alltid tenkt at det måtte være altfor kaldt på Svalbard til at hun kunne tenke seg å reise dit, men etter å ha møtt Emanuel var hun ikke helt fremmed for tanken lenger.

21

Våren gikk og Elena følte at energien omsider hadde kommet helt tilbake. De ti kiloene hun hadde mistet, var tilbake og styrken og smidigheten i kroppen var bedre enn noensinne. Hun hadde latt håret vokse ned til skuldrene og pleide å binde det i en lang hestehale som sveipet bak i nakken når hun beveget seg. Dessuten hadde hun begynte å sminke seg, noe hun aldri tidligere hadde gjort. Til å begynne med brukte hun bare litt øyenskygge, etter hvert begynte hun å legge på litt rouge i ansiktet og leppestift. Selv Vigdis, som mente at Elena så bra ut uansett, måtte innrømme at endringen kledde henne. Elena merket at flere av de mannlige kollegaene på jobben betraktet henne på en litt annerledes måte, og hun likte det godt. Likevel avslo hun høflig de forsøkene enkelte gjorde på å date henne. Hun og Vigdis hadde det bra sammen. De hadde begge en slags forståelse av at de kunne gjøre hva de ville uten noen forpliktelse overfor hverandre. Elena syntes det var en grei ordning.

Elena behøvde heller ikke lenger å bekymre seg for faren. En dag Elena var på besøk hos han, fortalte han at han hadde funnet seg en ny venninne. Det var en tidligere flamme fra ungdomstiden, en enke som han selv. Det virket som han endelig hadde klart å legge savnet etter sin kone bak seg. Ikke at han hadde glemt henne, men han hadde på en måte arkivert det, som Elena tenkte det var. Han og Olaug var stadig på farten, både innlands og utenlands. Det var rart å se faren sin slik igjen, ungdommelig og full av livsglede. Og selv forsikret Elena han, hver gang han spurte, om at alt var bra med henne.

Men etter hver gang faren hadde spurt henne, måtte hun stoppe opp og tenke etter. Gikk det virkelig så veldig bra som hun påsto? Fysisk hadde hun kommet seg helt, blodprøver og slikt var helt normale, men det var likevel noe som plaget henne. Hun hadde tenkt mye på det Emanuel hadde sagt til henne oppe i fjellene på Madeira. Elena hadde forsøkt å fortrenge det, men det var som om det Emanuel hadde sagt, hadde trigget noe i henne. Som om han hadde vekket en uro i kroppen hennes, noe som ulmet inne i henne uten at hun kunne sette fingeren på hva det var.

Elena hadde flere ganger søkt etter nær-døden-opplevelser på nettet. Hun hadde tilfeldigvis oppdaget fenomenet i et avismagasin, en artikkel som viste til et program som het «Schrødingers katt» som gikk på NRK. Der ble det diskutert om liv etter døden, om reinkarnasjon og sannsynligheten for at telepati var mulig. Noen som hadde vært klinisk døde en kort stund før de ble gjenopplivet, beskrev merkelige opplevelser de hadde hatt mens de var døde. Noen fortalte om å ha vært inne i en slags tunell med et intenst lys, mens andre fortalte om ut-av-kroppenopplevelser. Mange ble intervjuet om sine opplevelser og det viste seg at det var mange fellestrekk som gikk igjen. Det store spørsmålet som fremdeles sto ubesvart, var om det virkelig fantes et liv etter døden.

Elena grublet mye over det som hadde skjedd med henne på sykehuset. Hun hadde prøvd å undertrykke eller ignorere det, men hun klarte det ikke lenger. Alt hadde kommet tilbake så sterkt etter at Emanuel hadde fortalt at hun måtte lytte til skjebnen. Hun hadde åpenbart vært

nær døden, men hadde det vært en nær-døden-opplevelse?
Hvordan skulle hun forstå det som hadde skjedd? Noen
hadde vært til stede hos henne, eller i det minste snakket
til henne, for hun måtte innrømme at hun ikke kunne
huske å ha sett noen fysisk. Men hun hadde jo hørt en
stemme som sa: «Du vil forstå, jeg kommer tilbake!»

Det var umulig for Elena å glemme akkurat det. Hva
var det hun skulle forstå? Og hva betydde det å komme
tilbake? Elena ble ikke særlig klokere av det hun leste på
nettet. Elena fant ikke noe som lignet på det hun hadde
opplevd.

Sent i mai fikk Elena en epost fra Emanuel. Han hadde
planlagt å være guide på en ekspedisjon til Svalbard i juli,
og hadde reservert en plass for Elena. Imidlertid måtte
hun gi beskjed med en gang om hun ville bli med, da det
var lang venteliste.

«Du måste lova mig att du kommer», skrev Emanuel.
«Du kan inte låta ett sådant tillfälle gå från dig.»

Elena var usikker. Tanken på å reise nordover fristet
ikke. Det ville sikkert være kaldt og ufyselig. Hadde det
vært Madeira, hadde saken stilt seg annerledes. Men etter
en kort samtale med Vigdis, endret hun mening.

«Svalbard! Er du gal. Selvfølgelig må du dra. Det blir
sikkert helt fantastisk», sa Vigdis med overbevisning.

Elena ønsket at Vigdis kunne bli med, men turen var
fullbooket. Motvillig bestemte Elena seg for å reise. Hun
kunne ikke si nei til Emanuel.

Da flyet landet i Longyearbyen sent i juli, hang skyene
regntunge ned fra fjellsiden. På vei til hotellet kunne hun
knapt se veien foran seg på grunn av den tette tåkedisen.
Elena stusset på hvorfor hun i all verden hadde funnet
på å legge ut på denne turen. Mismodig tenkte hun på at
hun kunne ha ligget på en solfylt strand et eller annet sted

i Syden. Alt virket grått og trist, selv hotellet hun hadde booket var mørkt og innestengt.

«Det er en beskjed til deg her», sa den unge piken i resepsjonen og overrakte Elena en konvolutt.

På rommet satte Elena fra seg ryggsekken og åpnet konvolutten. Arket var håndskrevet, og det var fra Emanuel. Han ventet på henne og håpet de kunne spise middag sammen på hotellet klokken halv åtte.

Elena var lettet, forkommen som hun hadde følt seg på vei til hotellet. Selv om hun var vant til å reise alene, var dette annerledes. Hun hadde aldri vært så langt nord før. Tanken på å møte Emanuel igjen gjorde henne lettere til sinns.

Klokken var allerede kvart på åtte. I all hast gikk hun ut på badet og stilte seg foran speilet. Så hun bra ut? Elena grep tak i hestehalen og surret strikken fastere. Hun hadde ikke tid til å bytte klær. Det fikk bare være. Med hastige skritt gikk hun mot restauranten som lå i etasjen under.

Da Elena kom inn i restauranten, fikk hun øye på Emanuel med en gang. Han satt ved et bord helt innerst i restauranten. Elena merket at Emanuel fikk øye på henne, han reiste seg og kom mot henne. Elena hadde tenkt mye på Emanuel etter at de traff hverandre på Madeira, men ikke som noe annet enn en spennende venn. Det var et eller annet ved han som fasinerte Elena veldig. Emanuel smilte og gav Elena en god klem. Elena måtte ta seg i ikke å bare stå der og klemmer han tilbake. Elena kjente at hun ble litt mer kortpustet og at varmen i kroppen hennes steg.

«Hur mår du? Är du okej?»

Elena satte seg ned, forvirret over følelsene som plutselig overmannet henne.

«Jeg har det bra. Og du?» prøvde hun å svare så naturlig som mulig.

Hun måtte ikke smile for mye, men hun hadde vanskeligheter med å roe seg. Følelsen som jaget i henne, kom fullstendig uforberedt på henne.

«Det är bra, jag har sett fram emot denna resa. Jag måste erkänna att jag inte var säker på om du skulle säga ja», sa Emanuel og smilte.

Elena kunne se at Emanuel var glad for å treffe henne. Hun grep tak i servietten som lå på tallerkenen foran seg og la den litt bedre til rette.

Emanuel var en sånn person som en lett kunne bli betatt av. Han virket så trygg og vennlig. Han var en av de få mennene Elena hadde truffet som hun følte seg komfortabel med. Interessen han viste henne var ekte, ikke bare fordi hun var kvinne eller et objekt. Nei, Emanuel virket tvers gjennom real og en som Elena kunne stole på.

«Jeg kunne vel ikke si nei til en invitasjon fra deg, kunne jeg vel?» smilte Elena tilbake.

Det viste seg at Elena skulle dele lugar med en av de kvinnelige guidene som var med på ekspedisjonen. Det var på den måten Emanuel hadde klart å få plass til henne. Båten var for lengst fullbooket med passasjerer. Men tilfeldigvis var denne ene sengen ledig, da de bare var fem guider fordelt på tre rom med seks senger. Og Camilla, som guiden het, syntes det bare var hyggelig å dele rom med Elena. Det viste seg at Camilla var Emanuels ekskone. Elena ble veldig usikker da Camilla fortalte henne det.

Camilla kastet et blikk bort på Elena og lo.

«Ta det lugnt, vi är goda vänner trots att vi har varit gifta. Är du tillsammans med honom?»

Elena fikk litt panikk over at Camilla kunne spørre om det. Hadde Emanuel gitt inntrykk av at de var sammen?

«Nei, nei, det er vi ikke. Jeg traff Emanuel på Madeira i vinter, vi er bare venner.»

Camilla stirret på Elena og nikket, men uttrykket hennes fortalte at hun nok tenkte sitt.

Det var femtitre passasjerer om bord på Queen. De fem guidene var Emanuel, Camilla, Tor, Mads og Ditte. Tor var norsk og arbeidet som polarforsker. Ditte var dansk og studerte paleontologi ved NTNU i Trondheim. Mads og Camilla var erfarne guider, akkurat som Emanuel. Queen skulle følge en rute som gikk rundt Spitsbergen, først fra Longyearbyen til Barentsburg, så nordover til Ny-Ålesund, Danskøya, Amsterdamøya og deretter fra Sjuøyane videre sørover gjennom Hinlopenstretet og til slutt rundt sør-spissen av Spitsbergen før de skulle seile tilbake til Long-yearbyen.

Døgnene fulgte et fast mønster. Det var tre måltider hver dag, frokost, middag og kveldsmat. De måtte smøre sin egen niste hvis de ønsket mat på dagsturene. Om nat-ten seilte båten til neste destinasjon, og på stedene der Queen ankret opp brukte de fem ribber til å transportere seg til land eller utforske fjordene.

Kontrasten fra den grå og tåkefylte ankomsten til Long-yearbyen var enorm. Været hadde klarnet opp, himmelen var dypblå og skyfri, og temperaturen lå på litt over ti grader i solen. Under ribb-turene utforsket de fjordarmer der massive isbreer møtte havet som gigantiske isvegger. Deler av iskanten brakk stadig av og sendte kaskader av vann opp i luften når isblokkene traff sjøen. På land så de reinsdyr, polarrev og tusenvis av fugler som holdt til i de mange fuglefjellene.

En dag fikk de se en isbjørn på et isflak like ved Queen, den spiste på det som trolig var et kadaver etter en hval. Ved Sjuøyane gjorde de strandhogg like ved en koloni med hvalrosser, noen svømte i sjøen, mens de fleste klumpet seg sammen på en strand like ved. Flere av passasjerene var ivrige fotografer, og det var nesten som hvalrossene lå der og poserte spesielt for dem. Hvaler dukket også opp ute i fjordene, noen kom så nær båten at de la seg tett inntil skutesiden.

Landskapet som passerte forbi, var noe Elena aldri hadde sett før. Massive isbreer slynget seg ned mellom de mange fjelltoppene som stakk opp overalt, noen helt spisse, andre flate som om de var høvlet på toppen. Floraen på land skapte levende fargeklatter i et ellers grått landskap, som om noen hadde spredt fargerik maling utover med nøysom hånd. Elena var helt uforberedt på det hun fikk se og ble overveldet over hvor vakkert alt var. Etter dagsturene var hun så utmattet av alle inntrykkene at hun knapt klarte å snakke.

Den sjette dagen passerte de åtti grader nord. Dette skulle feires da de nådde nordligste punktet på reisen. Været var helt stille, og solen skinte fra en skyfri himmel. Ribbene ble kjørt inn mot isen som lå tykk og dekket hele fjorden. Da alle var kommet i land på isen, holdt Mads en kort tale fra en isskavl, og han snakket om hvor heldige de var med været og turen. Det var sjelden Queen kunne gå så langt nord på grunn av drivisen som ofte lå og stengte sjøveiene. Derfor ble det servert en liten dram med vodka til alle sammen, da ingen av passasjerene hadde vært så langt nord før. Stemningen blant passasjerene var elektrisk, og Elena følte hun befant seg i en del av verden som fremdeles ikke var erobret av mennesker.

Like etter kom beskjeden fra Queen, som lå på andre siden av det enorme isflaket de befant seg på, at de hadde observert en isbjørn på vei mot det området de oppholdt seg. Det ble derfor bestemt at alle skulle returnere til ribbene, det var uansett tid for å returnere til Queen.

Elena, som var blant de siste som forlot isflaket, gikk om bord i ribben Camilla kjørte. Bortsett fra båten som Emanuel styrte, som lå like ved, var de andre båtene allerede forsvunnet. Da de to båtene hadde kommet om lag femti meter ute fra iskanten, hørte Elena Emanuel rope. Da Elena snudde seg og så i samme retning som Emanuel pekte, fikk hun øye på en isbjørn som kom til syne bak en snøskavl. Den kom der de nettopp hadde gått om bord i båtene. Synet av den mektige isbjørnen var både imponerende og skremmende, og det var lett å forestille seg hva som kunne ha skjedd hvis de hadde blitt overrasket av den.

Emanuel snudde ribben sin og kjørte den tilbake mot iskanten der isbjørnen sto. Camilla gjorde det sammen. Båtene ble liggende omtrent femten meter fra iskanten der isbjørnen sto, og vinden som hadde økt, presset båtene mot isen. Emanuel manøvrerte ribben sin for å vende båten bort fra isbjørnen og mot vinden og bølgene. Camilla, som ikke hadde forstått problemet med vinden, lot båten ligge med hekken mot bølgene. Hun hadde satt motoren i revers for å holde seg unna både iskanten og isbjørnen. Men vinden, som økte, var såpass sterk at bølgene slo inn over hekken, der motoren var festet. For sent gikk det opp for Camilla at det ikke var mulig å få båten til å gå bakover, motoren var ikke kraftig nok. Isbjørnen begynte å stikke den ene poten ned i sjøen, mens ribben de satt i drev farlig nær iskanten. Da Elena forsto at isbjørnen var i ferd med å hoppe i sjøen, hørte hun Emanuel rope: «Camilla, du måste komma ifrån, isbjörnen hoppar i havet. Kör bakåt, du måste kulle.»

Elena kunne se redselen i ansiktet til Camilla. De andre passasjerene i ribben hadde tydeligvis ikke forstått situasjonen. Fem personer satt fremme med ryggen til sjøen mens de stirret begeistret på isbjørnen. På den andre siden, like ved Elena, sto to andre oppreist og holdt balansen mens de ivrig tok bilder.

«Sitt ner i båten», skrek Camilla panisk mens hun forsøkte å snu ribben mot vinden. Hun gav full gass, og den voldsomme kraften fra motoren gjorde at båten krenget voldsomt. Manøveren fikk de to som sto oppreist til å miste balansen og en av dem falt i sjøen med et høyt skrik.

«Nei!» ropte Camilla fortvilet.

Da Elena så den eldre mannen som bakset fortvilet i sjøen, kom bildene av det som skjedde med Helge tilbake som lyn fra klar himmel. Uten å nøle kastet Elena seg resolutt frem over båtsiden. Hun grep tak i sikringstauet som gikk langs ribben med høyre hånd, samtidig som hun fikk tak i redningsvesten mannen hadde på seg med venstre.

«Kjør fremover!» skrek Elena til Camilla, som nikket febrilsk med hodet da hun hørte hva Elena ropte. «Jeg har fått tak i han. Kjør fremover!»

Camilla skrudde opp gassen på motoren forsiktig for å sikre at Elena ikke skulle miste grepet eller at festet i redningsvesten skulle ryke. Da de hadde kommet ti–femten meter lenger bort fra iskanten, ombestemte isbjørnen seg og ble stående på iskanten og stirre etter dem. Camilla koplet motoren i fri og sammen fikk de dradd den ulykksalige mannen opp i ribben.

Da de kom om bord i Queen, kom Emanuel bort til Camilla som sto like ved Elena. Han var rasende.

«Vad i helvete är det du gör? Varför körde du dig inte från isbjörnen? Det var precis innan er alla föll i havet slik du körde. Är du helt ute av kontroll?»

Camilla svarte ikke, hun bare stirret på Emanuel. Hun var blek og fortsatt i sjokk. Elena gikk bort til Emanuel og tok tak i armen hans.

«Nå holder du kjeft, Emanuel. Camilla reddet oss. Hvis hun ikke hadde snudd båten, hadde vi endt opp som isbjørnmat alle sammen. Motoren hadde ikke nok kraft til å dra oss bakover, forstår du ikke det?»

Elena var både sint og skuffet over hvordan Emanuel oppførte seg mens alle passasjerene hørte på.

«Tack», hvisket Camilla til Elena da Emanuel hadde gått sin vei.

Senere samme dag satt Elena i salongen med et glass vin og ventet på middag. Mads satt to bord bortenfor og hadde en samtale med kapteinen på Queen. Elena kunne se på Mads at det var noe alvorlig de snakket om. Kapteinen forsvant og like etterpå hørte hun en stemme over høyttaleren som ba alle passasjerene om å holde seg innendørs av sikkerhetsgrunner. Et helikopter var på vei for å hente en av passasjerene om bord på Queen. Ett kvarter senere så Elena et helikopter fly mot dem. Det stoppet like over Queen og en mann ble firt ned på dekket. Like etter ble både han og en kvinne heist opp i helikopteret.

Under middagen satt Elena ved bordet med de andre guidene som vanlig. Hun fikk vite at det var Norges helseminister som hadde vært passasjer om bord på Queen og ble hentet av helikopteret. Mads så alvorlig ut. Øynene hans fortalte at han ikke visste hvordan han skulle uttrykke seg.

«Det har skjedd noe alvorlig i Norge. Vi har begrenset kommunikasjon når vi er så langt nord, men de har ringt fra kontoret i Sverige via satellitt-telefonen. Det har vært en voldsom eksplosjon i Oslo, og det er rykter om skyting i nærheten av Oslo. Noe mer vet vi ikke foreløpig. Det må være ganske alvorlig siden hun blir hentet på den måten», sa han.

De fortsatte å spise, men for en gang skyld var det helt stille rundt bordet.

Etter middagen reiste de fleste seg og forlot salongen. Elena ble sittende sammen med Camilla, som hadde vært stille under hele måltidet. Elena hadde lagt merke til at hun bare pirket i maten. Det var tydelig at hun fremdeles var preget over det som hadde skjedd. Emanuel hadde gått med de andre, men han kom tilbake etter en stund. Han henvendte seg til Elena.

«Jag är ledsen att jag blev så arg. Jag var bara rädd att något skulle hända», sa han. Elena kunne se at Emanuel var ulykkelig.

«Det var Camilla du kjeftet på, Emanuel, ikke meg», påpekte hun.

«Jag var rädd för er båda, naturligtvis.»

«Dersom du var redd for Camilla, hvorfor ikke bare si det til henne da.»

Emanuel svarte først ikke. Han stirret på Camilla en liten stund før han satte seg ved siden av henne. Han bøyde seg frem og tok hånden hennes.

«Camilla. Jag var så rädd för dig. Jag är ledsen för att jag blev arg på dig. Det var inte menat. Vad jag vill berätta är att ...» Emanuel svelget tungt. «Jag tänker mycket på dig, Camilla, på oss två.»

Camilla trakk ikke hånden til seg, hun smilte tilbake til Emanuel.

Elena reiste seg forsiktig og forlot dem. Hun ville la dem være alene, og så hadde hun mer enn nok å tenke på selv. Tanken på hva som kunne ha skjedd hvis isbjørnen hadde hoppet i sjøen, eller hvis stroppen i redningsvesten hadde røket, fikk henne til å grøsse.

På øvre dekk på Queen var et slags utkiksrom hvor passasjerene kunne slappe av. Tre av sidene var dekket med vinduer, et ypperlig sted å sitte om en ville nyte utsikten. Sjøen utenfor var dekket av snø og is så langt øyet kunne se, og mot land stakk fjelltopper opp mellom store isbreer.

En liten bardisk med drikke sto inntil siden uten vinduer. Elena helte opp mer rødvin og satte seg ned ved et av bordene. Bortsett fra de to nederlenderne på andre siden av rommet, var hun alene. Hun nøt en munnfull av vinen, det var deilig å kjenne den virke i kroppen. Adrenalin pumpet fremdeles gjennom henne, og redselen hadde ikke helt sluppet taket. Elena var overrasket over hvordan hun hadde reagert. Skriket da mannen falt over bord, det hadde gått et støt gjennom henne. Men hun hadde ikke blitt paralysert slik hun hadde vært da Helge ble dradd ut i sjøen. Hun kunne fremdeles høre redselsskriket til Helge for seg. Gang på gang hadde hun plaget seg selv med spørsmålet om hvorfor hun ikke hadde gjort noe. Alle de gangene hun hadde sett for seg hva hun kunne ha gjort. Det var som om hun pisket seg selv med håpløse ideer om at hadde hun bare reagert, så hadde Helge fremdeles vært i live. Hun visste at det var meningsløst å pine seg selv på den måten, men kunne ikke la være. Kanskje det var alle de tankene om hvordan hun kunne ha reddet Helge, som gjorde at hun reagerte så raskt. Det var akkurat som om hun var forberedt, hun bare hev seg instinktivt over kanten på ribben.

Elena kastet et blikk bort på de to nederlenderne, begge var ivrig opptatt med å studere dagens fotografier på en bærbar PC.

Da Elena dro mannen om bord i ribben, hang fotoapparatet fortsatt rundt halsen hans. Selv om apparatet var ødelagt, var han likevel tilfreds, optimistisk som han hadde vært om at minnekortet kunne reddes. Eplekjekt hadde han erklært på vei tilbake til Queen at bildene han tok da han falt over bord, skulle settes i glass og ramme. Elena måtte smile. Han hadde nesten ikke klart å snakke da han stotret ordene frem, han hadde vært helt hvit i ansiktet og han skalv slik av sjokk at han verken klarte å kontrollere armer eller bein.

Dagen etter begynte de forferdelige nyhetene fra Oslo å nå Queen. Kontrasten mellom den vakre, uberørte naturen på Svalbard og det forferdelige som hadde skjedd i Oslo, var helt ubegripelig. Plutselig følte Elena at dagene på Svalbard bare hadde vært en flukt fra virkeligheten. Å befinne seg i så vakre omgivelser føltes meningsløst når tankene hennes var tynget av tragedien i Oslo. Hun ville hjem.

Alt sto plutselig så mye klarere for henne. Hun hadde på mange måter ikke våget å ta tak i det. I nærmere ett år hadde hun bare forsøkt å fortrenge det. Hun hadde nærmest vært redd for hva som ville skje dersom hun tok det innover seg. Men nå hadde noe skjedd i hodet hennes. Det at hun hadde grepet tak i han som falt over bord. Det var akkurat som om det hadde vekket henne opp.

Det fantes ikke noen logisk forklaring på det merkelige som hadde skjedd på sykehuset, og derfor hadde hun forsøkt å skyve det langt bak i hukommelsen. Hun ville ikke vite av det. Hun hadde forsøkt å flykte fra det, fornekte at det hadde skjedd. Men nå? Hun innså plutselig at det var feil å gjøre det. Å skyve vekk det som var uforståelig eller vanskelig gjorde alt bare verre. Det var akkurat som med Helge.

Hva var det Emanuel hadde sagt til henne på Madeira? «Du må lytte til det skjebnen forteller deg.»

Elena så for seg moren og Helge. Hun hadde bare sett to døde mennesker i hele sitt liv, og det var dem. Hun hadde ikke bare sett dem som døde, men hun hadde også sett dem dø.

Hva var det det moren hennes hadde sett? «Der skal Elena sitte», hadde hun sagt. Med hvem snakket hun til?

Og Helge? Elena så det for seg hvordan Bjarne og Richard hadde fått Helge inn i båten, hvordan han lå der på ryggen og stirret tomt opp i luften. Rykningene i foten og armen, det var som om sjelen hans strevde med å forlate kroppen, mens kroppen forsøkte å holde den tilbake. Moren hadde vært forberedt på å dø, men Helge hadde ikke vært det, han ønsket å leve.

De grusomme bildene av Helge som ble dradd ned i sjøen, og mens han lå på ryggen i båten og kjempet, hadde forfulgt Elena som et mareritt i alle årene etter ulykken. Hun grøsset ved tanken på den merkelige roen som til slutt kom over Helge da han måtte gi opp.

Og nå hadde Elena selv opplevd noe forunderlig da hun døde. Var det mulig at døden ikke var noe endelig?

«Du vil forstå!»

Ordene måtte bety noe, det var Elene overbevist om.

Da Queen la til kai i Longyearbyen, ringte Elena til Richard for å forsikre seg om at alt sto bra til med dem. Familien hadde det bra, sa Richard, men de var sjokkerte over det som hadde skjedd.

For Line var det verre, hun var svært oppskaket over det som hadde skjedd og var veldig glad for å høre fra Elena.

«Kan jeg komme og være hos deg i Bergen når du kommer hjem til helgen? Jeg orker ikke å være her i Oslo lenger, etter alt som har skjedd. Alt er bare kaos her. Jeg trenger å komme meg bort en stund. Folk er i sjokk, jeg også. Jeg gråter hele tiden, Elena, jeg klarer ikke å stoppe. Jeg må bare komme meg vekk noen dager.»

22

Elena var lettet over at Line kom for å besøke henne. De siste par dagene, etter at hun kom tilbake fra Svalbard, hadde hun vært oppgitt over at hun hadde vært så bevisstløs det siste året. Hun hadde brukt et helt år på å forsøke å fortrenge alt sammen, late som om det som hadde skjedd bare var en drøm. De første dagene på sykehuset, etter at hun våknet, hadde hun vært overbevist om at Jan virkelig hadde eksistert, men etter hvert som dagene og månedene gikk, hadde tvilen begynt å gnage. Det var jo ikke noe logikk i det. Hun hadde til og med spurt faren sin om han kjente noen med det navnet, men han hadde forsikret henne om at det ikke stemte. Likevel var tanken på at Jan ikke kunne være virkelig, like skremmende som det motsatte. Opplevelsen av å ha kjent han og at han hadde snakket til henne, føltes så ekte. Hvordan kunne hun vite så mye om en person hun aldri hadde møtt, eller som ingen hadde nevnt? Hvis hun ikke klarte å skille virkelighet fra fantasi, betydde det vel bare en ting – var hun syk? Derfor hadde Elena forsøkt å utslette det fra hukommelsen. Hun ville uansett aldri få svar, og hva ville folk tenke om hun fortalte dem om det?

Men noe endret seg på Svalbard, den dagen ulykken skjedde, samtidig med alt det forferdelige i Oslo. Det var som om noen hadde skrudd på en bryter. Livet Jan hadde levd, føltes så nært og virkelig.

Hun så frem til å treffe Line, hun måtte fortelle noen om det, selv om det ville bli vanskelig.

Elena ventet utålmodig og betraktet passasjerene som strømmet ned rulletrappen fra ankomsthallen, det var nærmest en endeløs kø av mennesker. Noen småløp ivrig ned den brede trappen ved siden av rulletrappen. Endelig fikk Elena øye på Line. Det skulderlange, lyse håret hennes hang ledig nedover den røde kåpen hun hadde på seg, delvis skjult av et mellomblått mønstret silkeskjerf, elegant slengt rundt halsen.

Line vinket ivrig til Elena da hun fikk øye på henne. De siste skrittene løp Line mot Elena, og hun omfavnet henne og trykket henne inntil seg uten å si et ord. Da Elena kjente Lines tårer mot kinnet sitt, klarte heller ikke hun å holde følelsene tilbake. Tårevåte sto de der begge to, hver på sin måte ulykkelige, men glade over endelig å ha møtt hverandre igjen.

Da de kom hjem til Elena, laget de seg en lett salat med kylling, siden ingen av dem var spesielt sultne. Elena var ganske stille, som vanlig var det Line som pratet, om jobben, reiser hun hadde vært på og mye annet. Og om bomben i regjeringskvartalet og de forferdelige drapene ute på Utøya. Elena lyttet, av og til svarte hun med et lite nikk eller svak risting på hodet.

«Å, Elena! Jeg er virkelig glad jeg tok turen over til deg. Bare det å være her og å kunne snakke med deg om helt vanlige ting. Du aner ikke hvor godt det føles», sukket Line bedrøvet. «Etter det som skjedde får jeg dårlig samvittighet bare ved tanken på noe hyggelig.»

Da de nesten var ferdige med å spise, trakk Elena pusten dypt.

«Line, det er noe jeg har tenkt å snakke med deg om. Jeg

har gruet meg, for jeg vet ikke helt hvordan jeg skal forklare det, og så er jeg nok redd for hvordan du vil reagere.»

«Jeg har ventet på det», svarte Line. «Du har vært så ulik deg, så tankefull.»

Elena så på Line, hun visste ikke helt hvor hun skulle begynne.

«Tror du på telepati eller andre sånne overnaturlige ting, Line? At vi på en eller annen måte kan se eller oppleve noe som har skjedd med noen andre?»

«Hva i alle dager er det du snakker om?» spurte Line forfjamset.

Elena studerte Line sitt ansiktsuttrykk. Dette ville ikke bli enkelt.

«Tuller du med meg nå, Elena?» fortsatte Line da Elena ikke svarte.

«Nei, egentlig ikke», kom det nølende fra Elena.

«Spør du om jeg tror folk kan være synske?» fortsatte Line usikker.

«Ja, noe sånt, eller ..., tror du at det kan skje noe med deg selv, at du kan oppleve ...», Elena trakk pusten, «... for eksempel, sett at du holder på å dø, eller hvis du har vært død en liten stund og så våkner du opp igjen, lignende det som skjedde med meg. Tror du da at du plutselig kan vite noe om et annet menneske etter det?»

Elena stirret hjelpeløst på Line, hun var ikke fornøyd med hvordan hun hadde klart å ordlegge seg.

«Å, Line. Jeg vet ikke hvordan jeg skal forklare meg», sukket Elena da Line ikke svarte.

«Hva i all verden snakker du om?» spurte Line omsider, hun ristet forundret på hodet.

Denne gangen var det Elena som ikke sa noe.

«Er du seriøs, Elena?» Line virket oppgitt. «Prøver du å fortelle meg at du mener at *du* er synsk?»

Elena sa fortsatt ikke noe, hun bare stirret hjelpeløst på Line.

«Jeg trodde ærlig talt ikke at jeg noen gang skulle høre noe slikt fra deg. Du som er den super-realistiske, som bare tror på atomer og ligninger og slikt.»

«I fjor», forsøkte Elena, hun forsto at samtalen var i ferd med å gå i feil retning, «så opplevde jeg noe da jeg lå på sykehuset. Noe som jeg ikke helt forstår. Jeg må bare få snakke med deg om det. Jeg orker ikke ... jeg kan ikke snakke med noen andre om det. Det er ingen som kommer til å forstå uansett. Jeg håpet i alle fall at du ville høre på meg, selv om du kanskje tror at det har klikket for meg. Jeg har vært inne på den tanken selv, må jeg innrømme. Men det får ikke hjelpe, du er virkelig den eneste jeg tør å snakke med dette om.»

«Jeg skjønner ikke hva du mener, Elena, men klart du kan snakke med meg.»

«Det sier du nå. Jeg er spent på hva du kommer til si når jeg har fortalt deg alt sammen, men jeg må bare få det ut.» Elena trakk pusten. «Det skjedde noe på sykehuset, og jeg tror at det jeg opplevde må ha en sammenheng med at jeg var død en liten stund.»

«Å, det ja, det var helt forferdelig», bablet Line. «Jeg var ikke klar over det med den hjertestansen før Richard fortalte meg om det i ettertid. Da jeg traff Richard og din far på sykehuset, sa de ikke noe om det. De fortalte meg bare at det ikke var kritisk lenger. Og du har ikke villet snakke særlig mye om det heller. Jeg forstår selvfølgelig at det var en forferdelig opplevelse for deg.»

«Kan du tie stille et øyeblikk, Line? Du misforstår», sa Elena oppgitt. «Det er ikke det jeg vil frem til, det er noe annet. Saken er den at da jeg lå på sykehuset, mest sann-synlig i løpet av de minuttene hjertet mitt stoppet, altså da jeg var død, da skjedde det noe med meg. Jeg var ganske forvirret da jeg kom til bevissthet igjen, sikkert av flere grunner. Jeg forsto ikke engang hvorfor jeg var på et sy-kehus.» Fortvilet innså Elena at hun igjen var på vei inn

i en lang forklaring, det var som å stå med beina i kvikk-
sand. «Den første tiden etter at jeg kom ut fra sykehuset,
tenkte jeg på det som skjedde med meg mer som en slags
merkelig drøm. Jeg var bevisstløs nesten hele tiden jeg lå
på sykehuset, og jeg lå på isolat hvor kun de på sykehuset
fikk besøke meg. Men likevel er jeg sikker på at det var en
annen person inne hos meg på rommet.»

Elena holdt pusten, hun forsøkte å se på Line hvordan
hun reagerte, men Line bare stirret på Elena uten å for-
trekke en mine.

«I alle fall var det en som snakket til meg», fortsatte
Elena. «Jeg så han ikke, jeg hørte kun stemmen hans, men
det var akkurat som om han kjente meg. Han sa at det var
noe han ville fortelle meg, noe jeg kom til å forstå.»

«Forstå hva da?» spurte Line forvirret.

«Nei, det vet jeg ikke helt, men det var noe han ville
fortelle meg. Men jeg tror jeg begynner å forstå det nå.»

«Herre min hatt, Elena, hva er det du snakker om? Du
sier et det var en som var hos deg samtidig som du sier at
ingen kunne komme inn til deg? Det har vel selvsagt vært
en pleier eller en lege.»

«Poenget er at jeg ikke var bevisst eller våken, Line.»

«Men Richard og din far var vel inne hos deg, var de
ikke?» spurte Line, fortsatt like forvirret.

«Nei, det var senere, etter at jeg hadde våknet opp og
etter at jeg var flyttet fra isolatet. Men bare la meg snakke
ferdig. La meg fortelle deg alt sammen først, så kan du si
hva du vil når jeg er ferdig.»

«Ok. Jeg skal forsøke å holde munn», svarte Line mot-
villig og nikket, men øynene hennes fortalte at hun ikke
helt visste hva hun skulle tro eller mene. «Men jeg foreslår
at du kommer til saken. Foreløpig forstår jeg ikke noe.»

«Da jeg våknet på sykehuset, etter at de fikk liv i meg
igjen, var det første jeg tenkte på en mann jeg var overbevist
om at jeg kjente godt. Men etter hvert innså jeg at jeg aldri

hadde møtt han. Jeg begynte å lure på om jeg kunne ha hørt om ham, eller om noen hadde fortalt meg om han. Deretter slo det meg at jeg kanskje hadde lest om han i en bok mens jeg var på sykehuset. Men da jeg spurte etter boken, viste det seg at den ikke fantes. Jeg ble veldig forvirret, og jeg begynte å tvile på om jeg hadde innbilt meg alt sammen.»

Elena trakk pusten og forsøkte å se om Line hang med.

«Det jeg prøver å si er at da jeg våknet, hadde jeg plutselig vissheten om livet til en fremmed mann, nesten som om jeg hadde levd det selv eller ... mer som om jeg hadde overvåket livet hans på en måte. Jeg hadde plutselig fått kunnskap om livet til en fremmed mann, Line, som om jeg hadde vært til stede sammen med han, uten å ha vært det likevel.» Elena så håpefullt på Line, men fikk ingen respons. «Han heter Jan og han har en sønn, en sønn han ikke visste noe om. Han fant ut om sønnen først rett før han døde. Jeg tror han ønsker at jeg skal finne sønnen hans, det er det han ville jeg skulle forstå.»

Elena var oppgitt. Hun innså at det ikke nyttet. Line hadde sittet helt stille og hørt på. Uttrykket i ansiktet hennes fortalte det meste.

«Du tror sikkert at jeg er sprø, Line», la Elena til, hun så blikket til Line. «Jeg sa det til deg. Av og til lurer jeg litt på det selv også.»

Line gjorde en bevegelse med hodet og skuldrene, det så nærmest ut som hun forsøkte å riste av seg forvirringen.

«Elena, du har åpenbart opplevd et eller annet, det tror jeg på.»

«Du tror at det er innbilning», konstaterte Elena. «Jeg ser det på deg.»

«Hør her Elena, hva er det du vil med dette?» Line sukket oppgitt, hun tenkte seg litt om. «Vi snakker sikkert forbi hverandre. Du ber meg tro på det du forteller. Jeg tror deg selvfølgelig når du sier at du har opplevd ett eller annet, men jeg sliter fortsatt med å forstå det du sier.»

«Du mener altså at jeg bare fantaserer?»

«Nei, Elena, det er ikke det jeg sier. Jeg tror bare ikke at det nødvendigvis må være sant bare fordi du tror at det er det. Det at du mener at noen har besøkt deg behøver vel ikke bety at noen *har* gjort det. Du sier jo selv at du var veldig syk.»

«Det er det samme jeg har sagt til meg selv i et helt år», svarte Elena oppgitt. «Jeg har forsøkt å si til meg selv at det bare er innbilning. Men hvordan kan jeg innbille meg så mye om et annet menneskes liv? Før jeg kom på sykehuset hadde jeg ikke engang hørt navnet hans. Etter at jeg våknet opp, visste jeg alt om han, om livet hans, om familien hans, om søsteren hans, om broren som døde og om sønnen hans, som han fikk vite om like før han selv omkom. Det jeg vet om han er ikke bare noen få tilfeldige episoder eller noen få situasjoner. Jeg kjenner han som om han var meg selv. Jeg har klart å fortrenge det i snart ett år og jeg har holdt på å bli gal av det, men nå klarer jeg det ikke lenger. Jeg orker ikke mer, men jeg vet ikke hva jeg skal foreta meg. Si meg hva jeg skal gjøre, vær så snill, Line, jeg kommer til å bli gal om jeg ikke gjør noe med det.»

Line svarte først ikke.

«Ærlig talt, Elena, hva vil du jeg skal si?» kom det omsider. «Jeg må innrømme at jeg blir ganske forvirret over det du forteller meg. Men hva tenker du selv, da? Du ber meg om råd, men du har vel noen meninger selv? Hva legger du egentlig i at du vil gjøre noe med det?»

«Jeg vet ikke hvordan jeg skal gå frem», svarte Elena og trakk resignert på skuldrene. «Det var en av grunnene til at jeg ville snakke med deg.»

«Gå frem med hva?» spurte Line.

«For å finne ut om han har levd.»

Line stirret uforstående på Elena.

«Jeg må finne ut om han har levd», gjentok Elena, nå litt mer bestemt.

«Du sier jo at du vet alt om livet hans», sa Line omsider. «Hva er det egentlig du vet? Vet du for eksempel hva han heter?»

«Bare at han het Jan», svarte Elena forsiktig. Hun så beklemt på Line, det hørtes ikke særlig overbevisende ut. «Men problemet er at han er død», la hun fort til.

«Vet du for eksempel når eller hvor han levde? Eller når han døde?»

Elena ristet på hodet. Det var like før tårene begynte å renne.

«Vet du, jeg tror at det han egentlig ønsket var at jeg skal finne sønnen hans.»

«Hva sier du nå?» sukket Line oppgitt.

«Jeg tror at han ville jeg skulle finne sønnen hans», gjentok Elena. «Sønnen har en tante og kanskje besteforeldre også, som han ikke engang vet om! Jeg tror Jan ville at sønnen hans skulle få vite om dem.»

«Men kjære deg, Elena», Line klarte ikke la være å le, «det er ikke lett for meg å henge med på alt dette. Tenk om han, Jan, som du sier han heter, rett og slett bare er et resultat av drømmer eller fantasier som du har skapt i deg selv. Det at hjertet ditt stoppet, at du faktisk var ... død, en stund», fortsatte Line, «kan det ha fremkalt alt sammen? Slik at du faktisk tror at du har opplevd det, som om det var virkelig?»

«Line», sa Elena spakt, «jeg forstår at det er vanskelig for deg å tro på meg. Og jeg er helt utmattet og veldig forvirret om jeg skal være helt ærlig. Håpet mitt med å fortelle deg dette var at du kanskje ville forstå meg og at du hadde noen forslag til hvordan jeg kan finne ut om han. Men jeg innser at det var en håpløs tanke.»

Gløden og entusiasmen Elena hadde hatt, var helt borte. Line forsto at Elena var i ferd med å resignere helt.

«Vet du ikke noe om han som kan hjelpe deg? Du sier at han hadde familie. Hva med venner, eller vet du hvor han bodde for eksempel?»

«Nei, det gjør jeg ikke.» Elena tenkte seg om, hun var forbauset over at Line tydeligvis brydde seg likevel. «Det var her i Bergen, men jeg vet ikke hvor i Bergen.»

«Vel, dersom du mener at han har levd, da må vel familien hans fremdeles finnes et eller annet sted?»

«Selvsagt, men hva med det?»

«Kunne det ikke være en idé å forsøke finne foreldrene? Det må være mulig å finne ut hvor de bor.»

Elena nikket, hun forsøkte å late som det hørtes ut som et fornuftig råd, men hvor skulle hun begynne?

23

Høstmånedene gikk altfor fort, og Elena hadde ikke kommet nærmere i å finne ut noe mer om Jan. Eller mer korrekt, hun hadde ikke foretatt seg noe for å undersøke noe mer om han, og det plaget henne. Da hun snakket med Line, innså hun hvor komplisert det hele var. Det var én ting å vite alt om Jan og historien hans, men det var noe helt annet å finne ut noe konkret om han. Elena antok at dødsulykken kunne ha skjedd i nærheten av Turtagrø, og hun tenkte at hun kunne prøve å få snakket med noen journalister, for eksempel i Bergens Tidende eller kanskje i Bergensavisen. Kanskje noen der hadde hørt om en slik ulykke. Avisene pleide som oftest å skrive om slike hendelser, spesielt når det dreide seg om noe så alvorlig som dødsfall.

Men Elena tok ikke motet til seg, hun kontaktet verken politi eller aviser. Innerst inne innså hun at det ville være ganske håpløst, når hun verken kunne tidfeste ulykken eller hadde annen konkret informasjon som kunne hjelpe. Hvordan skulle hun forklare at det eneste hun hadde var et fornavn? Og hvordan ville ikke folk reagere når hun ikke hadde en god forklaring på hvorfor hun spurte? Elena hadde tenkt at hun kunne si hun hadde kjent Jan, for eksempel at han var en slektning, men etter litt betenkning hadde hun slått det fra seg. Hun visste jo ikke etternavnet, dermed var det en håpløs idé.

Line spurte aldri om hvordan det gikk med letingen etter Jan når de snakket sammen. Og siden Line virket påfallende uinteressert, unngikk Elena like godt å nevne noe.

Ukene og månedene gikk, og Elena ble bare mer og mer frustrert og fortvilet. En tanke klarte hun heller ikke helt å kvitte seg med. Tenk om det eneste hun fant ut var at alt sammen bare var fantasi og oppspinn. Frykten for en slik erkjennelse bare økte etter som dagene gikk.

Helt i slutten av mai, etter at vinteren hadde dradd og våren var kommet, tok Elena endelig motet til seg. Hun oppsøkte resepsjonen i Bergens Tidende og forklarte at hun forsøkte å finne en som for en tid siden hadde forulykket like ved Turtagrø. Som forventet var det ikke mye hjelp å få, men hvis hun ville, kunne hun lete i arkivet selv. Men det å bla i gamle aviser uten å ha et tidspunkt å lete fra, var håpløst. At Jan måtte ha vært en god del eldre enn Elena, følte hun seg ganske sikker på. Men dersom ulykken hadde skjedd for flere år siden, kunne hun risikere at hun selv bare var en ung pike da han døde.

Mistrøstig oppsøkte hun Bergen Politikammer. Hun visste egentlig svaret før hun fikk forklart seg. Politikvinnen i resepsjonen bare ristet på hodet da Elena spurte om de hadde oversikt over alvorlige trafikkulykker og slikt.

Et alternativt spor, tenkte Elena, kunne være banken der Jan og Jannike hadde jobbet. Det måtte være noen som kjente enten Jan eller Jannike, men hvilken bank skulle hun kontakte? Elena snakket med en person i kundeservice hos den største banken i Bergen, og vedkommende hadde ikke annet å foreslå enn å sette henne over til IT-avdelingen i Oslo. Elena ga opp uten å forsøke. Hvem ville kjenne til en avdød person ved navn Jan? Hun fant heller ikke noen informasjon om noe dataselskap i Oslo med et navn som inkluderte «data», så å lete etter Jannike kunne hun like gjerne glemme.

I løpet av vintermånedene hadde Elena begynt å notere ned små stikkord og enkle setninger om det hun kunne huske fra Jan sitt liv. Hun tenkte at det måtte finnes noe som kunne tjene som en slags ledetråd eller som i det minste kunne hjelpe henne med å finne ut noe mer om han. Elena hadde skaffet seg to kart, ett over Hardangervidda og ett over Jotunheimen, i håp om å lokalisere stedene hun husket Jan hadde besøkt.

Det mest bemerkelsesverdige var at Elena ikke bare husket flere av navnene, til tross av at hun selv aldri hadde vært der, men hun klarte også å finne dem på kartet, akkurat der hun antok at de skulle være. Hun gjenoppdaget turen Jannike og Jan hadde til Galdhøpiggen, og Heinseter hvor Jan møtte Anne, samt områdene i Jotunheimen hvor Jan pleide å jakte. Hun fant alle stedene. Det å studere kartene fikk Elena til å leke med tanken på at hun kunne dra til noen av stedene selv. Det var som om Jans lidenskap for friluftsliv og fjellturer gradvis begynte å smitte over på henne.

I ukene som fulgte, gikk Elena turer på byfjellene og hun meldte seg til og med på en helgetur til Bergsdalen med Bergen Turlag, som hun hadde kommet i kontakt med da hun kjøpte kartene i Speiderdepotet, en sportsbutikk som lå like ved Korskirke Allmenningen, hvor Turlaget holdt til.

Elena var ikke særlig vant til å vandre alene i fjellet, men hun oppdaget at det skjedde noe med henne når hun gikk slik alene ute i naturen. Bortsett fra sporadiske møter med andre turgåere, hersket det nesten total stillhet. Kun fuglesang og synet av sauer som beitet brøt roen. Det føltes merkelig, men samtidig deilig, å vandre slik og bare la tankene flyte fritt uten bekymringer for de kunne føre henne.

Omsider bestemte Elena seg, hun ville dra på en skikkelig høyfjelltur til et av stedene Jan hadde vært. Oppglødd over å ha bestemt seg, ringte hun Line og fortalte om planen sin, og gjorde alt hun kunne for å overtale henne til å bli med.

«Jeg tror det er fantastisk flott i Jotunheimen? Eller kanskje du heller vil dra til Hardangervidda? Der er visstnok terrenget mye lettere, det er ganske flatt der. Vi kan gå inn til Heinseter, det stedet der Jan og Anne traff hverandre.»

Men Line var langt fra så begeistret som Elena hadde håpet.

«Elena, det er hyggelig at du ønsker å ta meg med på en fjelltur, men alvorlig talt. Jeg har aldri tatt et skritt uten at det er asfalt jeg går på.»

«Men en gang kan vel være den første», forsøkte Elena optimistisk. «Vi kan kjøre helt frem til stedet der båten går fra, og fra der vi går i land er det sikkert ikke mer enn et par timer videre. Du klarer det helt sikkert, sprek som du er. Det er jo første gangen for meg også.»

«Elena, det er sikkert en veldig fin tur, det er ikke det, men fjellturer er bare ikke noe for meg. Du kan bare glemme det.»

Elena gav opp. Vigdis skulle flytte, og hadde heller ikke mulighet til å bli med. Dessuten viste det seg at det lå altfor mye snø i fjellet, og derfor ville det heller ikke bli mulig å få gjennomført noen tur før langt ut i juli.

Da det for en gangs skyld var meldt flott helgevær i Bergen, bestemte Elena seg heller for å ta en skikkelig langtur over Vidden. Vidden var et åpent fjellterreng som lå mellom Fløyfjellet og Ulriken og kunne ta opptil fire–fem timer å gå. Skulle en legge ut på en slik tur, var det derfor lurt å være sikker på at været ville holde seg.

Lørdag morgen tok Elena Fløibanen til topps, og etter å ha beundret utsikten over Bergen noen minutter, begynte hun å gå. Langs grusveien hun fulgte vokste grantrærne tett. Femten minutter senere passerte hun et område i skogen som tydeligvis var et lekeområde for barn. Det var hengt opp slengdisser og i noen av trærne var det laget klatretrinn. En gutt og en pike forsøkte ivrig å komme seg opp i et av trærne.

Synet av barna som klatret i grantreet minnet Elena om et sted hun og Helge ofte besøkte ute i skogen ved Verdens Ende. Elena hadde vært med Helge til det hemmelige stedet flere ganger. Det var på det høyeste punktet på nordsiden av øyen. Han hadde vist henne stedet en gang de delte det hemmeligste de visste.

På grunn av ulendt terreng var nordsiden av Halsnøy ubebodd og lite tilgjengelig for folk flest. Det var kun tett skog, med masse gran og furu som vokste helt frem til fjellknauser som stupte bratt ned i sjøen. Enkelte steder kunne en se merker i terrenget etter tømmer som var slept med hester fra hoggstedet og ned til Ranavik, en vik som lå på nordøst siden, det eneste stedet i nærheten det var mulig for en båt å legge til.

Det var ikke lett å finne frem, Elena ville aldri ha klart det alene. Stedet var på en liten høyde som lå slik til at det var ingen naturlig vei dit, med steile fjellskrenter hele veien rundt, skjult bak de store barnålstrærne som vokste tett. Like mellom to av grantrærne, om man trengte seg inn mellom greinene som var filtret sammen som fingre i to follede hender, var det en sprekk i fjellet, bred nok til at en kunne finne et og annet sted å fote seg. Med greinene fra de to trærne kunne man hale seg opp etter armene mens man sparket fra i sprekken. Det var kanskje fem–seks meter rett opp før skrenten flatet ut og man kunne krype videre på den gressbelagte bakken som steg relativt skrått opp til det høyeste punktet. Høyden på toppen var kanskje ti meter bred i omkrets. Fra der, gjennom grantrærne, var det mulig å se nordover og innover i Hardangerfjorden.

Elena forsto aldri hvordan Helge kunne ha funnet på å gå til et slikt sted, og enda mindre hvordan han hadde klart å finne det.

«Kan du høre det?» spurte Helge da de var der første
gangen, det var en sommervarm dag med sol og blå himmel.

Elena ristet å hodet. Det var ikke en eneste lyd å høre.

«Hør etter», sa Helge, han så lurt på Elena.

Men Elena hørte fremdeles ikke noe.

«Hører du det virkelig ikke?» gjentok Helge. Da Elena
igjen ristet på hodet, smilte Helge triumferende. «Du hører
det nok, men du forstår det ikke.»

«Hva mener du?» spurte Elena forvirret.

«Om du hører godt etter, hører du stillheten.»

Og Elena forsto plutselig hva Helge mente. Luften dir-
ret og vibrerte. Hun kjente det like mye som hun hørte
det. Det var lyden av stillheten.

Elena smilte for seg selv. Hun sto en stund og betraktet
de to barna som strevde med å komme seg opp i treet før
hun ruslet videre. Litt lenger fremme passerte hun Brus-
hytten. Den gruslagte veien begynte på nytt å stige, den
gikk videre oppover til Rundemannen. Folk hun møtte, var
tydeligvis like fornøyde som henne selv, det var nok det
gode været som gjorde det. Det var hyggelig å se så mange
glade mennesker, men samtidig gjorde det noe med Elena
å gå slik alene og se på andre som var sammen. Hun følte
seg faktisk litt alene, litt bortkommen.

Helge sa en gang de var på det hemmelige stedet at
om han var lei seg, så gikk han dit for å glemme. Det var
det som var så spesielt med Helge. Selv om han bare var
ti år gammel, kunne han si og gjøre ting som Elena aldri
ville ha funnet på eller tenke ut selv. Elena smilte for seg
selv. Dersom Helge hadde levd fremdeles, ville de sikkert
vært like gode venner ennå. Når hun tenkte etter, hadde
Henry flere likhetstrekk med Helge, selv om det selvsagt
ikke var helt mulig å sammenlikne en voksen og et barn.
Men Elena hadde noen ganger stusset på om det var til-
feldig, eller om det faktisk kunne være det som gjorde at

hun hadde vært så tiltrukket av Henry? Det var noe med måten de begge hadde vært på, noe som fasinerte med begge to. Henry hadde også tatt Elena med til steder han likte, hvor de kunne være for seg selv. Og begge to hadde på mange måter vært fraværende, nesten litt drømmende. De var personer det var vanskelig å nå helt inn til. De hadde begge hatt noe i seg som de skjulte for andre.

Sommeren etter at Helge døde, dro Elena og foreldrene hennes tilbake til Halsnøy. Et par dager etter de hadde kommet, tok Elena motet til seg og syklet ut til Verden Ende. Like før hun kom til grinden ved enden av veien, passerte hun huset der Helge hadde bodd. Det var søndag morgen og ingen var å se, alt var stille. Da Elena kom til grinden, gikk hun av sykkelen og lente den mot gjerdet. Hun åpnet grinden og fulgte stien innover i skogen. Der stien forsvant ble hun stående en stund, hun kikket videre inn mellom trærne. Elena ville finne det hemmelige stedet til Helge, der hun kunne glemme at hun var lei seg. Hvor var det hun skulle gå? Bartrærne sto tett som en vegg og stengte veien for henne. Elena snudde seg og gikk tilbake, noe i henne sa at hun ikke fikk gå inn i skogen lenger. Det hemmelige stedet var ikke hennes, det var Helges.

Da Elena kom opp på Rundemannen, var det ikke lenger like mange folk som skulle samme vei som henne. Elena kunne skimte Tarlebøvatnet, som lå på nedsiden av stien, mot bysiden. Klokken nærmet seg halv elleve. Det måtte allerede være minst tretten-fjorten grader i luften, og med en skyfri himmel ville temperaturen trolig stige ytterligere utover dagen. Hun hadde på seg en kortermet trøye og et par knekorte tights, og på beina et par lette Salomon sportssko. Det var kanskje litt for optimistisk, spesielt siden det ved Øvre Jordalsvatnet var flere våte og møkkete partier.

Elena kjente hun var tørst, og hentet frem drikkeflasken fra den lille tursekken sin. Et ungt par småløp forbi henne, de smilte og vinket da de passerte, før de forsvant over neste bakketopp. Det gikk et lite stikk gjennom Elena.

Hun hadde gått over Vidden flere ganger med Henry da de gikk på Teknikken. Nå når hun gikk alene, foretrakk hun å gå slik at hun fikk solen i ansiktet, men med Henry pleide de å gå i motsatt retning. Henry likte å avslutte turen på Zachariasbryggen med et glass kaldt øl. En gang hadde de kommet hjem først i åtte–nitiden om kvelden, fordi de hadde truffet flere andre fra skolen. Henry hadde blitt full, og Elena hadde hatt et svare strev med å få han til å forstå at de måtte komme seg hjem. Spaserturen hjem til Hans Tanks gate tok normalt ikke mer en tjue minutter, men de hadde brukt nærmere en time. Henry hadde stoppet opp for å snakke med alle mulige mennesker de møtte. Han var alltid så glad og begeistret. Alle likte Henry og Elena elsket det.

Da Elena kom til Skaret, kjente hun at hun var sulten. Skaret var et dypt søkk, eller en sprekk, som skar seg tvers over det ellers ganske flate fjellterrenget. Det var også et yndet rastested på grunn av at det skjermet for vinden som det vanligvis var nok av på Vidden. Elena tok av seg sekken og tok frem et sitteunderlag. Hun satte seg på en liten fjellhylle og fant frem matpakken. Den blå glassteinen i ringen hun hadde på ringfingeren reflekterte i sollyset. Elena betraktet ringen. Som de fleste andre studentene i USA hadde Henry og Elena kjøpt sine skoleringer et par måneder før de var ferdige på skolen i Rapid. Henry hadde dradd Elena med seg bort i butikken på skolen hvor de hadde de sett på college-ringer. Henry ville at Elena skulle velge en ring med en akvamarin stein fordi den var lik øyenfargen hennes. Selv valgte han en stein som var helt mørk rød, som skulle vise hvor mye han elsket henne.

Elena lukket øynene og strøk fingrene lett over ringen. Berøringen fremkalte minner. I varmen fra solen innbilte hun seg nesten at det var Henry som strøk henne kjærlig over ansiktet. Hun lente seg bakover og hun lot solvarmen ta tak.

Det var i grunnen merkelig at hun nå kunne tenkte på Henry uten å bli deprimert. Lei seg ble hun selvsagt, men ikke slik hun hadde vært da det hadde skjedd. Den første tiden etter at Henry døde hadde vært vanskelig. Det var akkurat som om hun hadde koplet seg helt av. Line hadde vært bekymret, og forsøkt å få Elena på beina igjen. Elena hadde ikke hatt vilje til å si verken ja eller nei, hun bare gjorde det Line bestemte. Line hadde ment at en tur til Roma ville få henne til å se litt mer positivt på livet igjen, men det hadde blitt et mareritt, og hun hadde vært like deprimert da de kom hjem igjen.

Det var det som var så håpløst med Line. Hun trodde virkelig at det som var for enkelt for henne, også var det for andre. Akkurat det kunne irritere Elena noe voldsomt. Om hun forsøkte å lufte noe hun grublet på, kom Line fort med en enkel løsning, nesten før hun fikk forklart seg. Det var som om Line ikke hørte etter, hun bare avfeide alt med et «kan du ikke bare»-svar. Innerst inne tenkte Elena at om hun bare var som Line, ville alt bli så mye enklere, men slik var hun bare ikke.

Etter Roma ble Elena sykemeldt. Fastlegen kalte det utbrenthet, sikkert for å skåne henne. Det var mange på jobben som stusset på hva som gikk av henne. Overalt hvor hun gikk eller oppholdt seg, innbilte hun seg at hun fikk øye på Henry. Enten hun satt på bussen eller om hun var i en butikk, var det stadig noen hun mente lignet på Henry. Hun fikk sjokk hver gang, først en enorm glede som eksploderte i henne over å tro at hun så han, deretter en forferdelig smerte når det gikk opp for henne at det ikke var sant. Det var utmattende. Hun bebreidet seg selv for at Henry var død, og hun orket ikke tenke på at hun måtte leve videre alene.

Selv om Elena ikke hadde hatt særlig betenkning da hun flyttet sammen med Henry, hadde hun aldri noen god begrunnelse når Vigdis hintet om at de kanskje burde gjøre det. Det bare ville hun ikke. Hun elsket ikke Vigdis, i alle fall ikke på den måten. Likevel kunne hun ikke si det til henne, hun ønsket ikke å såre henne.

Å, hvor vanskelig alt var. Hun ble irritert på Line fordi hun ikke var som henne, og hun ble sur på Vigdis fordi hun var som henne.

Da Elena hadde blitt tilbudt avdelingslederstillingen i Stavanger, hadde hun tatt det opp med Vigdis. Vigdis hadde sett på henne med et blikk Elena ikke klarte å tyde.

«Skjønner du hvor stor mulighet det er?» hadde Vigdis spurt kryptisk.

Elena var usikker. Selvsagt følte hun seg smigret over tilbudet, men var det virkelig verdt å starte på nytt et annet sted? Elena ønsket å vite om Vigdis virkelig mente at hun burde takke ja. Men Vigdis unngikk å svare, hun sa det ikke var hennes avgjørelse.

Elena hadde studert Vigdis forundret, hun virket nesten uinteressert.

«Du svarer meg ikke på spørsmålet mitt», påpekte Elena.

Vigdis svarte ved å spørre om Elena var redd for ikke å mestre jobben.

Da begynt Elena å le, hun var frustrert over hvor vanskelig det var for Vigdis å svare henne. Derfor endret Elena taktikk og spurte hva Vigdis ville gjort i hennes situasjon, om hun hadde fått et slikt tilbud.

«Du burde takke ja», mumlet Vigdis etter å ha tenkt seg om.

«Jeg spurte deg ikke om hva jeg *burde* gjøre», svarte Elena.

«Hva prøver du å si, Elena?» spurte Vigdis med tårer i øynene. «Hvis du ønsker å forlate meg, kan du like gjerne si det rett ut.»

Forvirret prøvde Elena å forstå hva Vigdis hadde sagt? Hun hadde jo bare ønsket å høre hva Vigdis mente. Men nå hadde Vigdis tatt det personlig, hun trodde at Elena mente forholdet deres. Kanskje burde hun ha forstått det, det var typisk Vigdis, følsom og sårbart hjelpeløs.

«Unnskyld, Vigdis, jeg mente det ikke på den måten. Jeg har selvfølgelig ikke tenkt å forlate deg, hvis det er det du har trodd.»

Vigdis stirret på Elena, men kunne ikke hindre at øynene ble blanke.

Elena var oppgitt over seg selv. Hun hadde ikke engang tenkt tanken. Vigdis måtte tro at hun var ufølsom, en som bare tenkte på seg selv. Hun hadde aldri helt innsett at de var et par. Ærlig talt oppførte hun seg mer som en som var utro med Vigdis enn en som var sammen med henne. De holdt forholdet hemmelig på grunn av jobben, men også fordi Elena ønsket det. Hun var usikker på hva hun følte for Vigdis, det de hadde sammen var så annerledes enn alt hun hadde opplevd med Henry. Med Vigdis var det ikke den samme intense lidenskapen, men heller en form for nærhet og inderlighet. Elena forsto det ikke helt, men selvfølgelig var hun glad i Vigdis. Hun hadde følelser for henne, kanskje til og med kjærlighet. Men det var ikke kjærlighet slik det hadde vært med Henry. Det var ikke hjertebank, ekstatisk glede, lengsel, håp, sorg og fortvilelse. Med Vigdis var det trygghet, nærhet og inderlighet, men også forvirring og usikkerhet.

Derfor følte Elena at hun ville flykte, for hun håpet å finne tilbake til det hun hadde hatt sammen med Henry – den brennende lidenskapen og det intense samlivet. Men samtidig valgte hun å bli, hun var drevet av frykten for at det samme ville skje på nytt. Hun hadde forlatt Henry, et valg hun angret bittert på, og den feilen ønsket hun ikke å gjenta. Det drev henne til å holde fast i forholdet til Vigdis, til tross for usikkerheten og mangelen på lidenskapen.

Hun håpet, kanskje mot bedre viten, på at forholdet deres kunne utvikle seg til å omfatte både den dype inderligheten de allerede delte, og den lidenskapen hun savnet.

Elena følte seg fanget i en dyp myr som dro henne lenger og lenger ned. Hadde det vært Lines beslutning, så hadde hun tatt jobben og reist sin vei. Men Elena tok ikke jobben, hun orket ikke forandre på livet sitt, og det irriterte henne veldig å måtte erkjenne det. Hadde det ikke vært for den merkelige uroen i henne, en slags følelse av rastløshet, som fikk henne til å føle at verden var i ferd med å løpe fra henne, hadde hun kanskje godtatt at hun var i et forhold med Vigdis. Det var ikke jobben eller Vigdis som var problemet, det var henne selv.

Elena kunne se Turnerhytten et stykke lenger fremme. Skulle hun stoppe og ta seg en pause, eller skulle hun bare fortsette? Klokken var bare halv to. Hun hadde egentlig god tid, men siden hun hadde planlagt å gå ned til Landås for å ta bussen videre, ville det fort gå noen timer til før hun var hjemme. Elena drakk den siste slurken fra vannflasken og fortsatte. Terrenget begynte å skråne nedover, hun kunne se at det var en del folk samlet nede ved Årstadhytten. En gutt kom løpende mot henne, tydeligvis på vei mot Turnerhytten. Foreldrene fulgte like etter sammen med en mindre pike.

Etter at Elena hadde passert Årstadhytten, fortsatt hun nedover stien mot Korketrekkeren. Hun gikk ikke lenger alene, flere kom fra Ulrikstoppen og skulle tydeligvis samme vei som henne selv. Hun kunne se på fottøyet hvem som var turister, de gikk i sko beregnet for gatebruk. Mest sannsynlig hadde de tatt Ulriksbanen opp og bestemt seg for å gå ned til byen igjen. Trappetrinnene ned fra Korketrekkeren var laget av grove, ujevne steinblokker, og det var lett for å tråkke feil. To yngre kvinner i et følge like nedenfor henne hadde tydeligvis store problemer. Elena måtte smile da hun så de to hjelpeløst forsøke å komme seg nedover trappene.

Elena kunne skimte deler av byen. Det var underlig å tenke på, men Jan hadde sikkert også gått denne veien flere ganger. Det fantes vel neppe en bergenser som ikke hadde vært på Ulriken, og stien hun fulgte var den mest brukte veien ned fra toppen. Det var merkelig, for Jan hadde ofte vært i fjellet, og hun var overbevist om at han også måtte ha vandret her. Men nettopp dette området, her oppe på Ulriken, klarte hun ikke å forbinde med Jan. Var ikke det rart?

Hardangervidda og Jotunheimen, eller mer spesifikt, Heinseter, Skaupsjøen og Skogadalsbøen, det var steder som sto helt klart for Elena. Der hadde Jan vært, og disse stedene hadde betydd mye for han. Men Ulriken, fjellene rundt Bergen, og selve Bergen, hvorfor hadde hun så vage, for ikke å si ingen, følelser knyttet til det? Jan hadde jo bodd i Bergen og mest sannsynlig også vokst opp der. Selv om det var mye hun visste om Jan, var det tydeligvis også mye hun ikke visste. Og i tillegg var det den merkelige forskjellen når det kom til minnene hun hadde fra sitt eget liv, og Jan sitt. Med Jan visste hun, med henne selv husket hun. Det var veldig forvirrende.

Elena stoppet brått opp halvveis nede i Korketrekkeren. Hun hadde nettopp passert de to hjelpeløse kvinnene som snublet nedover trappetrinnene og de nesten kolliderte med henne bakfra. Kanskje det betydde noe? Var det en grunn for at hun husket det slik?

Nedenfor Korketrekkeren flatet stien ut før den igjen skrådde nedover fjellsiden. Lenger nede lå Montana, og derfra kunne hun gå ned til Landåsveien og følge veien videre ned til Nattlandsveien. Derfra skulle hun ta bussen, først til sentrum og deretter videre ut i Fyllingsdalen, der hun bodde.

Det hadde vært en deilig tur. Det var merkelig hvor mye klarere alt fortonet seg når man gikk alene i naturen. På vei ned Korketrekkeren innså Elena at det var stedene hvor hun hadde de tydeligste minnene om Jan at hun måtte lete etter spor etter han, og det var ikke i Bergen.

<h1 style="text-align:center">24</h1>

Det nærmet seg slutten av august og siden Skogadalsbøen var et av de stedene Jan hadde vært, hadde Elena lyst til å dra dit. Tenk om vennene til Jan fremdeles jaktet der? Det var en vill tanke, men hun kunne vel håpe på det?

Da langtidsvarslet i fjellet var veldig bra, funderte Elena på om hun skulle spørre Line om hun kunne tenke seg å bli med, men hun husket reaksjonen til Line sist hun hadde bedt henne bli med på en slik tur. Å tro at Line ville være med denne gangen kunne hun sikkert bare glemme. Alternativt kunne hun høre med Vigdis, men hun slo også det fra seg. Det enkleste var nok å holde Vigdis helt utenfor alt som hadde med Jan å gjøre. Hun fikk heller finne på unnskyldninger dersom det skulle bli aktuelt å fortelle henne om Jan. Vigdis kom aldri til å forstå noe av det, det var Elena i alle fall helt sikker på.

En smule resignert tok Elena opp mobiltelefonen og ringte nummeropplysningen. Hun ba om telefonnummeret til Skogadalsbøen Fjellhytte, eller et sted med et lignende navn. Operatøren spurte hvilket fylke det lå i, og Elena antok det måtte være i Sogn og Fjordane.

«Skal vi se», svarte mannsstemmen, «det må være Skogadalsbøen Turisthytte du mener? Øvre Årdal? Kan det stemme?»

«Ja, det er sikker riktig.»

«Skal jeg sette deg over eller vil du ha nummeret?»

«Takk, sett meg gjerne over.»

Elena hørte det begynte å ringe i den andre enden av telefonen. Hjertet hennes banket fortere, det fortsatte å ringe uten at noen svarte. Elena var i ferd med å bryte forbindelsen da hun hørte en stemme si: «Skogadalsbøen Turisthytte, det er Fredrik du snakker med!»

«Hei», utbrøt Elena overrasket, hun tok telefonen til øret igjen, «mitt navn er Elena Follnes. Dette vil høres litt rart ut, men jeg håpet kanskje at du kunne hjelpe meg. Jeg er på jakt etter en person som trolig har vært gjest hos dere, for en tid tilbake. Det er en person som dessverre er død nå, han omkom i en bilulykke, men han bodde hos dere, på Skogadalsbøen altså, en gang da han var på jakt. Og nå forsøker vi å spore opp sønnen hans. Jeg ..., *vi* håpet å finne ut av det ... Vi tenkte først å høre med dere.»

Elena visste plutselig ikke hvordan hun skulle ordlegge seg og hun stotret frem ordene. Det ble stille i den andre enden en liten stund.

«For å være helt ærlig er det du spør om noe vi normalt ikke svarer på. Vi har annet å gjøre enn å bruke tid på slikt, for å si det rett ut.»

«Det har vi forståelse for, men dette er viktig, og vi står litt fast for å si det slik.» Elena overrasket seg selv med den formelle tonen hun brukte. «Han var hos dere en høst, mener jeg, han var på jakt og bodde hos dere. Jeg vet dessverre ikke hvilket år det var, men det kan neppe ha vært så forferdelig lenge siden.»

Elena tok en sjanse, hun hørte at forklaringen var syltynn.

«Er du fra politiet eller noe sånt?»

«Nei, ikke politiet, men fra fylket.»

Elena følte hun måtte si noe som hørtes troverdig ut. Det var på en måte ikke usant heller, hun ringte fra Bergen, i Hordaland fylke.

«Når var han her, sa du?»

«Det er det som er problemet, det vet vi dessverre ikke.»

«Det er mange som jakter her oppe. Dersom du ikke vet hvilket år det er snakk om, er det nok umulig å svare på.»

«Det vi vet er at de var tre personer sammen, de jaktet på fugl.»

«På rype altså, den jakten starter i september. Har du navnet hans?»

«Jeg har bare fornavnet hans. Han het Jan. Jeg vet dessverre ikke etternavnet, det er nettopp det vi forsøker å finne ut av. Men han var sammen med to andre venner, et år det regnet noe voldsomt.» Elena tenkte at det kunne hjelpe å gi litt flere detaljer. «Jeg tror den ene vennen mistet jakthunden sin, den druknet. Den forsvant i en elv, mener jeg, på grunn av et forferdelig regnvær.»

«Det ja, den hendelsen husker jeg veldig godt! Det er ikke lenge sidene det, tre år, nei, var det ikke i forfjor? Det var skikkelig triste greier. Sa du han het Jan? Jeg skal sjekke, og så ringe deg tilbake. Hvilket telefonnummer skal jeg ringe tilbake på?»

Elena ble ganske oppglødd da hun forsto at han hun snakket med en som kjente til ulykken. Men hva skulle hun svare? Om hun gav han nummeret, ville han oppdage at det var et privat nummer hun ringte fra.

«Nei, det er ganske vanskelig å komme gjennom på sentralbordet her, mye trafikk. Det er nok bedre at vi avtaler et tidspunkt jeg kan ringe tilbake på, etter at du har fått sjekket. Når tror du at jeg kan ringe?»

«Ok, jeg skal forsøke å finne ut av det med en gang. Ring meg om tretti minutter.»

«Hvem skal jeg spørre etter dersom du ikke tar telefonen?»

«Fredrik, men det er bare jeg som er her.»

Elena satte seg ned. Hun var helt lamslått. Var det virkelig mulig? Hun kikket på armbåndsuret sitt. Tretti minutter.

Hun kunne ikke gjøre annet enn å vente. Det var som om hvert minutt varte en evighet. Hun fulgte sekundviseren på armbåndsuret som sakte gikk rundt.

Herregud, hvor sent tiden gikk. Tenk om han ikke fant ut noe? Hva skulle hun da gjøre? Fredrik sa han kjente til ulykken! Men hvis han ikke het Jan, hva da? Det kunne da umulig ha skjedd en annen, lignende ulykke? Så tilfeldig var vel ikke verden?

Tankene raste gjennom hodet til Elena. Omsider viste klokken at de tretti minuttene var omme. Elena hadde villet ringe litt tidligere, etter tjuefem minutter, for hun hadde tenkt at det måtte da være mer enn nok tid. Men hun hadde tvunget seg selv til å vente de siste fem minuttene.

«Hallo, det er Elena Follnes igjen, det var jeg som ringte i sted, om han som het Jan og den hendelsen med den hunden.»

«Ja, hei, det er Fredrik her. Jeg fant ut av det, han heter Jan Steinsland. Han var her for bare to år siden, fra tiende til trettende september høsten 2010. Jeg ser han bodde på annekset, det var nok fordi at de hadde hunder med seg. Trenger du navnene på de to andre han bodde sammen med? De heter Ole Johan Andreassen og Arvid Sagstad, de bodde her et par dager lenger ser jeg. Om jeg ikke tar helt feil, mener jeg det var han som het Ole Johan som mistet hunden sin.»

Elena forsøkte å notere mens Fredrik snakket. Hun klarte nesten ikke å høre hva Fredrik sa, hjertet hennes banket ukontrollert, det var som om hun holdt på å eksplodere. Var det virkelig mulig!

«Æh ... tusen takk skal du ha, dette var til stor hjelp. Det var utrolig hyggelig av deg å bruke tid på dette ... på så kort varsel», la Elena til, hun var så tørr i munnen at hun hadde problemer med å snakke.

Elena avsluttet samtalen, hun måtte holde seg for ikke å skrike ut i ren ekstase. Det var altså sant, alt sammen! Akkurat slik hun hadde ment hele tiden. Jan hadde levd!

Da Elena omsider klarte å roe seg ned, begynte hun

å tenke etter. Hva var det egentlig Fredrik hadde sagt? Elena kikket på notatene, og en merkelig tanke slo ned i henne. Fredrik hadde sagt at Jan var der fra tiende til trettende september i 2010. Han hadde altså omkommet den trettende. Når var det hun lå på sykehuset? Hun var i Marokko tidlig i juni og hun kom hjem midt i juni? Hun ble vel innlagt på sykehuset noen måneder senere?

Elena husket plutselig sykemeldingen hun fikk da hun ble skrevet ut. Hun gikk ut i entreen og trakk ut skuffen i det lille bordet som sto like ved stativet med ytterklærne. Hun rotet febrilsk i skuffen. Der var sykemeldingen! Hun brettet ut det foldete arket og leste. Dateringen var fredag den 24. september! Hjertet hennes hadde stoppet samme dag som hun ble innlagt. Det var en mandag. Hun ble skrevet ut en fredag ettermiddag, nesten to uker senere. Elena forsøkte å telle tilbake. Mandag til søndag var syv dager og mandag til fredag, fem dager. Det ble vel totalt tolv dager?

Lamslått gikk sannheten opp for Elena. Var det virkelig mulig? Det måtte ha vært den trettende september. Hjertet hennes hadde stoppet den samme dagen Jan døde!

Erkjennelsen kom som et sjokk på Elena, hun følte seg både kald og varm på samme tid. På uforståelig vis var kanskje de fem til seks minuttene hjertet hennes hadde stoppet det samme tidspunktet Jan døde.

Elena forsøkte å ta seg sammen, men det var omtrent ikke mulig å få til en eneste klar tanke. Et slikt sammentreff måtte da være fullstendig usannsynlig? Hun hadde lenge prøvd å finne en forklaring på hvordan hun kunne vite om Jan. Hadde livet til Jan blitt overført til henne på grunn av at de døde samtidig? Tanken fikk henne nesten til å falle av stolen hun satt i.

Elena ristet på hodet, hun måtte forsøke å samle seg. Hun reiste seg og gikk ut på kjøkkenet og fylte opp et glass vann og tømte det. Deretter fylte hun opp glasset på nytt og gikk tilbake til stuen og satte seg ned. Hun var ganske opprørt over det hun hadde kommet frem til. Hadde det skjedd en slags tankeoverføring mellom henne og Jan? Men hvordan kunne et helt liv bli overført til henne på bare få minutter?

25

Det verste sjokket Elena hadde fått etter samtalen med Fredrik, hadde begynt å gi seg. Hun følte hun hadde gått med en slags hjerteflimmer i flere dager. Det var selvsagt positivt å få bekreftet at Jan hadde levd, men den umiddelbare gleden hun først hadde følt, hadde blitt fullstendig overdøvet av en lammende redsel da hun ble klar over at ulykken til Jan måtte ha skjedd samtidig med hennes egen hjertestans. Elena klarte nesten ikke å tenke tanken. Hun hadde forsøkt å skyve den bort, men den kom bare tilbake til henne. Var det virkelig Jan som hadde vært hos henne? Hvordan kunne hun ellers vite om ham? Og hvordan kunne det i så fall være mulig?

Et par uker etter telefonsamtalen med Fredrik kom Elena hjem fra jobb. Hun hadde vært innom kjøpesenteret og kjøpt seg ferdigmat. Det hadde ikke blitt mye matlaging den siste tiden. På jobben gjorde hun det hun skulle, men hun merket at det var en viss irritasjon i avdelingen over at hun var så ordknapp og mentalt fraværende. Hver gang Vigdis spurte henne om de skulle møtes, sa Elena at hun var opptatt.

«Du er opptatt hele tiden, Elena. Hva i alle dager er det du holder på med?»

Men Elena hadde ikke noe godt svar på det. Hver gang de traff hverandre i kantinen, kunne hun ikke unngå å se skuffelsen i øynene til Vigdis. Men å forklare Vigdis hva som foregikk, ville hun ikke. Det var allerede komplisert nok med Line.

Da Elena hadde fått i seg middagen, en pakke med Fjordland «Sweet and Sour», tok hun frem notatblokken sin. Hun måtte foreta seg noe, tenkte hun. Ett eller annet, samme hva det var, hun kunne ikke bare holde på med denne grublingen. Heldigvis hadde hun skrevet ned navnene på jaktvennene til Jan som Fredrik hadde gitt henne. Ole Johan Andreassen og Arvid Sagstad. Elena slo opp i Gule Sider. Hun fant begge navnene og telefonnumrene deres. De hadde begge adresser i Bergen.

Elena grep mobiltelefonen.

«Hallo, det er Ole Johan.»

«God dag. Mitt navn er Elena Follnes. Kan jeg forstyrre deg et øyeblikk?»

«Det kommer an på det. Hva gjelder det?»

Stemmen var mørk, men virket vennlig.

«Det gjelder Jan Steinsland. Jeg har forstått at du var jaktkamerat med han?»

Elena holdt pusten, hun ventet spent på en respons, en bekreftelse. Selv om hun hadde fått oppgitt navnet av Fredrik, kunne det fremdeles vise seg at det var noe som ikke stemte.

Elena fikk ikke noe svar.

«Jeg leter etter søsteren til Jan, Fride Steinsland», fortsatte Elena litt nervøs. «Jeg har fått vite at du var en venn av Jan. Jeg håpet kanskje du kunne hjelpe meg?»

Elena tok sjansen på å si navnet til Fride, selv om hun ikke kunne være helt sikker på at Jan hadde en søster, eller om han hadde det, at navnet var riktig.

«Eller kanskje du vet hvor foreldrene hans bor, da kan jeg selvsagt kontakte de», fortsatte Elena.

«Tør jeg spørre hvem det er som ringer?» kom det nølende fra Ole Johan.

«Elena Follnes. Jeg er en ... Jeg kjente Jan.»

«Hvordan kjente du han? Du får unnskylde meg, men jeg synes det er litt spesielt at en fremmed ringer meg og spør om han på denne måten. Og jeg kan heller ikke huske at Jan fortalte meg noe om deg.»

«Nei, det gjorde han nok ikke, det kan jeg forklare. Saken er den at Jan har en sønn. Sønnen til Jan ønsker å få kontakt med sin tante, Jans søster. Sønnen har aldri truffet verken Jan eller familien til Jan.»

Det ble stille.

«Jan hadde en samboer, i flere år», svarte Ole Johan omsider, «men jeg mener han var barnløs helt til sin død. Han sa aldri til meg at han hadde en sønn.»

Elena hørte at Ole Johan var skeptisk.

«Nei, naturlig nok, Jan fikk dessverre aldri vite at han hadde en sønn.»

Elena holdt pusten. Hun var spent på reaksjonen til Ole Johan.

«Det var litt av en nyhet må jeg si. Og hvem er så du? Er du moren hans kanskje?»

Elena ville ikke lyge, så hun unngikk å svare direkte.

«Jeg fikk vite navnet ditt da jeg snakket med en som jobber på Skogadalsbøen, der dere jaktet sammen før Jan omkom.»

«Jeg forstår. Det var forferdelig trist med Jan», sa Ole Johan. «Foreldrene hans bodde i søndre bydel, tror jeg. Jeg mener å huske at det var i Fageråsveien. Jans foreldre er dessverre for lengst døde, de gikk begge bort før Jan. Søsteren til Jan var i Jans bisettelse», fortsatte Ole Johan, «hun og ... det var sikkert mannen hennes, jeg kjente dem ikke. Jeg kan dessverre ikke hjelpe deg der.» Han var stille en stund, før han fortsatte. «Jan og jeg var kjente til hverandre helt fra vi var smågutter. Vi gikk i samme klasse på barneskolen og vi vokste opp i samme bydel. Men det var først i voksen alder at vi ble venner. Da Jan døde, bodde han i Fyllingsdalen, jeg mener han leide ut huset til foreldrene etter at de gikk bort.»

Elena tenkte seg om, men hun fant ikke på noe mer å spørre om.

«Vel, takk skal du ha. Det var i alle fall fint at jeg fikk snakket med deg. Tusen takk for hjelpen.»

Selv om Ole Johan ikke hadde noe å fortelle Elena om Jans søster, var Elena likevel fornøyd. Hun hadde fått en ny bekreftelse på at Jan hadde eksistert.

«Kan jeg spørre deg om når du var sammen med Jan?» spurte Ole Johan før Elena fikk brutt samtalen.

«Det med sønnen skjedde nok litt tilfeldig», svarte Elena litt nølende, usikker på hva skulle hun si.

«Såpass, det må jeg si. Og Jan visste ikke om det? Om sønnen, mener jeg.»

«Nei, han gjorde nok ikke det. Det er nok bare slik det er, men det har sin forklaring, uten at jeg har lyst til å komme inn på det.»

«Nei, bevares, for all del, det forstår jeg. Jeg beklager virkelig at jeg ikke kan hjelpe deg med å finne søsteren.»

«Tusen takk for at du ville snakke med meg uansett. Det var veldig hyggelig av deg.»

«Han var en god venn, et flott menneske, selv om han slet litt med seg selv», sa Ole Johan. «Du får ha lykke til med å finne søsteren.»

«Takk skal du ha. Ha det riktig bra du også.»

Den første innskytelsen etter samtalen med Ole Johan var å ringe Line. Men etter å ha tenkt seg litt om, ombestemte Elena seg. Hun følte seg nesten litt ute av balanse og tenkte derfor at det var bedre å vente. For akkurat som da hun hadde snakket med Fredrik, kom den samme merkelige følelsen av både begeistring og uro tilbake. Selv om Elena innerst inne hele tiden hadde tenkt at Jan måtte ha levd, var det noe ganske annet å få det bekreftet. Nå hadde hun snakket med to forskjellige personer som begge sa de hadde kjent Jan. Det måtte vel være et godt bevis?

Dagen etter gikk Elena tidlig fra jobb. Hun hadde et viktig ærend sa hun.

«Men hva med møtet klokken tre?» spurte Vidar da Elena traff han på vei ut av bygningen.

Elena hadde helt glemt møtet.

«Beklager, men det er kommet noe brått på, jeg må løpe. Du må utsette møtet, gir du beskjed til de andre?»

Vidar ristet oppgitt på hodet da Elena småløpende forsvant ut av bygningen. Hun måtte nå Statsarkivet før de stengte.

Det var da Elena søkte på nettet etter «finne personer» og «finne slektninger» at hun hadde kommet over noe som het Arkivverket. Elena hadde aldri reflektert over hva Statsarkivet var. At det hadde noe med arkiv og slikt, som navnet fortalte, var ganske opplagt, men ikke noe ut over det.

Bygget lå godt synlig til fra Årstadveien, men likevel diskre tilbaketrukket bak noen store japanske kirsebærtrær som vokste som en allé langs Årstadveien og var et praktfullt skue i blomstringstiden om våren.

Elena svingte av fra Årstadveien og parkerte bilen på parkeringsplassen som lå like bak bygningen. Like innenfor hovedinngangen var en resepsjon og bak den sto en kvinne som stirret konsentrert inn i en dataskjerm.

«Unnskyld, kan du hjelpe meg?» spurte Elena usikkert.

«Ja, selvsagt», svarte kvinnen. Hun så opp på Elena og smilte hyggelig.

«Jeg leter etter adressen til en familie som har bodd her i Bergen. Men jeg kjenner bare etternavnet til foreldrene og fornavn på barna deres.»

Kvinnen bak resepsjonen stirret spørrende på Elena.

«Du har forsøkt i telefonkatalogen eller telefonopplysningen?» spurte hun.

«Ja, alt det der har jeg prøvd. Problemet er at foreldrene ikke lever lenger. Jeg forsøker å finne ut hvor det var de bodde her i Bergen da de levde. Jeg tror det var i søndre bydel, men jeg er ikke helt sikker.»

«Barna da, du sa du hadde navnene deres?»

«Bare fornavnet til to av dem. To er døde. Det er bare datteren som fremdeles lever, og jeg tror hun er gift og da kan hun ha fått et annet etternavn.»

«Hm, det er kanskje mulig å finne ut av det likevel. Vi har adresselister over hvem som har bodd i de fleste gatene i Bergen, i alle fall fra like etter krigen og fremover. Bli med meg, så skal jeg vise deg.»

Elena fulgte etter kvinnen, de gikk ned en trapp som førte til underetasjen. Like ved der de kom ned, var et titalls stoler plassert rundt et stort, avlangt bord, satt sammen av flere arbeidspulter i rekke.

«Her kan du sitte», forklarte kvinne og pekte, «og her», hun fortsatte mot en bokhylle med bøker som dekket halve veggen, «er bøker med adresser og navn på beboere i Bergen. Du kan enten lete ved å slå opp på etternavnet eller ved å slå opp på gatenavn. Her ser du for eksempel», hun åpnet boken og pekte på teksten, «at for Torgalmenningen er det en oversikt over de personene som bodde på de forskjellige gatenumrene der. Og her, i bakerste del i adresseboken, kan du slå opp på etternavn. De står i alfabetisk rekkefølge, for hvert etternavn finner du en tilhørende bostedsadresse. Denne oversikten her er fra 1962. Trenger du å gå lenger tilbake i tid, kan du se i disse bøkene her.» Hun pekte på flere bøker som sto stablet ved siden av hverandre. «Men det er kanskje ikke aktuelt å gå så langt tilbake i tid?»

«Nei, jeg tror ikke det er nødvendig», svarte Elena. «Jeg tror de må ha bodd her fra syttitallet og frem til åtti- eller nittitallet.»

«Dersom det er noe du stusser på, kan du spørre veilederen som sitter der borte.» Kvinnen nikket mot en middelaldrende dame som satt like ved den ene enden av det lange bordet, før hun forsvant opp trappen de nettopp hadde kommet ned.

Elena satte seg ned på den nærmeste stolen. Det var to andre personer som satt rundt det lange bordet. En ung kvinne og en eldre mann. Mannen nikket vennlig til henne. Elena begynte å bla i en av adressebøkene. Hun slo opp på Fageråsveien og fulgte linjene nedover. Det var listet opp navn på personer som bodde ved hvert gatenummer. Først et etternavn, og bak det fornavn. Det måtte være hele familier.

«Fageråsveien 3, Fageråsveien 4.» Elena fulgte linjene nedover. Det var ingen som het Steinsland i Fageråsveien. Elena kjente hun begynte å bli urolig.

«Hva var det Ole Johan sa gaten het? Han sa da Fageråsveien? Kanskje han husker feil, kan det være Fageråsen?» mumlet Elena for seg selv. «Jeg får se etter der.»

Den unge kvinnen virket irritert over mumlingen til Elena, hun stirret på Elena med et surt uttrykk. Elena merket det og smilte unnskyldende tilbake.

Etter å ha bladd gjennom flere sider fant Elena det hun lette etter. Det sto fire navn skrevet etter hverandre:

Fageråsen 145; Steinsland
- Jan
- Martha
- Jan Erik
- Fride

Elena kjente at hun ble varm og at pulsen gikk fortere, det var som hun hadde funnet en verdifull skatt.

«Jan, Martha, Jan Erik, Fride.»

Elena leste opp navnene, sakte og forsiktig, som om det var gammelt porselen hun var redd ville knuse i tusen biter.

Elena gikk bort til veilederen.

«Unnskyld, disse navnene her, det er en familie, ikke sant?» spurte Elena og pekte på de fire navnene som sto i adresseboken.

«Jo, det stemmer nok», svarte veilederen.

«Men hvordan vet en hvem som er foreldre og hvem som er barn?»

«Det er rekkefølgen som forteller det. Først kommer far, så mor og deretter barna, vanligvis etter alder, den eldste først.»

«Men jeg tror det er en gutt som mangler her, han var yngst. Vet du hva som kan være grunnen til at han ikke står her?»

«Dersom han var født da denne registreringen ble gjort, burde han ha vært med. Men du må huske på at registreringen på den tiden foregikk manuelt og derfor kunne det gå litt tid mellom registrering og utgivelse. Og det kan selvsagt også være en og annen feil. Vet du at han var født da?»

«Nei, det vet jeg ikke, det er mulig det er det som er problemet, han var en del yngre enn de to andre», svarte Elena.

Elena forsto nå at Jan mest sannsynlig het Jan Erik. Tydeligvis var han oppkalt etter sin far, og at han sannsynligvis kun hadde brukt det ene navnet, Jan.

«Disse adresselistene», fortsatte Elena, «er det mulig å finne ut hvor lenge de har bodd på denne adressen?»

«Det er nok litt mer problematisk vil jeg tro. Den boken du har her er vel fra sekstitallet, mener jeg.» Hun gransket boken Elena hadde sett i. «Jo, det stemmer, den er fra 1968. Skal du finne ut hvor lenge de bodde på samme adressen, må du eventuelt se i de andre adressebøkene som er fra senere tidspunkt.»

«Men, hvor finner jeg adresselister fra etter 1990?»

«Det har vi dessverre ikke her, da må du nok finne en telefonkatalog fra den tiden.»

Elena tenkte seg litt om.

«Er det mulig å finne ut hvor hun bor i dag?» Elena pekte på navnet til Fride.

«Da må du nok ha litt mer informasjon, ellers kan det bli vanskelig. Har du fødselsåret hennes?»

«Nei, dessverre», svarte Elena, «jeg har ringt til nummeropplysningen og sett i Gule Sider. Hun har sikkert et annet etternavn nå, for jeg tror hun er gift.»

«Det er mulig du kan forsøke folkeregisteret, men da må du nok søke de om å få ut slik informasjon. Det har noe med personvern å gjøre. Dersom du ikke har en spesiell begrunnelse, tipper jeg det kan bli vanskelig. Og dersom du bare har pikenavnet hennes og ikke noe mer, tror jeg uansett du kan få problemer med å finne ut av det.»

Elena takket for hjelpen, hun pakket sammen sakene sine og dro hjem.

Selv om hun var glad over å ha funnet adressen til Jan og familien hans, var Elena frustrert over at hun ikke hadde klart å finne ut noe mer konkret om Fride.

Elena søkte i Gule Sider og fant flere personer som het Steinsland. Noen bodde i Bergen, flere i omegnen rundt Bergen og andre var spredt rundt om i landet. Men Fride Steinsland fant hun ikke.

I mangel av noe bedre fremgangsmåte ringte Elena til telefonopplysningen.

«Kan jeg få telefonnummeret til de som bor i Fageråsen 145 i Bergen?»

«Det er en Jon Andersen som er registrert på den adressen», svarte operatøren etter en liten stund. «Skal jeg sette deg over?»

«Nei takk, bare la meg få telefonnummeret.»

Elena slo telefonnummeret hun fikk oppgitt. Det var en kvinnestemme som svarte: «Hallo, det er Ragnhild.»

«God dag, mitt navn er Elena Follnes. Unnskyld, men jeg er på jakt etter en familie som har bodd på deres adresse tidligere. Jeg håpet kanskje at du hadde informasjon om dem, om hvor de bor nå?» Elena var ille til mote, for hun forsto at det hun spurte om hørtes merkelig ut. «Jeg mener de het Steinsland, de som bodde på adressen før dere. Men jeg klarer ikke å finne ut hvor de bor nå», forklarte Elena i håp om at det skulle høre litt mer troverdig ut.

«Beklager, jeg kommer ikke på hva de het de som bodde her, men Steinsland tror jeg ikke det var.»

«Nei vel, men tusen takk for hjelpen likevel», svarte Elena. «Du syns sikkert det er rart at noen ringer og spør på denne måten, men jeg har vært utenlands ganske lenge, og så er det en i familien, lenger ute i slekten, som jeg håpet å få kontakt med.» Skuffet forsøkte Elena å finne på en forklaring. «Men, kan jeg spørre deg om dere har bodd lenge på denne adressen?»

«Lenge og lenge, vi flyttet inn her for ...», kvinnen på den andre siden nølte litt, «det er vel omtrent to år siden nå. Jeg husker som sagt ikke hva de het, men det var et yngre par, og jeg tror de bare leide huset. Vi kjøpte det av noen andre, av de som eide huset.»

Elena husket plutselig at Ole Johan hadde fortalt at Jan leide ut huset etter at foreldrene hans døde.

«Det er de dere kjøpte huset av som jeg er på jakt etter.»

«Det var et ektepar, jeg mener de bodde lenger nord på Vestlandet et eller annet sted, men hvor husker jeg ikke. Jeg vet dessverre heller ikke hva de heter.»

Elena forsto at det ikke var noe poeng å fortsette samtalen, men la likevel til: «Si meg, du husker ikke tilfeldigvis om kvinnen dere kjøpte huset av het Fride?»

«Jo, vet du ...», svarte kvinnen, hun tenkte tydeligvis etter, «når du sier det. Det mener jeg faktisk at hun het. Det er et såpass spesielt navn at jeg la merke til det. Når du nevner det, tror jeg det stemmer.»

Elena ble ivrig igjen. Fride hadde selvsagt arvet huset sammen med Jan. Hun hadde nok bare solgt det med en gang, etter at Jan døde.

«Det er ikke mulig for deg å finne ut etternavnet deres, tror du? Jeg ville sette uendelig stor pris på om du har mulighet til å hjelpe meg.»

«Jeg skal snakke med mannen min. Kanskje han husker det, eller at han kan finne ut av det. Men jeg har ikke mulighet til å kontakte han nå, han er på utenlandsreise, på en ekspedisjon. Han arbeider på Havforskningsinstituttet og er nedi Antarktisk et eller annet sted, på et forskningsskip. Men han ringer meg av og til på satellitt-telefon. Husker jeg på det, så skal jeg spørre han neste gang vi snakker sammen. Men han er i alle fall tilbake om et par måneder, han har sikkert kontrakten fra huskjøpet liggende et eller annet sted. Jeg kan gjerne notere navnet og telefonnummeret ditt og ringe deg tilbake, når jeg har fått snakket med han.»

26

Elena følte seg litt bedre til mote. At hun ville finne Fride sitt etternavn var hun nå ganske sikker på. Det var bare snakk om tid. Mannen til Ragnhild Andersen husket sikkert Fride sitt etternavn. Han hadde sannsynligvis en kopi av salgskontrakten, og om ikke, kunne han sikkert kontakte megleren som solgte huset. Elena var optimistisk.

Men etter noen dager kom usikkerheten tilbake. Hva om hun måtte vente i flere måneder før Jon Andersen var tilbake fra ekspedisjonen? Og selv om hun skulle finne Fride, innså Elena at når ikke Jan visste om sønnen sin, så var sjansen stor for at Fride heller ikke kjente til han. Det virket som et blindspor, det måtte være en annen måte å finne sønnen på. Den beste løsningen ville antagelig ha vært å spore opp moren hans, Anne. Men hvordan skulle hun finne henne?

Det slo Elena at da hun hadde snakket med Fredrik på Skogadalsbøen, hadde han funnet navnene til Jan og vennene i en bok hvor de hadde skrevet seg inn. Det var kanskje vanlig at folk som besøkte turisthytter skrev seg inn i en gjestebok? Jan hadde møtt Anne på Heinseter. Kanskje Jan og Anne hadde skrevet seg inn i en slik bok da de var der? Og fant hun Jan sitt navn, ville hun kanskje også finne Anne og etternavnet hennes. Hadde ikke Anne skrevet i brevet at sønnen var voksen? Og mente ikke Jan at Anne hadde vært i trettiårene da de var sammen? Kanskje Jan traff Anne like etter han hadde vært i militæret? Det måtte ha vært ganske lenge siden. Dersom de tok vare på gjestebøkene, kunne hun kanskje finne ut av det, tenkte Elena begeistret.

Elena ringe til Heinseter.

«Hei, mitt navn er Elena Follnes. Jeg er på jakt etter en person som var hos dere for kanskje tjue eller tretti år siden. Jeg lurer på om dere har en slik hyttebok hvor folk som besøker dere skriver navnet sitt i?»

«Vi har egen gjestebok ja.»

«Men oppbevarer dere bøkene slik at det er mulig å finne en gjest som har vært hos dere for lang tid tilbake?»

«Ja, det er kanskje mulig det, vi oppbevarer i alle fall gjestebøkene.»

«Gjør dere virkelig det?» utbrøt Elena ivrig. «Oppbevares bøkene på Heinseter?»

«Ja, jeg mener vi har alle her på Heinseter.»

«Du verden, så fantastisk. Men dette er kanskje tjue–tretti år siden?»

«Vi har lenger tilbake enn det, i alle fall tilbake til seksti-tallet.»

Elena var lettet. Var det virkelig så enkelt?

«Kan dere hjelpe meg å finne ut når en bestemt person var hos dere, dersom jeg vet navnet på vedkommende?»

«Nei, jeg beklager, det kan vi nok ikke. Vi har ikke tid til å gjøre slike ting, men du er hjertelig velkommen hit til Heinseter, så kan du lete selv.»

«Ja, tusen takk skal du ha.» Elena tenkte seg litt om. «Jeg tror nok kanskje jeg må finne ut litt mer sikkert hvilket år det gjelder først. Men takk for hjelpen.»

Søren heller, tenkte Elena etter at hun hadde lagt på røret. Det var positivt at de oppbevarte de bøkene, men hvordan skulle hun finne ut hvilket år Jan hadde vært der? Hvor gammel var Jan da han døde? Anne hadde skrevet at hun hadde lovet å fortelle sønnen hvem som var faren når han ble voksen? Kanskje det var ledetråden? Jan måtte altså ha vært på Heinseter i alle fall atten år før han døde, altså tilbake til omtrent 1992.

Dagen etter ringte Elena til Heinseter for å bestille overnatting. Hun fikk vite at hun kunne ta båt fra Halne og at båten gikk daglig frem til siste søndag i september.

Lørdag, to dager senere, parkerte Elena ved Halne Fjellstuer. Hun gikk inn i kaféen og henvende seg til en kvinne som sto bak disken.

«Hei, jeg skal til Heinseter med båten som går klokken tre. Er det her jeg kjøper billett?»

Kvinnen bak disken smilte til Elena.

«Jo, det stemmer nok det. Er det én voksen du skal ha?»

«Ja takk.»

Elena kjøpte tur-retur-billett. Mens hun ventet klarte hun ikke la være å se på maten som lå bak disken.

«Jeg skulle gjerne hatt noe å spise, men det har jeg vel ikke tid til?»

Det var tjue minutter til båten skulle gå.

«Det tror jeg ikke blir noe problem. Vi har noen rundstykker. Du kan ta de med deg om du vil. Kaffe eller annen drikke finner du i disken.»

«Gi meg to av de rundstykkene der», sa Elena og pekte mot rundstykkene med ost og skinke, «og en kopp kaffe, takk.» Elena så seg rundt mens hun ventet på maten. «Kan jeg parkere her oppe?»

«Det er en parkeringsplass like ved kaien. Det er en betalingsautomat der, bare husk å legge kvitteringen synlig i frontruten.»

Selv om hun bak disken påsto at hun hadde god tid, heiv Elena maten i seg så fort hun klarte.

«Takk for meg», hilste Elena idet hun løp ut døren, og hun hørte så vidt hun bak disken rope «god tur» da den slo igjen bak henne.

Kaien lå om lag femti meter nedenfor hovedveien. Den stakk ut mellom tre båthus på den ene siden, og det som så ut som en hytte som lå på den andre siden. Elena parkerte bilen ved automaten som sto like ved innkjørselen til parkeringsplassen. Etter å ha låst bilen og forsikret seg om at kvitteringen lå synlig i frontvinduet, slengte Elena sekken over ryggen og småløp bort til båten som ventet med motoren i gang.

Elena hadde aldri vært på Hardangervidda før. Det å gå helt alene i et ukjent terreng var noe hun hadde kviet seg til. Gode turklær hadde hun på seg og det var ikke det at hun var uvant med å gå i fjellet, men det å være overlatt til seg selv langt inne i et øde landskap var noe helt annet. Det var ingen andre som skulle til Heinseter.

Elena sto igjen ved den lille kaien en liten stund og betraktet kjølvannet som virvlet i vannet etter båten som forsvant rundt et lite nes. Elena skuttet seg og angret seg allerede. Tenk om hele turen ble mislykket. Tanken på det hun skulle lete etter på Heinseter gjorde henne enda mer motløs. Hvorfor ville hun egentlig finne personer hun aldri hadde kjent? Det føltes som å løpe etter skygger og fantasier, som å lete etter en annen virkelighet enn hennes egen. Hun klarte jo nesten ikke å leve sitt eget liv lenger, sitt eget liv i sin egen virkelighet. Elena sukket høyt over sin egen tåpelighet og hun lot blikket gli mot stien. Hun kunne se innover den endeløse vidden, det var helt stille. Til og med den svake motorduren fra båten var for lengst borte. Det var en underlig følelse, ensom og forlatt, som om hun var den eneste som var igjen i denne verden. Det var vel bare å få det overstått. Å komme seg tilbake til Halne nå var uansett helt umulig.

Elena begynte å gå. Det var nesten som hun måtte tvinge seg til å ta de første skrittene. Det var ubehagelig, og hun følte nesten som om hun ikke var velkommen der hun gikk.

Stien mot Heinseter viste seg å være lettgått, den var bred, og de røde T-merkene som var malt på steiner som stakk opp fra bakken, kunne sees på lang avstand. Enkelte steder, der bakken var våt, nærmest myrete, var det lagt ut klopper av kraftige trestokker, enkeltvis eller to i bredden, som gjorde at det var mulig å komme seg tørrskodd over de våte områdene. Men stort sett gikk stien på tørt og hardt underlag.

Etter å ha gått i nærmere en time, stoppet Elena opp. Hun fant frem en vannflaske som hun hadde med seg i sekken. Å gå slik fikk kroppstemperaturen opp og hun hadde etter hvert blitt ganske varm, så hun tok av seg anorakken og trakk av seg genseren. Deretter la hun genseren ned i sekken og tok på seg anorakken igjen. Den lille brisen som blåste mot henne var sval, nesten kjølig. Det gjaldt å ikke stå i ro for lenge. Hun drakk et par slurker til av vannflasken og stakk den tilbake i sekken før hun fortsatte.

Det var rart å gå slik, så langt av sted fra alt og alle. Det var litt skremmende også, å gå slik mutters alene. Dersom hun hadde forsvunnet, om noe hadde skjedd henne, ville hun kanskje aldri blitt funnet.

Etter nok en stund stoppet Elena opp igjen. Hun var kommet til en høyde og hun kunne se at landskapet snodde seg nærmest uendelig i alle retninger. Egentlig var det helt utrolig vakkert, og det var så fredelig og stille overalt. Det var ikke rart at Jan var så fasinert av fjellet. Langt borte, i samme retning som Elena hadde kommet fra, men litt lenger mot vest, kunne Elena skimte flere små vann. De strakte seg videre mot vest. Elena studerte kartet som hun hadde i en plastlomme hengende i en snor rundt nakken. Var det Skaupsjøen hun så? Elena løftet blikket og stirret mot det sølvblanke vannet.

«Skaupsjøen», hvisket hun halvhøyt for seg selv, «det må være der Jan og Anne var sammen, det må være der det skjedde.»

Elena sukket høyt og smilte for seg selv før hun snudde seg og fortsatte. Skrittene virket plutselig lettere å ta. En merkelig følelse av glede begynte å vokse inne i henne. Det var virkelig fantastisk å ha kommet seg så langt inn i dette vakre landskapet. Aldri i livet ville hun ha tenkt på å ta en slik tur hvis ikke det hadde vært for Jan. Og til hennes overraskelse var det heller ikke så ensomt som hun hadde fryktet da hun begynte å gå. Flere ganger så hun ryper som fløy opp like ved stien, og småfuglene danset i luften. Insektene surret rundt henne og selv myggen som svevde tett ved de våte områdene hun måtte passere, fortalte at det var liv overalt.

Elena kunne ikke la være å smile. Det var merkelig at hun hadde følt seg så forkommen litt tidligere. Og det var noe annet også, alle bekymringene og de merkelige tankene hun hadde hatt. Her ute på vidden kunne hun ta frem alt dette, og det var som det bare forsvant og ble til intet. For eksempel bekymringene om forholdet mellom henne og Vigdis. Det var unødvendig å ha dårlig samvittighet, Vigdis var voksen, og hun visste godt hva hun kunne forvente av Elena.

Og utfordringene med Terje på jobben. Han var alltid imot henne, og det irriterte Elena veldig. Flere ganger hadde hun nesten mistet besinnelsen. Men nå, mens hun gikk og tenkte på hva hun burde si til ham, innså hun at det egentlig ikke var så mye å hisse seg opp over.

Selv tanken på Jan og muligheten for at de døde samtidig, gikk det an å tenke på. Det hadde vært ubehagelig at det kunne være slik, men her ute på vidden klarte hun å legge fra seg de merkelige følelsene hun hadde hatt rundt det. Nå virket det mer som en interessant tanke å utforske.

Var det slik at alt en opplevde ble lagret på en måte som tillot dem å overføres som minner når en døde? Det var en fasinerende tanke. Men hvorfor ble de i så fall overført til henne? Det var sikkert flere som døde den dagen, ikke bare henne. Kunne det være slik at noe slikt måtte skje mellom to som døde på nøyaktig samme tidspunkt? Var det nøkkelen, eller var det andre forutsetninger som måtte være til stede? Elena ville i hvert fall aldri klare å finne ut om Jan døde på akkurat samme tidspunkt som hennes hjertestans hadde skjedd. Det kunne selvfølgelig være det som forklarte sammenhengen, men ble det ikke likevel veldig tilfeldig? Nei, det måtte være noe annet i tillegg. Jan hadde jo sagt til henne at hun ville forstå og at han ville komme tilbake. Hvorfor skulle han si det dersom det var tilfeldig at det var henne? Hun var nesten fristet til å tro at Jan visste nøyaktig hvem hun var, og at det var henne, spesielt henne, han ville skulle vite alt dette. Hadde Jan forstått at hun var en slik person som ville hjelpe han, var det det som var grunnen?

Da Elena hadde gått i nærmere tre timer, og klokken nærmet seg halv sju, førte stien Elena ned mot en klynge med trebygninger som lå tett ved hverandre. Det var Heinseter. Turen hadde vært kortere enn det Elena hadde fryktet. Hun studerte bygningene, det var ikke et menneske å se utenfor, hvor i alle dager skulle hun gå inn?

Hun åpnet døren til hytten som lå til venstre. Innenfor var en lang gang med dører som førte inn til andre rom, sannsynligvis soverom. Elena gikk videre til den neste hytten som lå like nedenfor. Hun åpnet døren, og innenfor var en disk og på disken lå en bok. Elena åpnet boken og så at det var skrevet flere navn i den. Dette måtte være boken hun i telefonen hadde snakket om. På disken, helt inn mot veggen, sto en liten bjelle. Elena tok den opp og ringte forsiktig med den. Bjellen gav fra seg en lys, klingende lyd, og etter en liten stund kom en kvinne ut fra en dør til venstre for disken.

«God dag, velkommen.»

«Hei», svarte Elena, «jeg ringte hit for et par dager siden og bestilte plass. Elena Follnes, heter jeg.»

«En natt går jeg ut fra?»

«Jeg vet ikke helt, en eller to. Litt avhengig av om jeg ...» Elena stoppet, skulle hun fortelle alt på nytt igjen?

«Å ja, var det du som ringte og lurte på om du kunne få bla i de gamle gjestebøkene våre?

«Ja, det er meg», svarte Elena lettet.

«Du kan bo på rom nummer ni, det er hytten like ovenfor her. Middagen er akkurat servert, jeg vet ikke om du vil gå rett inn og spise, eller om du vil skifte først?»

«Jeg trenger nok å få skiftet, særlig på beina. Har jeg tid til det?»

«Det skal gå bra det, men du bør ikke være altfor sen, maten blir fort kald.»

Elena tok nøkkelen til rommet.

«Ikke glem å skrive deg inn», sa kvinnen og nikket mot boken som lå der.

«Nei, selvfølgelig.»

Elena åpnet boken. Det var flere som hadde skrevet seg inn, så hun. Hun kunne ikke la være å tenke på at Jan og Anne kanskje også hadde skrevet seg inn i en slik bok for mange år siden. Kunne svaret virkelig ligge i en av de gamle bøkene?

Da Elena spaserte inn i spisesalen en liten stund senere, så hun at det satt flere gjester rundt bordene og spiste. Bare to bord midt på gulvet var ledige. Elena sto der en liten stund uten helt å vite om hun skulle sette seg ved et av de tomme bordene. Før hun fikk bestemt seg, sa en yngre mann, som satt sammen med en jevnaldrende kvinne ved et av de runde bordene like ved, at Elena var hjertelig velkommen til å sette seg ved deres bord.

«Vi har nettopp satt oss til bords vi også», sa han smilende, «det er bare hyggelig om du vil sitte sammen med oss.»

Elena smilte tilbake og satte seg.

«Takk skal dere ha, det var hyggelig av dere», svarte hun.

«Jeg heter Rita», sa kvinnen da Elena hadde satt seg.

«Og jeg er Knut», sa mannen.

«Hei», Elena nikket kort, «jeg heter Elena.»

«Kommer du fra Tuva kanskje?» spurte Knut nysgjerrig.

«Nei, jeg kom med båten fra Halne.»

«Skal du videre innover i morgen?» Denne gangen var det Rita som spurte.

«Nei, jeg er egentlig ikke på fottur. Det vil si, jeg skal bare hit til Heinseter. Jeg skal tilbake til Halne i morgen eller kanskje det ikke blir før mandag, det er litt avhengig av om jeg blir ferdig tidsnok til å nå båten i morgen.»

Fra døren like ved der de satt, kom en kvinne inn. Hun hadde med seg et fat og en sausekopp.

«Vær så god, jeg skal hente poteter til dere.»

På fatet lå ferdig oppskåret kjøtt og kokte gulrøtter, erter og brokkoli.

«Forsyn deg først du», sa Knut og nikket til Elena.

Det slo Elena hvor hyggelig hun hadde blitt tatt imot, både av henne i resepsjonen og nå her inne ved middagsbordet av Knut og Rita. At de ville la seg forstyrre av en fremmed som henne, overrasket Elena. De var sikkert sammen og ville nok aller helst være alene, men likevel hadde de invitert henne slik at hun slapp å sitte for seg selv.

«Du sa du skulle tilbake i morgen dersom du ble ferdig. Er det noe spesielt du skal gjøre her?» spurte Knut interessert.

«Vel, jeg skal gå gjennom noen bøker som er oppbevart her.»

Knut og Rita stoppet å tygge, overrasket over det Elena sa, de kikket spørrende på henne.

«Det er gjestebøkene, der hvor det står hvem som har overnattet og slikt.»

«Er det frekt av meg å spørre deg hvorfor du skal det? Hva er det du ser etter, er det en person?»

Knut og Rita virket like nysgjerrige begge to.

«Det er litt spesielt», svarte Elena, «jeg leter etter navnet på en kvinne som var her for mange år siden. Det var to personer som traff hverandre her på Heinseter, og jeg vet navnet hans, men ikke hennes.»

Knut og Rita stirret forundret på Elena. Men hva mer kunne Elena si? Om hun begynte å fortelle mer, ville de sikkert bli enda mer forvirret.

«Jeg vet bare at de var sammen, en kort stund på grunn av et brev hun skrev til han. Han døde og brevet ble funnet, men det var delvis ødelagt på grunn av fukt og derfor var navnet hennes uleselig.»

For hvert ord Elena sa, viklet hun seg bare mer og mer inn i en historie som var vanskelig å fullføre, hun måtte finne på noe.

«Det har noe med arv å gjøre, det blir for komplisert å dra hele historien.»

«Det var en spesiell historie må jeg si», kommenterte Knut forundret. «Og de var her på Heinseter?»

Elena ville ikke si noe mer, hun var usikker på hvordan hun skulle forklare seg.

«Ja, de var nok det», svarte hun, og fortsatte å spise.

Det ble stille rundt bordet, alle tre konsentrerte seg om maten.

«Vi har tenkt oss innover mot Rauhelleren i morgen», sa Knut omsider for å bryte tausheten.

Elena nikket og spiste videre, hun visste ikke hvor Rauhelleren var.

Etter at de hadde spist ferdig, ble de sittende. Først forsynte de seg med kaffe og hjemmebakt kake, deretter kjøpte de en flaske rødvin, som Knut spanderte. Selv om både Knut og Rita sikkert undret seg over det Elena hadde fortalt, spurte de ikke mer om det. Knut og Rita fortalte at de var forlovet og at de begge likte å gå i fjellet. Det var slik de hadde truffet hverandre, på en tur i Jotunheimen.

Elena lyttet til Knut og Rita mens de pratet ivrig. Hun kunne se hvor forelsket de var, både i måten de så på hverandre og i den ivrige samtalen deres. Det var ikke vanskelig å forstå at de var både begeistret og lykkelige. Tankene hennes vandret til Henry. De hadde bare fått oppleve lykken i så altfor kort tid. Elena kjente at savnet etter Henry kom tilbake. Hun funderte på hvordan livet hennes ville vært hvis han fortsatt var i live. Elena betraktet de to ved bordet, som ikke kunne ta øynene fra hverandre, og følte seg ensom.

Dagen etter våknet Elena opp til et nydelig vær. Himmelen var helt skyfri og gresset på bakken var hvitt av rim. Folk var allerede i ferd med å forlate Heinseter. Elena hadde stått opp litt etter de andre gjestene. På vei inn til spisesalen møtte hun Knut og Rita, de var tydeligvis ferdig med å pakke og skulle akkurat til å gå.

«Hei, god morgen», sa Rita, «takk for i går, det var veldig hyggelig.»

«Takk i like måte, ha en riktig god tur videre.» Elena smilte og vinket til de to. «Det ser ut til at været blir helt fantastisk.»

«Takk skal du ha, og lykke til med det du skal gjøre», svarte Rita, «jeg håper du finner det du leter etter!»

Etter at Elena hadde spist frokost og alle de andre gjestene hadde dradd av sted, satte hun seg ved et av bordene for å gå gjennom de gamle gjestebøkene. Hun startet med 1995 og bladde seg bakover.

Da Elena hadde gått gjennom flere av bøkene og var kommet helt tilbake til 1985, uten å ha funnet navnet til Jan, kjente hun at humøret endret seg fra spenningen hun hadde følt da hun startet, til skuffelse og fortvilelse. Det tok på å saumfare alle sidene med navn. Noen navn var skrevet slik at de nesten ikke var leselige, så hun måtte konsentrere seg for ikke i farten å overse noe. Kanskje dette var en helt håpløs idé likevel. Hadde hun tatt feil? Var det ikke her de hadde møttes? Fant hun ikke navnet, ville hun kanskje heller aldri klare å finne ut noe om Jan sin sønn.

Da Elena kom til august 1981 var det som om hele verden eksploderte for henne. Hun bare stirret i boken hun studerte, som om hun ikke trodde det hun så.

22.08.81   *Jan Steinsland*   *Kommer fra: Halne   Skal til: Halne*

Hjelpe meg, der er han, tenkte Elena opprømt. Der var Jan! Var det virkelig mulig?

Elena leste febrilsk videre nedover linjene, hvor var Anne? Det var flere gjester som hadde skrevet seg inn samme dagen, noen var trolig utenlandske, fra Nederland kanskje? Lenger nede på samme side fant Elena tre andre navn, de var skrevet etter hverandre:

22.08.81   *Grete Florvåg*   *Kommer fra: Tuva   Skal til: Rauhelleren*
22.08.81   *Stina Sveen*   *Kommer fra: Tuva   Skal til: Rauhelleren*
22.08.81   *Anna Pedersen*   *Kommer fra. Tuva   Skal til: ~~Rauhelleren~~ Halne*

Elena leste navnene, om og om igjen. Hun kunne nesten ikke tro det hun så. Alt hun hadde trodd på hadde virkelig skjedd. Anna, det var det hun het, ikke Anne. Anna Pedersen måtte være mor til Jan sin sønn!

Noen timer senere satt Elena på dekket foran på båten som gikk tilbake til Halne. Været var fremdeles like strålende, det var nærmest vindstille. Den svake trekken, skapt av den lille farten båten hadde, strøk kjølig over Elena sitt ansikt. Det var kanskje ikke mer enn et par plussgrader, likevel var det behagelig. Vegetasjonen var malt i fantastiske høstfarger, røde, gule og oransje felt spredt klattvis og tilfeldig utover i terrenget. Over Elena skinte solen svakt fra den blå himmelen, ikke en eneste sky var å se. Elena trakk pusten dypt og sukket fornøyd da de kjørte stille innover det blikkstille vannet.

Da de nærmet seg Halne, kunne Elena skimte de blågrå

båthusene helt nede ved vannkanten. Litt lenger oppe kunne hun se den rødbrune fjellstuen. Båthusene, fjellstuen og resten av landskapet speilet seg som et maleri i den blikk stille vannflaten, det var nesten ikke mulig å se forskjell på det som var opp og det som var ned. Det var nesten som å som betrakte to helt like verdener.

«Kanskje det er slik det er», undret Elena seg, «kanskje det finnes flere verdener, en verden som vi lever i nå og en annen, en speilet virkelighet hvor vi også eksisterer. En annen verden hvor vi kanskje gjør helt andre valg enn de vi gjør her, kanskje det er nettopp slik det er. Kanskje er Henry og jeg sammen i en annen verden akkurat nå.»

Elena ble helt overveldet over hvor vakkert alt var, og hun ble overveldet over alle tankene og følelsene som veltet inn over henne.

«Jeg tilgir deg, Henry, jeg tilgir deg alt. Om jeg kunne, skulle jeg gjerne gjort alt annerledes.»

Båten var kommet frem til Halne, motorduren ble svakere, og båten gled inn mot kaien.

«Så utrolig vakkert alt er», hvisket Elena stille for seg selv, og hun forsøkte å tørke vekk tårene som rant nedover kinnene.

Dagen etter, da Elena var tilbake på jobben igjen, hadde hun problemer med å konsentrere seg. Vanligvis var Elena forsiktig med private gjøremål i arbeidstiden. Lege- og tannlegebesøk var greit nok, men dette med Jan var noe annet.

Elena hadde kommet sent hjem fra turen til Heinseter og selv om hun var trett etter helgens utflukt, hadde hun hatt problemer med å få sove, og hun hadde våknet opp altfor tidlig. Selv om hun hadde ventet en hel time etter at hun hadde stått opp, kom hun likevel på jobb lenge før alle de andre. Hun hadde bare én ting i hodet. Hun måtte finne ut hvor Anna Pedersen og sønnen til Jan bodde.

I et ledig øyeblikk gikk Elena inn på et stille rom, hun lukket døren behørig etter seg og satte seg ned ved et lite arbeidsbord for å ringe til nummeropplysningen.

«Jeg skulle ha hatt telefonnummeret til en Jan Pedersen, takk», sa hun da telefonen ble besvart. Elena hadde tenkt at Jan sin sønn hadde et dobbeltnavn og at det ene måtte være Jan, siden det var det Anna hadde skrevet i brevet.

«Vet du hvor han bor?» spurte vedkommende i telefonen.

«Nei, dessverre, det vet jeg ikke.»

«Det er flere som heter Jan Pedersen», kom det etter en liten stund.

«Kan du se om det er noen som har dobbeltnavn med Jan som ett av dem, og med Pedersen til etternavn?» forsøkte Elena på nytt.

«Det er flere som har dobbeltnavn med Jan, men om du ikke vet hvor vedkommende bor, er det vanskelig å hjelpe deg.»

Elena forsto at dette ikke førte frem.

«Kan du se om du finner en som heter Anna Pedersen?»

«Anna Pedersen», hørte Elena stemmen i telefonen si, «nei, jeg beklager, det er et par stykker som heter Anne, men ikke Anna.»

«Men kan du si meg hvor mange du finner som har dobbeltnavn med Jan og som heter Pedersen til etternavn?»

«Skal vi se, det er vel i alle fall femten, nei enda flere, litt over tjue kanskje.»

«Vel, takk skal du ha.»

At det var flere som het Jan Pedersen og hadde dobbeltnavn var ikke veldig overraskende. Jan var vel et vanlig navn. I tillegg var det kanskje heller ikke uvanlig at folk med dobbeltnavn kun brukte det ene navnet, akkurat som Jan gjorde. Det var nok det som var forklaringen. Kanskje det var et poeng å gjennom listen med alle som het noe med Jan.

Elena logget seg på PC-en som sto på pulten. På Gule Sider søkte hun på *Jan * Pedersen*.

Flere navn rullet frem på skjermen.

«Hjelpe meg», tenkte Elena. «Jeg kommer ingen vei på denne måten.»

På nytt tastet Elena, men denne gangen bare navnet *Pedersen*. Til ingen nytte, denne gangen ble det listet opp et utall personer med navnet Pedersen. Hva var det Anna skrev i brevet til Jan? Var det ikke at sønnen var oppkalt både etter stedet der de traff hverandre og etter Jan selv? Hun skrev det vel slik, i den rekkefølgen. Kunne det bety at han hadde et dobbeltnavn med Jan som det siste av de to fornavnene?

Engstelig kikket Elena ut gjennom glassdøren for å se om noen la merke til hva hun holdt på med, men ingen så ut til å bry seg med henne. Forsiktig lirket Elena frem kartet over Jotunheimen som hun hadde liggende i vesken sin, og lette febrilsk på kartet. Der var Halnefjorden. Elena fulgte stedene med pekefingeren. Og der var Halne! Jan og Anne hadde gått tilbake til Halne, kunne navnet være Halne? Het ikke den gutten på gymnaset i parallellklassen til Elena det? Elena tenkte seg om. Nei, han het Halle, ikke Halne. Skaupsjøen, det må det være. Skaup? Elena forsøkte å finne et navn som kunne passe. Kunne det være Gaup eller noe sånt? Nei, det ble for søkt. Elena studerte kartet for å finne andre stedsnavn hvor Jan og Anna kunne ha gått, men fant ikke noe som kunne ligne på et guttenavn.

Heinseter, sa Elena for seg selv. Det var der de traff hverandre, kunne det være noe med det? Hein! Selvfølgelig, det måtte det være!

Elena googlet navnet *hein* jan pedersen. Da hun trykket på Enter-tasten var det bare ett navn som lyste opp på skjermen:

Heine Jan Pedersen!

Da Elena fikk se navnet på skjermen, begynte hun å skjelve. Heine Jan Pedersen bodde i Oslo, i Gustav Vigelands vei 137a. Elena noterte adressen og telefonnummeret. Hun kunne ikke komme seg hjem fort nok.

Det første Elena gjorde da hun kom hjem, var å ringe Line. Hun fortalte Line at hun hadde tenkt seg til Oslo. Det hadde med jobben å gjøre, forklarte hun og at hun hadde et par andre ærend i tillegg. Line var nysgjerrig på hva som foregikk, men svarte Elena at de kunne snakkes i Oslo.

Heine

27

Gustav Vigelands vei lå like i nærheten av Skøyen, i området mellom Skøyenparken og Drammensveien. Da Line skulle gå på arbeid fredag morgen, ble Elena med henne ut. Kvelden før hadde Elena sett på et Oslo-kart og hadde funnet ut at avstanden til Gustav Vigelands vei ikke var lenger enn at hun kunne gå dit på en liten halvtime. Været var fint, slik det pleide å være i Oslo om høsten, og derfor passet det bra at hun hadde planlagt å spasere. Høstens første nattefrost hadde lagt et tynt lag med rim på fortauet, som om asfalten var sprayet med et tynt lag med hvitt skum, slik butikkvinduer ble dekorert med i juletiden.

Klokken var allerede nærmere halv ni da Elena forlot fortauet og gikk inn i Frognerparken. Veien hun fulgte gikk på skrå og tvers gjennom hele parken. Lenger fremme, mellom de høye trærne som sto tett langs begge sider av den grusbelagte veien, kunne Elena skimte Monolitten som ruvet høyt mot den blå himmelen. Morgensolen skinte gjennom det fargerike høstløvet og kastet små glimt av lys over Elenas ansikt. Det var en god del folk i parken, noen spaserte hastig av sted, mens andre løp forbi med spenstige skritt i tettsittende løpebukser, som i det sterke motlyset fra høstsolen ble de nesten til skygger av dansende silhuetter.

Da Elena kom frem til foten av Monolitten, kikket hun opp. En stund sto hun og betraktet den merkelige statuen som reiste seg opp mot himmelen, som en søyle av bisarre menneskekropper som febrilsk forsøkte å strekke seg etter noe der oppe. Elena betraktet en av figurene halvveis opp i søylen. Den forvridde kvinnekroppen hadde et desperat ansiktsuttrykk som ble lyst opp i morgensolen.

«Er det kanskje slik jeg er?» undret Elena. «Kanskje vi alle strever etter noe enda bedre og enda vakrere? Kanskje vi aldri kan bli fornøyd, selv om solen allerede skinner på oss og lykken allerede har funnet oss. Men likevel klarer vi ikke å se det.»

Elena snudde seg, hun stirret tilbake på veien hun nettopp hadde kommet fra.

«Er det slik med meg også? Er jeg forblindet, ser jeg ikke hvor jeg kommer fra?»

Elena trakk pusten og sukket stille. Trærne, solen, alle høstfargene, alt var så vidunderlig vakkert. Likevel følte Elena seg trist, ja nærmest ulykkelig. Var det slik Jan også hadde følt seg? Fant han aldri det han lette etter? Elena ristet umerkelig på hodet. Hva i alle dager var det hun holdt på med? Gjorde hun dette for Jan eller for seg selv? Det eneste som hadde opptatt henne i lang tid, var Jan. Hva hadde skjedd med henne oppi alt? Hadde hun mistet seg selv på veien?

Elena vurderte om hun skulle snu og gå tilbake til Lines leilighet, men slo det raskt fra seg. Hun kunne ikke stoppe nå, hun kom bare til å angre hvis hun gjorde det. Men hva var det hun hadde begitt seg ut på? Elena stirret på kvinnefiguren i Monolitten og trakk oppgitt på skuldrene.

«Jeg får streve meg videre, jeg også», mumlet hun for seg selv.

Gustav Vigelands vei 137a viste seg å være en av to innganger til en femetasjes blokk. Blokken lå ved enden av veien Elena hadde fulgt, et godt stykke nedenfor selve Skøyenparken. En trapp fra fortauet førte ned til inngangsdøren på venstre side av blokken, men døren var låst.

«Selvsagt», tenkte Elena, «slik er det alle steder her i Oslo.»

Til høyre for inngangsdøren var et panel med ringknapper, hver knapp merket med et navn. Elena studerte navnene, fra øverst og nedover.

Selv om hun allerede visste at Heine bodde på denne adressen, var det å se navnet hans på ringeknappen en stor opplevelse, Heine J. Pedersen sto det på skiltet. Elena kjente hun ble oppglødd. Ringeknappen som var merket med navnet hans var den nest øverste til venstre på panelet. Elena antok at dette betydde at Heines leilighet var den nest øverste på venstre side av oppgangen. Hun gikk tilbake og opp trappen til fortauet der hun hadde kommet fra, for å få bedre oversikt over alle leilighetene. Noen av leilighetene hadde lys i vinduene, men den hun trodde Heine bodde i, var mørklagt. Elena kikket på klokken. Han hadde nok dradd på jobb for lengst, så hun bestemte seg for å gå tilbake til Lines leilighet.

Elena var egentlig litt lettet. Hun hadde kvidd seg for å ringe på døren til Heine. Hva skulle hun egentlig ha sagt til han? Hun hadde nok mistet litt av motet på gåturen fra Line sin leilighet. Tankene hun fikk da hun sto ved Monolitten, hadde ikke gjort det særlig bedre heller. Nei, hun fikk ta sjansen på å ringe på døren til Heine senere på dagen, etter arbeidstid, eller hun kunne komme tilbake senere på kvelden. Dersom det var lys i leiligheten, kunne hun ringe på da. Elena snudde seg, og hadde bare gått noen få skritt da hun hørte noen rope.

«Hallo! Trenger du hjelp? Jeg så at du ikke kom deg inn.»

Stemmen kom nede fra inngangen Elena nettopp hadde forlatt. Elena snudde seg. Foran henne kom en mann byksende, han nærmest løp opp trappen, to trinn i steget. Han kom bort til Elena mens han smilte litt usikkert til henne.

«Nei takk», svarte Elena, «det er ikke så viktig. Det kan vente til senere. Men takk skal du ha likevel.»

Mannen foran Elena var kledd i en knekort mørkeblå frakk. Han var barhodet med et skjerf løst knyttet rundt halsen. Smilet som et sekund siden hadde vært på leppene hans, forsvant brått.

«Unnskyld, har vi truffet hverandre før? Jeg beklager, men jeg husker virkelig ikke hvor. Du virker veldig kjent, men jeg klarer ikke å plassere deg ...» Usikkerheten lyste i ansiktet hans, og Elena forsto at han febrilsk forsøkte å huske. «Å, selvsagt», utbrøt han, «du bor her, gjør du ikke?»

Lettet nikket han mot blokken, som for liksom å bekrefte for seg selv at det måtte være slik.

«Nei, jeg gjør nok ikke det», svarte Elena. Skulle hun presentere seg?

«Å, det var da godt. At du ikke bor her, mener jeg. Det hadde vært pinlig om det viste seg at du bodde i samme oppgang som meg uten at jeg kjente deg igjen. Men virkelig, det er noe kjent med deg. Jobber du i Kværner, kanskje?»

«Nei, det gjør jeg heller ikke. Vi har nok ikke truffet hverandre før, men kanskje jeg skal presentere meg. Jeg heter Elena Follnes.»

Elena strakte hånden frem. Mannen foran henne nølte forvirret mens han løftet hånden.

«Heine Pedersen.»

Elena kvapp til.

«Er det virkelig deg?» glapp det ut av henne. Tenk at hun skulle treffe han på denne måten.

«Vet du hvem jeg er?» spurte han, usikkerheten lyste ut av ansiktet.

«Vel, jeg må innrømme at det var deg jeg håpet å treffe.»

«Å, hvorfor det? Hva er det jeg ikke forstår her?»

Det forvirrete blikket til Heine fikk Elena til å smile. «Din far heter Jan, ikke sant?»

Måpende stirret Heine på Elena. «Kjenner du min far?»

Elena begynte nesten å le av hvor forvirret Heine var. «Jeg hadde egentlig tenkt å ringe deg, men så fikk jeg den innskytelsen at jeg først måtte finne ut hvor du bodde. Men det var virkelig ikke planen min å treffe deg på denne måten. Men siden vi likevel har gjort det nå, hvis du har tid, kan jeg fortelle deg hvordan jeg kjenner din far. Vi kan kanskje finne oss et sted i nærheten hvis det passer for deg? Har du tid?»

Elena var overrasket over hvor freidig hun var. Det var som alt motet hun hadde mistet på veien hadde kommet tilbake.

«Nei, jeg beklager, det går nok ikke», svarte Heine, han virket nesten mistenksom. «Jeg er allerede forsinket, jeg har egentlig ikke tid.» Heine stirret på Elena. «Si meg, hvem er du egentlig?»

Elena smilte avvæpnende, men unngikk spørsmålet. «Kanskje det heller passer deg bedre om vi snakkes på et annet tidspunkt?»

Elena stirret spent på Heine, han nølte. «Jeg skulle egentlig vært på et møte nå.» Han studerte Elena med undring, som om han forsøkte å finne ut om han kunne huske henne fra et eller annet sted likevel. «Ok. Jeg ringer og sier at jeg blir forsinket. Det er en frokostbar like her nede, skal vi stikke ned dit?»

«Ja, gjerne det», svarte Elena lettet.

Heine begynte å gå, og Elena tok han igjen så de gikk side om side. Elena følte hun måtte si noe.

«Du aner ikke hvor glad jeg er for å ha truffet deg. Jeg har faktisk strevd en stund med å finne deg.»

Heine kikket bort på Elena. «Å, har du det?» svarte han kort mens han trakk frem mobiltelefonen sin og løftet den opp til øret. «Nei, jeg kommer senere. Det er noe som er kommet i veien. Nei, det er ikke noe alvorlig, jeg er på plass om en time eller to, men bare sett i gang, ikke vent på meg.»

Heine stirret tankefullt fremfor seg mens han hastet av sted. Heine var en flott mann. Han var omtrent like høy som Henry hadde vært, men håret hans var lysere. Elena klarte ikke å la være å betrakte han. Heine merket det tydeligvis, for han snudde seg mot Elena, og før hun fikk dradd blikket til seg møttes øynene deres. Heine smilte svakt, og Elena kjente at hun rødmet. Panisk lot Elena som hun ville se på armbåndsuret, for å se hva klokken var.

I himmelens navn. Hva var det som gikk av henne? Elena kunne ikke huske sist hun hadde gått ved siden av en mann på den måten, som om de skulle på et stevnemøte.

«Si meg, hvor gammel er du egentlig, Heine?»

Spørsmålet bare glapp ut av Elena. Hun var oppgitt over seg selv. Var hun helt idiot? Hvordan kunne hun spørre et slikt spørsmål?

«Du forstår, jeg har tenkt at du måtte være omtrent like gammel som det er siden din mor og Jan traff hverandre.»

«Ja, det der hørtes ganske logisk ut», svarte Heine nesten litt syrlig. Han hevet øyenbrynene og sendte Elena et kort blikk. «Jeg er tretti.»

Elena svarte ikke, hun prøvde å la være å si noe mer dumt.

«Her er det!» sa Heine, da de hadde krysset trikkelinjen på Thune. «Da Capo» sto det på et skilt over inngangsdøren. Heine gikk inn og Elena fulgte etter.

«Skal vi sette oss her?» spurte Heine og pekte ut et bord til høyre for inngangen, helt innerst, like ved et vindu som vendte ut mot fortauet.

«Ja, det ser hyggelig ut det», svarte Elena.

Heine slengte frakken over en av stolene og satte seg ned. Elena gjorde det samme. Hun la vesken fra seg, foldet den beige kåpen pent sammen og la den over stolryggen på stolen ved siden av seg.

«Jeg tror jeg tar en bagett med ost og skinke og en kopp kaffe», sa Heine til servitrisen som hadde kommet bort til dem.

«Jeg fikk ikke spist før jeg gikk hjemmefra», forklarte han. «Hva med deg?»

«Takk, jeg tar gjerne det samme», svarte Elena og nikket til servitrisen som noterte bestillingen og forsvant.

De satt der begge to og ingen visste helt hvem som skulle begynne å snakke.

«Jaså, du kjenner min far», kremtet Heine. «Jeg har aldri truffet han for å være helt ærlig, men det har han vel fortalt deg? Kan jeg spørre deg om hvorfor du tar kontakt med meg?»

«Jeg vet ikke helt hvordan jeg skal forklare det, det er litt spesielt.» Elena tenkte seg om, hvordan skulle hun ordlegge seg?

«Spesielt? Hvordan da?» spurte Heine med rynket panne.

«Jan har fortalt meg om deg. Han har fortalt meg at han ikke visste noe om deg før din mor skrev og fortalte om deg.»

Heine nikket ettertenksomt.

«Det stemmer sikkert det, min mor kontaktet han, jeg mener det må ha vært for to–tre år siden? Men vi hørte aldri noe fra han. Jeg tenkte at det kunne være fordi han var gift og hadde familie. Det er sikkert ikke enkelt plutselig å måtte fortelle en ektefelle eller en samboer at det har dukket opp en ukjent sønn fra et tidligere forhold.» Han betraktet Elena. «Men hvorfor kontakter du meg?» gjentok han.

Elena ble urolig. Hun forsøkte seg med et unnskyldende smil, men resultatet ble mer en grimase. Det var noe med det Heine sa som gjorde henne usikker. Hadde hun misforstått et eller annet?

«Du svarer ikke», Heine stirret inngående på Elena. «Hvordan kjenner du han?»

«Jeg beklager, Heine, men det er virkelig ikke lett for meg å forklare dette.» Hun stirret bedende på Heine i håp om at han skulle gi seg.

Heine sukket oppgitt. «Det kan da ikke være vanskelig å fortelle meg hvordan dere kjenner hverandre?»

«Jeg skal fortelle deg det, men ikke akkurat nå. Det er så mye annet jeg ønsker å fortelle deg om din far. Jeg er sikker på at du har lyst til å vite litt mer om han?»

Heine stirret en stund på Elena, som om han måtte fordøye hva Elena hadde sagt. Omsider trakk han oppgitt på skuldrene. «Ok, dersom det er det du vil.»

«Jeg kjenner ikke familien til Jan», begynte Elena, «jeg har ikke møtt noen av dem, men jeg vet at han har en søster som heter Fride. Etternavnet hennes kjenner jeg dessverre ikke. Jan hadde også en bror som het Harry, men han er dessverre død og foreldrene til Jan, dine besteforeldre, lever heller ikke. Som sagt, så kjente jeg dem ikke. Det er gjennom Jan jeg vet om familien hans.»

«Du vet ikke etternavnet til Jan sin søster?»

«Nei dessverre, men jeg har kontakt med noen jeg tror kan finne det ut for meg.»

«Men Jan da, han må da vite hva hun heter?»

«Heine, unnskyld at jeg spør, men du vet vel at din far er død?» spurte Elena urolig.

Heine stirret sjokkert på Elena.

Av en eller annen tåpelig grunn hadde Elena innbilt seg at han måtte ha visst det. Heines mor hadde jo visst hvor Jan bodde. Hun måtte da ha fått vite at han hadde omkommet? Men selvsagt, hvordan skulle hun ha fått vite det? Hvem kunne ha fortalt henne om det?

«Å nei!» utbrøt Elena, hun ble fortvilet da hun så reaksjonen til Heine. «Du visste det ikke?»

«Nei, det gjorde jeg ikke», kom det stille fra Heine.

«Å, jeg beklager veldig. Jeg burde selvfølgelig ha forstått det. Jeg begriper ikke hva jeg har tenkt. Noe så ...» Elena tidde, hun kunne se fortvilelsen i øynene til Heine. Hun var ulykkelig selv, hvorfor hadde hun ikke sett for seg den muligheten?

«Men jeg burde vel ikke være så veldig sjokkert», sa Heine omsider. «Om jeg skal være helt ærlig, har tanken faktisk slått meg, at det kunne være tilfelle.»

De satt der tause en liten stund, Elena tenkte hun måtte gi Heine litt tid til å summe seg.

«Det høres ut som om den familien virkelig har vært uheldig, må jeg si», sa Heine resignert.

«Ja, det har skjedd mye trist i den familien. Jeg tror Jan var en ganske ensom person. Han hadde et komplisert forhold med en kvinne i flere år, hun gikk fra han til slutt. Han var veldig ulykkelig over det.»

Elena drakk av kaffekoppen for å drøye tiden. Hun forsøkte å se hvordan Heine reagerte, hva han tenkte.

«Min mor har ikke fortalt meg mye om Jan», sa Heine. «De traff hverandre på en eller annen fjelltur, det er alt jeg vet. Hun har egentlig aldri sagt så mye om han, eller hvorfor de ikke hadde kontakt med hverandre. Jeg har trodd at det var ett eller annet som skjedde mellom dem, noe hun ikke har villet fortelle meg om. Du vet kanskje noe om hva det kan ha vært?»

Elena ristet forsiktig på hodet. Hun kunne ikke si at Heines mor ikke ønsket å ha noe med Jan å gjøre.

«Jeg liker ikke å fortelle deg dette», fortsatte Heine, «det blir nesten som å utlevere min mor til en ukjent. Jeg vet jo fremdeles ikke hvem du er, og om du bare utgir deg for å kjenne min far. Bortsett fra at det stemmer det du sa, at min mor skrev det brevet til han.»

Elena tenkte seg litt om, hun måtte fortelle et eller annet, slik at Heine forsto at hun snakket sant.

«For at du skal tro på meg, kan jeg forteller deg hvordan din mor traff Jan på den fjellturen. Du kan spørre din mor om det jeg sier stemmer. Det er neppe mange som kjenner til den historien vil jeg tro.»

«Og Jan har fortalt deg det?»

«Ja, og det er faktisk en ganske romantisk historie.»

«Ja vel?» svarte Heine avventende, tydelig interessert.

«Jan var på en helgetur alene og hadde tatt en båt fra et sted som heter Halne, det ligger oppe på Hardangervidda. Han skulle gå videre innover vidden til en turisthytte for å overnatte der, stedet du er oppkalt etter, Heinseter. Under middagen om kvelden møtte Jan din mor. Hun var sammen med to andre venninner som jeg tror het Grete og Stina. Husk de navnene når du snakker med din mor, Grete og Stina. Jan fortalte din mor at han skulle tilbake til Halne dagen etter, men at han ville gå hele veien tilbake istedenfor å ta båten, siden han ville forsøke å finne restene etter en gammel jaktgrav. Din mor spurte om hun kunne få slå følge med han, siden hun også skulle tilbake til Halne. De to andre venninnene skulle gå videre innover vidda. På veien tilbake til Halne stoppet Jan og din mor ved noen gamle hytter som lå like ved et vann som heter Skaupsjøen. Selv om det var sensommer, var det veldig varmt den dagen. Din mor ville kjøle seg ned og hun hoppet ut i vannet. Jan gikk også ut i vannet. Det var på den måten ...», Elena trakk pusten, «det var slik du ble til, Heine.»

Heine bare stirret på Elena, det var vanskelig å se hva han tenkte.

«Du spurte meg om hvordan jeg traff din far», fortsatte Elena. «Jeg ble kjent med han i forbindelse med at jeg var innlagt på et sykehus i Bergen.»

«Traff du han på et sykehus?»

«Ja, jeg ble kjent med han der. Jeg var innlagt fordi jeg hadde fått en alvorlig infeksjon i armen min.»

«Var min far også syk, siden du traff han der?»

Elena tenkte seg om. «Nei, han var ikke syk.» Hun var litt unnvikende. «Det var bare slik at jeg ble kjent med han der.»

Elena hadde ikke løyet, selv om hun forsto at hun lett kunne vikle seg inn i noe som det var vanskelig å komme seg helskinnet ut av. Heine så ut som et stort spørsmålstegn.

«Si meg, når døde han egentlig?»

«Jan omkom i en ulykke, for et par år siden. Han kjørte utfor veien. Det var faktisk ikke så lenge etter at han hadde fått brevet din mor sendte han. Skal jeg hente litt mer påfyll?»

Elena måtte kjøpe seg litt tid. Hun tok begge kaffekoppene og reiste seg for å gå bort til bardisken hvor kaffekannen sto. Samtidig som hun strakte den høyre armen frem for å gripe etter kaffekannen, løftet hun blikket og så inn i det store speilet som hang på veggen bak bardisken. I speilbildet kunne Elena se trafikken utenfor og alle folkene som hastet forbi. Et kort øyeblikk møtte hun Heines blikk. Heine satt som forstenet og stirret på henne. Det var nesten som en slags skrekk og vantro lyste ut av øynene hans. Før Elena fikk snudd seg, hadde Heine grepet frakken sin som hang over stolen, og med hastige skritt gikk han mot utgangsdøren.

«Beklager, men jeg må rekke det møtet.»

28

Samme ettermiddag fortalte Elena Line om alt som hadde skjedd. Først fortalte hun hvordan hun hadde klart å spore opp Jan, og deretter hvordan hun fant ut hvem som var sønnen hans. Line lyttet uten å si så mye, men da Elena fortalte om møtet med Heine tidligere på dagen og måten han forsvant på, ble Line oppriktig oppgitt.

«Elena! Ærlig talt, du kan da ikke være særlig overrasket over at han reagerte som han gjorde.»

Elena så at Line hadde vanskeligheter med å beherske seg. «Du er helt ukjent for han», fortsatte Line, «og så oppsøker du han og forteller at faren hans er død. Du må da forstå at han reagerer på det. Hvordan tror du selv at du hadde reagert om noen kom og fortalte deg noe slikt?»

Elena visste ikke hva hun skulle svare.

«Hva annet fortalte du han?» Line stirret mistenksomt på Elena. «Du fortalte vel ikke noe om det på sykehuset?»

«Jeg sa bare at jeg ble kjent med Jan da jeg var innlagt på sykehuset», sukket Elena, «det var alt jeg sa.»

«Hjelpe meg, måtte du virkelig fortelle det?»

«Men det er det som er sannheten, jeg kan da ikke bare lyve.»

«Jo, vet du hva, det mener jeg faktisk at du burde ha gjort. Han må jo ha trodd at du er ...» Line ristet oppgitt på hodet.

«Men, jeg måtte jo si noe til han», sa Elena spakt, «selvfølgelig ville han vite hvordan jeg kjente faren hans. Jeg fortalte ikke noe om at jeg var bevisstløs og alt det andre, om det er det du tror», svarte Elena fortvilet. «Jeg sa bare at jeg traff han på sykehuset og at han fortalt meg om seg selv.»

«Det var da enda godt», svarte Line tydeligvis lettet, «men hva har du tenkt å gjøre dersom han finner ut at det ikke er sant?»

«Jeg prøvde bare å fortelle det slik det var, uten å fortelle alt.» Elena forsto at det ikke nyttet, Line ville uansett ikke forstå henne.

«Men hva syns du jeg skal gjøre?» spurte Elena fortvilet. «Jeg må få snakket med han igjen. Tror du jeg skal forsøke å ringe han?»

«Nei, Elena, det må du i alle fall ikke gjøre. Det synes jeg faktisk er en særdeles dårlig idé. Jeg tror du allerede har sagt og gjort mer enn nok for en stund. Dersom du mener at du absolutt må kontakte han igjen, bør du først tenke deg godt om, og du må i alle fall la han få litt tid, og så bør du tenke ordentlig gjennom hva du har tenkt å si til han.»

Elena satt en stund og funderte.

«Du har sikkert rett», sukket hun ettertenksomt. «Men vet du, Line, det var et eller annet med Heine som gjorde at jeg tenkte på Henry.» Elena var tankefull.

Line sperret øynene opp i vantro.

«Det slo meg plutselig at jeg nesten helt har glemt hvordan Henry så ut», fortsatte Elena, uten å legge merke til at Line reagerte. «Det var bare noe med Heine som minnet meg veldig om han. Det var noe med blikket til Heine, eller kanskje smilet? Jeg vet ikke helt hva det var. Men da jeg gikk der sammen med ham, føltes det nesten som om det var Henry som gikk ved siden av meg.»

«Du innbiller deg vel ikke at det var det han gjorde?» spurte Line oppgitt. «Jeg må virkelig bare spørre deg. For alt dette med Jan, jeg vet nesten ikke hva som går rundt i hodet ditt lenger. Det er noe med deg som gjør meg skikkelig urolig, Elena, det er som om du av og til befinner deg et helt annet sted. Jeg er engstelig for deg. Har du vært hos legen i det siste?»

«Hvorfor spør du om det?» Elena så uforstående på Line. «Jeg har selvfølgelig vært på kontroll på grunn av det med hjertestansen, hvis det er det du tenker på? Men det er en stund siden, det er ikke noe i veien med meg om det er det du tror.»

«Du har ikke snakket med legen om noe annet? Har du for eksempel fortalt om besøket du mener du fikk på sykehuset?»

«Tror du at jeg har problemer med hodet, at jeg er blitt sprø eller noe slikt? Er det det du vil frem til?»

«Elena, vær snill og hør på meg», svarte Line, tydelig usikker på hva hun skulle si. «Jeg er veldig glad i deg, det vet du. Jeg blir bare så forferdelig redd for deg når du oppfører deg på denne måten. Og nå sier du i tillegg at Heine minner deg om Henry?»

«Slapp av, Line, du behøver ikke bekymre deg.»

«Jo, det må jeg faktisk. Jeg er redd for deg, Elena. Det er tydelig at noe har skjedd med deg etter hjertestansen.» Line så fortvilet på Elena. «Er du sikker på at du ikke har fått deg en psykisk knekk eller noe slikt? Det ville ikke være helt unaturlig etter en slik påkjenning. Du fikk en skikkelig nedtur da Henry døde, og det tok deg lang tid før du var på beina igjen, vet du. Var det ikke nesten ett år du gikk og hanglet?»

Elena ble bare mer og mer fortvilet etter som Line snakket. Hun sukket høyt og forsøkte presse frem et smil.

«Line, det at Heine minner meg om Henry betyr ikke at jeg håper at han er Henry. Du må da kunne begripe at det kan være noe ved han som minner meg om han. Er det virkelig så farlig? Jeg vet selvsagt at Henry er død. Men ...»

«Men hva, Elena?» spurte Line etter en stund, da hun innså at Elena ikke ville avslutte setningen.

«Det at han er død betyr vel ikke at han ikke kan finnes et annet sted», sa Elena fortvilet med tårer i øynene. «Kanskje finnes det noe annet, Line? Det som skjedde med Jan er så merkelig, det må bety noe. Tenk om det finnes andre verdener, andre steder, som vi ikke kan sanse eller forstå, andre parallelle verdener. Hvordan kunne Jan ellers besøke meg etter at han var død? Tenk om det betyr at Henry kan eksistere et annet sted, i en annen verden?»

Elena stirret tomt ut i luften, som om hun så det hele for seg, tåren var borte.

«Parallelle verdener, herregud, Elena! Hva i alle dager er det som går av deg? Hører du hva du sier? Tror du at Henry og Jan er i himmelen? Er det det du prøver å si? Du kaller vel ikke det parallelle verdener?»

«Og dersom det er det jeg mener, hva så?» Elena stirret med et trassig blikk på Line. «Dersom jeg sier at jeg tror at de er i himmelen, vil du roe deg da? Vil du forstå at det ikke har klikket for meg, dersom jeg sier at det er det jeg tror?»

«Ja, selvsagt, Elena», svarte Line tydelig lettet. «Er det det du mener? Kjære deg, kunne du ikke ha sagt det med en gang. Jeg tror ikke på Gud selv, men det er helt greit det. Du behøver vel ikke å være sjenert over å si det.»

Elena ble nesten skadefro.

«Du spurte nettopp om jeg hører hva jeg sier, hører du hva du sier, Line? Jeg må nesten le av deg. Hvis jeg sier til deg at jeg tror Jan og Henry er i himmelen, finner du det helt naturlig og forståelig, men om jeg sier at de befinner seg i en annen verden, da er jeg gal eller sprø. Hva er det som gjør at himmelen er så forbannet mye mer forståelig?»

«Ro deg ned, Elena», utbrøt Line, hun var forskrekket over Elena sitt temperament.

«Nei! Jeg roer meg ikke ned. Du vil at jeg skal fortelle deg noe du kan tro på selv, noe som gjør at du slipper å tro at jeg har gått fra vettet. Det jeg selv tror på vil du at jeg skal fornekte. Du vil heller at jeg skal fortelle en løgn, men det kan jeg og vil jeg ikke. Jeg tror verken på Gud eller himmelen, jeg tror det finnes noe helt annet. At jeg møtte Jan etter at han var død, ja, faktisk da vi begge var døde, det er spinnvilt og ubegripelig, jeg forstår det, men likevel er det det som skjedde.»

«Du kan ta det helt med ro, Line», Elena trakk pusten og fortsatte da Line ikke sa noe, «det rabler ikke for meg, hvis det er det du tror. Men jeg er overbevist om at det finnes noe mer enn bare dette livet. At det finnes andre verdener, kanskje andre dimensjoner som vi ikke forstår eller ikke fatter, ikke vet jeg. Vi er bare enkle mennesker», fortsatte Elena ivrig. «Jeg husker at jeg en gang leste en artikkel i New Scientist. En forsker som forsøkte å forklare hvor vanskelig det er for oss mennesker å fatte andre dimensjoner. Han beskrev en verden som bare besto av to dimensjoner, bredde og lengde. Han påsto at det ville være umulig for vesener som levde i en slik todimensjonal verden, å forstå en tredje dimensjon. Han illustrerte det med at en kule, altså et tredimensjonalt legeme, ble senket ned i den todimensjonale verdenen. Idet kulen tangerte den todimensjonale verdenen, ville det først se ut som en liten flekk, selve tangeringspunktet. Men hvis kulen ble senket litt lenger ned, ville skjæringspunktet plutselig endre seg til å bli en sirkel. Helt ubegripelig i en verden med to dimensjoner, men ikke uforståelig for oss i vår tredimensjonale verden. Vi mennesker vet at tid er en fjerde dimensjon, men vi har vanskeligheter med å forstå den fulle betydningen av tid. At det i tillegg kanskje også eksisterer en femte og en sjette dimensjon, det ligger langt utenfor vår fatteevne.» Elena brukte hendene sine i et forsøk på å tydeliggjøre det hun beskrev. «Vi lever i en ganske fantastisk, men langt mer komplisert verden enn hva vi klarer å begripe eller å forstå, Line. Livene våre, sjelen vår, er mye mer innfløkt enn hva vi kan forestille oss. Det handler ikke bare om det vi ser eller sanser, eller det vi tror vi forstår.»

Elena stoppet og trakk pusten.

«Jeg kan ikke lenger lukke øynene for det jeg har opplevd, gjør jeg det kommer jeg i alle fall til å bli gal», fortsatte hun og ristet på hodet.

Line hadde sittet urørlig og hørt på Elena. Av en eller annen grunn var hun blitt beroliget av alt Elena hadde sagt. Hun var ikke lenger like usikker på om det var noe i veien med Elena, for alle forklaringene om verdener og dimensjoner var egentlig helt typisk Elena.

«Det var litt av et foredrag, må jeg si.» Line begynte å le. «Jeg har ikke sagt at du er gal, Elena, men du kan bare ikke oppføre deg sånn. Du forstår vel det?»

«Du har sikkert rett i det», sukket Elena og nikket oppgitt.

En liten stund sa de ikke noe. Samtalen med Line hadde tatt en merkelig vending. Elena hadde ikke tenkt ordentlig gjennom det med dimensjoner og parallelle verdener tidligere, det kom bare som av seg selv da hun begynte å snakke. Det var først nå, da hun prøvde å beskrive det til Line at hun klarte å sette ord på det som hadde ligget og murret i bakhodet. Elena var overrasket over det hun hadde sagt. Men hvordan skulle hun ellers kunne forstå det som hadde skjedd, hvis det ikke hadde med noe slikt å gjøre?

«Det er forresten noe jeg ville nevne for deg, nå når du er her», sa Line omsider. «Har du snakket med din bror i det siste?»

«Med Richard? Nei, ikke på en stund. Hvorfor spør du om det?»

«Nei, ikke for noe spesielt.» Line nølte. «Jeg trodde kanskje han hadde snakket med deg.»

Hva mente Line? Nå var det Elena sin tur til å studere Line, og denne gangen var det Line som var unnvikende.

«Hvorfor i alle dager spør du meg om Richard?» spurte Elena forundret. Hadde Line virkelig snakket med Richard om henne?

«Elena, det er noe jeg må fortelle deg.» Line vred seg i stolen, som om hun satt på nåler. «Richard og jeg er sammen.»

Sjokkert la Elena fra seg bestikket. «Sammen, hva mener du med det?»

«Vi har vært sammen en stund.» Line forsøkte å møte blikket til Elena. «Jeg trodde kanskje Richard hadde nevnt det for deg. Jeg måtte snakke med deg om det.»

«Nevnt det? Hva i alle dager er det du sier? Nevnt det sånn i forbifarten, mener du? Du ligger vel ikke med han bak ryggen på Berit, Line? Richard har kone og to barn, det vet du.»

«Elena, nå må du roe deg ned. For det første er det ikke jeg som holder det hemmelig. Berit er Richard sin kone, ikke min. Og ja, jeg er ikke komfortabel med at han er gift og har familie, men det er nå engang slik.»

Elena tidde et øyeblikk, hun var indignert over det Line fortalte.

«Hvor lenge har dere vært sammen?» spurte Elena.

«Noen måneder.»

«Hva er det du driver på med? Kunne du ikke la Richard være i fred?»

«Bare så du vet det, Elena, det var Richard som tok kontakt med meg.»

«Det spiller ingen rolle, du kunne vel bare ha avvist han. Du kan ikke bare skylde på han. Alvorlig talt, Line, du må tenke på Berit og på Lars og Trine.» Elena fortsatte, like opphisset. «Forstår du ikke at du kan ødelegge en hel familie? Pokker ta deg, Line, av alle mennesker, kunne du vel holdt deg unna min bror i alle fall.»

«Klarer du å tie et øyeblikk, Elena?»

«Nei, du kan bare ikke oppføre deg sånn. Forstår du ikke det?» svarte Elena oppgitt.

Det var akkurat det samme Line nettopp hadde sagt til henne? De begynte å le begge to.

Elena begynte å innse hvorfor hun reagerte så hissig. Hun følte en merkelig misunnelse. Tenk om det var henne, hadde hun vært like modig og ubekymret som Line?

«Da du lå på sykehuset, Elena», sa Line og ble alvorlig igjen. «Da jeg kom for å besøke deg, møtte jeg din far og Richard. Jeg fikk vite at det var veldig alvorlig med deg. Jeg var ganske ute av meg. Richard trøstet meg, og jeg fortalte han at du betydde mer for meg enn bare at du er en god venninne, jeg sa at jeg var glad i deg. Nei», rettet Line, «jeg fortalte Richard at jeg var forelsket i deg og at jeg i grunnen alltid hadde vært det.»

Elena så forbauset på Line, hørte hun riktig?

«Det var derfor jeg var så fortvilet. Jeg sto der og gren på skulderen hans», fortsatte Line. «Richard holdt meg, han trøstet meg, og uken etter, da du var ute av sykehuset, ringte han meg. Han spurte om han kunne få treffe meg. Det var ikke noe sex han hadde i tankene, han trodde jo at jeg bare var interessert i jenter. Han ville bare snakke med meg, om deg. Jeg tror han må ha fått en alvorlig vekker da du holdt på å dø. Vi møttes på en kaffebar i nærheten av Aker Brygge. Richard var ganske ute av seg, han fortalte at det var et eller annet som hadde skjedd i barndommen deres. Han hadde vært så redd for at han holdt på å miste deg uten å få snakket ut med deg. Elena, Richard var veldig ulykkelig over at dere hadde glidd så langt fra hverandre. Det var derfor han ba om å få treffe meg, det var det han ville fortelle. Jeg tror han bare trengte noen å snakke med.»

«Sa han hva det var?» spurte Elena forundret.

«Hva mener du?»

«Hva det gjaldt, det fra barndommen?»

«Nei, bare det jeg nettopp sa, at det var noe som hadde skjedd. Han var tydeligvis veldig opptatt av å få snakket med deg om det.»

Elena svarte ikke, men hun hadde fått et bekymret utrykk i ansiktet.

«Hva er det, Elena?»

«Nei, det er ikke noe spesielt, bare noe du fikk meg til å tenke på», svarte Elena og ristet på hodet.

«Richard og jeg snakket sammen et par ganger til etter det, før vi begynte å føle noe for hverandre», fortsatte Line. «Jeg fortalte han at jeg var bekymret for deg, og han fortalte meg om sin situasjon. Han sa at han ikke har hatt det bra sammen med Berit på lenge, og han har aldri følt at familien hennes har akseptert han. Richard fortalte meg at han ville si opp jobben sin, og at han hadde en voldsom krangel med Berit om det. Det endte med at Berit tok Lars og Trine med seg og flyttet hjem til foreldrene sine.»

«Det overrasker meg egentlig ikke», svarte Elena og nikket. «Jeg har hatt mistanke om at det har vært et eller annet de gangene jeg har snakket med han.»

Elena studerte Line grundig. Det virket ikke som hun hadde tenkt å si noe mer.

«Men det du sa, Line, har du vært forelsket i meg?»

«Du behøver ikke late som du er så veldig overrasket over det, Elena», svarte Line. «Selv om jeg aldri har sagt det til deg, kan det da umulig ha vært en helt fremmed tanke for deg. Ja, jeg har vært forelsket i deg og nei, jeg er det ikke lenger.»

«Jeg visste ikke det», svarte Elena stille.

«Vel, hadde det spilt noen rolle om jeg hadde sagt det til deg?»

«Det vet jeg ikke, du fortalte det ikke.»

«Nå må du gi deg, ikke fortell meg at du hadde vært interessert. Tuller du med meg nå? Sier du at du er interessert i jenter, Elena?»

«Jeg sier at jeg ikke vet hvordan jeg hadde reagert om du hadde fortalt meg at du var forelsket i meg. Men jeg har vel alltid først og fremst sett på deg som en veldig god venninne og ikke noe annet.»

Elena stoppet opp før hun fortsatte: «Men hvorfor har du ikke fortalt meg om deg og Richard tidligere?»

«Vi har da ikke vært sammen så lenge», repliserte Line, «og du er ikke akkurat lett å snakke med heller.»

«Vet Berit om det? Har Richard fortalt Berit om deg?»

«Det vet jeg ikke, men jeg tror ikke han har sagt noe enda. Han kommer til å gjøre det, det er jeg helt sikker på. Vi har tenkt å reise bort en stund. Jeg har søkt permisjon fra jobben i ett år. Han er nok bare litt engstelig for at Berit kommer til å lage et voldsomt oppstyr.»

«Hva i alle dager tenker dere på, skal dere bare flykte fra alt? Hvor har dere tenkt å reise?»

Da Elena spurte om akkurat det, slo det henne at hun like gjerne kunne stilt spørsmålet til seg selv.

«Det har vi ikke bestemt helt enda, men trolig til Tyskland eller kanskje Frankrike. Richard har noen forretningskontakter der, og jeg vet at han har diskutert muligheten for å få seg en jobb. I alle fall i to forskjellige selskaper.»

«Men, Line, er det dette du vil? Har du tenkt gjennom det? Du er ikke redd for at dere skal ende opp med å oppdage at dette bare er et luftslott?» Igjen tenkte Elena at det var henne selv hun snakket til. Hun sukket oppgitt før hun fortsatte: «Og kanskje med det resultatet at dere har ødelagt for hverandre og for familien til Richard i tillegg. Er du sikker på at dette ikke bare er nok en erobring for deg, om du forstår hva jeg mener. Jeg forsøker ikke å være frekk, men det virker ikke som du helt vet hva du leter etter.» Elena ble mer og mer skrekkslagen. Det hun spurte om, slo som et ekko mot henne selv. «Du sa det til meg en gang for lenge siden, at du var redd for at du ikke klarte å forelske deg.»

«Det er mulig jeg har sagt det», svarte Line, hun ristet energisk på hodet. «Men det spiller egentlig ikke noen rolle hva jeg har sagt tidligere. Jeg er glad i Richard. Virkelig.

Jeg har aldri følt det på samme måten med noen andre som med han.»

Line nølte litt, før hun spurte: «Er du sint på meg, Elena?»

«Nei.» Elena ristet på hodet, hun presset frem et smil. «Jeg kan ikke være sint på deg, jeg har aldri vært sint på deg for noe. Jeg setter faktisk pris på at du forteller meg det.

«Da håper jeg du snakker med Richard», smilte Line. «Du lover meg det?»

29

Søndag ettermiddag var Elena tilbake i Bergen. Hun låste seg inn i leiligheten, satte kofferten fra seg i gangen og slengte kåpen og sjalet fra seg på den nærmeste stolen. Deretter gikk hun videre til kjøkkenet for å ta seg et glass vann. Elena var tørr i munnen, hun følte seg helt elendig. At Line ikke bekymret seg over at Richard brøt opp et ekteskap, var kanskje ikke mer enn hun kunne forvente, men at Richard kunne gjøre noe slikt, hadde hun vanskeligere for å forstå. Selv ville hun aldri ha satt en annen i en slik situasjon, uansett hvor god grunn hun måtte ha, og i alle fall ikke på grunn av en forelskelse. Men det var verre det som hadde skjedd med Heine. Selv om hun hadde lyst, forsto Elena at det var best ikke å ta kontakt med han med det første, slik Line hadde rådet henne til.

Inne i stuen dumpet hun ned i en stol som sto like ved det store stuevinduet. Ute var det skumring. På hovedveien, et stykke bortenfor, kunne Elena se trafikken som lydløst gled forbi. I gangveien mellom blokken og hovedveien trillet en ung mor på en barnevogn. Litt lenger til høyre, også på gangveien, ved enden av Ortunvannet, sto et annet par med to mindreårige barn og kastet mat til endene ved vannkanten.

Hva skulle hun foreta seg? Hun kunne ikke bare vente på at noe skulle skje av seg selv.

Elena tømte vannglasset, reiste seg og gikk ut i entreen. Hun fant frem den lille notatblokken hun hadde liggende i skuffen i entrebordet og tok den opp. Hun stirret på de åtte tallene hun hadde skrevet, gikk tilbake til stuen og åpnet håndvesken. Skulle hun ringe? Fru Andersen hadde lovet å kontakte henne når hun hadde fått snakket med mannen sin. Kanskje hun hadde glemt det? Elena så på klokken. Dette måtte da være et greit tidspunkt å ringe på. Hun orket ikke å vente lenger, noe måtte hun foreta seg. Etter å ha rotet litt rundt i håndvesken tok hun opp mobiltelefonen og slo tallene hun hadde funnet i notatblokken.

«God dag, dette er Elena Follnes, du husker meg, kanskje? Jeg ringte for litt siden angående navnet på de dere kjøpte huset av. Unnskyld at jeg ringer igjen, men jeg var redd du hadde mistet telefonnummeret mitt eller noe slikt.»

«Selvsagt husker jeg det, det var fint du ringte», svarte fru Andersen. «Jeg snakket faktisk med min mann bare noen dager etter at du ringte. Han fortalte meg hvor jeg kunne finne salgskontrakten. Jeg er lei meg for at jeg ikke har fått tid til å ringe deg, det har vært så mye som har stått på her. Jeg har hatt deg på listen for å si det slik, men nå er du her, så da slipper jeg å bekymre meg for å få ringt deg.»

«Fant du ut av det?» spurte Elena utålmodig.

«Ja, visst, kan du vente et lite øyeblikk, jeg skal bare hente papirene.»

Elena ventet i spenning, sekundene var som dager og år.

«Er du der?»

«Ja da», svarte Elena spent.

«Jo, nå skal du høre. Min mann fortalte at det var en mann som overleverte huset til oss. Det var bare min mann som snakket med han. Det var derfor jeg ikke kunne huske det sist, da vi snakket sammen.»

Elena holdt pusten. Om det var en mann som solgte, så var hun like langt.

«I kontrakten er det en kvinne som har skrevet under. Hun du husket navnet på. Det var hun som eide huset, det var mannen hennes eller samboeren hennes min mann møtte. Ellers var det bare mekleren vi hadde kontakt med.»

Den omstendelige forklaringen fra fru Andersen fikk Elena nesten til å miste tålmodigheten.

«Siden de ikke bodde i Bergen, hadde mannen med seg en kontrakt som hun hadde skrevet under på, på forhånd.»

«Men, har du navnet hennes?» Elena klarte ikke å holde seg lenger.

«Å, selvsagt, ja, hun heter Fride Helle.»

«Helle?» gjentok Elena for å forsikre seg om at hun hadde hørt riktig.

«Ja. Fride HELLE», sa fru Andersen og stavet navnet. «Min mann mener å huske at de bodde i Ålesund, eller at de skulle flytte dit. Han var ikke helt sikker, det var en av delene. Jeg vet ikke hva mannen hennes het eller om han hadde samme etternavn som henne. Men min mann mener han var lege og at han arbeidet på et sykehus. Jeg tror ikke de har bodd her selv, i huset vårt altså. Det var leid ut til noen andre da vi kjøpte det, og da min mann spurte om hvorfor de solgte, fikk han vite et det hadde noe med arv å gjøre.»

De neste par dagene som fulgte gikk Elena bare og grublet på hva hun nå skulle gjøre. Det plaget henne at hun enda ikke hadde fått snakket med Heine, spesielt nå som hun hadde funnet ut hele navnet til Fride. På en eller annen måte måtte hun få fortalt Heine om Fride. Elena var enig med Line i at Heine trengte mer tid før hun tok kontaktet han igjen, men hvor lenge skulle hun vente? Hun regnet ikke med at Heine ville kontakte henne, men å ringe han etter det som hadde skjedd, føltes vanskelig.

Heine kom sikkert bare til å bryte samtalen før hun fikk sagt et eneste ord.

Hva om hun tok kontakt med Fride og fortalte henne om Heine? Da kunne jo Fride kontakte Heine.

Torsdag ettermiddag, etter å ha tenkt frem og tilbake, bestemte Elena seg. Hun ringte telefonopplysningen. Hun ba om nummeret til en Fride Helle, som hun mente bodde på Vestlandet ett eller annet sted det var sykehus, muligens i Ålesund. Operatøren spurte om hun hadde en adresse, men Elena måtte beklage at hun ikke hadde det.

«Det er en Fride Helle som bor i Ålesund, i Nystrøm gaten 15. Det er bare ett mobilnummer som er registrert på det navnet.»

Elena skrev behørig ned nummeret som ble lest opp til henne.

«Vil du ha nummeret sendt på SMS også?»

«Nei takk, eller forresten, det er fint, gjør det. Takk skal du ha!»

Like etter pep det i mobiltelefonen fra SMS-en. Det var nummeret til Fride Helle. Elena så på nummeret en stund, hun var usikker på om hun torde å ringe. Omsider tok hun motet til seg og tastet tallene forsiktig, en for en, som om hun var redd for å slå feil. Da det siste tallet var slått, løftet Elena mobilen opp til øret og kjente at hjertet banket fort. Det ringte, først en gang, så en gang til. Etter at det hadde ringt fire ganger fikk Elena plutselig panikk, hun avbrøt oppringingen og la fra seg mobiltelefonen.

Omtrent to uker senere, en ettermiddag etter at Elena nettopp hadde kommet hjem, ringte mobiltelfonen. Elena så på armbåndsuret sitt. Hvem i alle dager ringte nå på denne tiden? Kanskje det var Heine? Elena kastet et håpefullt blikk på displayet.

Elena hadde fremdeles ikke hørt noe fra han, og hun hadde heller ikke hatt mot til å kontakte han. Blikket han hadde sendt henne da han løp ut av Da Capo, sto fortsatt friskt i minnet. Elena klarte nesten ikke å tenke på noe annet enn den ulykkelige avslutningen de hadde hatt. Det hadde vært så fantastisk å treffe han. Hun hadde forsøkt å forestille seg hvordan han kunne se ut, og hun hadde ikke tatt feil. Det var akkurat som om Elena følte hun hadde kjent han lenge og at de hadde møtt hverandre igjen etter lang tid ...

Skuffet tok Elena mobilen til øret da hun så hvem som ringte.

«Hei.»

«Hei, Elena, det er Richard.»

«Ja, jeg ser det», svarte hun mutt.

«Hvordan går det med deg?»

«Jeg forstår at du og Line har snakket sammen», fortsatte Richard da Elena ikke svarte.

«Snakket sammen? Selvfølgelig har vi det, det gjør vi ofte. Hva sikter du til egentlig?»

Elena forsto godt hvorfor Richard ringte, men hun lot som ingenting.

«Elena, ikke vær så sær, du forstår sikkert hvorfor jeg ringer deg. Du vet at Line og jeg er sammen.»

«Sammen! Hva i alle dager er det du har rotet deg bort i, Richard? Du har kone og to barn, tenker du ikke på det?»

«Jo, selvsagt gjør jeg det.»

«Men hva er det du driver på med da? Du kan da ikke svikte Berit sånn uten videre. Og hva med Lars og Trine, skal du bare stikke av fra dem også? Hvordan kan du gjøre noe slikt? Jeg må si at jeg er skikkelig sjokkert over deg, Richard.»

Skuffelsen Elena følte over at det ikke var Heine som ringte, fikk henne til å la det gå utover Richard.

«Elena, vær så snill og hør på meg. Jeg er selvsagt veldig lei for at det har blitt slik som det har blitt. Men slik er det altså. Og for å være helt ærlig så er jeg er ikke så veldig engstelig for Lars og Trine. De er nesten voksne begge to, og livet går ikke alltid på skinner. Berit og jeg har dessverre slitt med forholdet vårt i lengre tid, og du vet jo at jeg ikke er særlig på bølgelengde med familien hennes heller. De blander seg inn i alt vi foretar oss. Jeg har fortalt deg om det. Jeg har kommet til et punkt i livet hvor jeg må bestemme meg for hva jeg vil gjøre. At Line og jeg er sammen, er bare en del av det hele.»

«Bare en del av det hele?» avbrøt Elena dramatisk. «Mener du at det virkelig er så enkelt, Richard?»

«Ro deg ned, Elena, hvorfor hisser du deg slik opp? Hør på meg, jeg sier ikke at det er enkelt. Det er ikke det jeg forsøker å si. Dette har med meg å gjøre, ikke Berit. Jeg har levd altfor lenge bare for å være til for henne, og det er faktisk du som har fått meg til å åpne opp øynene, Elena.»

Du mener vel ikke at det er min skyld at du går fra Berit? Nå får du jammen gi deg, det er det drøyeste jeg har hørt.»

«Nei, du misforstår, jeg mener ikke det med Line og meg. Jeg tenker på det som skjedde med deg, Elena, da du lå på sykehuset, da du fikk den hjertestansen. Jeg var virkelig redd for at vi kom til å miste deg. Det var da jeg innså at jeg bare hadde latt livet mitt bli som det ble, uten at jeg noensinne hadde tatt tak i noe som helst. Etter at Berit og jeg giftet oss har alt bare blitt slik hun har villet. Hun har styrt alt, også meg. Jeg klager ikke, det er min egen feil. Det er jeg som har latt det bli slik. Jeg har bare ikke forstått det, ikke før da du holdt på å dø, at det var min egen sløvhet som var skyld i det. Jeg har på en måte bare latt alt skure og gå.»

Elena hørte at Richard sukket oppgitt over seg selv.

«Vet du, Elena, jeg kan nesten ikke huske hva som har skjedd i alle de årene fra jeg var student og frem til nå. Dersom noen hadde bedt meg skrive det ned, ville jeg knapt huske noe annet enn jobben. Alt har bare gått på autopilot. Da du våknet opp igjen på sykehuset, herregud så lettet og glad pappa og jeg var. Da vi forsto at du ville overleve, sto alt plutselig så tydelig for meg. Jeg har bare latt alle disse årene gå uten at jeg har levd dem. Men det var da jeg bestemte meg for å gjøre noe med det, Elena. Da jeg møtte Line i korridoren på sykehuset og hun fortalte meg hvor ulykkelig hun var og at hun hadde vært forelsket i deg fra første dagen hun traff deg, men aldri hadde fortalt det til deg. Hun var redd for å miste deg, uten å ha fått fortalt det til deg. Hun sto der og gråt, helt fortapt. Og da jeg hørte henne fortelle det, da tenkte jeg på Berit og meg, og om jeg hadde vært like ulykkelig dersom det var Berit som holdt på å dø. Det er fælt å si det, Elena, men jeg forsto plutselig at jeg ville ha følt meg fri. Fri til å leve slik jeg selv ønsker og ikke slik Berit vil.»

Richard stoppet å snakke et øyeblikk, men da Elena ikke sa noe, fortsatte han.

«Da jeg en god tid senere tilfeldigvis traff Line igjen, skjedde det noe mellom oss. Jeg kan ikke forklare det. Jeg ... Hun ringte meg og spurte om vi kunne treffes, hun ville snakke med meg om deg. Line hadde jo fortalt meg at hun var forelsket i deg og jeg trodde det var det hun ville snakke om. Men det var noe annet, hun var engstelig for deg. Hun sa du hadde opplevd noe på sykehuset og at hun ville at jeg skulle snakke med deg for å høre om alt var bra med deg. Det var i løpet av den samtalen at det skjedde noe. Line fortalte litt om seg selv, og etter hvert fortalte jeg om mine egne problemer. Vi var enige om at vi begge trengte en å snakke med, så vi avtalte å treffes igjen. Etter en stund forsto vi at vi var forelsket i hverandre. Jeg forstår at du er sjokkert, men dette har kommet like brått på både Line og meg.»

Richard tok en pause.

«Line og jeg har tenkt å ta oss en tur til Bergen snart», fortsatte Richard da Elena ikke hadde noe å si, «jeg skal forsøke å avtale med pappa. Kan vi ikke treffes alle sammen? Vi håpet at du og pappa ville bli med ut på en middag eller noe sånt.»

Elena tenkte seg litt om. Hun orket ikke å kjefte mer på Richard. Hun hadde sagt det hun mente, og på en måte kunne hun forstå at Richard hadde falt for Line.

«Jo, det hadde vært hyggelig det.»

«Flott. Det skal bli kjekt å se deg igjen. Jeg har selvsagt fortalt pappa om Line, jeg vil at han skal få hilse på henne. Om han ikke er opptatt da», Richard lo, «han har jo fått seg bekjentskap han også. Der ser du, det er ikke bare jeg som kaster meg utpå dypt vann.»

«Gi deg, Richard, pappa er enkemann.»

«Glem det, Elena, jeg mente det ikke slik.»

«Men, Richard, du er klar over at pappa skal reise til Spania?»

«Til Spania? Hva skal han der?»

«Han skal reise med Olaug, de reiser om en uke. Visste du ikke det? Si meg, er det lenge siden du snakket med han?»

«Nei, selvsagt ikke. Men pokker, jeg har bare helt glemt det. Vet du når han er tilbake?»

«Du har ikke snakket med han», svarte Elena bebreidende. «De er ikke tilbake før litt uti mars.»

«Mars!» Elena hørte at Richard var oppgitt. «Hva i alle dager skal han gjøre der så lenge? Er han bortreist et halvt år?»

«Nei, fem måneder, og han har jo ikke mye å foreta seg her i Bergen likevel. I alle fall ikke om vinteren. Olaug har en leilighet i Spania, i Malaga tror jeg det er, så de reiser dit.»

«Vel, da kan vi bare glemme å komme til Bergen. Jeg er sikkert i gang i Paris innen de er tilbake.»

«Paris?»

«Ja, jeg har takket ja til en stilling der, hos en av kundene våre. Jeg har hatt tilbudet en stund. Planen er å begynne der i løpet av februar.»

«Det høres spennende ut. Men Line da, hun har tenkt å reise med deg?»

«Ja, det er i alle fall det som er planen.»

«Planen? Er det ikke sikkert at hun blir med?»

«Joda, det er det vi legger opp til. Hun har allerede fått innvilget permisjon i ett år, men om hun reiser ned med en gang eller litt senere må vi finne ut av. Hun må enten kvitte seg med leiligheten i Oslo eller kanskje leie den ut. Og jeg må finne et sted vi kan bo i Paris, men det tror jeg skal gå bra. Den nye arbeidsgiveren min har lovet å hjelpe meg. Vi kan bo på hotell i mellomtiden.»

«Line har søkt permisjon ett år, sier du? Planlegger dere å komme tilbake om ett år?»

«Nei, men dersom hun får permisjon i ett år, så kan hun like godt benytte seg av den. Og i så fall må hun enten tilbake eller si opp om ett år, men da har hun i alle fall bedre tid på å bestemme seg.»

«Enn du da, Richard?»

«Hva mener du?»

«Hvor lang tid trenger du på å bestemme deg?»

«Å, er det det du tenker på. Det er ikke derfor hun tar permisjon. Du kan slappe helt av, dette har ikke noe med Line og meg å gjøre, om du tror vi er usikre på forholdet vårt.»

Elena svarte ikke.

«Men da dropper vi turen til Bergen, tror jeg, siden pappa ikke er hjemme. Men kan ikke du heller ta deg en tur til Oslo, Elena? Vi må jo prøve å treffes før Line og jeg reiser.»

Elena var ikke veldig overrasket, men likevel var hun skuffet over at Richard ikke ville reise til Bergen når det bare var henne de kunne treffe.

«Jeg skal tenke på det.»

«Ikke tenk for lenge da, er du grei. Hva gjør du i julen, forresten?»

«Nei, det har jeg ikke bestemt meg for enda, men det

blir vel til at jeg reiser sydover, som vanlig. Men vi kan snakkes, Richard.»

«Da hører jeg fra deg, ok?»

«Ja da, hils Line.»

Elena avsluttet samtalen og gikk inn i stuen. Hun stirret ut gjennom stuevinduet. Det hadde begynt å regne ute, den friske nordvesten rev og slet i trærne som sto på rekke og rad langs grusveien ved Ortunvannet. Regnet pisket mot vindusruten, dråpene samlet seg og ble til små stråler av vann som rant i en stadig villere dans nedover vindusflaten. Alt regnet på ruten gjorde at det var vanskelig å se ut, alt utenfor ble utydelig og forvrengt, akkurat slik som Elena følte seg. Hun var oppgitt og frustrert, og ønsket at hun også kunne ha reist bort et sted, langt bort. Men hva skulle det egentlig føre til?

Hun følte det nesten som om hun var stengt inne i et rom hun ikke kunne flykte fra. Line forsvant lykkelig med Richard til Paris, mens hun selv satt i Bergen uten å kunne foreta seg noe fornuftig. Hun skulle ønske at hun hadde våget å ringe til Heine, men frykten for hvordan han kom til å reagere holdt henne tilbake.

Resignert satte Elena seg ned i stolen like ved stue-vinduet. På det lille settbordet som sto ved stolen, lå no-tisboken. Intuitivt grep hun den og åpnet den. Telefon-nummeret til Fride Helle lyste mot henne. Skulle hun ta sjansen på å ringe? Elena ble urolig bare ved tanken, men hun strakte seg etter mobiltelefonen og sakte trykket hun inn tallene hun hadde skrevet ned.

Omtrent i samme øyeblikk som hun hadde slått det siste nummeret, hørte Elena noen si:

«Hei igjen, var det noe mer du tenkte på?» Og deretter, før Elena fikk reagert: «Unnskyld, jeg beklager, jeg trodde det var en jeg nettopp snakket med som ringte tilbake.» Det kom et forsøk på latter.

«God dag, mitt navn er Elena Follnes. Jeg beklager at jeg

ringer på denne måten, men jeg har prøvd å få tak i deg», unnskyldte Elena seg. Hun var irritert på seg selv. Hvorfor måtte hun absolutt unnskylde seg hver gang hun ringte noen. Det var en håpløs uvane, men hun klarte ikke å la være. «Er det Fride Helle jeg snakker med?»

«Ja, det er meg, hva gjelder det?»

«Du kjenner meg nok ikke, men jeg kjente din bror, Jan.»
Det ble stille.

«Hva sa du at du het, sa du?» Fride hørtes skeptisk ut.
«Elena Follnes.»

Igjen ble det stille i den andre enden av telefonen.

«Ja vel. Kan jeg spørre hva det gjelder?»

«Det gjelder Jan, eller jeg mener ... Jeg ville bare fortelle deg ..., Jan har en sønn.»

Denne gangen ble det en lang pause i den andre enden.

«Hva er det du sier? Si meg, hvem er du egentlig?»

Elena hørte at Fride var ganske oppskaket.

«Jeg beklager virkelig at jeg kommer med denne nyheten på denne måten, men jeg har strevet sånn med å finne deg. Jeg kjente bare til pikenavnet ditt, Steinsland.»

På nytt ble det stille.

«Er dette en form for dårlig spøk?» kom det omsider.

«Nei, nei, det er det ikke. Jeg forstår at du reagerer. Som sagt, jeg beklager at du får vite det på denne måten, men jeg har bare ikke funnet ut hvordan jeg ellers skulle fortalt deg det.»

«Kan jeg spørre deg om hvor du har dette fra? Det er nesten litt for utrolig til å være sant.» Fride hørtes litt roligere ut, selv om Elena kunne høre at hun fremdeles var skeptisk. «Hvordan kjente du Jan? Er du moren til sønnen, kanskje?»

«Nei, det er jeg ikke. Vi var ikke sammen eller noe sånt, jeg bare kjente Jan.»

«Og Jan har fortalt deg at han har en sønn?» Fride var fremdeles tvilende.

«Ja, han har nok det», svarte Elena, og hun forsto at hun måtte si noe som overbeviste henne. «Og jeg har møtt han, sønnen til Jan, altså.»

«Hva er det du sier? Det er nesten så jeg ikke kan tro det. Jan fortalte aldri at han hadde en sønn.»

Elena kunne høre Fride si et eller annet til noen som var i nærheten.

«Det er nok forståelig», sa Elena lettet da hun oppfattet begeistringen i stemmen til Fride. «Jan kjente faktisk ikke til det før moren til sønnen kontaktet Jan. De var bare sammen en kort tid, og hun ble gravid, men fortalte det først til Jan etter at sønnen var voksen. Han heter forresten Heine Jan Pedersen. Han ønsket å få kontakt med Jan, men dessverre døde Jan før de fikk møtt hverandre.»

«Hva er det du sier», utbrøt Fride, «noe så forferdelig. Vet du hvor sønnen til Jan bor? Har du adressen eller telefonnummeret hans? Jeg må få tatt kontakt med han.»

30

En uke før jul ringte mobiltelefonen til Elena. Elena stirret urolig mot entreen hvor lyden kom fra, noe inne i henne at hun ikke burde ta den telefonen.

Hun var ferd med å pakke klær hun skulle ha med seg til Spania. Elena hadde avtalt at hun skulle tilbringe julen og nyttårshelgen der sammen med sin far og Olaug. Først hadde hun vegret seg, men da faren insisterte på at hun måtte komme på besøk, gav Elena til slutt etter. Egentlig var det like greit, det kunne være bra for henne å komme seg vekk. Vigdis skulle som vanlig være hos sine foreldre, og for en gangs skyld hadde Elena ikke bestilt de vanlige juleukene på Gran Canaria.

Et av prosjektene hun jobbet med hadde skåret seg, og fremdriften med å få på plass et nytt rapporteringssystem var forsinket. Hun ville pakke ferdig så tidlig som mulig, i tilfelle det oppsto nye problemer og hun måtte reise til Stavanger igjen.

Systemet skulle installeres flere steder, på Sola og Sandsli og på hver av de tre Gullfaksplattformene. Elena var ansvarlig for det som skulle skje på Sandsli, i tillegg til at hun hadde ansvaret for at kommunikasjonen mellom de fem installasjonene fungerte. Det var mye mas og jag med daglige turer til hovedkontoret hvor det ble holdt møter med prosjektdeltakerne og styringsgruppen. Elena følte hun nærmest løp fra sted til sted, alle skulle ha forklaring på hva som var årsaken til forsinkelsene og hva som ble gjort for å få prosjektet på skinner igjen. Hvis de ikke fikk systemet til å fungere i løpet av nyttårshelgen, var løpet kjørt.

Elena hadde etter hvert begynt å mistenke hva problemet kunne være, men å ta det opp med IT-avdelingen hadde vært umulig. Særlig Knut, avdelingslederen i IT-avdelingen, var helt avvisende til at de skulle lete etter andre mulige feilkilder, problemet lå hos leverandøren, mente han. Det virket nærmest som om alle var fornøyd bare problemet ikke var deres. Etter et opprivende prosjektmøte, hvor alle mer eller mindre hadde kranglet, hadde Elena gått bort til Knut og forlangt at han lyttet til henne. Hun hadde forklart han hva de burde gjøre, men Knut hadde bare sett foraktelig på henne. Elena var overbevist om at det kunne være lurt å teste rapporteringssystemet på en eldre versjon av operativsystemet, den samme som var i bruk da utviklingen startet to år tidligere. Etter en intens diskusjon gav Knut etter, og Erik fikk beskjed om å sette i gang med å installere den gamle versjonen.

To dager senere bekreftet Erik henrykt at alt fungerte.

Mobiltelefonen hadde ringt flere ganger før Elena omsider fikk reagert. Hun løp ut i entreen og grep tak i den. Bare det ikke var et eller annet med prosjektet igjen, det var i så fall typisk om det skulle skje akkurat nå, like før hun skulle reise.

«Hei, det er Elena», sa Elena urolig, nummeret på mobiltelfonen var ukjent.

«Hallo, Elena, det er Fride, Fride Helle. Går det bra med deg?»

«Å hei, er det deg?» svarte Elena lettet, «det var en gledelig overraskelse må jeg si. Jo, jeg har det bare fint, jeg.»

«Du stusser sikkert på hvorfor jeg ringer deg, men jeg fikk så lyst til å fortelle deg at jeg har snakket med Heine.

Jeg ringte han, og han virker så utrolig hyggelig. Vet du, han arbeider i Kværner, siviløkonom tror jeg han sa at han var. Han visste ikke noe om familien vår, ikke annet enn det du har fortalt han, så vi har avtalt at vi skal treffes når min mann og jeg reiser til Oslo på nyåret. Vi må få kjøpt en leilighet, fordi min mann skal begynne i ny jobb på Rikshospitalet, så vi flytter til Oslo til våren.»

Elena kunne høre at Fride var både oppstemt og begeistret.

«Det var hyggelig at du har fått snakket med han», svarte Elena, «det blir sikkert kjekt for Heine å få treffe dere.»

«Men Elena, du har ikke tilfeldigvis lyst til å treffe oss, du også? Det hadde vært så hyggelig. Og jeg er fryktelig nysgjerrig på å få høre litt mer om hvordan du kjente Jan.»

«Fortalte ikke Heine deg om det?» Elena forsøkte å fiske etter hva Heine hadde fortalt?

«Nei, vet du, så langt kom vi ikke. Heine fortalte meg bare at han traff deg i Oslo. Og så avtalte vi å møtes like etter nyttår, lørdag den femte januar, og det hadde vært så hyggelig om du ville bli med.»

«Men er det lurt, tror du?» Elena nølte, hun var usikker på om det var bare av ren høflighet Fride inviterte henne. «Vil ikke det være forstyrrende for dere om jeg er med?»

«På ingen måte, det er bare veldig hyggelig om du kan komme du også.»

«Jeg vet sannelig ikke ...» Elena nølte.

«Det er klart at vi har lyst til å bli bedre kjent med deg», fortsatte Fride. «Det er tross alt du som har ført oss sammen.»

«Men jeg trodde kanskje Heine ville foretrekke å treffe dere alene, i alle fall første gangen. Jeg kan selvsagt treffe dere ved en senere anledning, dersom dere fremdeles ønsker det.»

«Nei, absolutt ikke, det var faktisk Heine som kom på å invitere deg med.»

Elena avtalte at hun skulle ringe tilbake til Fride for å gi beskjed om hun kunne komme. Hun var henrykt over telefonen fra Fride, men hun var veldig usikker på hva hun skulle gjøre. Hun ville ikke si det til Fride, men utrolig nok var lørdagen Fride hadde avtalt å treffe Heine på samme dag som hun mellomlandet på Gardermoen, på vei hjem fra Spania. Hun kunne faktisk bare utsette flyturen videre til Bergen til dagen etter, og hun kunne sikkert få overnatte hos Line. Hvis ikke fikk hun bestille seg et hotellrom.

Men Elena var veldig usikker på om det ville være lurt av henne å treffe Fride uten at hun hadde fått snakket med Heine først. Hun kunne fremdeles se for seg Heine sitt ansiktsuttrykk da han forlot Da Capo. Han hadde sett helt vettskremt ut da han forsvant ut døren. Men det ville jo uansett være spennende å møte Fride. Elena visste jo en del om henne og alle de problemene hun hadde slitt med. Men det virket som det hadde gått bra med henne likevel. Og det at Fride hadde invitert henne, det gav Elena faktisk et godt påskudd til å ringe Heine, selv om tanken på det fikk henne til å svette.

Til slutt bestemte Elena seg, hun åpnet notatblokken. Heine J. Pedersen sto det øverst på siden. Elena stirret på telefonnummeret. Torde hun virkelig? Elena kikket på armbåndsuret sitt, klokken var blitt litt over åtte. Heine var sikkert hjemme og det var neppe for sent å ringe han. Med skjelvende hånd slo hun Heine sitt telefonnummer og løftet mobiltelefonen opp til øret.

Da det begynte å ringe i den andre enden, kjente Elena nervøsiteten stige enda mer. Et lite øyeblikk angret hun og vurderte å legge på. Men før hun fikk foretatt seg noe, hørte hun en stemme si: «Hallo?»

Først klarte ikke Elena å si noe.

«Hallooo», gjentok Heine, «det er Heine her.»

«Hei, Heine», fikk Elena omsider stotret frem, «det er Elena, Elena Follnes.»

Elena holdt pusten. Hva mer skulle hun si. Hun måtte
først høre hvilken reaksjon som kom fra Heine.

«Å hei, er det deg?»

Heine hørtes merkelig rolig ut. Det ble en ny liten pause,
det var ikke mulig for Elena å vite hvordan Heine reagerte.

«Har du tid, kan jeg få snakke med deg et øyeblikk?»

Elena var lettet over at Heine ikke bare hadde slengt
på røret.

«Ja, selvfølgelig», svarte Heine, like rolig, «det går bra det.»

«Jeg skal si du forsvant brått sist», forsøkte Elena seg,
men angret i samme øyeblikk hun hadde sagt det.

«Ja, jeg beklager, jeg forstår at du reagerte på det.»

«Nei, du behøver ikke beklage, det er vel jeg som skal
beklage.»

«Nei, jeg mener det, jeg er virkelig lei for det», gjentok
Heine. «Jeg har tenkt på at jeg burde ringe deg, men jeg har
ikke funnet en passende anledning skal jeg være helt ærlig.
Jeg ble ganske satt ut av det du fortalte, av hele situasjonen,
egentlig. Jeg vet ikke helt hvordan jeg skal forklare det.»

«Det forstår jeg godt, ikke tenk på det.»

At Heine hadde reagert da de møttes, var helt forståelig.
Det hun var forvirret over, var måten Heine hadde reagert
på. Det var først etter en stund, da hun hadde reist seg for å
hente mer kaffe, at Heine plutselig hadde reist seg og løpt av
sted. Og han hadde sett på henne med et så merkelig blikk.
Men det viktigste nå var at Heine ville snakke med henne.

«Jeg var kanskje vel pågående da jeg kontakte deg på
den måten», begynte Elena. «Det var lite omtenksomt av
meg, men jeg må innrømme at jeg ikke forsto det før det
var for sent. Jeg var så opptatt av å få treffe deg når jeg
endelig hadde funnet deg.»

Elena følte en enorm lettelse. Nervøsiteten og spen-
ningen hun hadde følt da hun slo nummeret til Heine,
begynte å gi seg, selv om hun kjente at hele kroppen frem-
deles skalv.

«Jeg ble nok bare satt litt ut», gjentok Heine. «Jeg hadde riktignok i lengre tid håpet på å høre fra min far, på å få treffe han. Men så dukker du plutselig opp ut av ingenting og forteller at han ikke lever. Det satte meg helt ut.»

«Jeg er lei for det, Heine. Jeg håper du tror meg, jeg burde ikke sagt det til deg på den måten, så bardust. Det var ganske unødvendig av meg, men tanken hadde rett og slett ikke slått meg. Din far hadde jo gått bort for såpass mange år siden, og det slo meg derfor ikke at det var ukjent for deg. Jeg er oppriktig lei meg for det. Jeg har tenkt på det hele tiden etter at vi traff hverandre. Jeg har ønsket å ringe deg, men jeg har ikke våget å gjøre det. Jeg var så redd for at du ikke ville snakke med meg.»

«Det er helt i orden», svarte Heine. «Det var vel neppe mange andre måter å fortelle det til meg på heller. Du måtte vel bare si det som det var.»

Det ble en liten pause.

«Grunnen til at jeg ringer er at Fride, søsteren til Jan, ringte meg og fortalte at hun hadde kontaktet deg og at dere har avtalt å treffes i Oslo. Fride sa at hun ønsket at jeg skulle komme også.»

«Ja, jeg sa til henne at du sikkert ville sette pris på om hun inviterte deg», svarte Heine. «Hun hadde veldig lyst til å treffe deg.»

«Hva med deg da, Heine? Er du sikker på at det er greit for deg?»

«Ja, selvsagt, det er jo deg vi kan takke for at vi har fått kontakt med hverandre.»

«Det var det Fride sa også, men jeg har ikke sagt at jeg kan komme. Jeg må innrømme at jeg ikke følte meg helt sikker på om du virkelig ønsket det, så jeg tenkte jeg måtte sjekke det først.»

«Selvsagt vil jeg det. Passer datoen?»

«Det er faktisk samme dag som jeg mellomlander i Oslo på vei hjem fra Spania.»

«Flott, jeg kan si fra til Fride at du kommer. Avtalen var at jeg skulle bestille bord på en restaurant lørdag kveld. Hvis du har lyst, så kan vi treffes litt før det. Hva sier du, skal vi treffes på Da Capo igjen, der vi var sist?»

«Ja, det kan vi gjerne. Når tenker du?»

«Vel, vi snakket om å bestille bord klokken halv åtte. Jeg finner en restaurant i nærheten av Da Capo, det er flere hyggelige steder oppe på Frogner. Skal vi si en time før, altså halv syv?»

«Ok, jeg regner med at jeg lander på Gardermoen i god tid til å rekke det. Du får ha det bra så lenge, Heine, det var veldig hyggelig å snakke med deg igjen.»

Etter å ha lagt fra seg mobiltelefonen ble Elena en stund bare stående og se på den. Lettelsen og gleden over å ha fått kontakt med Heine igjen var stor.

31

Line sto og ventet da Elena kom ut fra ankomsthallen. Flyet var naturligvis litt forsinket, men Elena hadde sendt Line en SMS fra flyplassen i Malaga for å gi beskjed. Da flyet omsider landet på Gardermoen, var klokken over fem på ettermiddagen. Skulle Elena rekke avtalen hun hadde med Heine, måtte Line kjøre henne direkte til Da Capo.

På turen inn til Oslo fortalte Elena litt om oppholdet sitt i Spania. Det hadde vært hyggelig, men på en måte hadde hun følt seg litt til overs. Det var ikke det at Olaug og faren ikke var hyggelige å være sammen med, men det uvanlig dårlig været hadde begrenset uteaktivitetene. Fjellturene hun hadde planlagt, ble det ikke noe av, og strandopphold måtte erstattes med korte morgenbad i fellesbassenget. Det var grenser for hvor hyggelig det var å dra på bowling eller å sitte i en bil i timevis for å se seg om.

«Men hvordan går det med deg og Richard, da? Reiser dere til Paris snart?» spurte Elena nysgjerrig og kikket bort på Line som hadde vært uvanlig stille.

«Det går bra med oss, Elena.» Elena kunne se at Line sitt ansikt lyste opp. «Gud, han broren din», sukket hun, «jeg er virkelig forelsket i han.»

Line smilte og kastet et kjapt blikk mot Elena.

«Det er hyggelig å høre, du må bare love meg å ta godt vare på han, ellers får du med meg å gjøre.»

«Du kan ta det helt med ro», sa Line og nikket. «Richard har avtalt å begynne i den nye jobben i Paris første mai. Det er derfor han er i Paris denne helgen, han skal møte de han skal jobbe med. De har til og med skaffet han en leilighet, ikke langt fra Triumfbuen visst nok. Kan du tro det? Jeg klarer nesten ikke å vente. Jeg gleder meg sånn til vi skal reise.»

«Det forstår jeg godt», svarte Elena stille.

De kjørte videre innover mot Oslo. Lyset fra lyktestolpene langs veien fikk tåkedisen som lå lavt over bakken til å omhylle bilen i et vakkert, oransje lyshav. Sikten fremover kunne neppe være mer enn et par hundre meter. Elena betraktet Line, hun stirret konsentrert gjennom frontvinduet, litt fremoverlent, med hendene i fast grep på rattet. Line hadde et svakt smil rundt munnen. Så vakker hun var. Tenkte hun på Richard? Ville det bli ensomt når hun og Richard hadde reist? Og hva med hennes eget liv fremover? Elena hadde søkt på en del jobber, også i Oslo. Men skulle hun si opp og flytte, bryte helt opp? Og hva med Vigdis? Hun hadde vanskelig for å innrømme det, men Elena var faktisk i et forhold med henne. Det var bare å akseptere at det var slik det var.

Det var bra hun hadde reist til Spania. Slik at hun hadde fått tenkt gjennom saker og ting.

Vigdis hadde spurt hvorfor Elena skulle overnatte i Oslo på vei hjem, men Elena hadde ikke villet fortelle noe til henne om Heine. Derfor hadde hun bare sagt at hun skulle besøke Richard og Line. Elena hadde forklart Vigdis at de ønsket å treffe henne før de reiste til Paris, og at det passet veldig godt siden hun likevel skulle mellomlande i Oslo. Elena likte ikke å lyge, men Vigdis hadde tilsynelatende slått seg til ro med forklaringen.

«Er det noe galt, Elena?» spurte Line og kastet et hurtig blikk på Elena.

«Nei da», svarte Elena, men ombestemte seg. «Line, vet du om Richard har noe kontakt med Berit?»

«Er det det du bekymrer deg for?» svarte Line oppgitt. «Nei, egentlig ikke. De snakker selvsagt sammen, men jeg tror ikke det er lett for Richard å ha noe særlig kontakt med henne. Berit er ganske ...», Line dro litt på ordene, «... hysterisk, om jeg kan si det. Det virker i alle fall slik de gangene jeg overhører at de snakker sammen på telefonen. Richard vil ikke si noe til meg, men det er ikke vanskelig å forstå at det er problematisk for han. Jeg tror Berit vil at han skal komme tilbake.»

«Tilbake?» spurte Elena uforstående. «Hva mener du?»

«Nei, du kan så spørre», sa Line med et sukk. «Jeg tror både Berit og moren hennes forsøker å få Richard til å ombestemme seg. Av det lille Richard vil si, forstår jeg at de mener Richard bør ta hensyn til barna. Det er det verste for Richard, det gjør at han føler at han svikter Lars og Trine, selv om de ikke akkurat er barn lenger. Det er det Berit og moren forsøker å spille på.»

«Hva tenker du da, Line? Er du redd for at Richard kommer til å ombestemme seg?»

Elena forsøkte å lese ansiktsuttrykket til Line, for å se hva hun tenkte. Line rynket litt på pannen.

«Hm ... Nei, egentlig ikke.» Line dro litt på ordene. «Det er vel ikke slik at du kan la deg presses til å være glad i noen. For vi elsker hverandre, Elena. Jeg er sikker på at Richard føler det samme for meg som jeg føler for han.»

«Men hva gjør du med leiligheten din? Kommer du til å kvitte deg med den?»

«Nei, ikke i første omgang. Richard mener vi bør beholde den. Vi kan enten leie den ut eller beholde den slik at vi har et sted å bo om vi tar turen hit.» Line så nysgjerrig bort på Elena. «Hvorfor spør du? Du kan selvsagt låne den når du er i Oslo om det er det du tenker på.»

Elena nikket, men svarte ikke.

Da de var fremme ved Skøyen, svingte Line av motorveien og kjørte tilbake langs Drammensveien og parkerte bilen utenfor Da Capo.

«Jeg blir ikke sen, Line, men ikke sitt oppe for å vente
på meg. Jeg låser meg inn selv.»

«Det er greit, kos deg. Og vær snill å ta taxi tilbake, ikke
gå alene.»

Line vinket og forvant.

Klokken var litt over halv syv, og Elena så at Heine allerede
var kommet. Han satt ved det samme bordet som sist. Da
han fikk øye på Elena, reiste han seg.

«Hei!»

Heine strakte først hånden frem for å håndhilse, men
ombestemte seg og forsiktig gav han Elena en klem.

«Hei», svarte Elena klossete. Hun hadde ikke vært for-
beredt på klemmen.

«Er det greit at vi sitter her?» spurte Heine og nikket
mot bordet.

«Ja, det er helt fint», svarte Elena og kjente hun var
nervøs. Hun tok av seg kåpen og hengte den pent over en
av stolene. En servitrise kom bort til bordet deres.

«Vil du ha et glass vin?» spurte Heine.

«Ja takk, gjerne det.»

«Hvit eller rød?»

«Hvit, takk. Vi skal vel spise når vi treffer Fride og man-
nen hennes?»

Elena hadde spist på flyturen, men det var flere timer
siden.

«Ja, det stemmer», nikket Heine. «To glass hvitvin, takk.
Og gi meg regningen samtidig, er du snill. Vi må gå om
en liten stund.»

Servitrisen forsvant, men var tilbake etter en kort stund
med to glass hvitvin og regningen som hun la på bordet.

«Hvordan var det i Spania?»

«Det var greit det. Det er ikke akkurat den beste tiden
på året å reise dit, men det var kjekt å treffe pappa og
venninnen hans.»

«Det var hyggelig av deg at du ville bli med i kveld», sa
Heine. Han nikket for å understreke at han mente det. «Det
er fint at jeg slipper å treffe de helt alene. Og Fride virket
oppriktig glad da jeg fortalte henne at du ville komme.»

«Det skal bli spennende å treffe henne», svarte Elena,
«og mannen hennes også, selvfølgelig.»

Heine løftet glasset. «Skål da.»

Elena slet med å finne noe å snakke om, og Heine virket
også litt usikker, merket hun.

«Ja, her er vi igjen da», sa Heine etter nok en liten pause.
Han smilte svakt og lot som han stirret på et eller annet
bak Elena. «Jeg beklager måten jeg forsvant på sist.»

Elena var glad for at Heine nevnte det, selv hadde hun
kviet seg for å komme inn på temaet. Det var umulig å se
på Heine hva han tenkte.

«Det var veldig forståelig, selv om jeg syntes det var leit
at du bare gikk», fikk Elena omsider mannet seg opp til å si.

Heine grep etter vinglasset, men trakk armen til seg
igjen. Han var tydeligvis ukomfortabel med situasjonen.

«Elena, jeg snakket med min mor, om det du fortalte meg
om henne og Jan, om da de traff hverandre.» Heine dro litt
på det. «At de var sammen ved den innsjøen slik du fortalte.»

Heine stirret rett på Elena, blikket hans var så intenst
at Elena måtte nesten se bort.

«Min mor bekreftet alt sammen, det var akkurat slik
som du beskrev det. Mamma mener at du ikke kan kjen-
ne til det uten at du har det fra Jan. Du må ha kjent han
veldig godt?»

«Ja», nikket Elena, men hun ville helst unngå å snakke
mer om det, og forsøkte derfor å komme inne på noe annet.
«Det skal bli spennende å treffe Fride», gjentok hun.

«Jeg har hatt noen hyggelige samtaler med henne»,
svarte Heine. «Det er underlig å skulle treffe en tante en
ikke har visst om. Jeg har faktisk ikke mange slektninger
heller», la Heine til.

«Men din mors familie, da?» spurte Elena.

«Mamma er enebarn. Mormor kommer fra Nord-Norge. Hun hadde to søsken, men jeg har verken truffet de eller noen andre i familiene. De bor forskjellige steder i Nord-Norge alle sammen. Morfar hadde en bror, men han lever ikke, og han ble aldri gift.»

Igjen ble de stille.

«Si meg», Heine brøt omsider tausheten, «hva mer vet du om Fride? Fortalte Jan deg noe annet om henne?»

«Jeg tror Fride hadde en litt vanskelig ungdomstid.»

«Vanskelig?» spurte Heine. «Hvordan da?»

Elena tenkte seg om. Selv om hun var lettet over å kunne snakke om noe annet, måtte hun likevel forsiktig med hva hun sa.

«Jeg er ikke helt sikker, men jeg tror Fride hadde litt dårlige venner i ungdomstiden. Jeg tror de drev med en del med stoff og slikt.»

Heine stirret overrasket på Elena.

«Jan og Fride var på en skitur i Jotunheimen med onkelen deres en gang. Han var bror til moren deres», forklarte Elena. På den turen holdt det på å gå skikkelig galt, Fride unngikk bare så vidt å ramle utfor et stup. Det var med nød og neppe onkelen fikk reddet henne. Jan trodde at det skjedde noe med Fride etter den hendelsen, at hun fikk en slags reaksjon. Hun rotet seg bort i stoffer og slikt etter det. Jeg er ganske spent på å treffe henne, for Jan var veldig ulykkelig over at han ikke tok seg bedre av Fride. Han hadde dårlig samvittighet for at han ikke fikk henne ut av det dårlige miljøet hun var i. Jan var nok veldig glad Fride.»

Elena stirret på Heine for å se hvordan han reagerte. «Jeg tror Jan var ganske ensom, og ulykkelig, Heine. Han mente han hadde sviktet både Fride og broren sin, og han følte seg sviktet av de to kvinnene han var glad i. Den ene var han sammen med da han var yngre, den andre i flere år frem til noen år før han døde.»

«Det var trist at vi aldri fikk møtt hverandre», sa Heine omsider, han ristet oppgitt på hodet. «Elena, det er noe jeg må fortelle deg. Grunnen til at jeg ville møte deg her først ... husker du da vi traff hverandre utenfor leiligheten min? Jeg sa at jeg hadde deg fra et eller annet sted.»

«Ja, jeg stusset på det, jeg har tenkt på steder jeg har vært, privat eller i forbindelse med jobben, men jeg klarer ikke å finne ut et eneste sted vi kan ha møtt hverandre.»

Heine ristet på hodet.

«Det er ikke slik det henger sammen.» Han kikket på armbåndsuret sitt. «Nei, pokker», utbrøt han, «vi må komme oss av sted. Klokken er over halv åtte, vi bør ikke være for sent ute.»

«Men, hva var det du skulle si? Hvor er det du mener at vi har truffet hverandre?»

Heine smilte, grep kåpen til Elena og holdt den opp for henne.

«Jeg har ikke sagt at vi har truffet hverandre. Jeg skal fortelle deg det senere, men nå må vi komme oss av sted.»

32

Heine hadde bestilt bord på Elise Café, en liten, intim restaurant som lå i en av tverrgatene like ved toppen av Bygdøy allé.

«Det er reservert til Pedersen», sa Heine til servitøren som tok imot dem ved inngangen.

Tre små trappetrinn førte videre inn til et lite rom med seks små, kvadratiske bord. Helt innerst i den ene kroken, like ved det eneste vinduet, vendt ut mot gaten utenfor, satt et middelaldrende par. Mannen til Fride var kanskje litt over en meter og sytti. Han hadde tydeligvis vært mørkhåret, men det nå grå, litt sølvaktige håret indikerte at han måtte være godt inn i femtiårene. Fride virket litt yngre, trolig femti eller et par år mer, liten og spedbygd, nesten litt lutrygget. Håret hennes var blondt og stoppet litt før skuldrene. Da de fikk øye på Heine og Elena, reiste begge seg. Hun smilte og rakte frem hånden.

Elena tok den og utbrøt: «Du må være Fride? Jeg er Elena Follnes.»

«Ja, det stemmer nok det», svarte Fride og betraktet Elena med et nesten ertende blikk. «Jeg håper ikke du ble skuffet?»

«Nei, nei, for all del.» Elena forsøkte å le. «Jeg har bare forsøkt å forestille meg hvordan du så ut», svarte hun og håpet at unnskyldningen hørtes troverdig ut. «På stemmen din altså», la hun til. «Det er veldig hyggelig å treffe deg.»

Elena var overrasket, det var ikke noe som tydet på at Fride hadde vært utsatt for noen ulykke. Arr i ansiktet hadde hun i alle fall ikke. Tvert imot, Fride var faktisk en ganske pen kvinne. Forsiktig studerte Elena Fride nøye. Det var ingenting ved henne som tydet på at hun hadde hatt problemer med stoff.

Da Elena hilste på Fride sin ektemann, reagerte hun først ikke. Men da de satte seg ned måtte hun tenke seg om. Sa han ikke at han het Bård? Det var det samme navnet som Jans beste venn? Var ikke det et merkelig sammentreff?

Samtalen gikk, de snakket om Oslo og om været. Heine fortalte litt om turområdene ved Oslo hvor han pleide å gå, i marka og på Tryvann. Elena ble utspurt om Bergen og om hvor hun arbeidet. Hun følte det var som om alle bare snakket høflig for å få tiden til å gå, i påvente av det Elena regnet med ville komme. Da de hadde spist ferdig og kaffen ble servert, kremtet Fride og stirret forventnings-fullt på Elena.

«Elena, det er noe jeg har gått og tenkt på at jeg ville spørre deg om.»

Elena kjente et stikk av panikk. Fride var jo ikke dum, før eller senere måtte spørsmålet komme.

«Det kom som en overraskelse på meg, en gledelig over-raskelse selvsagt, at Jan hadde en sønn.» Fride nikket mot Heine. «Det fortalte han aldri til meg. Hvordan kjente du til Heine, egentlig? Jeg må innrømme at da du kontaktet meg, trodde jeg at du kunne være Heines mor, men jeg ser jo nå at det ikke er tilfelle. Men på det lille Heine har sagt, har jeg i alle fall tenkt at du og Jan må ha kjent hverandre veldig godt?»

Spørsmålet fra Fride var uunngåelig, men likevel had-de ikke Elena forberedt seg på hva hun skulle svare. Det kom på en måte som et sjokk på henne. Elena grep etter vannglasset, hun måtte tenke fort. I panikken holdt hun nesten på å få alt vannet i vrangstrupen.

«Har Heine fortalt det?» kremtet Elena og plasserte vannglasset tilbake på bordet.

«Nei, det er vel mer det at jeg har oppfattet det slik», svarte Fride og kikket usikkert bort på Heine.

Heine ville tydeligvis ikke si noe, han smilte litt brydd. Elena forsøkte å tenke seg om. Hvordan i alle dager skulle hun forklare seg? Hun hadde fortalt Heine at hun ble kjent med Jan på sykehuset. Heine hadde kanskje nevnt det for Fride, uansett måtte hun holde seg til den samme forklaringen.

«Da er det nok Heine som bare har trodd at vi har vært sammen, for jeg har vel ikke sagt det, Heine?»

Elena forsøkte å kjøpe seg tid, hun stirret på Heine.

«Nei. Jeg har bare tenkt at det var logisk, at det var slik det hang sammen», svarte Heine beklemt. «Men det er riktig at du ikke har sagt det til meg. Du fortalte meg at du traff Jan på et sykehus i Bergen. Jeg bare antok at dere måtte ha vært sammen etter det, i og med at du visste så mye om han, og det at du kjente til meg.»

«Vel», begynte Elena. Hun trakk pusten dypt, hun måtte få samtalen inn på noe annet, «Jan og Anna traff hverandre på en fjelltur, da Jan var mye yngre. De var bare sammen den ene gangen, og så ble Heine født uten at Jan fikk vite noe om det. Har du fortalt det til Fride, Heine?»

Da Heine ristet på hodet fortsatte Elena. «De hadde ingen kontakt med hverandre etter den ene gangen, og Jan visste ikke noe om Heine før Anna skrev til han. Det var Heine som ønsket å få kontakt med Jan. Det var vel derfor din mor skrev til han, Heine?» spurte Elena.

«Det stemmer nok det», nikket Heine. «Mamma sa at jeg skulle få vite hvem faren min var den dagen jeg ble myndig. Hun ville ikke fortelle meg noe om han før det.»

«Hva sier du?» spurte Fride bestyrtet. «Hvorfor i alle dager ville hun ikke det?»

«Nei, det har jeg aldri helt forstått for å være helt ærlig. Jeg tror det kan ha hatt noe med at mamma ville klare seg selv. Hun ville ikke knytte seg til noen. Jeg tror hun mente at så lenge jeg hadde en mor som var glad i meg, så var det det viktigste.»

«Det var trist for Jan som ikke fikk treffe deg. Og for deg, Heine, som aldri fikk møte din far», la Fride til.

«Vel, det kan jeg ikke gjøre noe med», Heine trakk på skuldrene. «Jeg klandrer henne ikke for det. Jeg har i alle fall ikke manglet en mor som var glad i meg, den saken er helt sikker.»

«Men Jan, da?» Fride snudde seg mot Elena igjen. «Han må da ha reagert da han fikk vite om Heine?»

«Ja, selvsagt», svarte Elena, lettet over hvordan samtalen så langt hadde forløpt. «Da han fikk vite om Heine, ble han veldig glad, men også veldig overrasket. Jan trodde faktisk at han ikke kunne få barn. Det var i alle fall det legen hadde fortalt han da han og ekskjæresten prøvde å få barn. Han ønsket selvsagt å treffe Heine, men det fikk han dessverre aldri oppleve.»

Elena betraktet Fride, og så at hun ikke fikk alt til å stemme.

«Jan døde på vei hjem fra en fjelltur», utbrøt Fride stille. «Han kjørte utfor veien. Det var mye tåke og dårlig sikt, ble vi fortalt.»

«Og glatt», glapp det ut av Elena.

Fride kikket på Elena. «Glatt? Hva mener du med det?»

«Nei, jeg tenkte bare at det måtte ha vært glatt på veien også», svarte Elena unnvikende. «I og med at det var tåke og kaldt. Det var egentlig et spørsmål.»

«Du har rett i det», svarte Bård og nikket. «Du husker vel at de fra politiet sa at det måtte ha vært is på veien», forklarte han til Fride. «De fant i alle fall ikke merker etter bremsespor.»

«Ja, det stemmer det», svarte Fride ettertenksomt. Hun nikket tankefullt og sukket høyt. «Men jeg synes at det er litt merkelig at Jan ikke kontaktet deg, Heine. Kanskje han gruet seg eller noe slikt. Jan var litt merkelig på den måten. Kanskje han følte det var vanskelig å treffe en ukjent, voksen sønn.»

Fride tok en liten tenkepause før hun igjen snudde seg mot Elena. «Men det vet kanskje du, Elena?»

«Vet hva da?»

«Hva som gjorde at Jan ikke tok kontakt med Heine?»

«Nei, det har nok bare med det enkle og triste å gjøre at han omkom like etter at han fikk vite om Heine.»

«Men du visste om det?» spurte Fride forundret.

«Ja», svarte Elena kort. Nå måtte hun være forsiktig. «Men Jan ville nok at jeg skulle kontakte Heine. Jeg er sikker på at det var det han ønsket.»

Elena følte hun snakket rundt grøten, men håpet likevel at Fride ville slå seg til ro med det hun sa. Hun hadde i alle fall klart å holde seg sånn noenlunde til sannheten så langt, utrolig nok. Men rynkene i pannen til Fride fortalte Elena at Fride fremdeles ikke fikk alt til å henge sammen. Hun stirret undrende på Elena, deretter snudde hun seg mot Bård uten å si noe. Det ble en merkelig taushet rundt bordet.

«Stakkars Jan», sukket Fride omsider, hun ristet svakt på hodet. «Og du også, Heine», kom det etter litt. «Det er trist for deg også, som ikke fikk treffe din far.»

«Ja, det fikk jeg dessverre ikke», svarte Heien og smilte. «Men så har jeg heldigvis fått treffe deg da, takket være Elena. Det er ikke hver dag jeg får meg en ny tante.»

Kommentaren fikk den trykkete stemningen til å briste, de begynte å le alle fire.

«Jeg må bare spørre deg, Bård», sa Elena. Hun hadde tenkt på det fra hun hilste på ham, men først nå når stemningen løsnet litt, tok hun motet til seg. «Det kan være helt tilfeldig, men en av Jan sine beste venner het Bård. Kan det være deg, kanskje?»

«Det stemmer, det er nok meg. Vi var mye sammen da vi var yngre, men etter at Fride og jeg giftet oss, så dessverre ikke Jan og jeg mye til hverandre. Jan kunne virke ganske fjern, han var ikke lett å holde kontakt med», svarte Bård, og betraktet Fride mens han snakket.

«Men kan jeg spørre», Elena så på de begge, «når ble dere sammen egentlig, du og Fride?»

«Vi har kjent hverandre lenge. Jeg var jo venn med Jan og ble kjent med Fride gjennom han. Men sammen ...», Bård tenkte etter. «Det var vel like etter at Harry døde, var det ikke?»

Fride nikket.

Elena måtte passe seg så de ikke så hvor overrasket hun ble. Var det mulig? Jan hadde i alle fall trodd at Fride hadde fått problemer etter at Harry døde. Det var hun helt sikker på. Selvsagt kunne hun og Bård likevel blitt sammen, men hun fikk det ikke helt til å stemme.

Fride kastet et blikk på armbåndsuret sitt. «Det har virkelig vært hyggelig å treffe dere begge to, men jeg tror dessverre vi må forlate dere. Hør, vi flytter til Oslo neste måned, kan vi ikke treffes igjen når vi har kommet på plass? Vi må i alle fall holde kontakten, Heine. Jeg har noen bilder av Jan og oss søsknene fra da vi var yngre. Det er så mye jeg har lyst å fortelle deg om Jan, og jeg har selvsagt veldig lyst til å bli bedre kjent med deg også, Elena. Kan vi ikke prøve på det?»

«Selvsagt», nikket Heine. «Det hadde vært hyggelig det.»

«Men før jeg går må jeg bare få spørre deg, Elena. Var dere sammen, du og Jan?»

Elena ristet på hodet.

«Nei, vi var nok ikke det. Jeg var ikke sammen med han. Jeg var vel heller mer det en vil beskrive som en godt kjent, en fortrolig om man kan si det slik.»

«Fortrolig? På hvilken måte da?» spurte Fride, hun rynket pannen.

«Hva skal jeg si, vi var ikke kjærester eller noe slikt, men Jan trengte en å snakke med. Han levde ganske ensomt de siste årene, han følte nok at ikke alt i livet hadde gått slik han ønsket. Ikke at han klaget eller bebreidet noen. Det var vel mer at han stolte på meg. Jeg vet faktisk ikke, men jeg ble i alle fall veldig godt kjent med han.»

«Å, jeg forstår», utbrøt Fride og strøk Elena lett over skulderen med hånden sin. «Det er fint å vite at dere i alle fall var gode venner. Det må ha vært et sjokk for deg da Jan omkom. Jeg var ...» Fride nikket mot Bård. «Vi var ganske forferdet må jeg innrømme. Begge brødrene mine var døde, men det verste var at jeg ikke kunne ta et verdig farvel med Jan.»

«Ja, det forstår jeg», svarte Elena uten at hun egentlig forsto hva Fride mente.

Bård ba om regningen og da Heine og Elena gjorde tegn til å ville betale, viftet han med hånden for å vise at han ville spandere.

«Elena, du må love oss at vi får se deg igjen også», sa Fride da de reiste seg for å gå. «Jeg må få vite mer om deg og Jan.»

Elena nikket og hun og Heine fulgte Bård og Fride med blikket mens de forlot restauranten. Da de var forsvunnet, vendte Heine seg mot Elena.

«Klokken er bare litt over ni, hva sier du til et glass vin til?» foreslo Heine.

«Jeg har egentlig lovet Line å være sammen med henne i kveld», løy Elena. «Men det får være, det er bare hyggelig om vi blir litt til», la hun til for ikke å avsløre at hun håpet Heine ville foreslå nettopp det.

«Er det mulig å få to glass rødvin av den samme vinen vi drakk til maten?» spurte Heine da han fikk tak i kelneren.

Kelneren løftet på øyenbrynet og så spørrende på Heine.

«Nei, la oss heller si en flaske.» Heine så på Elena og laget en oppgitt mine. «Jeg håper du har lyst på litt mer vin. Her selger de tydeligvis ikke annet enn hele flasker.»

«Det virket ikke som om det var noe i veien med Fride», sa

Heine etter at kelneren hadde fylt opp glassene. «Jeg tenker på det du sa om at hun hadde hatt problemer med stoff.»

«Nei, jeg så det jeg også. Hun har kanskje klart å legge det bak seg.» Elena var usikker. «Du hørte hva Bård sa, de har tydeligvis ikke hatt mye kontakt med Jan, så han har kanskje ikke visst hvordan det sto til med henne. Men at Fride var gift med Bård ..., jeg må innrømme at det er noe jeg ikke helt forstår? Bård sa at han og Fride hadde vært sammen helt fra like etter at Harry døde, og det får jeg i alle fall ikke til å stemme.»

Elena tenkte på skadene i ansiktet til Fride, heldigvis hadde hun ikke nevnt noe om det til Heine.

«Jeg håper ikke du begynner å tvile på meg, Heine?»

Heine begynte å le.

«Du kan ta det med ro. Det at du ikke har rett i alt du forteller om Jan gjør det faktisk mer troverdig. Og du visste i alle fall at Jan og Bård hadde vært venner.»

«Jeg visste bare at han hadde en god venn som het Bård», nikket Elena bekreftende. «Det bare slo meg plutselig at det måtte være samme person.»

«På grunn av navnet?» spurte Heine.

Det ville vært et merkelig sammentreff dersom det ikke var han? Det er vel ikke så mange som heter Bård?»

«Du kan ha rett idet», svarte Heine og nikket.

«Den kvelden Harry døde, ville Bård snakke med Jan på tomannshånd. Jan var sikker på at det Bård ville fortelle var at han var utro med Jans kjæreste. Jan mistet fatningen og kastet Bård på dør. Det var noe annet Bård ville fortelle Jan, det hadde med Fride å gjøre. Kanskje Bård vil si noe om det hvis jeg får anledning til å spørre han?» sa Elena og trakk på skuldrene.

Heine svarte ikke, han bare stirret uforstående på Elena.

«Elena, det jeg ikke fikk sagt deg på Da Capo», sa Heine, «da vi måtte løpe, det at jeg trodde jeg hadde truffet deg før.»

«Jeg hadde inntrykk av at du ombestemte deg, jeg trodde du ikke ville fortelle meg det likevel.»

«Nei, selvsagt ikke, det var bare det at jeg plutselig så at vi hadde dårlig tid. Uansett, da vi møttes første gang der, husker du da du gikk bort til disken for å hente en kopp kaffe til oss?»

Elena nikket.

«Du sto med ryggen til meg og du stirret inn i speilet og så møttes blikkene våre, husker du det?»

«Ja, selvfølgelig», svarte Elena litt nølende, «du så vettskremt ut. Jeg forsto at det var ett eller annet du reagerte på. Jeg var helt sikker på at det var noe jeg hadde sagt.»

«Nei, det var ikke derfor. Da jeg fikk se ansiktet ditt i speilet, da forsto jeg hvor jeg hadde deg fra. Jeg ble ganske sjokkert da jeg innså det.»

«Hva mener du? Vi har da aldri truffet hverandre før, har vi?»

«Ikke slik du tror, det har noe med oppveksten min å gjøre.»

«Med oppveksten din? Hva mener du?»

Heine tok vinglasset. «Skål da, Elena.»

«Hvorfor er du så hemmelighetsfull, Heine?»

«Jeg har rett og slett drømt om deg. Jeg har drømt at jeg har truffet deg.»

Elena så at Heine var spent på hvordan hun ville reagere. Elena begynte å fnise.

«Hva er det du sier? Har du drømt om meg? Jeg har hørt om drømmeprinser og drømmeprinsesser, men ikke noe som dette, må jeg innrømme.» Elena forsøkte å spøke det bort, men hun kunne ikke dy seg. «Si meg, er dette et slags sjekketriks?»

«Er det et godt sjekketriks i så fall?» spurte Heine skøyeraktig tilbake.

Elena lo høyt og latteren hennes smittet over på Heine. Paret som satt ved bordet like ved siden av, kikket irritert bort på dem.

At Heine sa at han hadde drømt om henne, tok Elena selvsagt ikke bokstavelig, men resten av usikkerheten som Elena hadde følt, var borte. En time senere hadde Elena fortalt Heine mer om seg selv. Og Elena fortalte om oppveksten og studiene i USA, om CMI og Statoil. Men Henry og Vigdis nevnte hun ikke.

Da de nærmere to timer senere forlot restauranten, fulgte Heine Elena tilbake til Line sin leilighet. Det var mørkt og klart vær, tåken som hadde ligget over Oslo tidligere på dagen, var drevet vekk av en svak bris. Elena kunne kjenne vinen hun hadde drukket. Hun følte seg så tilfreds og avslappet, det hadde vært en veldig hyggelig kveld, og hun kunne ikke slutte å tenke på det Heine hadde fortalt om at han hadde drømt om henne. Elena smilte for seg selv og kastet et raskt blikk på Heine. Heine merket det og smilte forsiktig tilbake. Lyset fra lyktestolpene kastet lange skygger langs gaten der de gikk. Elena stakk armen sin inn under Heine sin.

«Har du hatt en hyggelig kveld, Elena?»

«Ja, veldig. Det var hyggelig å treffe Fride og mannen hennes.»

«Ja, og det var hyggelig å treffe deg også.» Heine strammet armen sin og trakk henne tettere inntil seg. «Det har faktisk vært veldig hyggelig å være sammen med deg, Elena, selv om vi kanskje kom litt skjevt ut i starten.»

«Ja, det kan du si», svarte Elena.

«Jeg er glad for at du tok kontakt med meg», fortsatte Heine, «og jeg er glad for alt det jeg har fått vite om Jan.»

«Det er hyggelig av deg å si det og takk det samme. Det var kjekt at du ville ha meg med for å treffe Fride og Bård.»

De gikk videre uten å si noe.

«Når reiser du tilbake til Bergen i morgen?» spurte Heine da de var fremme ved Line sin leilighet.

«Flyet går i totiden.»

«Jeg tenke kanskje vi kunne treffes i morgen formiddag, vi kunne tatt en spasertur sammen, ut på Bygdøy, for eksempel. Det hadde vært hyggelig.»

«Det går nok dessverre ikke. Jeg må reise til flyplassen allerede i ellevetiden. Men kanskje det passer en annen gang når jeg kommer til Oslo?» spurte Elena håpefullt. «Vi kan vel holde kontakten?»

«Ja, selvsagt, det må vi gjøre», svarte Heine. «Lover du å gi meg beskjed neste gang du kommer hit?»

«Det skal jeg», nikket Elena.

Heine gav Elena en klem og snudde seg for å gå, men stoppet opp.

«Elena, det er en ting jeg stusser på. Det Fride sa om at de ikke hadde kunnet ta et verdig farvel med Jan, forsto du hva hun mente med det?»

«Nei, jeg ville ikke spørre henne, men det gjorde jeg ikke.»

«Merkelig, ikke jeg heller», svarte Heine.

Elena sto en liten stund og betraktet Heine. Hun forsto at hun ikke kunne holde på hemmeligheten sin så mye lenger.

33

Elena våknet tidlig neste morgen. Line hadde allerede lagt seg da Elena kom hjem kvelden før, og hun sov fremdeles. Elena listet seg ut av soverommet for ikke å vekke henne. Ute på kjøkkenet kokte hun vann og laget kaffe i presskannen. Hun fylte i koppen og satte seg ned ved kjøkkenbordet som sto like ved vinduet. Det var søndag morgen, og byen hadde fremdeles ikke våknet. I grålysningen kunne Elena se at det fremdeles var lite trafikk nede på veien. Et tynt lag med snø hadde lagt seg på bakken i løpet av natten. En ung jente, med ørepropper i ørene og en mobiltelfon i et futteral festet på overarmen, kom løpende langs fortauet på andre siden av veien. Den sorte løpebuksen, mønstret med en stor X på låret, satt stramt på den slanke jenten. Hun og de få bilene som passerte, alt sammen flimret forbi som bilder i en lydløs svart-hvitt-film.

Minnene fra da Elena og Line var i Gran Canyon dukket opp. Elena kunne huske de små prikkene av mennesker som gikk langt nede i den dype kløften. Det var den samme følelsen hun fikk nå. Det var som å betrakte noe hun selv ikke var en del av. Hun følte seg dratt mellom sin egen verden og Jans verden. Å innse at dette ikke bare var ren innbilning og fantasi, gjorde alt bare vanskeligere. Kroppen hennes opererte som robot på autopilot, mens tankene hennes var et helt annet sted.

Hun måtte forklare Heine hvordan hun visste om Jan, og det overskygget alt annet. Alle de forklaringene hun hadde laget for seg selv for å kunne leve med det uten å bli helt sprø, var en ting. Men å forklare noe slikt til en normal, voksen person? Tanken på å måtte dykke dypere inn i hvordan noe slikt kunne skje, var både vanskelig og ubehagelig.

Så lenge hun kunne si noe enkelt og overfladisk var det greit. Det var som med de flate steinene hun og Helge forsøkte å få til å hoppe på sjøen. De hoppet enkelt videre så lenge bare berørte overflaten, men traff de feil eller mistet farten, stoppet de opp og sank i dypet.

«Hei, sitter du her og drømmer?»

Elena ble brått revet ut av tankene da Line kom inn på kjøkkenet.

«Drømmer?» Elena smakte på ordet. «Nei, jeg sitter vel bare her og tenker.»

«Tenker på hva da?» spurte Line nysgjerrig. «Hvordan hadde du det i går forresten, var det hyggelig?»

Elena bare nikket, hun klarte ikke helt å skyve tankene bort. Line merket det.

«Hva er det med deg? Du er så tankefull, har du det bra?»

Line sto foran Elena, smilende og vakker som vanlig.

«Ja, jeg har det vel bra», svarte Elena, uten å overbevise.

«Jeg har det vel bra», hermet Line og ristet på hodet, «nå må du gi deg. Er det det at jeg er sammen med Richard som plager deg fortsatt?»

Line satte seg ned ved kjøkkenbordet, grep presskannen og fylte opp koppen hun hadde hentet ut fra overskapet.

«Er du gal», Elena ristet på hodet, «selvsagt ikke.»

Øynene deres møttes.

«Elena», sa Line alvorlig, «hva er det med deg?»

Line reiste seg og bøyde seg ned foran Elena. Hun grep forsiktig tak i hodet til Elena og vendte ansiktet hennes varsomt mot seg. Elena kunne ikke trekke blikket unna.

«Elena, hva er det?» gjentok Line. «Jeg ser at det er noe som plager deg.»

Elena nølte litt, slo blikket ned og sukket.

«Jeg vet ikke helt hva det er. Jeg forstår det vel bare ikke. Mine egne følelser, tankene mine, jeg vet nesten ikke hvem jeg er lenger. Det er vel det som er problemet, jeg som alltid har trodd at jeg kunne klare alt mulig og at jeg ikke er avhengig av noen andre enn meg selv. Men nå vet jeg ikke helt lenger.»

Elena trakk pusten. «Line, jeg er sammen med en i Bergen.»

«Herregud, jeg som trodde at du var dødssyk eller noe sånt», sa Line lettet, og satte seg ned på stolen igjen. «Du har vel behov for å være sammen med noen du også. Er det ikke bra at du klarer å legge det med Henry bak deg? Du har vel ikke dårlig samvittighet for det, håper jeg?»

Elena ristet på hodet.

«Det er ikke det. Jeg er sammen med en kvinne.»

Et lite øyeblikk var det helt stille.

«Sier du at *du* er sammen med en kvinne?» kom det omsider fra Line. «Den hadde jeg virkelig ikke sett komme», fortsatte hun. Line forsøkte å smile, men klarte det ikke helt. «Du slutter jammen meg ikke å overraske, må jeg si.» Line ristet på hodet.

Elena kunne ikke unngå å legge merke til at Line var sjokkert, selv om hun forsøkte å late som ingenting.

«Vet du, nå blir jeg nesten sjalu», fortsatte Line med en påtatt fornærmet mine, «hvorfor har du aldri tent på meg? Du er meg en fin en, må jeg si.» Line forsøkte å le det bort.

«Line, det er faktisk ikke noe å le av. Hvordan i alle dager har jeg klart å rote meg opp i noe slikt? Jeg trodde ikke engang at jeg var ... slik.»

«Lesbe, mener du? Klarer du ikke å si det, at du er lesbisk?»

«Nei, vær så snill å ikke spøk med det. Kall det hva du vil, men jeg er ikke slik, jeg er bare sammen med henne.»

«Ligger du med henne?» spurte Line nådeløst.

«Hvorfor spør du om det?» måpte Elena.

Line gav seg ikke. «Gjør du det?»

Elena sukket oppgitt. «Ja, jeg gjør vel det.»

«Men da er du vel lesbisk, da?»

«Gud, nå må du gi deg, Line.» Elena ristet oppgitt på hodet. «Vel, jo, på en måte kanskje, men jeg tror ikke egentlig at det er slik jeg er.»

«Egentlig?» Line stirret på Elena. «Hva mener du med det?»

«Jeg tror jeg ... Jeg klarer bare ikke tanken på å være sammen med en mann, å måtte ligge med en mann. Med henne er det annerledes, jeg klarer liksom å ...», igjen lette Elena etter ordene, «... å slappe av, om du forstår.»

«Slappe av! Du kan nå få sagt det. Kan du ikke like godt si du liker det?»

«Nei, jeg klarer å slappe av, jeg blir ikke engstelig», svarte Elena bestemt.

«Dersom du ikke liker å ha sex med menn, da er det vel fordi du ikke liker å ha sex med menn. Jeg har også ligget med jenter, det vet du, det er ikke spesielt uvanlig for å si det slik.»

«Men nå er du jo sammen med Richard?»

«Bifil kalles det, men for å være helt ærlig, for meg har det aldri vært snakk om noe annet enn sex, eller kall det gjerne nytelse. Det var først da jeg traff Richard at kjærligheten kom inn i bildet. Jeg elsker Richard, sex er en bonus», Line smilte lurt, «en kjempebonus.»

Elena ristet oppgitt på hodet, hun ignorerte det siste.

«Og nå er du ikke interessert i kvinner lenger?»

«Nei, jeg er nok ikke det, nå er jeg bare interessert i Richard.»

«Men det kan vel være slik med meg også, at jeg egentlig bare lengter etter en å være glad i?»

«Selvfølgelig, og om det er en kvinne eller en mann, det vet du selvfølgelig ikke før det skjer. Men er du ikke glad i henne, da?»

«I Vigdis?» spurte Elena, nesten forskrekket.

«Ja, i Vigdis», gjentok Line oppgitt, «dersom det er det hun heter.»

«Jeg vet ikke helt. Jeg liker henne selvsagt veldig godt, men det er ikke som det var med Henry. Med han var det noe helt annet, også når vi elsket sammen.» Elena tenkte seg litt om. «Nei, med Vigdis er det mer for å glemme, tror jeg. Eller ikke akkurat det heller, jeg vet ikke helt hvordan jeg skal beskriver det.»

«For å nyte?»

Ordene fra Line var ubehagelige. Elena stirret sjokkert på henne.

«Nyte?» Elena smakte på ordet. «Det er kanskje det. Nei, det høres så rart ut. Nei, jeg tror det er mer for å glemme, eller for å flykte. Flykte fra alt mulig, alt som jeg ikke finner ut av. Det er derfor jeg er så fortvilet.» Elena trakk pusten dypt. «Syns du det er dårlig gjort av meg, hvis det er for å glemme?»

«Kanskje», Line trakk oppgitt på skuldrene, «men hvorfor er hun sammen med deg, da?» Line stirret på Elena med et skeptisk blikk. «Har du spurt henne?»

«Hun sier at hun elsker meg, men bare når vi er sammen.»

«Når dere ligger med hverandre, mener du?»

Elena nølte. «Ja.»

«Det kan vel være noe hun sier», fortsatte Line, «som hun føler akkurat da. Men du finner ikke ut av det om du ikke snakker ut med henne. Hva sier du til henne da, når dere ligger med hverandre?»

«Oppriktig talt, Line, nå må du gi deg.» Det var ubehagelig å snakke om slike intime ting, syntes Elena.

«Nei seriøst, jeg mener det. Sier du til henne hva du føler for henne?»

Elena kjente på ubehaget og flyttet på seg i stolen.

«Jeg sier at jeg liker henne, at jeg er glad i henne. Jeg vet hun er lei seg for at jeg ikke sier at jeg elsker henne. Det ser jeg på henne, men det kan jeg ikke.»

Line betraktet Elena med undring i blikket.

«Elena, jeg tror i alle fall at du bør ha et mer ærlig forhold til henne. Fortell henne hvorfor du er sammen med henne. Hvis det bare er fordi du vil ha sex med henne, så bør du si det?»

«Nå synes jeg du vrir på det jeg sier, Line. Det er ikke for å ha sex, du må ikke tro det.»

«Men hva er det da? Bør du ikke finne ut av det?»

«Det er derfor jeg er ute av meg. Jeg vet ikke hvorfor, eller hva jeg vil, jeg vet nesten ikke hvem jeg er lenger.»

Line ristet oppgitt på hodet. Hun reiste seg og bøyde seg ned og gav Elena en klem.

«Du kommer nok til å finne ut av det skal du se. Og det skjer nok når du minst venter det.»

34

Resten av vinteren i Bergen var preget av typisk vestlandsvær, med vind og mye nedbør. Etter arbeid dro Elena ofte hjem til Vigdis for å overnatte der. Leiligheten hennes var større enn Elena sin, og beliggenheten var mer praktisk hvis de ville ta en tur på kino eller gå ut å spise.

På jobben var det like hektisk som vanlig. Elena var vant til prosjekter med stramme tidsfrister, men den siste tiden hadde det vært uvanlig mye ustabilitet i nettverket, noe som førte til at flere av de viktige konsernsystemene stadig falt ut. Elena var grundig lei av hele situasjonen. Vel tre år tidligere hadde ledelsen på Sola besluttet å overlate ansvaret for deler av IT-driften til en indisk serviceoperatør. Beslutningen ble begrunnet med at det ville gi økt tilgang til knappe ressurser, selv om de fleste mistenkte at ønsket om reduserte kostnader var hovedårsaken. Nå, med alle driftsproblemene, viste det seg at dialogen og samhandlingen mellom India og Norge ble altfor komplisert. Språkproblemer og mangelfulle rutiner førte til misforståelser og mye rot, og stemningen mellom IT-avdelingen på Sola og den indiske operatøren var på bunnivå.

Det nærmet seg påske og selv om Elena ikke hadde planlagt noe spesielt for selve påskeuken, så hun likevel frem til endelig å få noen dager i fred og ro. Vigdis hadde riktignok spurt om de skulle finne på noe, kanskje ta seg en tur sydover eller noe slikt, men så langt hadde de ikke klart å bestemme seg for noe spesielt.

Noe positivt i alt kaoset var det tross alt. Elena og Heine hadde god kontakt med hverandre, eller mer korrekt, det var stort sett Heine som ringte Elena. Inntrykket Elena hadde hatt av Heine som en heller stille og nesten litt avmålt person, viste seg å være feil. Faktisk var Heine overraskende pratsom. Riktignok snakket han mest om jobben sin, sjelden om seg selv, men Elena syntes ikke det var spesielt merkelig. Det var slik med henne også. Privatlivet ønsket hun å fortelle minst mulig om. Det eneste hun hadde fortalt Heine, var at hun hadde en leilighet som ikke lå langt fra Bergen sentrum og at hun arbeidet i Statoil. Men Heine var heldigvis først og fremst interessert i å høre mer om sin far.

Til å begynne med syntes Elena det var merkelig at Heine spurte og grov så mye. Hun var usikker på om Heine forsøkte å ta henne i motsigelser, som om han ville finne ut om hun snakket usant. Men den frykten var noe hun hadde bare til å begynne med, sikkert like mye fordi at hun var redd for å si noe som ikke stemte eller som virket ulogisk. Heine ønsket rett og slett bare å få vite mest mulig om sin far. Hun innså også at hun ikke husket alt om Jan like godt. Faktisk oppdaget hun, etter som Heine spurte, at det var ganske mye hun ikke kunne svare på. Minnene om Jan var som gamle minner fra ens eget liv, noe man må streve med å huske tilbake på.

Det var tydelig at Heine hadde akseptert at Elena og Jan på en eller annen måte hadde kjent hverandre godt, selv om Elena ennå ikke hadde fortalt hvordan. Hvis Heine antydet at hun hadde lovet å fortelle han det, svarte hun at hun foretrakk å gjøre det ansikt til ansikt. Det var for spesielt til å ta over telefonen. Heine godtok det, og Elena styrte behendig unna alt som hadde med sykehuset og det som hadde skjedd der å gjøre.

At Heine stilte så mange spørsmål, fikk Elena gradvis til å forstå at det var en vesentlig forskjell på hvordan hun husket sitt eget liv sammenlignet med det hun visste om Jan sitt liv. Minner om seg selv kunne hun hente frem, noen var detaljerte, mens andre var uklare, og noen kunne hun nesten ikke huske i det hele tatt. Likevel fantes det en gjennomgående tråd hun instinktivt visste var der, en rød tråd hun kunne følge gjennom hele sin tidslinje, fra langt tilbake og frem til nå. Dette kom ikke fra hukommelsen, men fra noe dypere inne i henne, noe ubestemmelig som hun ikke kunne peke på, men likevel visste var der.

Med Jan var det ikke slik, hun hadde ikke den samme følelsen av kontinuitet. Hans liv virket mer som lagrede, isolerte episoder uten den røde tråden. Det var ikke knyttet til bevisstheten på samme måte som med hennes egne minner. Det var merkelig å kjenne på den forskjellen. Det forvirret henne og skapte en slags uro. Det var ikke skremmende, men det fikk henne til å fundere over hvordan hun hadde mottatt disse episodene fra Jans liv.

Det var ikke bare det at hun hadde oppdaget brudd i Jans tidslinjen som forvirret henne. Elena hadde innsett at det var mye hun ikke visste om ham, men det merkeligste var at det også virket som om det var feil i tidslinjen hans. Mistanken ble forsterket da hun traff Fride og Bård. Fride så ikke ut til å ha hatt noen stoffproblemer, og det virket som om den antatte ulykken på Voss, hvor Fride hadde blitt vansiret i ansiktet, aldri hadde skjedd.

Elena syntes det var rart at da Bård fortalte om at han og Fride ble sammen like etter at Harry døde, ville Fride plutselig gå. Var det noe hun ikke ville skulle komme frem? Elena hadde tenkt at det i så fall kunne ha en sammenheng med Frides problemer. Det kunne selvsagt ikke være hyggelig å måtte blottlegge sider ved livet sitt som var lite smigrende. Men hvorfor i alle dager skulle de lyve? Det Elena visste fra Jan, var at Fride hadde fått et nytt tilbakefall etter farens død. Men faren deres døde flere år etter at Harry hadde gått bort! Hvis Jan mente at det var tilfelle, måtte Fride ha drevet med narkotika da hun og Bård ble sammen. Var det Jan trodde rett og slett ikke riktig?

Det var bare en måte å finne ut av det på. Hun måtte forsøke å få ut av Fride hva som skjedde med henne etter at hun og Bård ble sammen.

Tanken på at Jan sin historie ikke stemte, gjorde Elena betenkt. Hva annet ved Jan kunne være feil? Hun hadde alltid trodd at da hjertet hennes stoppet samtidig som Jan døde, smeltet tankene deres sammen på en merkelig måte? Men hva om kjennskapet hennes til Jan hadde en helt annen og mer naturlig forklaring?

Elena ble nesten engstelig ved tanken på om hun kjente Jan rett og slett fordi hun hadde truffet han tidligere, men ikke husket det. Hvis det var tilfelle, ville det bety at det var perioder i hennes liv hun ikke kunne huske. Hva om hun hadde hull i hukommelsen? Hadde hun hjernesvulst? Bare tanken kunne gi henne panikk. Hun forsto at hun måtte ta seg sammen, for hun var i ferd med å bli sugd inn i en tankespiral som kunne føre henne inn i et dypt, mørkt hull.

Heldigvis klarte Elena å innse at det ikke kunne være slik. Hun visste altfor mye om Jan til at det kunne være noe hun hadde blitt fortalt. Kjennskapen hennes om han måtte komme fra noe annet, noe uforståelig, men ekte.

Tre uker senere satt Elena på flyet til Oslo. Hun hadde avtalte å møte Bjørn, en tidligere kollega fra Statoil som hadde etablert et konsulentselskap i Oslo. De var ute etter flere prosjektledere, og Erik i Stavanger hadde tipset han om Elena. Elena følte seg smigret, og Bjørn hadde vært overtalende nok på telefonen til at Elena takket ja til å treffe han i Oslo. Hun var ikke klar for å flytte fra Bergen, men tilbudet var såpass fristende at det ville være tåpelig av henne å la være å høre nærmere om jobben og selskapet. Dessuten var det et fint påskudd for å reise til Oslo og treffe Heine.

Da Elena fortalte Vigdis hva hun skulle, reagerte Vigdis overraskende positivt.

«Jeg har faktisk gått og tenkt på at jeg kunne tenke meg å bo i Oslo jeg også», svarte hun begeistret.

Elena håpet hun ikke hadde satt i gang noe hun ikke hadde kontroll på. Slike ting hadde ofte sin egen dynamikk. Før man visste ordet av det, satt man i saksen.

Elena betraktet landskapet rundt Halnefjorden fra vinduet på flyet. Hun kunne så vidt få øye på Halne Fjellstuer ved enden av vannet som fremdeles var islagt. På motsatt side av vannet visste hun at stien til Heinseter gikk. Hun lot blikket følge de endeløse snødekte viddene. Langt borte kunne hun se Hardangerjøkulen forsvinne i det fjerne, ruvende og mektig i skarp kontrast mot resten av den flate vidden. Det mektige landskapet virket så fjernt og uvirkelig fra der hun satt, det var vanskelig å forstå at hun faktisk hadde vandret innover der nede. Hun hadde nok aldri funnet på å dra et slikt sted om det ikke hadde vært for Jan. Det var merkelig hvordan livet hennes hadde blitt. Hva hadde skjedd om hun hadde reist tilbake til Henry? Kanskje hadde de bodd i USA og stiftet familie der. Kanskje hadde de hatt barn sammen. Tankene strømmet gjennom Elena, øynene hennes så ikke lenger den hvite fjellvidden som stille gled forbi langt der nede.

«Gikk det bra med intervjuet?» spurte Heine nysgjerrig da de møttes.

«Ja, for så vidt, det virket som et hyggelig sted å jobbe. Jeg kjenner en av sjefene der fra før. Han jobbet i Statoil i Stavanger, og jeg hadde en del med han å gjøre.»

«For så vidt?»

«Jeg vet ærlig talt ikke om jeg er interessert i å flytte. Men jeg hadde faktisk tenkt å spørre deg om Oslo er en bra by å bo i?»

«Spør du meg om det?»

«Ja, hvorfor ikke? Du er vel omtrent den eneste jeg kjenner her som kan si noe om det.»

«Vel, det er vel neppe verre her enn i Bergen, vil jeg tro, i alle fall ikke om en tar hensyn til været. Men det kommer vel først og fremst an på deg selv, vil jeg tro.»

«Ja, det har du sikkert rett i», nikket Elena. «Jeg får tenke litt over det før jeg bestemmer meg. Jeg har sagt at jeg ikke kan gi beskjed før i neste måned.»

Heine betraktet Elena på en måte som gjorde at Elena forsto at det var noe mer han ville si, men han nølte.

«Du mener det er dumt av meg å flytte hit, gjør du ikke?» spurte Elena, litt på defensiven.

«Jeg stusser bare på hva som er den egentlige grunnen til at du vil ha en jobb i Oslo. Du har jo en god jobb i Bergen, virker det som.»

«Ja, jeg har jo det», svarte Elena og nikket.

Det ble stille en stund. Heine så ut til å tenke på noe, og Elena visste ikke helt hva hun skulle si.

«Det er noe jeg har gått og tenkt på, Elena», sa Heine plutselig. «Husker du at Fride sa noe om at de ikke hadde fått tatt et verdig farvel med Jan?»

«Er’ det det du tenkte på?» svarte Elena. «Jeg så at det var noe som plaget deg.»

«Du sa at du heller ikke forsto hva Fride siktet til», fortsatte Heine, «så jeg spurte henne sist jeg snakket med henne. Hun fortalte at Jan aldri ble funnet, Elena. De fant bare bilen hans nede i et elvestryk. Den var fullstendig knust, men liket ble aldri funnet. Det ble søkt etter han i flere uker, fortalte Fride. Politiet antydet at han kunne ha blitt dradd inn i ett av de mange juvene i elven. Det ble soknet etter han, men til slutt måtte de gi opp å finne han.

Det var det Fride mente med det hun sa. Jan er aldri blitt begravet. Det var først da han offisielt ble erklært død at de kunne ha en minnemarkering over han, men det skjedde lenge etter ulykken.»

Elena stirret sjokkert på Heine.

«Elena, du er blitt helt blek.»

«Jeg visste ikke det, det er helt forferdelig.»

«Men, Elena, du og Jan må da ha kjent hverandre veldig godt? Hvordan kan det ha seg at du ikke visste det?»

Elena klarte først ikke å svare, hun bare stirret på Heine.

«Så det var derfor du var så irritert?» spurte Elena, hun klarte å ta seg sammen.

«Irritert, hva mener du?» Heine stirret uforstående på Elena.

«I sted.»

«I sted? Jeg var vel ikke irritert, hvordan kan du mene det?»

«Det med jobben min og hvorfor jeg ville flytte hit, men bare glem det. Jeg forstår at det er på tide at jeg forteller deg hvordan jeg ble kjent med Jan. Du har sikkert ventet på det.» Elena stirret unnvikende på Heine. «Takk for at du har vært så tålmodig, det setter jeg stor pris på.»

Det var noe med blikket til Heine som fortalte Elena at øyeblikket var kommet. Nå ville hun få vite om Heine virkelig var den hun håpet på.

«Vent litt, jeg må bare en tur ut på toalettet først.»

Elena reiste seg og gikk mot trappen som førte ned til underetasjen. Hun hastet ned og gikk inn døren merket «Ladies». Heldigvis var det ingen andre der. Hun stilte seg foran speilet og stirret inn i det, mens hele kroppen skalv. Torde hun virkelig å utlevere seg selv til Heine? Hvorfor ønsket hun dette? Hun hadde bare gjort det hun følte hun måtte gjøre, finne Heine for Jan sin skyld. Det hadde hun gjort. Oppdraget var egentlig fullført, så hvorfor kunne hun ikke bare la det bli med det? Skulle hun virkelig utsette seg for enda en ny runde med å fortelle en historie som fikk henne til å fremstå som gal?

Elena sukket. Hun skrudde på springen og førte begge hendene frem mot vannstrålen som sildret ned i vaskekummen. Hun strøk det svalende vannet mot pannen sin, tok en av tøyserviettene som lå pent stablet ved siden av vasken, og tørket seg omhyggelig. Deretter åpnet hun den lille vesken hun hadde satt fra seg og tok frem sminken. Omhyggelig fjernet hun alle spor etter vannet hun nettopp hadde tørket bort. Da Elena snudde seg for å gå tilbake til Heine, kjente hun kvalmen som fylte hele kroppen. Det var nesten som om hun ikke klarte å gå de få trappetrinnene opp igjen.

Da Elena kom tilbake til bordet, var maten allerede servert. Elena satte seg og tok fatt i bestikket som lå ved fatet. Hun kikket på Heine, han hadde allerede begynt å spise. Heine kikket på Elena.

«Hva er det, Elena, du ser helt vettskremt ut?»

Elena smilte tappert. «Det er fordi jeg er det, Heine. Jeg er vettskremt for å fortelle deg hvordan jeg kjenner Jan og vettskremt for hvordan du kommer til å reagere.»

Heine la bestikket fra seg.

«Hva i alle dager mener du?»

«For noen år siden ble jeg innlagt på sykehuset i Bergen. Jeg hadde vært dårlig i lang tid, og hadde en voldsom infeksjon i armen som utviklet seg til blodforgiftning. Jeg lå i koma i flere dager, og ...», Elena stoppet, hun stirret fortvilet på Heine, «... hjertet mitt stoppet. Det var riktignok bare i noen minutter, men jeg var faktisk død en liten stund.»

Heine stirret bestyrtet på Elena.

«Ta det helt med ro», sa Elena, og forsøkte å late som om hun ikke var nervøs. «Som du ser fikk de heldigvis liv i meg igjen.»

Men Heine så ut som om han hadde satt maten i halsen, han stirret på Elena med store øyne.

«Jeg var bevisstløs og lå i koma i flere dager, men jeg tror kanskje det må ha skjedd de minuttene jeg var død, for i løpet av de seks minuttene opplevde jeg noe underlig. Jeg innbilte meg at jeg møtte en person.»

Elena grep etter vannglasset, men det var tomt. Forsiktig satt hun glasset tilbake på bordet, som om hun var redd for at det skulle velte.

«Jeg trodde lenge at det jeg hadde opplevd bare var en merkelig drøm eller en slags hallusinasjon. Jeg forsøkte lenge å glemme alt sammen, men etter hvert som tiden gikk, ble alt bare verre. Alt kom tilbake, bare mye sterkere. Jeg ble mer og mer overbevist om at det jeg hadde opplevd ikke kunne ha vært en drøm eller innbilning, det var altfor virkelig til det. Det var ikke bare det at jeg opplevde at det kom en person til meg, det var også det han fortalte meg som var så merkelig. Eller ... jeg kan ikke akkurat si at han fortalte meg noe, men da jeg kom til bevissthet igjen, visste jeg alt om livet hans. Det var like virkelig for meg som om jeg hadde opplevd det selv, nesten som om jeg hadde vært til stede i livet hans.»

Elena stoppet, hun var blitt helt tørr i munnen.

«Kan du gi meg litt vann, Heine?»

Heine kvapp til, grep vannkaraffelen som sto på bordet, og helte opp Elena sitt vannglass uten å si noe. Elena tok glasset og tømte det.

«Lenge gikk jeg og grublet på det jeg trodde jeg hadde opplevd», fortsatte Elena. «Jeg holdt nesten på å bli gal av det. Til slutt så jeg bare én mulig løsning, jeg måtte forsøke å finne ut om det jeg hadde fått vite virkelig hadde skjedd, og om han virkelig hadde eksistert, om han hadde levd. Selv om fornuften fortalte meg at det hele måtte være ren innbilning, var det likevel ett eller annet i meg som sa noe annet.»

Elena trakk pusten. Det hadde tatt på å snakke, og hun strevde med hvordan hun skulle ordlegge seg. Munnen hennes var blitt helt tørr igjen. Med et fortvilet blikk kikket hun bort på Heine. Heine grep vannglasset hennes og fylte det på nytt.

«Vær så god», sa han kort.

«For omtrent et år siden bestemte jeg meg for å undersøke om noe av det virkelig kunne være sant. Og det ubegripelige skjedde, Heine. Jeg fant ut at han virkelig hadde levd. Alt det jeg visste om livet hans har faktisk skjedd. Jeg kan ikke forklare det på annen måte, men det må ha vært han som fortalte det til meg den korte stunden jeg var død. Det var Jan.»

Elena så på Heine. Hun sukket før hun begynte å snakke igjen.

«Det er helt ubegripelig. Alt om Jan, det som skjedde mellom Jan og din mor, om deg, alt sammen har vist seg å være riktig. Da jeg omsider måtte innse at det var sant, ble jeg både hysterisk glad, men samtidig vanvittig skremt. Jeg vet til og med hva som sto i brevet fra din mor, og det var det som gjorde at jeg klarte å finne deg, Heine, selv om jeg aldri har sett eller lest det brevet selv.»

Elena trakk pusten dypt og sukket, hun kjente at hun begynte å bli dårlig, og svetten piplet frem i pannen. Heine hadde ikke sagt noe, han hadde bare stirret helt målløs på Elena hele tiden.

«Jeg vet at det jeg forteller deg, høres helt uforståelig og sprøtt ut. Jeg har vært redd for å fortelle deg det, redd for hva du ville tro om meg. Men jeg kan ikke lyve for deg lenger. Om jeg skal ha håp om at du vil tro på meg og ha tillit til meg, må jeg i det minste fortelle deg sannheten. Jeg tror Jan ønsket at jeg skulle finne deg, Heine, og at det var derfor jeg fikk vite alt sammen.»

Heine var fremdeles helt stille, det var umulig å se hva han tenkte.

«Det eneste jeg kan håpe på, er at du ikke løper fra meg igjen», sa Elena, hun klarte ikke lenger å holde tårene tilbake. «Jeg har gruet meg slik til å fortelle deg alt dette, Heine. Jeg vet at det høres så håpløst usannsynlig ut.»

Igjen tidde Elena, hun stirret motløs på Heine.

«Heine, vær så snill, si noe», sukket Elena. «Jeg forstår dersom du tror at jeg ikke kan være ved mine fulle fem, men vær så snill å ikke gå din vei. Hvordan kan jeg vite alt dette om din far, om deg og om Fride? Jeg har aldri truffet Jan mens han levde.»

Elena ble nesten desperat da Heine fremdeles forble taus.

«Jeg forstår at du reagerer. Men hva skulle jeg tjene på å lure deg? Kanskje jeg er syk, men det forklarer ikke hvordan jeg kan vite om Jan og om deg?»

Elena holdt på å gi opp. Hun kunne ikke gjenta alt en gang til. Trodde ikke Heine det hun sa, eller forsto han det ikke?

Heine ristet omsider på hodet.

«Jeg skal ikke løpe fra deg igjen, du kan ta det helt med ro. Jeg har noe jeg må fortelle deg, jeg også.»

35

Klokken elleve dagen etter gikk Elena fra Line sin leilighet og ned til utgangsporten. Hun hadde avtalt med Heine at de skulle treffes før hun skulle dra tilbake til Bergen. Våren lot tydeligvis fremdeles vente på seg, det var overskyet, kanskje seks–syv grader i luften. Heine sto allerede og ventet på henne da hun kom ned.

«Hei, takk for i går.»

«Takk i like måte.» Heine smilte og gav Elena en klem. «Er du klar for en spasertur? Har du nok på deg?»

«Ja, jeg tror da det. Ullkåpen er varm. Hvor har du tenkt at vi skal gå?»

«Jeg tenkte vi kunne ta en tur ut til Bygdøy.»

Heine grep tak i armen til Elena, og trakk den inn under sin egen, som om det var det mest naturlige i verden. De fulgte veien gjennom Frognerparken og gikk videre den samme retningen som Elena hadde tatt da hun hadde gått for å finne leiligheten til Heine. De fortsatte ned mot Skøyen, gikk over Skøyenlokket og ut på grusveien som førte videre ut til Bygdøy. Det var tydelig at dette var et populært turområde. Veien de fulgte var ganske folksom, sikkert på grunn av at de fleste hadde holdt seg hjemme de første ukene etter påskeferien. Bygdøy var godt skjermet fra trafikkstøyen fra motorveien like ved, og det var overraskende landlig til å være så nært Oslo sentrum. Det var deilig å spasere mellom alle trærne i den friske luften. Det ble ikke sagt mange ord mellom Elena og Heine mens de gikk. Det var som om de begge plutselig hadde sluppet opp for ord, luften og omgivelsene gjorde at begge lot tankene fly av sted. Det var så trygt og godt å gå slik tett sammen, med Elenas arme stukket inn under Heine sin.

«Elena, er du sammen med noen?» spurte Heine omsider. Han famlet litt med ordene.

«Nei, egentlig ikke.» Elena svarte uten å tenke, som en ren refleks. Hun ønsket ikke å fortelle Heine om Vigdis. Det føltes feigt, men hun var redd for hvordan han ville reagere og nå hadde de endelig begynt å finne tonen med hverandre og blitt tryggere på hverandre.

Det var vanskelig for Elena ikke å spørre tilbake. Hun kikket på Heine.

«Enn du da?»

Heine ristet på hodet.

«Nei, ikke nå.»

«Du har vært det?» Elena forsøkte å virke så uinteressert som hun kunne.

«Det kommer vel an på hva man legger i et forhold», svarte Heine litt unnvikende, «men nei, det har ikke blitt noe alvorlig ut av det. Jeg har nok ikke klart å finne den rette, som det så fint heter.»

Elena kunne ikke la være å spørre. «Hvordan mener du den rette skal være, da?»

«Hm, si det, jeg tenker hun må være høy, gjerne slank, kanskje litt bred over skuldrene. Hun må selvsagt ha personlighet, særlig bør hun være ærlig og direkte. Og er hun pen å se på i tillegg, da er det en innertier.» Heine smilte ertende, så på Elena og lot som han var overrasket. «Du verden, nesten som deg.»

Elena smilte, hun likte at Heine sa det.

«Hva med deg da?» fortsatte Heine. «Hvordan ser drømmeprinsen din ut?»

Elena svarte ikke, hun bare ristet på hodet og lot som om hun var oppgitt over Heine, men hun forsøkte ikke å skjule smilet sitt.

De stoppet opp og betraktet en liten familie. En ung mor og far sto med to små barn som kastet brødsmuler ut til endene som svømte ved sjøkanten. Endene sloss om de små brødstykkene som de to små barna hjelpeløst forsøkte å kaste langt nok ut. Heine og Elena stoppet opp og betraktet de fire.

«Det ser så hyggelig ut», utbrøt Elena stille, «men ender tåler visstnok ikke all slags brød.»

De fortsatte langs grusveien som buktet seg videre utover. Trærne vokste tett langs veien, og de kunne ikke lenger se sjøen.

«Elena, det du fortalte i går», sa Heine og kremtet, «det er noe jeg vil fortelle deg som faktisk minner litt om det du fortalte, det du mener du har opplevd. Det er noe som min mormor fortalte meg da jeg var liten.»

«Det jeg *mener* jeg har opplevd?» spurte Elena mistenksomt.

«Bare hør på meg.» Heine tok tak i Elena sin hånd. «Skal vi sette oss? Det er en benk like ved her.»

De trengte seg frem gjennom noen busker til en benk som vendte ut mot sjøen.

«Mamma sin familie på min mormors side kommer fra Nord-Norge», begynte Heine da de satt seg. «Mormor fortalte meg en historie fra mange år siden, da oldemor var liten jente. Da jeg var liten, trodde jeg det var et slags eventyr. Hun og familien hennes bodde på en øy ved Helgelandskysten, Vega tror jeg den heter. Det er en merkelig historie, og det må være derfor den er blitt husket og gjenfortalt i flere generasjoner. Min oldemor het Beret Johanna, og hennes far, altså min tippoldefar, og hans far var ute på sjøen for å fiske. Alle var fiskere på den tiden der oppe i nord, de levde stort sett bare av det de fikk fra sjøen.

Beret Johanna fulgte sin far ned til stranden der færingen lå. Været var bra i dag, det var overskyet, men vinden var rolig. Skreien hadde kommet inn i fjorden, så de måtte komme seg ut med båten. Beret Johanna holdt faren, Hartvig, i hånden, og sammen med farfaren, Andreas, gikk de ned fra huset der de bodde. Tholua, mor til Beret Johanna, sto på trappen og vinket etter dem.

'Kom rett tilbake når pappa har dradd, Beret Johanna.'

'Ja, da', svarte Beret Johanna, hun hoppet og hinket fornøyd av sted.

Beret Johanna smilte opp til sin far. Det var godt og trygt å holde hånden hans, og nå skulle han kanskje være på sjøen til langt på natt, lenge etter at hun hadde lagt seg. Farfaren bar på en sekk med mat og drikke. Alt de de trengte var allerede på plass i båten, og det var bare å legge ut. De håpet å fylle båten med skrei som hadde kommet uvanlig langt inn i fjorden. På svabergene lå skreien til tørk, og inne i nøstet sto tønner fylt med saltet skrei. Men skulle sesongen berges, måtte enda flere svaberg dekkes.

'Nå må du love å gå rett tilbake til mamma, Beret Johanna', formanet Hartvig alvorlig.

Beret Johanna var åtte år, hun hadde tre eldre brødre og to søstre. De seks søsknene var alle mørkhårede som sin mor. Storesøskene var for lengst dratt hjemmefra, brødrene arbeidet som fiskere lenger nord, og søstrene hadde reist til gårder lenger syd for å få seg arbeid.

Da båten med Hartvig og Andreas forsvant rundt neset, ble Beret Johanna gående i sjøkanten. Hun var vant med å være alene og lekte ofte nede ved sjøen. I dag var det ikke bølger, så hun kunne snu steiner i vannkanten for å finne var små krabber eller krepsdyr. De små krabbene førsøkte hun å fange med hendene. Hun likte å holde dem i håndflaten og se dem febrilsk forsøke å kravle tilbake til sjøen. Etter en stund gikk Beret Johanna tilbake til huset. Tholua sto inne og bakte brød, hun hadde et forkle på magen og mel til langt oppover de bare armene.

'Beret Johanna, kom her!' ropte Tholua. 'Du er sein! Du må hente vann i elven. Ta de to spannene som står på gulvet og skynd deg. Husk å ta med grepet.'

Grepet var en lang stokk med kjetting og krok som spannene kunne henges i, en på hver side av stokken. Midten av stokken var skåret slik at den kunne ligge over nakken uten å skli av, selv med to vannfylte spann.

Dagen gikk, og da kvelden kom og Beret Johanna skulle legge seg, hadde vinden økt. Nordvestvinden sto rett mot land og bølgene brøt hvitt innover. Men Beret Johanna kunne se på sin mor at hun ikke var bekymret. Om sjøen var for grov, hadde Tholua rynker i pannen, men i kveld var hun rolig. Beret Johanna kunne legge seg uten å være engstelig.

Utpå natten våknet Beret Johanna av en lyd fra underetasjen. Det hørtes ut som inngangsdøren ble åpnet og noen gikk opp trappen. Hun snudde seg i sengen og stirret ut i mørket. Midt ute på gulvet kom et svakt lysskinn. Hun så det var farfaren som sto der og nikket vennlig til henne.

'Beret Johanna', sa han rolig, 'du må vekke mamma. Hartvig trenger hjelp, han ligger under båten ved Skårneset. Du må få mamma til å hente hjelp.'

Brått forsvant han og det ble bekmørkt igjen.

Beret Johanna satt oppreist i sengen en stund. Hva hadde skjedd? Hvor var faren hennes? Hun kravlet ut av sengen og famlet seg frem til rommet der Tholua sov.

'Mamma, mamma, du må våkne!'

Beret Johanna ristet moren våken.

'Hva det du vil, Beret Johanna?'

'Hvor er pappa?' gjentok Beret Johanna.

'Han er på sjøen, han holder sikkert på med fisken. Hva er det med deg?'

'Men bestefar her.'

'Her! Er du fra vettet?'

'Bestefar var på rommet. Han sa at pappa lå i sjøen, under båten, ute ved Skårneset. Han sa du måtte hente hjelp.'

'Gode Gud, hva er det du sier, jentunge?'

Tholua viklet et stort sjal rundt seg, tente parafinlampen og gikk ned trappen for å gå ut på trammen. Da hun åpnet ytterdøren, vrengte vinden den så kraftig opp at den smalt inn mot ytterveggen med et brak.

'Gode Gud', gjentok Tholua. 'Du må bli her, Beret Johanna. Jeg må hente hjelp.'»

Elena og Heine gikk videre. De hadde nådd det ytterste punktet på Bygdøy der grusveien svingte og vendte tilbake i samme retning som de hadde kommet.

«Tror du den historien kan være sann, Heine?»

«Oldemor påsto det, så lenge hun levde. Hartvig ble faktisk reddet, de fant han ved Skårneset, akkurat slik oldemor fortalte. Andreas hadde surret Hartvig fast under båten for at han ikke skulle drukne. Han hadde skadet seg da båten kantret. Hartvig fortalte senere at Andreas ville svømme inn til land for å hente hjelp. Det var egentlig ikke veldig langt, men han druknet likevel. Svømmeferdighetene var sikkert ikke særlig gode, og strømmen og kulden gjorde det nok verre.

Oldemor fortalte denne historien til mormor da hun var barn. Folk den gangen, særlig de nordpå, var både overtroiske og religiøse. Mormor var ikke i tvil om at moren hennes snakket sant. Hvordan kunne oldemor vite at faren hennes trengte hjelp? Og hvordan visste hun nøyaktig hvor båten var, og at Hartvik lå under den?»

De gikk videre uten å si noe.

«Du sa at den historien minnet om det jeg har opplevd?»

«Det var egentlig det som var poenget med å fortelle den. Jeg tenkte at det var greit for deg å vite at det ikke bare er du som har opplevd noe uforklarlig. Selv om det er noe som skjedde for veldig lenge siden, kan det vel være sant for det. Poenget er at jeg tipper du har like vanskelig for å tro på denne historien om oldemor som du føler at andre har for å tro på det du forteller.»

Heine stoppet opp, han så på Elena.

«Elena, jeg håper du forstår at det at noen har vanskelig for å tro på deg, betyr ikke nødvendigvis at de mener det rabler for deg. Det er bare vanskelig å tro på noe som er uforståelig fra ens egne erfaringer eller opplevelser.»

Elena svarte ikke, men nikket enig i det Heine sa.

«Heine, hva har du egentlig fortalt din mor om meg?» spurte Elena etter at de hadde gått litt lenger, «

Heine stoppet opp og snudde seg mot henne. «Jeg har bare sagt at du har kontaktet meg fordi du kjente Jan, og at du derfor visste om meg.»

«Er det alt? Hun må da ha undret seg over hvordan jeg viste det.»

«Ja, selvsagt.»

«Hva har du sagt da? Hvordan har du forklart det til henne?»

Heine stoppet igjen, tok et dypt pust og sa: «Elena, det er noe jeg må fortelle deg. Da jeg forlot deg på Da Capo ...»

Heine nølte, øynene hans flakket. «Det jeg skal si er nesten like spesielt som det du har fortalt meg om hvordan du visste om Jan. Men for at du skal forstå alt sammen, må jeg først fortelle deg om noe jeg opplevde som barn.»

Heine så på Elena med et alvorlig uttrykk.

«Da jeg var liten, var jeg veldig opptatt av at jeg ikke hadde en far. Mamma fortalte meg ikke mye om ham, bare at han bodde et sted i Norge Etter hvert ble jeg ganske sikker på at det ikke kunne være sant og at han var død. Jeg var helt besatt av tanken på han. Han var jo ikke hos oss, så hvor skulle han ellers være?

Heine var elleve år og liten av vekst, den minste av guttene i klassen. Moren hadde flere ganger snakket med legen, uten at Heine visste om det. Hun var redd for at det var noe som hemmet veksten hans, men legen forsikret henne om at alle prøvene var normale.

Heine var aktiv, men lekte helst alene, og foretrakk dataspill eller musikk fremfor å være sammen med andre gutter.

'Heine!' Stemmen til mor var alltid slik når det var noe viktig. 'Du må gå direkte til skolen. Ikke noe somling på veien. Husker du det? Vi har snakket om det flere ganger. Lover du meg det?'

'Jaaa!' stønnet Heine, lei av å bli mast på. Det var tidlig om morgenen, og han la av sted til skolen. Han tok den samme veien han alltid gikk. Han bodde med moren sin i en stor villa like ved Vestre gravlund. På den andre siden lå Frogner skole. Heine gikk vanligvis gjennom gravlunden til skolen. De fleste barna unngikk denne veien, de var redde for gravlunden. Særlig jentene mente det spøkte der. Men Heine brydde seg ikke, ikke nå lenger.

De første skoleårene fulgte Heine den samme veien som de andre skolebarna, men han ble plaget av de andre guttene. De kalte han 'Seine Heine', rev av han skolesekken og dyttet han. Når han lå på bakken, sparket de. Derfor begynt Heine å gå gjennom gravlunden for å få være i fred. Alle gravsteinene gjorde at Heine begynte å tenke at faren også kunne ligge et sted inne i gravlunden.

Heine hadde lenge trodd på det moren fortalte, at faren hadde reist og at han bodde et sted langt fra Oslo, i Norge eller kanskje til og med i et annet land.

Heine hadde spurt om hvorfor faren hadde reist fra dem fra han ble oppmerksom på at de andre barna hadde både en far og en mor. Det forsto han en gang en pike i barnehagen hadde fortalt at hun skulle reise til faren sin i helgen.

'Kan ikke jeg reise og besøke pappa da, mamma? Det gjør Trine?'

'Nei, vennen min, det kan du nok dessverre ikke. Din far bor for langt borte.'

Men Heine forsto det ikke, han bare grublet på hvorfor han ikke hadde en pappa som alle de andre barna.

En natt begynte Heine å drømme. Han fikk mareritt. Han drømte at han var sammen med sin far ute i en stor skog. De gikk på en smal sti mellom høye grantrær da Heine hørte noen komme.

'Løp, Heine, løp hjem til mamma», ropte faren. «De er slemme. Løp, jeg skal stoppe dem.'

Men Heine kunne ikke løpe. Beina var som limt fast til bakken.

'Løp, Heine, løp alt du kan!' Ropene fra faren var fulle av redsel.

Heine så flere menn komme mot faren. De slo han med store stokker, og deretter begynte de å sparke til han lå livløs på bakken. Så kom de for å ta Heine.

Heine våknet alltid når de stygge mennene skulle ta han. Helt fra seg av skrekk, vekket han moren med hysteriske rop.

Marerittene gjorde Heine overbevist om at faren måtte være død og etter hvert kviet han seg for å legge seg til å sove, fordi han hadde det samme marerittet hver eneste natt. Selv om Heine forsto at det bare var en drøm, opplevde han det så voldsomt og virkelig at han var livredd lenge etter at han hadde våknet.

'Hvorfor forstår jeg ikke at det bare er en drøm?» grublet Heine. «Slikt skjer bare når jeg er sammen med pappa og han er jo ikke her.'

Omsider begynte han, hver kveld før han skulle legge seg, å gjenta for seg selv: 'Nå må du huske på at om du er sammen med pappa, så er det bare en drøm.'

Og en natt, etter mange mareritt, skjedde det noe. Igjen

drømte Heine at han var ute i skogen med faren og de slemme mennene kom.

'Nå drømmer jeg', sa Heine til seg selv i drømme. 'Bare la de komme, det gjør ikke noe. Pappa er her, så det er bare en drøm.'

Fra da av hadde ikke Heine mareritt lenger. Men drømmen forsvant ikke, men faren var ikke lenger med, bare de stygge mennene. Nå var det Heine de slo, slik at det var han selv som døde. Men Heine var ikke redd, han visste at han drømte, og når han drømte at han døde, føltes det ut som å flyte i vann eller sveve opp i luften. Når han våknet, var det uten mareritt.

Heine fant ut at han selv kunne bestemme hva han ville drømme om. Han drømte at han kunne fly som supermann. Han løp, kastet seg opp i luften, strakte armene ut og fløy.

De andre guttene på skolen sluttet å plage Heine, fordi de merket at han ikke var redd for dem lenger. Om noen kalte han for 'Seine Heine', smilte han. Han visste at han kunne noe helt spesielt som ingen av de andre guttene kunne.

Han kunne bestemme drømmene sine.»

36

Elena og Heine hadde akkurat passert Skøyenlokket og gikk videre ned mellom høyblokkene.

«Skal vi gå inn her og ta oss en kopp kaffe?» Heine nikket mot kafeen som lå på den andre siden av hovedgaten de hadde kommet ned til.

«Ja, gjerne det, det hadde vært godt med litt kaffe», svarte Elena, hun klarte ikke la være å tenke på det Heine hadde fortalt. De krysset veien og gikk inn.

De satte seg ved et lite bord som sto i et av hjørnene lengst inne i rommet. Det var en ganske mørk krok, helt usjenert for de andre gjestene.

«Vil du ha noe til kaffen?» spurte Heine da en servitør kom bort til dem.

«Nei takk», Elena ristet på hodet, «det holder med kaffe.»

«Er du sikker? Vi kan ta et rundstykke, jeg tror i alle fall jeg må ha noe å spise.»

Elena nikket, hun var i grunnen ganske sulten når hun kjente etter. Etter at de hadde bestilt, vendte Elena seg mot Heine.

«Jeg forstår at det med din far må ha vært vanskelig for deg da du var liten, det å vite at du hadde en pappa, men en pappa som du ikke kunne være sammen med.»

«Vel, jeg savnet han, det at mamma sa at han levde, var ganske uforståelig for meg. Jeg har senere tenkt at hun kanskje burde ha sagt til meg at han var død. At han levde, men ikke bodde hos oss, og det at jeg ikke kunne treffet han, det forsto jeg ikke. Det var det som gjorde at jeg etter hvert ble sikker på at han ikke kunne leve likevel. Det gjorde at jeg ble fryktelig opptatt av døden, jeg koplet døden veldig med han. Og akkurat det holdt på å gå helt galt til slutt.»

«Hva mener du?»

Elena så at Heine satte seg bedre til rette i stolen. Han hadde han fått et merkelig drag over ansiktet.

«Det skjedde noe etter at jeg hadde fylt seksten år. Dette med at jeg drømte at jeg døde på forskjellige måter. Eller, det er vel mer korrekt å si at jeg bestemte at jeg døde i drømmene mine. Jeg ville bare oppleve hvordan det føltes å være død. Det merkelige var at jeg likte det. Senere har jeg tenkt at det må være den samme intense lykkefølelsen en får om en tar LSD. Jeg har selvsagt aldri prøvd noe slikt selv, jeg har bare lest om hvordan det oppleves. Men det var en lykkefølelse jeg fikk, jeg ble bare løftet opp, jeg svevde omkring i luften, i en slags balanse. Det var en merkelig, men deilig følelse. Men resultatet var at jeg etter hvert nesten gledet meg mer til å drømme enn til å være våken. Litt overdrevet kanskje, men jeg tenkte at det å være død måtte være akkurat slik jeg drømte det, og jeg tenkte at da kunne det jo ikke være ille å dø.»

«Tenkte du det?» spurte Elena sjokkert.

«Jeg gjorde det. Jeg tenkte at smerter og slikt bare var noe en følte så lenge en levde, og jeg trodde at på et eller annet tidspunkt ble kroppen koplet fra, og at da ville jeg føle at alt bare var bra, nøyaktig slik jeg hadde det når jeg drømte om det.»

Heine ristet på hodet og smilte unnskyldende. Han virket oppgitt.

Elena var tankefull.

«Tror du at vi har en sjel, Heine?» spurte hun nysgjerrig, «at det er noe av oss som lever videre etter døden?»

«Jeg vet ikke», svarte Heine og trakk litt på skuldrene. «Egentlig har jeg vel ikke brukt så mye tid på å tenke gjennom det. I drømmene mine eksisterte jeg i alle fall etter at jeg døde, så kanskje det har fått meg til å tro at det kan være noe der, noe som ligner på en sjel? Men helt ærlig, jeg har vel ikke dannet meg en fast mening om det.»

«Tror du på en slags universell bevissthet?»

Heine stirret overrasket på Elena. Han rynket pannen uten å svare mens han stirret nysgjerrig på henne.

Spørsmålet kom uten at Elena tenkte seg om. Hun våget ikke å bable i vei om parallelle universer og uforståelige dimensjoner. Tanken på en universell bevissthet var kanskje lettere å ta til seg.

«Jeg sliter med å sette ord på det jeg ikke helt forstår», forklarte Elena. «Men hva tror du? Hvis det er *noe* der, som du så treffende sa, hva er det *noe*? Er det bare en følelse, eller finnes det noe mer konkret?»

«Og det er noe annet også», fortsatte Elena da Heine fremdeles ikke svarte. «Husker du da du fortalte meg om Beret Johanna, at du antydet at det kan være vanskelig å tro på noe som er helt fjernt fra alt det en selv har erfart eller opplevd. Jeg forstår ikke hvordan det kunne skje, hvordan jeg plutselig kunne vite om Jan. Men blir det mer aksep-tabelt for deg om jeg påstår at det må være noe universelt som står bak, at det er derfor jeg kan ha fått vite om Jan?»

Elena betraktet Heine som bare stirret på henne. Elena sukket og prøvde på nytt.

«Det jeg prøver å si, Heine, er om du tror at vi men-nesker bruker ideen om en universell bevissthet som en forklaring, eller kanskje mer som en unnskyldning, for alt vi ikke forstår? Når noe uforklarlig skjer, sier vi for eksem-pel at det er Guds vilje, og da stopper vi å undre oss. Jeg fortalte venninnen min om Jan og hvordan jeg fikk vite om han. Da hun forsto det som at jeg trodde det var Gud som lå bak, sluttet hun å tro at jeg hadde mistet forstanden.»

Heine smilte. «Jeg tror jeg forstår hvor du vil hen. Ærlig talt vet jeg ikke, men kanskje du har et poeng.»

«Det er i alle fall merkelig at folk synes å mene at det uforståelige er mer forståelig bare de tenker at det er Gud som står bak», sa Elena og ristet oppgitt på hodet. «Hvis jeg hadde tenkt slik, er jeg helt sikker på at jeg aldri ville ha forsøkt å finne ut om det med din far stemte, og da hadde jeg i alle fall ikke møtt deg.»

Heine nikket som om han var enig.

«Det var det jeg prøvde å spørre deg om. Hva er det *noe?* Hva er det som driver deg?» spurte Elena. «Og jeg prøver nok også å finne ut om vi begge to ubevisst deler den samme opplevelsen av at det finnes noe mer.»

De satt begge to en stund i taushet.

«Jeg trodde kanskje at du er en person som er vel så mye opptatt av *hva* du hadde fått vite enn *hvordan* du hadde fått vite det», sa Heine omsider.

«Det har du helt rett i», svarte Elena, overrasket over at Heine leste henne så godt. «*Hva* jeg har fått vite og kanskje enda mer *hvorfor*. Jan sa til meg at jeg kom til å forstå, det får jeg ikke ut av hodet mitt. Hvorfor sa han det? Hva er det han mener jeg kommer til å forstå?»

«Men da har vi noe vi er felles om da», sa Heine og smilte, «noe vi begge to grubler over. Jeg ble ikke helt ferdig i sted.

Det med oppveksten min, det er noe mer jeg har lyst til å fortelle deg siden vi er i en slik betro-oss-stemning», sa Heine med et glimt i øyet. «Det startet vel egentlig da jeg var femten år gammel, da mormor døde. Når jeg fløy omkring over daler og fjell i drømmene mine, det merkelige var at jeg alltid endte opp på det samme stedet. Det var en fjelltopp jeg kjente igjen, den stakk opp like ved en stor isbre. Breen stupte ned fjellsiden og endte nede i en trang dal. Helt i bunnen av dalen var landskapet dekket med tett granskog og midt inne i skogen var et åpent område hvor det sto tre høyblokker. Jeg fløy alltid ned langs breen til dalen hvor jeg sirklet rundt blokkene. Det merkelige var at det ikke var veier eller stier mellom blokkene, de bare sto der. Jeg kunne ikke se et eneste menneske heller, verken på bakken mellom blokkene eller inne i leilighetene. Det var ikke lys i vinduene, det var akkurat som om alt var helt utdødd.

Men da mormor døde, da skjedde det noe merkelig.

Da jeg en natt fløy ned i den samme dalen, kunne jeg plutselig se at det sto en person på bakken mellom to av blokkene, og da jeg fløy nærmere, kunne jeg se at det var mormor. Hun smilte og vinket til meg. Det var da jeg forsto hva den dalen var. Det måtte være der de døde bodde.»

Ansiktsuttrykket til Heine forandret seg.

«Julaften året etter var vi hos morfar», fortsatte han, Heine var langt inne i tankene sine. «Morfar hadde reist på hytten for å feire julen der. Det var det første året han var alene etter at mormor døde. Mamma maste fælt på ham, hun ville at vi skulle feire jul hjemme i Oslo. Morfar ville ikke, han ville være på hytten, akkurat slik som han og mormor hadde pleid. Derfor reiste mamma og jeg opp dit for å være sammen med han. Vi spiste en god middag og pakket ut presanger. Om natten drømte jeg den samme drømmen. Jeg fløy igjen ned i dalen igjen og jeg ventet å se mormor stå på gressplenen mellom blokkene, smilende og vinkende slik hun pleide. Men denne gangen var hun ikke alene. Ved siden av henne sto en annen person, en mann. Han sto med armen om skulderen på mormor, som om de kjente hverandre godt. Da jeg kom nærmere, så jeg at han var mye yngre enn mormor. Han var voksen, han også smilte og vinket, men det var noe med han som jeg kjente igjen. Det var et eller annet som sa meg at det var meg selv som sto der sammen med mormor, at det var slik jeg kom til å se ut når jeg ble eldre.»

Heine virket urolig. Heine reiste seg og strakte seg etter Elena sin kaffekopp. «Jeg henter noe kaffe, vil du også ha?» spurte han og grep begge koppene og forsvant før Elena fikk svart. Litt etter var han tilbake. Elena så at Heine hadde svetteperler på overleppen, blikket hans flakket, det var tydelig at han følte seg ukomfortabel.

«Går det bra med deg, Heine?» spurte Elena urolig.

Heine nikket.

«Det går fint, det er bare litt vanskelig å snakke om dette. Jeg hadde drømt om mormor og meg i mange år, helt fra jeg var seksten år gammel. Jeg var overbevist om at det var jeg som sto der som voksen sammen med mormor. Jeg ...», Heine stoppet opp og tenkte seg litt om, «jeg tenkte at jeg ville være sammen med mormor.»

Heine stoppet å snakke, han bare stirret på Elena. Plutselig gikk det opp for Elena hva Heine mente.

«Mener du at du ...?» hvisket Elena sjokkert.

«Ja», nikket Heine, «jeg tenkte at dersom jeg var død, virkelig død, så ville jeg komme til den dalen der mormor var. Det var ikke et sted jeg mer kunne tenke meg å være enn akkurat der, og jeg trodde det var forutbestemt, jeg drømte jo at jeg var der allerede.»

Heine strøk hånden gjennom håret, han kikket ned i bordflaten.

«Heine, sier du ...?» Elena klarte ikke å si noe mer.

«Ja», nikket Heine, «jeg tenkte at jeg ville ta mitt eget liv.» Heine svelget tungt. «Men jeg gjorde det ikke. Av en eller annen grunn tenkte jeg at jeg måtte vente til jeg ble eldre, slik at jeg så ut som han i drømmen. Det var det som fikk meg til ikke ... å gjøre det. Jeg ville bare vente.»

Elena ble mer og mer forferdet etter som Heine fortalte, hun grep tak i hånden hans og trykket den hardt.

«Jeg drømte dette i flere år. Men for noen år siden skjedde det noe igjen. Mormor var der sammen med meg som vanlig, men nå sto det en tredje person der også. Da jeg fikk se ham, forsto jeg med en gang hvem det måtte være. Jeg bare visste at det måtte være min far. Det var som om jeg endelig fikk bekreftet det jeg i alle år hadde fryktet, at min far ikke levde, for nå sto vi der sammen, foran de tre blokkene i dalen hvor de døde holdt til. Da forsto jeg også hvorfor det hele tiden hadde vært tre blokker der, ikke to eller fem, det var tre store gravstøtter, en for hver av oss.»

Heine fortsatte etter en liten pause: «Jeg fikk en reaksjon da, jeg tenkte at alle jeg brydde meg om kom til å dø. Det var som om alle kreftene mine og all energien min forsvant.»

«Jeg har hørt at drømmer kan være et slags selvforsvar», sa Elena. «Når vi har det vanskelig eller er stresset med noe, kan drømmene våre ta disse problemene og vise dem til oss på en helt annen måte, nesten som i koder eller rare bilder, som en slags terapi eller noe sånt.»

«Ja, drømmer mine var nok noe slikt, nikket Heine, men det var like før det førte til noe skikkelig ille. Det hadde ikke vært helt bra om jeg valgte å forlate denne verden på grunn av drømmene jeg hadde. Problemet var at jeg etter hvert nesten ikke klarte å skille mellom drøm og virkelighet. Det ble nesten som om drømmene var det som var virkelig, det som var ekte, det ble som en slags besettelse i meg.»

Det alvorlige draget Heine hadde hatt over ansiktet, lettet, han smilte lurt til Elena.

«Jeg har enda ikke kommet til det jeg egentlig vil frem til. Det var noe spesielt underlig jeg drømte en natt. Det skjedde en tid etter terroren her i Oslo. Jeg hadde drømt om oss tre, altså min far, mormor og meg, i litt over et halvt års tid tror jeg. Dette med at min far var sammen med mormor og meg. Kreftene og energien i meg var fullstendig borte, og legen trodde det var en reaksjon på alle de forferdelige drapene. En natt, jeg var tilbake i dalen og fløy like over mormor, pappa og meg igjen. Alle vinket til meg som vanlig, de ville at jeg skulle komme ned til dem.

Men jeg nølte, det var et eller annet som sa meg at om jeg satte beina på bakken ville jeg aldri våkne opp igjen. Det ville bety at jeg virkelig var død.

Mens jeg fløy der og ikke visste hva jeg skulle gjøre,

oppdaget jeg at det lyste fra et vindu, det var helt øverst i den ene høyblokken. Det var underlig, for tidligere hadde det alltid vært mørkt i alle blokkene. Jeg fløy opp for å se nærmere på hva det kunne være. Det sto en kvinne inne i rommet lyset kom fra, men jeg kunne ikke se ansiktet hennes for hun sto med ryggen til. Hun var kledd i en lys kjole og hun hadde hestehale som hang nedover nakken. Mens hun sto der med ryggen mot meg, pekte hun mot et speil som hang på veggen innenfor. Da jeg var på høyde med henne, kunne jeg se meg selv i speilet. Jeg ble veldig overrasket, for jeg lignet overhodet ikke på han nede på bakken som jeg trodde var meg. I speilet så jeg fjelltoppen bak meg, med breen og den blå himmelen med hvite skyer. Mens jeg stirret inn i speilet og så alt dette, løftet hun opp armen sin og pekte inn i speilet, mot fjelltoppen bak meg. Jeg hørte henne si noe merkelig:

'Du må fly tilbake til livet ditt, Heine', sa hun. 'Du må fly tilbake til der du kommer fra, tilbake til livet ditt.'

Da hun sa det, forsto jeg at det var det jeg måtte gjøre, jeg måtte dra fra mormor og de to andre. Jeg hadde aldri før drømt at jeg fløy tilbake fra dalen der mormor var. Drømmene mine pleide alltid å ende når jeg fikk se mormor på bakken, når hun smilte og vinket til meg. Men denne gangen drømte jeg at jeg fløy tilbake og opp til fjelltoppen, der lyset fra solen alltid skinte frem mellom skyene. Jeg fløy tilbake mot den blå himmelen og mot den skinnende solen.

Da jeg våknet, var det som om noe hadde skjedd med meg. Savnet etter mormor og pappa, alle tankene jeg hadde om døden og slikt, alt var borte. Jeg følte jeg var frisk og full av energi og livsmot igjen. Like etter var jeg i full jobb igjen, og jeg har ikke hatt drømmen om mormor og de andre en eneste gang etter det.»

I dagene etter at Elena kom tilbake til Bergen, klarte hun ikke å la være å tenke på det Heine hadde fortalt henne.

Tanken på at drømmer kunne ha slik innvirkning, var både skremmende og fascinerende. Det som gjorde enda dypere inntrykk, var historien om Heines oldemoren. Beret Johanna hadde beskrevet nøyaktig hvor faren hennes lå i sjøen, og at det var der de fant han. Hvis slikt hadde skjedd med både Beret Johanna og henne selv, kunne det vel skje med andre også?

Tanken gjorde Elena opprømt. At slike opplevelser ikke var kjent, skyldtes selvfølgelig at folk ikke torde å snakke om dem av frykt for hvordan andre ville reagere. Men hvis andre hadde hatt lignende opplevelser, måtte det være mulig å finne noe som var dokumentert eller på annen måte få bekreftet det.

Elena tilbrakte flere kvelder foran PC-en. Hun prøvde alle mulige kombinasjoner av ord og setninger i håp om å finne noe relevant. Hun kom over mye merkelig, alt fra mirakler og spøkelseshistorier til eventyr og science fiction, men ingenting av det var det hun lette etter. Ikke før hun snublet over noen historier fra andre verdenskrig.

I beretninger om personer som hadde sett døden i øynene, var det særlig én fortelling som fikk Elena til å reagere. Den handlet om Nikolai Sander Ørland, en skytter på et skip som fraktet ammunisjon og brensel i konvoier mellom England, Murmansk og USA. Han ble torpedert flere ganger, men kom utrolig nok fra det med livet i behold hver gang. Et års tid etter at krigen var slutt, mønstret Nikolai på et skip som annen styrmann i Haugesund. Fetteren hans, Per Tore Ørland, mønstret på M/S Strinda, det samme skipet Nicolai nettopp hadde mønstret av. Begge skipene forlot Haugesund samme dag. Per Tore og Nikolai hadde seilt sammen på flere tokter under krigen og flyktet sammen fra Norge til England for å unnslippe nazistene. Alt de hadde opplevd sammen hadde gjort dem til svært nære venner.

Noen uker etter at de hadde forlatt Haugesund, under et forferdelig uvær, gikk Nikolai av vakt. På grunn av høy sjø og mye stamping var det umulig sove, så Nikolai la seg til å lese i en bok. Etter en times tid hørte han plutselig en høy og tydelig stemme som sa: «Om en time vil Strinda gå ned.» Nikolai kom seg på beina og kikket ut i gangen utenfor lugaren. Det var ingen der, bare døren til en annen lugar like ved sto åpen. Der lå maskinisten og leste, også han våken på grunn av det dårlige været. På spørsmålet svarte maskinisten at han ikke hadde hørt stemmen. Begge syntes det var merkelig, og de bestemte seg derfor for å loggføre det Nikolai hadde hørt. Det ble behørig skrevet ned, både hva han hadde hørt og hvilket tidspunkt han hadde hørte det.

En liten uke senere fikk Nikolai en trist beskjed. M/S Strinda hadde gått på en blindmine, og hele mannskapet, inkludert Per Tore, hadde druknet. Det hadde skjedd på nøyaktig samme tidspunkt som Nikolai hadde loggført det han hadde hørt.

Da Elena leste beretningen, føltes det som om hun skulle falle om. Var dette beviset hun hadde lett etter? Nikolai var et tidsvitne, akkurat som henne selv! Nå var Elena ikke lenger i tvil. Slike undere kunne altså skje!

37

«Follnes!»

«Er det deg, Elena? Det er Anna Pedersen, Heines mor.»

Elena sperret opp øynene, tok mobiltelefonen vekk fra øret og stirret måpende på den, som om hun holdt noe i hånden som kunne eksplodere når som helst.

«Æ, bare et øyeblikk.»

Elena reiste seg så brått fra kontorstolen at den rullet ut på gulvet og traff veggen med et smell. Hun hastet inn på et stillerom og lukket døren behørig etter seg.

Det var nesten to måneder siden Elena hadde møtt Heine i Oslo, og de hadde snakket sammen på telefonen flere ganger etter det. Heine hadde nevnt at han kunne tenke seg å dra til Hardangervidda for å se stedet der Anna hadde truffet Jan. Han hadde spurt Elena om hun kunne tenke seg å bli med, men hun hadde vegret seg. Hun følte at det ikke ville være spesielt lurt av henne, siden det med Jan og Anna var så personlig. Men til slutt hadde hun gitt etter.

At det var Anna som ringte Elena, var nesten ikke til å begripe. Hun måtte ha fått Elenas mobilnummer av Heine.

«Hallo igjen. Her er jeg, det er Elena Follnes.»

«Passet det veldig dårlig at jeg ringer deg nå midt i arbeidstiden, Elena?»

«Nei, nei, for all del», svarte Elena forvirret, «det var bare det at jeg satt i et kontorlandskap, så jeg måtte finne et stillerom for ikke å forstyrre de andre her.»

«Å, jeg forstår», svarte Anna. «Jeg er tilfeldigvis i Bergen i forbindelse med Festspillene, og jeg fikk lyst til å ringe deg. Jeg håpet kanskje du hadde tid til å treffe meg, men bare dersom det passer deg, selvsagt. Jeg forstår veldig godt om det ikke er mulig for deg, jeg burde selvsagt ha ringt deg på forhånd.»

«Vel, det er bare hyggelig det. Det må vel la seg gjøre det på en eller annen måte, men når tenkte du egentlig?»

«Nå, i ettermiddag, dersom det passer deg, selvsagt.»

«I dag!» Elena hørtes panisk ut, men dette kom virkelig brått på.

«Er det vanskelig, kanskje? Jeg skal treffe noen venninner i kveld. Vi skal på konsert i Grieghallen, og jeg reiser tilbake allerede i morgen formiddag. Konserten begynner klokken nitten. Faktisk skal jeg være sammen med en av de jeg var sammen med på Heinseter, der jeg traff Jan.»

At Anna nevnte akkurat det, fikk Elena til å roe seg litt.

«Det må jeg si, det høres hyggelig ut», svarte Elena lettet. «Jeg klarer kanskje å komme meg fra jobben litt tidligere, siden du må være i Grieghallen klokken syv. Det passer vel best at jeg treffer deg i sentrum? Jeg kan dra fra jobben klokken halv fire, men i rushtiden bruker jeg nok en del tid til sentrum.»

Elena snakket raskt mens tankene raste rundt i hodet på henne. Hvorfor i alle dager ville Anna møte henne?

«Vet du hvor den blå steinen er?» spurte Elena.

«Den blå steinen?» svarte Anna forvirret. «Nei, den har jeg aldri hørt om. Hva er det?»

Elena forklarte Anna hvor den blå steinen var, og de avtalte å møtes der klokken halv fem.

Timene som fulgte, gikk uten at Elena klarte å gjøre noe særlig fornuftig. Etter en stund logget hun seg av PC-en og ruslet bort til kaffemaskinen. Tankene svirret gjennom

hodet hennes. Hva i alle dager ville Anna? Hvorfor ba hun
om å få møte henne? Hva hadde Heine fortalt henne?

Da Elena nærmet seg den blå steinen, kjente hun nervø-
siteten vokse. Klokken var fem minutter over halv fem.
Det sto flere ved den blå steinen, men bare én kvinne som
kunne passe med alderen.

«Hei, er du Anna?» spurte Elena andpusten. Hun var så
nervøs at smilet hennes ble mer til en slags grimase.

«Ja, det er meg og da er vel du Elena?» svarte Anna og
smilte.

De tok hverandre i hånden. Anna var en flott dame,
midt i sekstiårene, antok Elena. I alle fall var det det hun
hadde kalkulert seg frem til, men det ville ha vært vanskelig
å tippe alderen hennes bare ut fra utseendet. Rynkene i
ansiktet hennes var riktignok tydelige og markerte, men
de fremhevet ansiktstrekkene på en flott måte. Anna var
barhodet, og kledd i en lys gul, innsvinget sommerkåpe
med en mørk pelskrage. Hun hadde tynne, brune skinn-
hansker som matchet kragen. Elena tenkte at Anna måtte
ha vært en veldig vakker kvinne den gangen hun traff Jan.

«Skal vi gå inn her?» Elena nikket mot den nærmeste
restauranten, Dickens. «Jeg tror vi finner oss en plass på
denne tiden.»

«Ja, her ser det riktig hyggelig ut», nikket Anna.

Elena ledet vei opp trappen til andre etasje, hvor hun
visste at det var flere bord som sto litt mer adskilt, og Anna
fulgte like etter. De satte seg helt innerst i et av hjørnene.
Elena bestilte en kopp te og et smørbrød, og Anna bestilte
også en kopp te. Anna skottet bort på Elena, hun merket
at Elena smugtittet på henne.

«Det var veldig sprekt av deg å treffe meg på såpass kort
varsel, Elena. Du ble sikkert overrasket da jeg ringte deg.»

«Vel», Elena forsøkte igjen å presse frem et smil, men
med omtrent samme resultat som utenfor, «jeg skal

innrømme at jeg ikke akkurat hadde ventet å få telefon fra deg.»

«Du lurer sikkert veldig på hvorfor jeg ønsket å treffe deg.»

«Ja, selvsagt gjør jeg det.»

Elena var ordknapp, ikke fordi hun ikke ville si noe, men hun visste rett og slett ikke hva hun skulle svare. Det var Anna som hadde kontaktet henne, og da fikk vel hun føre an samtalen.

«Heine fortalte meg at du vil bli med han til Heinseter.»

Elena kjente panikken velte frem. Det var altså derfor! Heine hadde fortalt at de skulle dra til Skaupsjøen, og nå var Anna irritert og opprørt.

«Vel, han har spurt meg flere ganger om jeg vil bli med han, men vi har vel ikke avtalt noe helt endelig», løy Elena, i et forsøk på å snakke seg unna.

«Det er bare hyggelig om du blir med han. Heine har aldri vært der før, han har bare hørt om det stedet. Jeg har forstått at du har vært på Heinseter tidligere?»

«Det stemmer det, det var faktisk der jeg fant ut hva du heter.»

Nå hadde hun sagt det, tenkte Elena. Det fikk bære eller briste. Hun kunne ikke late som ingenting, det ville bare bli pinlig. Elena kikket nervøst på Anna. Heldigvis smilte hun.

«Det var på den måten jeg også fant etternavnet til Jan», sa Anna. «Pussig at vi har tenkt samme tanke begge to.»

«Heine har forsøkt å få meg med dit i lang tid», fortsatte Elena, forsiktig. Hun begynte å ane at det var noe annet Anna ville snakke om, og at turen bare var et påskudd for å få praten i gang.

«Det som skjedde mellom Jan og meg den gangen. Du har sikkert stusset på hvorfor jeg aldri tok kontakt med Jan etter at Heine ble født?»

«Nei, det har jeg faktisk ikke», svarte Elena ærlig. «Jeg har jo ikke noe med det, mener jeg. Men Heine har nevnt noe om at du ikke ønsket å gjøre det.»

«Jan var en god del yngre enn meg», forklarte Anna. «Jeg forsto at det aldri ville fungere mellom oss. Han kan neppe ha vært mer enn et par og tjue år den gangen, og vi kjente ikke hverandre. Jeg tenkte den gangen at Jan bare ville ha følt det som en tvangssituasjon dersom han fikk vite at jeg hadde fått et barn med han. Skulle han måtte forholde seg til meg, betale farsbidrag, eller føle seg forpliktet på annen måte? Nei, det ville jeg ikke utsette han for. Han var altfor ung til å få et slikt ansvar tredd ned over seg. Jeg tenkte at det var best at han ikke fikk vite noe.»

Elena nikket, det virket forståelig det Anna sa.

«Da Jan leste brevet du sendte han», sa Elena, «og forsto at han hadde en sønn, ble han veldig glad. Han trodde faktisk ikke at han kunne få barn.»

«Trodde han virkelig det?» svarte Anna overrasket.

«Han var samboer med en kvinne i flere år. De gikk fra hverandre, to–tre år før Jan omkom. Eller ... det var hun som gikk fra Jan da hun forsto at han ikke kunne gjøre henne gravid. Jan kom seg aldri over det, tror jeg. Jeg tror hun var hans store kjærlighet. Han ble selvsagt sjokkert, men veldig glad da han leste brevet du sendte han.»

Anna stirret undrende på Elena. «Si meg, du må ha kjent Jan veldig godt, Elena?» Det vanskelige spørsmålet måtte jo komme. «Kan jeg spørre deg hvordan du kjente han?»

«Vel, hva skal jeg si.» Elena dro på ordene mens hun forsøkte å tenke seg om. «Vi var ikke sammen, om det er det du tror.»

«Jeg tenkte kanskje du var det. Var det ikke slik altså?»

«Nei.»

Anna bare stirret på Elena, hun ventet på en forklaring.

«Men hvordan kjente du han, da?» spurte Anna da Elena ikke fortsatte. «Du må da ha kjent han ganske godt, siden du visste om brevet?»

Nå var det Elena som betraktet Anna. Hva hadde Heine fortalt henne?

«Jan fortalte meg om brevet», svarte Elena, hun forsøkte
å late som ingenting.

«Det forstår jeg. Jeg er bare nysgjerrig på hvordan du
kjente ham, men du behøver selvsagt ikke å fortelle meg
det dersom du ikke vil. Jeg respekterer selvsagt det.»

«Jeg beklager, men det er vanskelig for meg å snakke
om det. Det har sin grunn, jeg håper du kan akseptere det.»
Elena fant ikke på noe annet fornuftig å si.

«Det er helt i orden», smilte Anna.

Det ble en merkelig taushet. Elena følte seg ille til mote.

«Jeg forstår at du og Heine har en del kontakt med
hverandre?» spurte Anna omsider.

Elena var lettet over at Anna skiftet tema, selv om hun
fremdeles undret seg over hva Anna ville. At Anna kom inn
på de to igjen, fikk ikke akkurat nervøsiteten til å forsvinne.
Kanskje Heine hadde fortalt Anna mer enn hva han hadde
innrømmet overfor henne?

«Vi snakker ofte sammen på telefonen, om det er det du
mener», forsøkte Elena seg.

«Dere har vel truffet hverandre også, har dere ikke?»
Anna så på Elena med en mine som viste at hun gjennom-
skuet henne.

«Jo, selvsagt, men det har vært i forbindelse med at vi
har truffet tanten hans, Fride, og mannen hennes, Bård.
De ønsket å hilse på oss begge to.»

Elena snakket energisk for å pensle samtalen inn på
noe annet. Anna fikk et annet ansiktsuttrykk. Hun stirret
så intenst på Elena at det føltes ut som om hun forsøkte
å lese tankene hennes. Elena grep nervøst etter tekoppen.
Hva i alle dager var det hun ville? Heine måtte ha sagt et
eller annet til Anna om henne.

Til slutt brøt Anna tausheten. «Elena, du vet at Heine
er begeistret for deg?»

Elena sperret øynene opp.

«Han er veldig hyggelig, og det har vært veldig hyggelig

å bli kjent med ham», svarte Elena overrumplet. Det gikk et øyeblikk før hun forsto hva Anna antydet.

«Ikke fortell meg at du ikke har forstått det?» fortsatte Anna en smule mistroisk.

«Jeg forstår ikke helt hva du sikter til. Vi er bare blitt kjent med hverandre, det er ikke noe annet enn ...» Elena stammet hjelpeløst forvirret, «... som om vi er vanlige kjente.»

Blikket fra Anna vek ikke, det var som det boret seg fast i Elena. Det var virkelig ubehagelig, og hun måtte se ned. Tausheten som fulgte var like ubehagelig. Elena visste ikke hva mer hun skulle si, hun kunne ikke akkurat begynne å snakke om været. Men de måtte bryte tausheten på en aller annen måte. Elena grep etter tekoppen, men teen var blitt kald. Hun kunne kanskje spørre om den venninnen Anna skulle treffe i Grieghallen, hun som var sammen med Anna på Heinseter den gangen?

Men før Elena fikk summet seg, tok Anna ordet.

«Det er kanskje frekt av meg å spørre, Elena, men føler du noe for Heine?»

Elena sperret opp øynene, for sjokkert til å bli sint.

«Om jeg føler noe for han?» svarte Elena som et ekko, helt satt ut av hvor pågående og direkte Anna var.

«Ja», nikket Anna, hun gav seg ikke.

Elena var tørr i munnen, hele situasjonen var pinlig og uutholdelig. Aller mest hadde hun bare lyst til å løpe ut av restauranten. Men så slo det ned i henne som lyn fra klar himmel. Det var jo derfor Anna ville treffe henne. Selvsagt, nå forsto hun! Anna ville finne ut om hun var ute etter Heine.

Elena kjente at usikkerheten og panikken endret seg til sinne.

«Hvorfor spør du meg om hva jeg føler for Heine? Er ikke det noe jeg i så fall burde si til han selv?»

Med en gang Elena hadde sagt det, forsto hun at hun hadde tabbet seg ut. Anna smilte, nærmest triumferende, som om hun hadde fått bekreftet mistanken sin.

«Det kan jeg være helt enig med deg i.»

«Men synes du ikke at det er litt spesielt å spørre meg om noe slikt? spurte Elena fornærmet. «Var det derfor du ønsket å møte meg, for å finne ut om jeg er ute etter ham?»

«Du har sikkert forstått at jeg er ganske glad i Heine», svarte Anna, for en gangs skyld litt unnvikende. «Jeg må innrømme at jeg er litt engstelig for at du skal gå inn i et forhold med han uten at du er sikker på hva du føler. Jeg mener selvsagt ikke at du kan gi noen garantier for evigheten, men at det i alle fall er alvorlig og gjennomtenkt. Det håper jeg du forstår at jeg er opptatt av.»

Elena var egentlig dypt rystet over det Anna hadde antydet, men istedenfor å fortsette å nekte, tenkte hun at hun like godt kunne late som ingenting. Hun ville heller høre hvor Anna ville med samtalen.

«Det kan være smigrende for en kvinne å bli kurtisert av en yngre mann», fortsatte Anna, som om hun tenkte høyt.

«Å, er det det du er redd for?» Elena kjente hvordan irritasjonen og sinnet hun nettopp hadde følt, endret seg. «Du mener at jeg, på grunn av alderen min, bare er ute etter et kortvarig eventyr, en billig flørt?» spurte hun, oppgitt og skuffet.

«Jeg er bare opptatt av at du og Heine ikke går hodeløst inn i et forhold uten å ha tenkt grundig gjennom hva dere føler for hverandre.»

Elena kunne ikke la være å smile, hun kjente at hun holdt på å bli irritert igjen.

«Jeg skal være helt ærlig med deg», svarte Elena. «Heine er en flott mann, og jeg kunne sikkert ha falt for han, men jeg mener faktisk, som du også tydeligvis gjør, at aldersforskjellen ville vært en utfordring. Men det er ikke bare det. Jeg har opplevd en del ting tidligere i livet mitt som gjør at jeg tror det skal mye til før jeg faller for noen igjen. Og om det noen gang skjer igjen, kan jeg love deg at det ikke kommer til å være på grunn av et kortvarig eventyr.»

«Elena, du må ikke misforstå meg», Anna virket oppriktig fortvilet. «Jeg håper virkelig at du vil oppleve å bli forelsket igjen. Du må ikke tro at jeg mener at det er et problem at du er eldre enn Heine. Jeg ønsker bare at du skal love meg at du er helt ærlig med han. Uansett om du føler noe for han eller ikke, fortell han det. Det er alt jeg ber deg om. Han tåler å høre det fra deg, bare du er ærlig. Men du skal vite at han har forelsket seg i deg. Jeg burde nok ikke fortelle deg det, men jeg vet jeg har rett.»

Brikkene faller på plass

38

Etter møtet med Anna var Elena blitt helt sikker på at det var en stor tabbe å ha sagt ja til å bli med Heine til Heinseter. Riktignok hadde ikke Anna virket negativ til at hun og Heine skulle dra sammen, tvert imot, men det at Anna påsto at Heine var forelsket i henne, gjorde at Elena ble veldig usikker på om det var lurt av henne å bli med. Men det var et annet problem også. Elena hadde enda ikke fortalt Vigdis om Heine. Ikke det at hun hadde veldig dårlig samvittighet for det. Til å begynne med hadde Elena forklart at hun reiste til Oslo for å besøke Line. Men etter at Line og Richard hadde reist til Paris, ble alt mye mer komplisert. Elena var overbevist om at dersom hun fortalte om Heine, ville Vigdis helt sikkert tro at det var noe mellom dem. Skulle hun unngå det, måtte hun også fortelle Vigdis om Jan og alt det andre. Og det var helt uaktuelt. Vigdis ville aldri forstå noe slikt, det var Elena sikker på. Og dersom hun sa at hun hadde tenkt å dra alene til Hardangervidda, var hun redd for at Vigdis ville bli med. Nei, hun måtte fortelle noe som hørtes troverdig ut, men hva det skulle være, ante hun ikke.

Møtet med Anna hadde i tillegg fått Elena til å gruble på om hun hadde følelser for Heine som hun ikke hadde innsett. Det gjorde henne usikker, og hun fikk dårlig samvittighet overfor Vigdis. Jo mer Elena tenkte på det, desto mer usikker ble hun. Tanken bare snek seg inn i hodet hennes, uansett hvor mye hun forsøkte å la være å tenke på det. Det merkelige var at hver gang Elena tenkte på Heine, kom også minnene om Henry frem.

Elena var oppgitt over seg selv. Det var nesten slik at uansett hva hun gjorde eller ikke gjorde, ble det et problem likevel. Hun måtte innse at om hun ønsket å fortsette å ha kontakt med Heine, måtte hun finne ut hvordan hun skulle håndtere Vigdis. Og hun måtte slutte fred med seg selv og bli kvitt alle de merkelige følelsene hun hadde for Henry. Det var på tide at hun og Henry tok farvel med hverandre.

Da Elena plutselig forsto det, var det som om tusen tonn falt av skuldrene hennes. Hun innså plutselig hvor håpløs hun hadde vært i alle årene etter at Henry døde. Hun hadde på mange måter forsøkt å skru av sitt eget liv som en straff for at hun aldri hadde gitt etter. Innerst inne hadde hun tenkt at Henry døde fordi hun ikke ville reise til han i USA for å være med han der. Hun hadde aldri fått tatt et siste farvel med han, og det hadde plaget henne dag og natt. Hver gang hun tenkte på han, følte hun en gnagende skyldfølelse som ikke ville slippe taket i henne.

Elena bestemte seg. Hun måtte finne graven til Henry og få sagt farvel med han. Problemet var bare at hun ikke visste hvor den var. Hvordan skulle hun finne ut av det? Plutselig fikk hun en idé.

I resepsjonen på Statsarkivet møtte Elena den samme kvinnen hun hadde truffet forrige gang.

«Hei, deg er det lenge siden jeg har sett. Har du funnet ut noe mer? Lette ikke du etter en person her i Bergen?»

«Det stemmer det», svarte Elena, imponert over at Marianne, som navneskiltet hennes avslørte, husket henne. «Jeg fant ham, og det var veldig fint å få hjelp av deg sist.»

«Å, det skulle da bare mangle, det er derfor vi er her. Hva kan jeg hjelpe deg med i dag?»

«Vel, det er noe jeg lurer på. Det gjelder en som er død, han døde i en trafikkulykke. Jeg forsøker å finne graven hans, men jeg vet ikke hvor han er gravlagt. Er det mulig å finne ut av slikt?»

«Vet du hvor han er gravlagt, da?»

«Nei, egentlig ikke, men han bodde i alle fall her i Bergen. Foreldrene hans bodde her også, de bodde i søndre bydel, tror jeg.»

«Fra det du sier, tipper jeg at han må være gravlagt her i Bergen. Det er noen muligheter for hvordan man kan finne ut av slikt. Du kan for eksempel kontakte Gravmyndighetene i Bergen, de kan kanskje hjelpe deg. Har du navnet og året han døde?»

«Ja, det vet jeg.»

«Vi har et system her hvor vi kan søke på gravsteder. Kanskje vi er heldig og finner noe der?»

Marianne snudde seg mot en terminal som sto på et bord like ved. Hun tastet noe på tastaturet og snudde seg mot Elena.

«Er vi heldige, får vi treff, men da må graven hans være registrert. Dette er et ganske nytt datasystem. Det fungerer slik at private tar bilder av gamle gravsteiner og sender det til registrering. I tillegg registreres informasjon om nye gravlagte eller bisatte. Har vi flaks, kan vi kanskje til og med finne et bilde av gravsteinen. Har du navnet hans?»

«Han heter ... Han het Henry Våge», rettet Elena, og kikket spent på skjermen.

Marianne gjentok navnet halvhøyt mens hun tastet det inn.

«Å eller to A-er?»

«Det er med Å.»

«V Å G E», stavet Marianne mens hun tastet inn bokstavene.

«Skriver du Henry med Y eller I?»

«Y, tror jeg? Jo, det er helt sikkert med Y.»

«Her kan du se, det er fire med det navnet.»

Elena gikk rundt disken. På skjermen sto det fire navn.

```
Henry Fredrik Våge    Får 1980    Dår 1995    Nes
Henry A. Våge         Får 1931    Dår 1990    Time
Inge Henry Våge       Får 1909    Dår 1980    Lyse
Henry S. Våge         Får 1967    Dår 1999    Solheim/L10
```

Elena stirret på de fire navnene. Hjertet begynte å banke fort, hun kjente spenningen stige i kroppen.

«Hva betyr Får og Dår?» spurte hun.

«Det betyr Født år og Død år», svarte Marianne.

«Henry S. Våge», leste Elena, «død 1999. Jeg tror det må være han som står helt nederst. Men den S-en var merkelig, det må være et mellomnavn jeg ikke har visst om. Men jeg vet i alle fall at han døde i 1999. Det må være han.»

«Der var du nok heldig», sa Marianne fornøyd. «Dette er et ganske nytt system, og det er langt fra alle som er registrert».

«Solheim», spurte Elena, «betyr det Solheim gravplass her i Bergen?»

«Ja, det er jeg nokså sikker på», svarte Marianne. «Jeg kjenner ikke til andre gravsteder i Norge med det navnet. I så fall ville det sikkert vært merket på en eller annen måte.»

«Vet du hvor på Solheim graven ligger? Er det også noe du kan finne ut?»

«Ja, du ser at det står merket L10», svarte Marianne og pekte på skjermen, «det betyr felt L10.»

«Tusen, tusen takk for hjelpen, dette var helt fantastisk.» Elena holdt nesten på å omfavne Marianne, så glad var hun over det hun hadde fått vite.

«Å, det er bare hyggelig å kunne hjelpe, det er derfor vi er her», gjentok Marianne med et smil.

Lørdag formiddag samme uke kjørte Elena til Solheim gravplass. Hun parkerte bilen og spaserte de omtrent to hundre meterne til inngangen. Gravplassen besto av to store områder, ett nær hovedveien, der Elena gikk inn, og ett lenger oppe, adskilte av en annen vei. Solheim var en enorm gravplass.

Hun begynte helt nede ved hovedveien, nær der hun hadde parkert, og fortsatte mellom rekkene av gravsteiner som sto på rad oppover i terrenget. Elena vandret frem og tilbake, og saumfarte hele det nederste området uten å finne Henrys gravstein. Hun hadde helt glemt å finne ut hvor felt L10 lå, men hun var optimistisk og tenkte at dersom hun var litt metodisk og tålmodig, ville hun finne graven likevel. Da hun omsider kom helt opp til veien som skilte de to områdene, hadde det allerede gått over en time. Orket hun virkelig dette?

Mens Elena gikk og leste på alle gravsteinene, fikk hun fryktelig dårlig samvittighet for at hun aldri hadde besøkt Henrys gravsted. Hun hadde ikke engang med seg en blomsterbukett nå. Hun måtte innrømme at grunnen nok var at hun aldri hadde villet innse at Henry var død. Hun hadde på en måte latet som om han fremdeles var i USA og at hun bare måtte vente litt før han dukket opp. Elena hadde fryktet hvordan hun ville reagere dersom hun aksepterte at han var død. Sorgen og smerten hun var redd for, hadde hun begravd dypt inni seg.

Da Elena fikk beskjeden fra Line, da hun kom hjem fra Gran Canaria, hadde hun først ikke trodd på det. Å få vite at Henry allerede var begravet, gjorde det enda vanskeligere for henne å forstå at det kunne være sant. Sakte, men sikkert hadde alvoret seget inn over henne, men ikke på den måten som gjorde at hun aksepterte eller trodde på det. Det føltes mere som om hun ble presset over på defensiven, som om hun sto med beina i bakken og forsøkte å holde igjen mot en usynlig kraft som presset henne bakover. Det var utmattende, og det kostet henne enormt med krefter å holde på slik.

Elena var ikke en som gav opp lett, sta som hun alltid hadde vært. Men etter en stund måtte hun ta seg permisjon. Legen hadde sagt at hun var utbrent og ba henne holde seg borte fra jobben og alt annet som stresset henne. Som om det var jobben på CMI som plaget henne. Egentlig var jobben det eneste stedet hun sånn noenlunde hadde klart å holde tankene samlet i den perioden. Likevel gikk det ikke, hun klarte ikke å utføre noe fornuftig, og Torgeir hadde til slutt tatt en alvorsprat med henne. Elena hadde endt opp med å være borte fra jobben i nærmere fem måneder før hun følte seg klar til å komme tilbake. Da hadde det gått nesten ett år siden Henry døde.

Elena hadde murt Henry inne i seg, bak en tykk mur av desperasjon og fortvilelse.

Elena var glad for at hun endelig hadde klart å innse hvor ille hun hadde hatt det, og hun var lettet over endelig å ha klart å slippe den vonde følelsen ut. Hun gikk gjennom porten som førte inn til det øverste området av gravplassen. Der fortsatte hun på samme måte, først inn mellom de to nederste radene, deretter videre opp mellom de to neste. Hun ble rent ør i hodet av å nistirre på teksten på alle de forskjellige gravsteinene hun passerte. Hun kunne like gjerne gi opp og få snakket med noen om hvor feltet var. Men Elena fortsatte, og da hun var kommet nesten helt øverst i området, fikk hun øye på en gravstein med flere navn. Noe ved den fanget oppmerksomheten hennes. Lyste ikke «Steinsland» mot henne med gullskrift? Hun ble nysgjerrig, tenk om det var Jan sin gravstein. Det ville vært litt av et tilfelle? Elena gikk nærmere, og til slutt var hun nær nok til at skriften ble helt tydelig. På gravsteinen sto det fire navn.

Alma Våge Steinsland	1932 – 1995
Henry Steinsland Våge	1967 – 1999
Jan Steinsland	1928 – 2005
Jan Erik Steinsland	1960 – 2010

Da Elena leste navnene på gravsteinen, forsto hun først ikke hva hun så. Hun leste navnene på nytt, deretter en gang til.

«Alma, Henry, Jan, Jan Erik.»

Plutselig var det som om noe inne i Elena eksploderte. «Nei», skrek hun i fortvilelse og skrekk. «Nei, nei!»

Elena kjente at hun ikke fikk puste, alt ble mørkt.

39

Elena var ganske forvirret. At Jan og Henry viste seg å være brødre, kunne ikke være en tilfeldighet. Elena var skråsikker på at det hadde skjedd en slags telepatisk forbindelse mellom henne og Jan, og at det hadde oppstått på grunn av det nære forholdet begge hadde til Henry, kombinert med det faktum at hun og Jan hadde dødd på samme tidspunkt. Hun var overbevist om at det måtte være forklaringen på den mystiske koblingen mellom dem.

Men noe mer hadde skjedd da hun kom til bevissthet igjen. Det var som om hukommelsen hennes hadde kommet tilbake, og nå sto alt klart for henne. Jan hadde kommet tilbake, akkurat slik som han hadde lovet!

Hun hadde nå to ulike versjoner av hva som skjedde den kvelden Henry døde. Eller mer presist, én historie med to forskjellige avslutninger. Det forbløffende var at Elena følte at begge versjonene hadde funnet sted. Hvis Jan hadde vendt tilbake til ulykkeskvelden, kunne det forklare hvorfor Fride likevel ikke hadde et arr i ansiktet. Hadde Jan endret på historien?

Det var bare en måte å finne ut av det på. Hun måtte få snakket med Fride og Bård for å høre deres versjon av ulykkeskvelden. Og nå hadde hun et påskudd for å treffe dem. Hun måtte fortelle dem om Henry.

Noen dager senere tok Elena kontakt med Fride og spurte om de kunne treffes igjen. Elena nevnte at hun hadde noe viktig å fortelle. Da Fride spurte hva det gjaldt, svarte Elena bare at det hadde noe med Jan å gjøre, men at hun helst ville vente med å si mer før de traff hverandre. Fride svarte høflig at hun hadde forståelse for det og hun inviterte Elena og Heine til deres nye hjem, som de tidligere hadde avtalt å besøke.

Elena ringte deretter til Heine og fortalte om avtalen med Fride. Hun ville at de to skulle treffes på forhånd. Hun sa det samme til han som hun hadde sagt til Fride, og Heine foreslo at de skulle møtes ved Monolitten, slik at kunne dra sammen til Fride og Bård.

Da Elena nærmet seg Monolitten, kunne hun se Heine på lang avstand. Han sto og speidet etter henne, helt oppe på toppen, der Monolitten strakte seg majestetisk opp mot himmelen.

«Hei», smilte Heine og kom Elena i møte. «Det er hyggelig å se deg igjen.» Han gav henne en klem.

«I like måte», svarte Elena og pekte på Monolitten. «Er den ikke fantastisk? Ser du alle figurene? Hva tror du det forestiller? Det er som om de forsøker å klatre på hverandre.»

Heine trakk på skuldrene. «Ja, si det, det ser i alle fall ganske anstrengende ut.» Han kikket på Elena med et skøyeraktig smil. «Hva har du lyst til, Elena? Skal vi rusle litt omkring, eller skal vi stikke innom et sted?»

«Jeg tenkte kanskje vi kunne spasere litt rundt her, det er så vakkert. Vi kan snakke sammen når vi spaserer, kan vi ikke?»

«Selvsagt kan vi det», sa Heine, og de begynte å rusle langs gangveien.

«Jeg ble litt overrasket da du ringte meg», fortsatte Heine. «Hvorfor er du plutselig så oppsatt på å treffe Fride og mannen hennes igjen? Har det skjedd noe?»

«Ja, det har nok det.»

«Hva da?» spurte Heine nysgjerrig.

«Det er derfor jeg ville treffe deg før vi møter Fride og Bård. Jeg vil fortelle det til deg først», svarte Elena og så på Heine med en alvorlig mine. «Det er noe du kanskje ikke vil like å høre, jeg vet ikke? Jeg har ikke visst før nå, utrolig nok.»

«Ja vel, det høres i alle fall spennende ut», var alt Heine svarte.

«Det siste året jeg gikk på ingeniørskolen i Bergen, traff jeg en gutt som het Henry Våge. Vi reiste til USA for å studere videre der borte. Vi var veldig forelsket i hverandre. Jeg reiste tilbake til Bergen etter to år, da jeg var ferdig med utdannelsen min. Planen var egentlig at vi skulle bli i USA, men jeg reiste hjem fordi min mor fikk kreft. Jeg fikk jobb i Bergen, og jeg ville at Henry skulle komme hjem til Norge etter at han var ferdig med studiene sine, men han fikk seg arbeid der og ville heller at jeg skulle komme tilbake til han. Vi var nok ganske stae begge to. Karriere og jobb var viktigst for oss, ingen av oss ville gi etter for å reise til den andre. Tiden gikk og vi mistet mer og mer kontakten med hverandre. Så, rett etter julen i 1999, fikk jeg vite at Henry var død. Han hadde kommet tilbake til Bergen uten at jeg visste om det. Han hadde omkommet i en trafikkulykke mens jeg var på ferie i Syden. Da jeg kom hjem, var han allerede begravet. Jeg var selvsagt helt knust da jeg fikk vite det. Jeg har vel egentlig aldri kommet helt over det, i alle fall ikke før nå i det siste.»

Elena tok en liten pause, hun måtte samle seg. De ruslet sakte videre, og Heine tok tak i hånden hennes, noe som hjalp henne å roe seg litt ned.

«Da jeg reiste til Bergen etter forrige gang jeg var her, tenkte jeg mye på det du fortalt meg om drømmene dine, Heine. Jeg fikk det ikke ut av hodet. Det du sa om hun som i drømmen din sa at du måtte reise tilbake til livet ditt. Det var som om det kunne vært sagt til meg. Etter at Henry døde, har jeg på en måte ikke villet innse at han var borte for alltid, ikke før du fortalte meg om drømmene dine. Da forsto jeg plutselig hvor håpløs jeg har vært. Jeg innså at jeg måtte få en slutt på det og besøke graven hans for å ta et skikkelig farvel.»

Elena stirret på Heine med et fortvilet uttrykk.

«Jeg hadde aldri vært på graven hans, jeg kjente ikke engang noen i familien hans.» Elena svelget tungt. «Heine, jeg oppdaget noe ... noe forferdelig sjokkerende. Mens jeg lette etter gravsteinen til Henry, kom jeg tilfeldigvis over gravsteinen til din far. I tillegg til Jan sto navnene til foreldrene hans og broren hans. Men broren het ikke Harry. Det var et annet navn, det sto Henry! Den Henry som jeg var sammen med, het Våge til etternavn», fortsatte Elena.

Elena betraktet Heine, men han forsto tydeligvis ikke hva hun forsøkte å fortelle han.

«På gravsteinen, Heine, det sto Henry Steinsland Våge!»

Elena stoppet, hun hadde problemer med å få stemmen til å bære. Hun kunne se at Heine fremdeles ikke forsto hva hun forsøkte å si.

«Forstår du ikke, Heine? Steinsland! Henry som jeg var sammen med, er Jan sin bror. Henry og Harry er samme person!»

40

Fride og Bård hadde flyttet inn i en leilighet like bak Frogner kirke, øverst i Bygdøy allé. Leiligheten lå i tredje etasje med utsikt rett mot den amerikansk-lutherske kirke.

Elena og Heine hadde satt seg ved salongbordet i stuen, etter at Fride hadde vist dem rundt i leiligheten. Fride satt ved siden av Heine med en gammel skoeske plassert i fanget, og hun hadde akkurat funnet frem noen gamle bilder som hun ville vise Heine. Elena satte seg i en av de to stolene på den andre siden av salongbordet. Bård hadde gått ut på kjøkkenet for å lage kaffe.

«Jeg fant denne esken da vi ryddet på loftet i huset etter mine foreldre», forklarte Fride. «Det må enten ha vært far eller Jan som har lagt den der.» Fride plukket frem et nytt bilde fra bunken hun holdt i hånden. «Her er min mor og meg. Jeg kan ikke ha vært mer enn tre år på dette bildet», forklarte hun ivrig, «og her er Jan og jeg, vi sløyer torsk som far har fisket. Jeg tror bildet må vært tatt ved huset der mors foreldre bodde, ute på Austevoll. Jeg kan ikke ha vært mer enn seks–syv år på dette bildet.»

Heine betraktet høflig bildene Fride viste.

«Og her er Jan og jeg på skitur med mor sin bror, onkel Andreas. Jan og jeg var ofte på ski sammen med han.» Fride rakte Heine et nytt bilde. «Her er Jan og jeg på Finse, like utenfor hotellet der vi overnattet første natten før vi skulle gå videre til Jotunheimen.»

Elena betraktet Fride som plukket det ene bildet etter det andre opp fra esken. Heine studerte bildene med stor interesse. Fride satte fra seg esken på salongbordet, mens hun gestikulerende forklarte bildene hun holdt i hånden. Mens hun og Heine var ivrig opptatte med å se på bildene, trakk Elena forsiktig skoesken til seg og kikket nedi. I esket lå det en nøkkel av en eldre type, fire brukte blyanter, et slitt viskelær, og noe som måtte være medaljer eller idrettsmerker, kanskje fra militæret eller fra idrett Jan hadde drevet med da han var ung. Det lå også flere fotokonvolutter i esken, og mellom to av de så Elena et sammenbrettet ark. Elena kikket bort på de tre andre. Bård var i ferd med å helle kaffe i koppene, han sto med ryggen delvis vendt mot Elena, og Fride og Heine var opptatt med bildene. Forsiktig dro Elena arket frem og foldet det ut. Det var håndskrevet. Etter å ha lest de første linjene kikket hun på nytt opp på de andre. De hadde ikke lagt merke til hva hun holdt på med. Hun brettet arket forsiktig sammen og stakk det ned i vesken sin.

«Og, her er et bilde med oss alle tre», fortsatte Fride. «Jan, Harry og jeg. Harry kan ikke ha vært mer enn fire eller fem år på bildet. Harry var lillebroren vår, han var en del yngre enn Jan og meg.» Fride tenkte seg om. «Han var fem år yngre enn meg. Ser du hvordan Harry ser på Jan. Han var veldig opptatt av storebroren sin. Han ligner faktisk litt på deg, Heine», sa Fride og betraktet Heine, «det er noe med øynene dine.»

Heine nølte litt før han spurte: «Harry er ikke et vanlig navn akkurat, var det et kallenavn?»

«Det var en onkel av oss, far sin søster sin mann, som fant på navnet. Han hadde bodd lenge i USA. Harry var visstnok et vanlig kallenavn for Henry der borte. Jan fortsatte å kalle Henry for det, og til slutt ble det bare Harry.

Vi glemte nesten at han het noe annet. Stakkars Harry», sukket Fride. «Den ulykken ... det må vel være femten år siden nå, nei fjorten. Han var ikke mer enn et par og tretti da han døde. Tenk, både Jan og Harry, begge to omkom i trafikkulykker.» Fride ristet ulykkelig på hodet og fant frem et nytt bilde. «Jeg tror dette ble tatt like etter at Harry fikk sertifikat.»

Fride var stille en liten stund mens hun betraktet bildet. «Han sklei på noe olje da han kjørte på motorsykkelen sin en vinter. Hodet traff en stein og han hadde ikke hjelm på seg. Det var slik han døde.»

Igjen sukket Fride. Hun ristet oppgitt på hodet og rakte bildet til Elena. Da Elena fikk se bildet av Henry, klarte hun ikke å holde seg lenger. Henry sto smilende ved siden av en motorsykkel, den sto halvveis lent mot ham, hvilende på fotstøtten, med en hjelm i den høyre hånden. Han var kledt i jeans, med støvler og en høyhalset grå genser under en tettsittende sort skinnjakke. Elena merket at hun ble våt i øynene. Forsiktig tørket hun tårene bort med handbaken, i håp om at ingen skulle legge merke til henne.

«Er det noe galt?» spurte Bård.

Heine reiste seg og satte seg ned ved siden av Elena. Han la armen sin rundt skulderen hennes.

«Elena, du må fortelle det», sa Heine forsiktig.

«Fortelle hva?» spurte Fride uforstående.

«Henry ... eller Harry, vi var sammen i USA.»

Elena sin stemme var så svak at de andre nesten ikke kunne høre hva hun sa. Det ble helt stille en stund.

«Hva sier du? Var du sammen med Harry?» utbrøt Fride sjokkert.

«Ja.»

«Men, hvorfor i alle dager har du ikke fortalt det tidligere?»

Fride virket nærmest målløs, hun stirret vantro på Elena.

«Henry og jeg traff hverandre da vi gikk på Ingeniørsko-

len i Bergen.» sa Elena som fremdeles hadde vanskelig for
å snakke tydelig. «Vi var sammen mens vi studerte i USA.»

«Hvorfor i alle dager har du ikke fortalt det før?» gjentok
Fride. «Er det virkelig mulig?»

Fride kikket forvirret på Bård, han så like uforstående ut.

«Jeg vet ikke», svarte Elena ulykkelig. «Jeg fant ikke helt
det rette tidspunktet å fortelle det.»

«Men du da, Heine», spurte Fride omsider, og snudde
seg vantro mot Heine. «Visste ikke du det heller?»

«Jo, jeg gjorde det», svarte Heine ettertenksomt. «Jeg
tenkte som Elena, vi var enige om å vente til en litt mer
passende anledning.»

«Og jeg som var helt sikker på at du hadde vært sammen
med Jan», utbrøt Fride forundret.

«Nei, jeg var nok ikke det», svarte Elena.

«Jeg husker at Harry traff en da han gikk på teknikken»,
sa Fride, fremdeles forvirret, men hun virket i alle fall som
hun trodde på Elenas forklaring. «Han nevnte det like før
han reiste. Jeg tenkte ikke mer over det. Kan det ha vært
deg, Elena?»

«Jeg vil tro det, ja», nikket Elena. «Vi ble i alle fall sammen
den våren vi dro til USA.»

«Da Harry hadde reist, hørte vi ikke noe mer om det»,
svarte Fride, nå litt mer på gli. «Vi traff deg vel aldri før
dere reiste, gjorde vi?»

«Nei, det stemmer nok det», svarte Elena.

«Men var dere sammen lenge?»

«Vi var sammen de to årene vi var i USA. Jeg reiste hjem
da min mor ble alvorlig syk, det var omtrent samtidig med
at vi var ferdige med studiene. Tanken var at jeg skulle reise
tilbake til Henry. Planen var at vi skulle studere videre i
USA, men jeg dro aldri tilbake. Mamma døde, og jeg orket
ikke reise tilbake fordi pappa tok det så tungt. Jeg fikk meg
jobb i Bergen, og Henry studerte videre og begynte deretter
å arbeide i et oljeselskap. Vi planla å flytte sammen, men

vi klarte aldri å bestemme oss for om Henry skulle komme til Norge, eller om jeg skulle reise til han.»

Fride så forundret på Elena.

«Vi tok en pause fra hverandre», fortsatte Elena, «Henry fortalte at han hadde truffet en annen der borte, bare et halvt år før han døde. Han sa han trengte tid for å finne ut av forholdet vårt. Jeg visste ikke at Henry kom hjem den julen. Jeg var på ferie i Syden, og da jeg kom hjem, fikk jeg vite at han var død.»

Det var vanskelig for Elena å holde tårene tilbake.

«Hjelpe meg», utbrøt Fride. «For en forferdelig historie. Noe så trist, du må ha vært helt sønderknust. Men hvorfor tok du ikke kontakt med oss, Elena?»

«Jeg syntes ikke jeg kunne det. Jeg hadde aldri truffet foreldrene deres, og jeg visste ikke engang om de kjente til meg. Henry fortalte meg aldri noe særlig om familien sin, i alle fall ikke som jeg kan huske. Jeg tenkte at din far og mor hadde mer enn nok med seg selv. Jeg følte det ville være egoistisk av meg, en fremmed kvinne, å kontakte dem fordi jeg sørget over sønnen deres. Hvorfor skulle jeg oppsøke dem etter Henrys død, når jeg ikke hadde truffet dem mens han levde?»

«Noe så forferdelig trist», gjentok Fride. «Stakkars deg, Elena.» Fride reiste seg, gikk bort til Elena og omfavnet henne. Tårene rant nedover kinnene til Elena, og hun forsøkte igjen å tørke dem bort.

«Her!» Bård fant en serviett som han rakte til Elena.

Det ble en underlig taushet.

«Jeg husker at Harry sa et eller annet om at han ville overraske noen», sa Bård og kikket bort på Fride. «Husker du ikke, vi skulle treffes hjemme hos dere? Jeg har ikke tenkt over det før nå, men det var noe Harry sa til meg da vi var på kjøkkenet, like før Jan dukket opp. Jeg spurte Harry hvorfor han kom hjem uten at noen visste om det. Han ville ikke si hvorfor, han var veldig hemmelighetsfull.

Etter alt det som skjedde den kvelden, tenkte jeg ikke mer over det, men det må ha vært deg han mente, Elena. Ut fra det du forteller nå, kan det ikke ha vært noe annet.»

Alle tre stirret på Elena.

«Ja, det er mulig du har rett i det, jeg har tenkt det samme selv», svarte Elena.

«Men det er noe jeg ikke forstår, Elena», sa Fride, med rynker i pannen. «Hvis det var Harry du var sammen med, og ikke Jan, hvordan kunne du da vite om Heine? Det kan da vel ikke være noen andre enn Jan selv som har fortalt deg om ham? Og hvordan kjente du Jan egentlig?»

Elena visste at spørsmålet måtte komme. Hun kunne ikke fortelle sannheten, det ville aldri gå bra, og hun kunne heller ikke komme med en helt usannsynlig forklaring. Hun bestemte seg derfor for å si omtrent det samme som hun hadde forklart Heine første gangen de traff hverandre.

«Jeg møtte Jan da jeg var innlagt på sykehuset i Bergen. Jeg var ganske syk. Jeg vet ikke hvorfor, men han oppsøkte meg og fortalte meg om seg selv, om familien sin, og at han hadde fått vite at han hadde en sønn som han aldri hadde sett eller visst noe om. Ikke lang tid senere døde Jan. Jeg fikk vite det ved en tilfeldighet. Jeg tenkte at han ønsket at jeg skulle ta kontakt med Heine.»

«Men hvorfor tenkte du det?» spurte Fride forundret. Det var tydelig at hun ikke forsto det Elena forsøkte å si.

«Nei, det er vanskelig å forklare, det var vel mer en slags innskytelse jeg fikk», svarte Elena.

«Men hvorfor oppsøkte Jan deg? Hvorfor var han på sykehuset? Var han syk?»

«Nei», svarte Elena, «eller, det tror jeg ikke, i alle fall ikke som jeg vet. Han har nok vært der av en eller annen grunn, men hvorfor han besøkte meg og fortalte meg alt sammen, det kan jeg faktisk ikke svare på. Det sa han ikke noe om.»

De andre satt tause og betraktet Fride, som tydeligvis funderte veldig på noe.

«Jan må ha visst om deg», utbrøt Fride triumferende. «Det er den eneste forklaringen jeg kan tenke meg. Han må på en eller annen måte ha visst om deg og Harry, og han må ha fått vite at du lå på sykehuset. Han bestemte seg sikkert for å fortelle deg om Heine.» Fride fortsatte oppglød over det hun hadde tenkt ut. «Jan var ikke lett å få i tale, skjønner du. Vi hørte nesten aldri fra han og om vi forsøkte å treffe ham, var det alltid noe som ikke passet. Han har sikkert håpet på at du ville ta kontakt med Heine, og med oss også. Kanskje han til og med trodde at du kjente meg. Er du ikke enig, Bård?» Fride kikket begeistret på Bård. «Tror du ikke det må være forklaringen?»

«Jo, du har kanskje rett i det», nikket Bård usikkert.

«Det må ha vært derfor», sa Fride overbevist. «Hvorfor i alle dager skulle han ellers ha oppsøkt deg, Elena? Stakkars Jan, han har nok bare vært engstelig for å treffe deg, Heine. Kanskje han var redd for hvordan du ville reagere, og så har han tenkt at Elena kunne hjelpe han.»

Fride var virkelig opprømt og begeistret over sin egen forklaring.

Med den lille, men kanskje ikke helt uvesentlige detaljen at hun hadde vært bevisstløs da hun og Jan møttes, hadde Elena i alle fall snakket så sant som mulig. Og Fride hadde egentlig laget en vel så god forklaring som Elena selv kunne ha funnet på.

«Det er selvsagt mulig», nikket Elena. «Jeg har i alle fall ikke noen bedre forklaring.»

Igjen ble det stille. Elena betraktet Fride, hun satt i dype tanker. Omsider snudde Fride seg mot Elena. Det var nesten som om Elena kunne ane en slags sorg i blikket hennes.

«Elena, jeg må bare spørre deg, siden du har fått vite så mye av Jan, fortalte han deg noe om hvorfor han unngikk oss? Det har plaget meg at jeg aldri har forstått hvorfor.»

Elena betraktet Fride. Jan hadde fått for seg at han hadde ødelagt livet til Fride, men hvordan skulle hun forklare det? Kanskje dette var tidspunktet å spørre Fride nærmer ut om hva som skjedde ulykkeskvelden?

«Jan fortalte meg ikke akkurat hvorfor, men han sa noe som kanskje kan forklare noe av det. Jeg vet ikke helt hvordan jeg skal si det, Fride, det er litt ...», Elena dro på ordene, «... litt privat om jeg skal si det slik.»

«Privat? Det kan da ikke være så privat at du ikke kan si det? Dersom du kan oppklare noe av det for meg, kommer jeg til å være deg evig takknemlig», fortsatte Fride ivrig.

«Det var alt det som skjedde den kvelden Henry døde», sa Elena, «og det som skjedde med deg, Fride.»

«Med meg?»

«Ja, eller kanskje det er mer korrekt å si, det Jan innbilte seg skjedde med deg.»

«Innbilte?» Fride forsto selvsagt ikke hva Elena siktet til.

«I alle år etter at Henry døde, klandret Jan seg selv for at han var skyld i dødsfallet til Henry.»

«Men hvordan kunne han mene det», avbrøt Fride bestyret, «det var da ikke Jan sin skyld?»

«Den dagen Henry døde, da dere skulle treffes i huset til foreldrene deres, hadde kjæresten gjort det slutt med Jan. Det var ikke første gangen, og da Jan kom hjem til dere den kvelden, var han fra seg av kjærlighetssorg og fullstendig ute av balanse, men Jan orket ikke å fortelle det til dere.»

Elena rettet blikket sitt mot Bård.

«Bård, du ba om å få snakke med Jan på tomannshånd. Du sa du hadde noe viktig å fortelle han. Da klikket det fullstendig for Jan, han misforsto alt. Han trodde du skulle fortelle at du var sammen med Trude, kjæresten hans. Trude hadde tidligere lagt seg etter Jans venner, og bare tanken på at du skulle være sammen med henne gjorde Jan fullstendig hysterisk, nesten gal. Han mistet helt kontrollen over seg selv.»

«Ja, det må ha rablet fullstendig for han», nikket Bård. «Først kastet han meg på dør, og deretter ba han om hjelp.»

Bård ristet oppgitt på hodet og grep tak i Frides hånd. «Men at det var det som lå bak, har jeg aldri forstått.»

«Jan var sikker på at Henry ville ha levd om han ikke hadde blitt så sint», fortsatte Elena. «Og han var overbevist om at du gikk hjemmefra, Fride, fordi du ble ulykkelig da han fortalte deg at Bård var sammen med Trude. Han trodde også at det skjedde noe forferdelig med deg etter at du gikk hjemmefra.» Elena studerte Fride mens hun snakket, men det var ikke mulig å se hva hun tenkte. «Jan fikk vrangforestillinger om alt mulig fælt som hadde skjedd, og etter hvert tror jeg det bare ble verre for han. Jeg tror det må være derfor Jan ikke ville treffe dere, fordi han mente at han var skyld i alt det som skjedde den kvelden.»

Alle fire satt en stund uten å si noe. Fride tenkte tydeligvis på det Elena hadde fortalt, mens Bård og Heine betraktet Fride, som om de ventet på en reaksjon fra henne. Elena selv var glad for at hun ikke hadde gått mer i detaljer.

«Bård kjørte meg hjem», sa Fride omsider, «mor og far hadde kommet hjem like før, og da vi kom, var det en fra politiet der, sammen med en prest. De fortalte hva som hadde skjedd med Harry. Vi satt lenge i stuen sammen med presten etter at politiet hadde gått. Mor og far var selvsagt helt knust. Plutselig dukket Jan opp, han kom ned trappen fra etasjen over. Han må ha ligget i sengen min og sovet, for den så i alle fall slik ut da jeg senere gikk opp for å legge meg. Jan var helt forvirret da han kom ned, det var akkurat som om han hadde mistet hukommelsen. Han husket ikke noe fra det som hadde skjedd tidligere den kvelden.»

Fride tidde. Alle fire satt i stillhet en stund.

«Senere ville ikke Jan snakke om det i det hele tatt», fortsatte hun. «Det virket som han ikke ville erkjenne at Harry var død. Etter bisettelsen lukket han seg inne, og etter hvert hadde vi mindre og mindre kontakt med han. Bård og jeg reiste til Ålesund da Bård skulle begynne turnusen sin på sykehuset der. Det virket nesten som om Jan holdt seg unna oss, og vi trodde det hadde sammenheng med at Jan hadde vært så sint på Bård, men vi forsto aldri helt hva det var som gjorde at han trakk seg unna på den måten. Vi følte han unngikk oss.»

Fride stirret på Elena igjen.

«Det at du vet så mye fra den kvelden, Elena, det er ganske uforståelig. Det må bety at Jan likevel fikk noe av hukommelsen tilbake. Da han kom ned til oss andre den kvelden, var han svært dårlig. Han klaget over smerter i hodet og han kastet opp flere ganger. Til slutt måtte vi ringe etter lege. Legen sa at Jan hadde fått en kraftig hjernerystelse. Han hadde en stor hevelse i hodet, som etter et slag eller et fall. Bilen hans ble senere funnet parkert like ved der Harry omkom, og vi tenkte at Jan hadde forsøkt å lete etter Harry og at han måtte ha falt og slått seg på en eller annen måte. Men Jan husket ikke noe av det og vi fant aldri ut av det heller.»

Senere på kvelden gikk Elena og Heine tilbake til Line sin leilighet. De fulgte samme vei tilbake som de hadde gått tidligere på kvelden. Bortsett fra en og annen som var ute på sin siste kveldstur med hunden, var det nærmest folketomt i gatene.

De gikk arm i arm gjennom Frognerparken. Det var ikke mye Elena og Heine hadde sagt til hverandre. Elena følte seg helt tom. Det hadde tært på henne å måtte fortelle om Henry, først til Heine og deretter å måtte gjennomgå det hele på nytt hos Fride og Bård. Spenningen hun hadde følt på forhånd om hvordan de ville reagere, og forløsningen etterpå, da det hun hadde fryktet ikke skjedde.

«Men hva nå da, Elena? Mission complete?» spurte Heine plutselig.

«Hva mener du med det?» spurte Elena usikkert.

«Har du ikke tenkt å legge dette bak deg nå? Er det ikke på tide at du fortsetter med ditt eget liv? Du har vel ikke tenkt å fortsette å gruble over alt dette med Jan, har du?»

Elena kjente at hun ble lei seg. Heine pirket i noe hun selv var klar over, men som hun ikke ville tenke på. I nesten tre år hadde hun kun hatt Jan i tankene. Hun hadde fylt hver måned, hver uke, ja så og si hver dag med Jan og alt som fulgte med han. Elena forsto hvorfor Heine spurte som han gjorde, men likevel følte hun seg såret.

«Jeg har bare gjort det jeg følte jeg måtte gjøre.»

«Jeg spør deg bare om hva du har tenkt å gjøre videre? Hva ønsker du? Hva vil du? Er du ikke enig i at alt dette med Jan på en måte er forbi nå, at du er ferdig med det du måtte gjøre, med oppdraget ditt? Eller er det noe mer du mener du har ugjort?»

Elena tenkte seg om. Ville Heine at de skulle ta farvel med hverandre? Heine hadde jo på en måte rett i det han sa, men var det så enkelt? Var det slik det var? Som om hun hadde lest en bok, og nå var det bare å legge den bort og glemme den. Elena tenke på det hun først hadde innbilt seg på sykehuset, om boken Jan hadde lagt på brystet hennes, boken om han selv. Nå hadde hun lest alle kapitlene, men betydde det at historien om han var slutt?

«Kanskje du har rett», svarte Elena omsider. «Men det betyr vel ikke at det har vært unødvendig eller uviktig?»

«Nei, selvsagt ikke, det er ikke det jeg sier, tvert imot.» Heine ristet energisk på hodet. «Det er helt fantastisk det som har skjedd, for Fride og meg. Det jeg tenker på er det som skal skje fremover, etter at du nå er ferdig med å gjøre det Jan ba deg om. Jeg spør deg bare fordi jeg bryr meg om deg, jeg ønsker bare at du skal ha det bra, Elena. Jeg er redd for at du plutselig skal føle at du er i et tomrom og at alt det du har vært opptatt av er over, som om du sitter på en buss som er kommet til endeplassen. Det ville ikke være veldig unaturlig om du følte det slik.»

Elena tenkte seg om. Kanskje Heine hadde rett? Det var vanskelig å innrømme det, men når han sa det slik, traff han et ømt punkt.

Elena kjente hvordan mismotet steg i henne. Hun hadde brukt all energien sin på dette i flere år. I flere år! Og kanskje var det over snart. Hva i alle dager skulle hun gjøre? På mange måter hadde hun startet på nytt. Mesteparten av det hun hadde levd for hadde med dette å gjøre. Elena var lamslått, hun stirret på Heine. «Mission complete?» Mente han at det var på tide at de tok farvel med hverandre?

«Elena», sa Heine stille, han så at hun var fortvilet, «selv om bussen har nådd endeplassen, så kan du vel gå av den bussen? Ta med deg ryggsekken, den som er fylt med ditt eget liv, med gode minner og drømmer og alle muligheter. Den endeplassen er bare en ny start, som om du skal legge ut på en lang og spennende vandring. Hvor vil du gå? Husker du det jeg fortalte deg om drømmene mine, at jeg skulle fly tilbake til livet mitt, for å leve det? På mange måter er du i samme situasjon som jeg var i. Du må forstå at du har et liv å leve du også.»

Elena smilte tappert.

«Med deg var det bare en drøm», sa Elena stille.

Heine smilte.

«Ja, selvsagt, det var bare en drøm, men den drømmen var like virkelig for meg som alt det med Jan har vært for deg.»

«Ja, det har du sikkert rett i.»

Elena følte seg rådvill. Tankene svirret rundt i hodet hennes. Hun visste ikke hva hun ville, men Heine hadde faktisk rett i det han antydet. Hun måtte finne ut hvor veien gikk videre. Det var nesten ironisk, det var vanskeligere for henne, hun kunne ikke bare hoppe tilbake i tid og endre på det som hadde skjedd, slik Jan hadde gjort. Elena kikket bort på Heine, hun var blank i øynene.

Heine la armene rundt Elena og trykket henne til seg. Slik ble de stående en stund.

«Elena?»

«Ja?»

«Jeg skal fortelle deg hva som var den egentlige årsaken til at jeg forsvant så brått da vi traff hverandre på Da Capo første gangen. Det jeg har fortalt deg så langt er sant, men det er noe mer. Du husker, den kvinnen som jeg drømte om, hun som ba meg fly tilbake til livet mitt?»

Elena nikket.

«Da du gikk bort til disken på Da Capo og sto med ryggen til meg, med hestehalen din som hang ned i nakken din, da vi fikk blikkontakt med hverandre og jeg så ansiktet ditt i speilet, husket jeg hvor jeg hadde sett deg før. Det var deg, Elena, det var du som var i drømmen min. Det var du som ba meg fly tilbake til livet mitt.»

41

Senere samme uke, klokken halv elleve på formiddagen, ringte det på døren til Elenas leilighet. Det var Richard.

«Hei, er ikke Line med deg?» spurte hun, mens hun kikket ut i oppgangen etter henne.

Richard hadde ringt noen uker tidligere og fortalt at han og Line skulle ta et par uker fri i juli, og at de ville ta turen innom Bergen på vei til Oslo slik at Line kunne bli kjent med faren deres.

«Nei, Line ble igjen hos pappa. Jeg skal hilse fra henne», sa Richard og gav Elena en klem. «Du treffer henne senere i kveld uansett.»

Richard tok en kleshenger fra stativet i entreen og hengte opp skinnjakken.

«Du behøver ikke ta av deg på beina», sa Elena da Richard gjorde tegn til å ta av seg skoene.

«Jo, de har blitt våte.»

Richard sparket av seg skoene. Det dryppet vann fra skinnjakken. Elena tok jakken og hengte den på badet. Ute var det julivær på sitt verste.

«Hvordan går det med deg? Er det noe nytt med jobben din? Jeg har inntrykk av at det skjer mye i Statoil for tiden.»

«Jo, takk, det går bare bra. Har du lyst på en kopp kaffe?»

«Ja takk, svært gjerne.»

«Vi kan sette oss her», sa Elena og nikket mot kjøkkenbordet og de to spisestolene. «Og med deg og Line da, hvordan går det med dere?»

«Takk, vi har det bare fint.»

«Vil du ha kaffen sterk? Jeg har sånne kapsler.»

Elena holdt frem en boks fylt med forskjellige Nespresso-kapsler.

«Lungo eller espresso?»

«Lungo er greit, ta gjerne en av de blå.»

Richard satte seg. Elena la i en blå kapsel og startet kaffemaskinen. Kaffen begynte å sildre ned i koppen. Stemningen var litt anspent, merket Elena. Hun visste hvorfor Richard kom alene, og det var akkurat som om de begge følte seg frem.

«Og Berit, om jeg tør spørre, vet du hvordan det går med henne?»

Richard tvang frem et smil.

«Berit klarer seg nok, men hun er forståelig nok fremdeles forbannet på meg. Hun ringer stadig vekk og vil at jeg skal komme tilbake.»

Elena gav Richard kaffekoppen og satte seg.

«Det er vel forståelig det. Og du da, hva tenker du om det?»

Elena snudde seg mot kjøkkenbenken og grep kaffekoppen hun hadde laget til seg selv.

«Det vet du, Elena, det er selvfølgelig ikke aktuelt i det hele tatt. Jeg skulle tatt dette skrittet for lenge siden. Men nå når Trine og Lars er såpass voksne, har det selvsagt vært lettere.»

«Det kan ikke være lett for deg. Hvordan takler Line det egentlig? Vet hun at Berit ringer deg?»

«Det gjør hun, jeg kan ikke late som ingenting. Berit ringer på alle mulig tidspunkt og Line forstår selvsagt at det er henne.»

«Hva sier hun om at Berit ber deg om å komme tilbake?»

«Line stoler på meg, men hun blir selvsagt lei seg. Det sliter nok på henne. Men Line betyr alt for meg.»

«Og på deg også vel?»

Richard kikket spørrende på Elena.

«Det sliter vel på deg også?»

«Selvsagt gjør det det. Jeg har mest lyst til å be Berit dra et visst sted, men jeg forsøker å beholde fatningen», sa Richard med et sukk. «Nei, det har vært godt å komme seg bort, langt bort. Det er lenge siden jeg har følt at noe har vært så bra som nå. Berit skal ikke få ødelegge for oss. Hadde vi blitt i Oslo, tror jeg det ville blitt ganske utfordrende. Spesielt for Line.»

«Dere har ikke gått for fort frem, da? Tenk om du kommer til å angre likevel. Det er vel lurt ikke å gjøre noe forhastet, som kan være vanskelig å ombestemme, mener jeg», spurte Elena.

Hun innså at hun hørtes negativ ut, men hun klarte ikke å spørre på noen annen måte. Skulle Elena være ærlig med seg selv, beundret hun Richard for at han torde å gjøre endringer i livet sitt. Selv ville hun ha vært redd for å bryte opp et forhold etter så mange år. At han var så sikker på det han hadde gjort, var nesten ikke til å forstå.

Richard så på Elena med et oppgitt smil.

«Det var da voldsomt som du bekymrer deg for oss. Hva mener du egentlig? Nå høres du ut akkurat slik som mamma var.»

Elena smilte av kommentaren, hun forsto hva Richard siktet til.

«Elena, det er ikke alltid det er lurt bare å fortsette på samme måte. Hvis du vet at du er i et blindspor, er det ikke bedre å komme seg ut av det i stedet for å stampe videre?»

«Er det meg du sikter til?» spurte Elena syrlig.

«Nei, selvfølgelig ikke», sa Richard og ristet på hodet. Richard stirret utforskende på Elena. «Men siden du spør, hvordan har *du* det?» spurte han.

«Jeg har det vel helt ok», svarte hun og trakk på skuldrene. «Dagene går og jobben er grei nok, men jeg merker at jeg er ganske lei. Ellers er vel alt som det skal være.

Elena tenkte seg om.

«Men det er noe jeg har gått og tenkt på og som jeg har ønsket å snakke med deg om. Jeg har bare ikke orket før nå. Helt siden jeg hadde den hjertegreien har jeg tenkt på det.»

«Jeg har ikke villet spørre deg tidligere», sa Richard alvorlig. «Line har fortalt meg at det skjedde noe spesielt på sykehuset, men hun har ikke villet si så mye. Hun har bare sagt at jeg burde høre med deg om hva som skjedde. Hun har vært oppriktig bekymret for deg.»

«Bekymret?» spurte Elena uskyldig, hun lot som hun ikke forsto.

«Line har fortalt at da du kom ut fra sykehuset, fikk du for deg at du absolutt måtte kontakte sønnen til en du kjente.»

«Det er for så vidt riktig det», nikket Elena bekreftende. Hun tok begge kaffekoppene og reiste seg. «Vil du ha en kopp til?»

«Ja takk.»

«Du husker at jeg var bevisstløs nesten hele tiden den første uken da jeg ble innlagt. Du og pappa var de første jeg snakket med etter at jeg våknet opp igjen.»

«Det stemmer det», nikket Richard. «Jeg husker det som om det var i går. Pappa hadde ringt meg noen dager tidligere, da de hadde fått liv i deg igjen. Pappa var helt fra seg. Da han ringte, forlot jeg kontoret og tok første flyet til Bergen. Det var ganske kritisk med deg en stund.»

«Line har nok vært engstelig på grunn av det jeg har fortalt henne. Jeg opplevde noe merkelig på sykehuset.»

Elena begynte å fortelle om stemmen hun hadde hørt, og om den merkelige måten hun hadde fått vite om livet til Jan på. Hun fortalte om turen til Svalbard og hvordan hendelsen med isbjørnen hadde vekket henne.

«Jeg følte plutselig at livet var så nært og virkelig. Det var først da jeg innså hva jeg måtte gjøre. Jeg måtte finne ut om Jan virkelig hadde levd og om sønnen hans eksisterte.»

Elena trakk pusten «Alt viste seg å være sant, Richard. Alt sammen! Jan har levd, og jeg fant sønnen hans.»

Elena ristet på hodet, som om hun nesten ikke kunne tro det selv.

«Jeg var redd for at jeg hadde diktet opp alt sammen, men da jeg fant ut at det var ekte, ble jeg overveldet. Hvordan kunne det være mulig? Og det mest utrolige er at jeg har klart å finne tilbake til meg selv, tilbake til mitt eget liv. Jeg har våknet opp, Richard. Til og med sorgen og savnet etter Henry har jeg klart å komme over. Det har kanskje vært problemet hele tiden. Jeg har ikke klart å gi slipp på han før nå.»

Elena stoppet å snakke.

«Stakkars deg, Elena. Jeg vet jo ikke så veldig mye om Henry, annet enn at du var veldig glad i han. Men det er en utrolig historie du forteller.»

«Det er to grunner til at jeg forteller dette, Richard. Den ene er at hvis du, og Line for den saks skyld, ikke vet hva dere skal tro om meg eller det jeg forteller, så gir jeg egentlig blaffen. Jeg er ikke redd for å snakke om det lenger, selv om det er vanskelig for andre å tro på en slik historie. Men det er faktisk ikke mitt problem. Den andre grunnen er ... det du sa i sted, om at dersom du vet at du er kommet i et blindspor, må du komme deg ut av det, ikke sant?»

Richard nikket.

«Det er det jeg forsøker å gjøre nå, Richard», sa hun, og følte at hun endelig kunne puste igjen.

De satt i stillhet en stund.

«Den dagen på Svalbard var det noe som brutalt rev meg tilbake til virkeligheten. Jeg tror det var ...» Elena svelget. «Jeg tror det var Helge som vekket meg.»

Elena så på Richard. «Si meg, hvorfor kom du hit alene? Hva er det du vil snakke med meg om?»

Richard stirret forfjamset på Elena. Hun hadde kommet han i forkjøpet.

«Jeg hadde vel ...», Richard famlet etter ordene. «Jeg tenkte jeg skulle fortelle deg ... nei», rettet han seg selv, «jeg ønsket å snakke med deg om det som skjedde med Helge.»

Elena betraktet Richard som stirret hjelpeløst på henne. Det hadde vært en pine for dem begge. Elena hadde forsøkte å dekke over det helt siden Helge døde. Selv om hun innerst inne forsto at det beste ville være å få det ut, strittet hele henne imot. Det gjorde så fryktelig vondt.

«Ja», var alt Elena fikk seg til å si. Hun var redd hun skulle revne i to.

«Jeg vet at du mener jeg ikke gjorde nok for å redde Helge den gangen», fortsatte Richard. «Det er egentlig helt forjævlig. Jeg har klandret meg selv for det samme.»

«Hvorfor gjorde du ikke noe, da?»

«Jeg visste ikke hva jeg skulle gjøre, Helge var jo allerede død da vi fikk dradd han inn i båten. Han hadde vært under veldig lenge, det var for sent», svarte Richard fortvilet. «Men, Elena, vær så snill, hva er det du mener jeg skulle ha gjort?»

«Du kunne latt være å ikke gjøre noe, Richard.» Elena pinte ut ordene. «Du bare sto der og så på, du kunne gjort som Bjarne gjorde. Vi kunne ha ristet i Helge, vi kunne skreket og protestert, men vi gjorde ikke noe. Vi bare sto der og lot Helge gi opp uten at vi løftet en hånd.» Elena stønnet ut ordene, det var så vondt å si det. «Det siste Helge så i denne verden, Richard, det var oss to som bare sto der og glante på ham, som om vi ikke brydde oss.»

«Herregud, Elena, hvordan kan du si noe slikt.»

«Det er ikke bare deg jeg har vært sint på, Richard», Elena oppgitt. «Jeg har klandret meg selv også. Jeg gjorde heller ikke noe for å redde han.»

Elena brast i gråt. Richard reiste seg og gikk bort til Elena og la armene om henne. Tårene hadde begynt å renne hos han også. Elena var sjokkert over seg selv og det hun hadde sagt. Det var nesten som om hun ikke helt hadde forstått hva hun følte før hun hørte seg selv si det.

De ble sittende en stund uten å si noe. Til slutt reiste Elena seg og gikk ut på kjøkkenet. Hun kom tilbake med to glass vann. Hun gav det ene til Richard.

«Jeg er veldig lei meg for det», sa Richard stille.

«Jeg ser det for meg, om og om igjen» sa Elena. «Bjarne var fra seg av redsel og fortvilelse. Og alle måkene som stupte ned i sjøen mens de skrek hysterisk, som om de forsøkte å hente opp Helge. Jeg klarer nesten ikke å se en måke lenger, i hvert fall ikke å høre måkeskrik. Men jeg forstår jo egentlig at det var Helge sin egen skyld. Bjarne ba oss om å holde oss langt unna. Det var Helge som ikke hørte etter. Jeg har bare ikke klart å la være å tenke på det som skjedde.»

«Så du sier at du forstår at det var Helge sin skyld, men likevel har du klandret meg i alle år?» spurte Richard oppgitt.

«At det var Helge sin skyld, betyr vel ikke at vi ikke burde ha forsøkt å redde han.»

Elena så at Richard var fortvilet og hun forsto hvor urettferdig det var det hun sa.

«Jeg har vært sint på meg selv, Richard, men jeg lot det gå ut over deg», sa Elena, full av skyldfølelse.

Richard sukket og så ned.

«Var det på grunn av det som skjedde med Helge at du ikke ville reise til Halsnøy mer?» spurte Elena forsiktig.

Richard hevet blikket og møtte hennes. «Ja, jeg orket ikke å være der lenger. Jeg tenkte bare på det som hadde skjedd. Jeg innbilte meg også at alle på øyen stirret på meg, som om de mente vi hadde gjort noe galt. Det var sikkert noe jeg bare følte», sa han med en bitter undertone.

Elena la hånden på bordet, som om hun ønsket å berøre ham, men trakk den tilbake.

«Var det ikke det samme med deg, da? Du ville ikke reise dit lenger du heller», sa Richard.

«Det var senere», svarte Elena. «Husker du ikke at jeg

var med mamma og pappa på hytten hele sommeren året etter? Det var du som ikke ville reise.»

«Er du sikker? Var det ikke samtidig?» spurte Richard, litt usikkert.

«Nei, du ble med en helg, helt på slutten av den sommeren. Du hadde med deg en venn.» Elena studerte Richard nøye for å se om han reagerte. «Husker du ikke det? Pappa og mamma var veldig glade for at vi endelig skulle være på hytten igjen alle fire.»

«Du har kanskje rett. Det var nok Svend som var med. Han var bestekameraten min. Men det ble bare med den ene gangen, de flyttet like etter.»

Elena studerte Richard. Var det noe ved han som tydet på at han hadde visst noe? At Elena hadde latt sinnet sitt gå ut over Richard, skyltes nemlig ikke bare det med Helge. Det var noe annet også.

Richard hadde konsekvent nektet å reise til Halsnøy etter at Helge druknet. Han hadde nettopp fylt sytten år, og det hadde stort sett gått bra å la han være alene hjemme. Han fant sjelden på noe galt. Men sommerferien året etter var foreldrene lite lystne på å la Richard være alene i flere uker sammenhengende, så de vekslet derfor på å være med Elena på Halsnøy og med Richard i Bergen.

En av de siste helgene mot slutten av sommeren fikk Richard lov til å ha med seg en klassevenn til Halsnøy.

Elena hadde ikke hatt noe imot at Svend skulle være med. Tvert om, Elena var i puberteten og hun syntes det var spennende at en eldre gutt skulle bo sammen med dem.

Vel ankommet hytten hjalp de to guttene først faren med å heise vimpelen med de norske fargene i flaggstangen, som sto ytterst ute på berget mellom hytten og sjøen. Deretter rodde de ut med faren ut for å sette trollgarnet. Like utenfor hytten lå et lite skjær, et yndet tilholdssted for måkene, og et sted Richard og Elena ofte svømte til. Ved utsiden av skjæret var en grunne med en stake, og mellom staken og skjæret pleide de å sette trollgarnet.

Tidlig neste morgen syklet foreldrene inn til butikken, som lå noen kilometer lenger inne på øyen, for å handle matvarer. Richard rodde alene ut med båten for å trekke trollgarnet, siden Svend ikke hadde lyst til å bli med. Elena hadde funnet frem en gammel Davy Krokett-bok som hun hadde begynt å lese. Det var en solfylt morgen og i varmen hadde hun satt seg ut på en liten benk som sto mellom hytten og den tette lauvskogen bak. Svend kom ut til henne og satte seg ned på benken.

Svend sa at han syntes det var kjekt at han hadde fått bli med de til Halsnøy. Elena hadde smugtittet på Svend og hun syntes at han var ganske kjekk. Han spurte Elena hvor gammel hun var og da Elena fortalte at hun var tretten år gammel, svarte Svend at han syntes hun så mye eldre ut enn det. Deretter sa han at han syntes Elena var veldig pen, og spurte om han kunne få kysse henne. Elena følte seg smigret, det var vanskelig for henne å holde følelsene tilbake. Svend kysset Elena en gang, så reiste han seg og ba Elena sette seg ned i gresset på bakken ved siden av seg. Han kysset henne på nytt og begynte å føle på brystene hennes. Elena forsto først ikke hva som var i ferd med å skje og hun lot han få lov til å gjøre det. Men da Svend la Elena bakover på bakken og begynte å dra ned buksen på henne, gikk det plutselig opp for henne hva Svend ville. Elena sa at han skulle stoppe. Svend hørte ikke på henne, han presset henne ned mens han rev og slet i buksen hennes.

«Du behøver ikke være redd, Richard har sagt at det er greit at vi ligger sammen», peste han febrilsk, mens han energisk forsøkte å kle av henne. Sjokkert over at Richard visste hva Svend gjorde, lå Elena nærmest paralysert. Uten å gjøre motstand kjente hun hvordan Svend trakk ned buksen hennes.

Plutselig hørtes et forferdelig leven ute fra skjæret. Richard var i ferd med å trekke opp trollgarnet som var fullt av torsk. En stor flokk med måker flakset rundt båten i håp om å få seg fiskemat. Måkene var så ville og skrikene så kraftige at det nærmest virket som om flokken var rett over hodet på Elena. De hysteriske skrikene fikk henne til å våkne. Nå var det hun som lå på ryggen og kjempet for livet, akkurat som Helge hadde gjort. Panikken for å dø fikk henne til å reagere. Hun var ikke lenger paralysert, frykten for å dø var mye større. Hun slet seg løs fra Svend og løp inn på soverommet med buksen halvveis nedpå knærne. Der låste hun døren behørig etter seg. Så la hun seg ned i sengen og gråt.

Elena fortalte aldri foreldrene hva som hadde skjedd, hun var redd for at Richard skulle komme i fengsel, slik Svend hadde sagt han ville om hun avslørte noe. Hun var sint og skuffet over Richard og ville etter hvert ikke ha noe med han å gjøre. Hun kranglet med foreldrene og forsøkte å terge Richard. Hvis han hadde venner på besøk, kunne hun demonstrativt spankulere forbi, halvnaken i en løs morgenkåpe.

Elena og Richard kranglet mye, og foreldrene prøvde å snakke henne til fornuft, men hun brydde seg ikke.

Elena isolerte seg mer og mer og etter hvert mistet hun også kontakten med venninnene sine. Hun klippet håret helt kort og nektet å gå med kjole. Interesser hun hadde hatt endret seg, hun ville arbeide med teknologi, bli forsker eller ingeniør, for da slapp hun å ha med folk å gjøre. Hadde hun kunnet, ville hun aller helst blitt astronaut, slik at hun kunne forsvinne ut i det uendelige verdensrommet helt alene.

Det var ingenting ved Richard som tydet på at han hadde visst hva som foregikk den gangen. Hun ville i så fall lagt merke til det. Innerst inne hadde hun kanskje innsett det, selv om hun aldri hadde forsøkt å finne ut av det. Det var vanskelig å rippe opp i slike ting. Alt ville ha kommet frem i lyset hvis hun hadde sagt noe. Elena hadde latt Svend få lov til å kysse henne og til og med ta på henne. Med den lille tvilen om at Richard kanskje visste noe, valgte hun derfor å tie.

Dagen etter, ringte Elena til sin far.

«Hei, pappa, det er Elena. Takk for i går.»

«Hei, vennen min. I like måte, det var en hyggelig kveld. Richard virket lykkelig, tenk at han er blitt sammen med bestevenninnen din.»

«Ja, det var en hyggelig kveld, pappa», svarte Elena, før hun gikk rett på sak: «Jeg har tenkt på noe en stund. Jeg har så lyst til å ta en tur ned til hytten på Halsnøy. Leier du den ut fremdeles?»

Faren hørtes både overrasket og glad ut da han svarte: «Har du det? Det må jeg si.»

«Ja, jeg tenkte jeg ville dra nedover nå før helgen», forklarte Elena.

«Det må jeg si», gjentok han. «Men det var da hyggelig, Elena. Selvfølgelig kan du reise nedover. Hytten er ikke leiet ut for tiden. Det er såpass mye som må gjøres at jeg ikke har villet leie den ut på en stund. Det blir nesten mer til bryderi enn nytte. Har du tenkt å ha noen med deg?»

«Jeg reiser nok alene, med mindre du kunne tenke deg å bli med? Det hadde vært veldig hyggelig om du har lyst.»

«Det må da være over tjue år siden sist du var der. Hva er det som gjør at du plutselig vil reise ned dit nå, om jeg tør spørre?»

«Tretten år», avbrøt Elena.

«Hva?»

«Jeg var tretten år da jeg var der sist.»

«Er det virkelig så lenge siden?» Faren ble stille en stund.

«Og nå vil du dit igjen. Etter alle disse årene. Det må jeg si», gjentok han for tredje gang.

«Det hadde vært hyggelig om du ville bli med, pappa. Det hadde vært kjekt med reisefølge.»

Etter arbeidstid fredag samme uke kjørte de til Halhjem og tok fergen over Bjørnafjorden til Sandviksvåg. Derfra kjørte de til Skjærsholmane, helt sørvest på Stord, hvor en annen ferge gikk til Ranavik, fergeleiet helt nord på Halsnøy.

Da de nærmet seg Ranavik, gikk Elena opp på det øvre dekket. De passerte den den lille øyen Hille, hvor Elena og Richard ofte hadde rodd ut med Strandebarmeren. Langt i det fjerne kunne hun skimte Fluholmane, de to øyene som lå like utenfor hytten deres. Da fergen nærmet seg nordspissen av Halsnøy, passerte de Ungholmen, hvor Helge hadde druknet. Hjertet hennes banket fortere, og minnene strømmet på.

Litt senere ankom de hytten. Elena parkerte bilen like ved innkjørselen, som lå rett ved hovedveien. Den lille boden der de oppbevarte sykler, redskaper og fiskeutstyr sto der fremdeles, akkurat slik hun husket den. Sammen tok de baggene sine og fulgte stien ned mot hytten. Gjennom lauvet som hang tett ned fra bjerketrærne, fikk Elena øye på hyttedøren. Det lille, runde vinduet i døren var som et øye som kikket nysgjerrig på henne. Pulsen hennes økte for hvert skritt hun kom nærmere hytten. Ute fra sjøen hørte hun måkene skrike.

«Bare gå inn først du, Elena», sa faren idet han vred nøkkelen om og åpnet døren. Han tok et skritt til siden for å slippe henne inn.

«Nei, bare gå inn du», svarte Elena alvorlig og så inn gjennom døråpningen.

Faren gikk inn i gangen, satte baggen fra seg og slo på lyset. Elena fulgte etter, hun nesten listet seg inn, som om noe ventet på henne der inne. Da faren åpnet døren inn til stuen, gikk han først bort til det store vinduet som vendte ut mot sjøen. Han trakk fra gardinene og lot lyset flomme inn i rommet. Elena sto i døråpningen og begynte å skjelve voldsomt og ukontrollert, før hun brast ut i gråt. Sjokkert gikk faren tilbake til henne og la armene forsiktig rundt henne.

«Kjære deg. Hva er det, Elena? Hva er det, vennen min?» spurte han bestyrtet.

Elena svarte ikke. Hun bare sto der og gråt som et lite barn, med hodet sitt dypt begravd i farens favn.

42

Elena hadde endelig innsett at det ikke lenger var mulig å skjule for Vigdis hva hun hadde drevet med. Kontakten med Heine hadde utviklet seg til hyppige telefonsamtaler, og turene til Oslo var ikke lenger mulig å bortforklare. Hun måtte finne på en mer spiselig forklaring, ellers måtte hun fortelle sannheten.

Men hvordan i all verden skulle hun klare å finne på noe troverdig? Hun hadde knapt snakket med Vigdis om Henry. Å si at hun, etter alle disse årene, plutselig hadde fått kontakt med sønnen til Henrys bror, ville virke merkelig. Kanskje hun skulle si at hun kjente Henrys søster og lenge hadde vurdert å ta kontakt med Fride. Men hvorfor nå, etter alle disse årene? Nei, det hørtes for usannsynlig ut det også. Kanskje det var enklest bare å si til Vigdis at det var hun som hadde blitt kontaktet. Men av hvem? Løsningen måtte være at det var Fride som hadde tatt kontaktet henne. Hun måtte bare finne på en god begrunnelse på hvorfor Fride hadde gjort det.

Elena øvde og øvde for seg selv på hvordan hun skulle forklare seg. Hun laget svar på tenkte spørsmål, men jo mer hun forsøkte, desto mer innså hun hvor komplisert det ble. Hun klarte rett og slett ikke å få det til å høres logisk ut. I fortvilelsen over sin egen ubehjelpelighet gav hun til slutt opp. Enten måtte hun la være å fortelle noe, eller så kunne hun like godt fortelle Vigdis hele historien, om sykehuset, om Jan og Heine, om alt sammen. Det fikk bære eller briste, konkluderte hun.

Da Elena endelig hadde mannet seg opp for å snakke med Vigdis, slo en annen tanke ned i henne. Siden hun hadde klart å finne Anna, kunne vel det motsatte ha skjedd? Elena kunne si at Anna ikke kjente familien til Jan og at hun hadde forsøkt å lete opp noen i familien, men av en eller annen grunn var det Elena hun hadde klart å identifisere. Selvsagt, det var en god forklaring, det gjaldt bare å fortelle det på en naturlig og troverdig måte.

En ettermiddag, mens Elena og Vigdis var i ferd med å rydde av bordet etter middagen, tenke Elena at dette var et passende tidspunkt å fortelle henne om Heine.

«Vigdis, jeg fikk en telefon for litt siden. Jeg tenkte jeg skulle fortelle deg det, det er litt pussig, må jeg innrømme.»

Elena begynte med å forklare hvordan hun hadde blitt kontaktet av en kvinne ved navn Anna Pedersen. Anna hadde forklart at årsaken til at hun tok kontakt var at hun hadde en sønn med broren til Henry, den samme Henry som Elena hadde vært sammen med i USA. Anna hadde tilfeldigvis fått vite om Elena gjennom et bekjentskap som kjente Elena fra studietiden i USA. Elena hadde selvsagt blitt veldig overrasket, siden hun ikke kjente broren til Henry. Anna hadde fortalt at sønnen hennes, Heine, aldri hadde truffet sin far. Hun hadde blitt gravid med Heine etter et tilfeldig stevnemøte med Henry sin bror, Jan, men Jan hadde aldri fått vite om Heine. Anna ønsket nå at Heine skulle bli kjent med Jans familie. Siden Jan dessverre ikke lenger levde, håpet Anna at Elena kanskje kjente noen i Jan sin familie, siden hun hadde vært sammen med Henry den gangen. Anna visste at Elena ikke var sammen med Henry lenger, men var ikke klar over at han også var død. Elena hadde svart Anna at hun kjente til Henrys søster og selvsagt ville hjelpe Heine med å få kontakt med henne.

Elena fortalte alt dette med så stor innlevelse som mulig, og til hennes store lettelse og overraskelse virket det som Vigdis trodde på historien. Men da Elena skulle fortsette, begynte det hele å bli mer innviklet. Hun forklarte at Fride hadde ønsket å treffe henne, og derfor hadde Elena møtt Fride og mannen hennes, Bård, sammen med Heine. Det hadde skjedd da Elena var i Oslo i forbindelse med et jobbintervju.

«Hvorfor har du ikke fortalt meg det?» spurte Vigdis, og laget en mistenksom grimase.

«Jeg har rett og slett ikke tenkt nærmere over det, for å være ærlig», svarte Elena så naturlig hun kunne.

Vigdis la fra seg bestikket og så på Elena med skeptiske øyne. Elena kjente det blikket, hun ble nervøs. Da hun forsøkte å avslutte med å fortelle at Heine hadde spurt om hun kunne tenke seg å bli med til Heinseter, der moren hans hadde truffet Jan, ble Vigdis helt rød i ansiktet. Hun luktet tydeligvis lunten.

«Si meg, hvor gammel er han, Heine, egentlig?»

«Hvordan skal jeg vite det?» prøvde Elena seg. «Han er voksen om det er det du mener?»

«Skal du liksom bare dra på fjelltur med en *voksen* mann du så vidt kjenner?»

Vigdis stoppet og hun ristet på hodet mens hun stirret på Elena med et blikk fylt av irritasjon og fortvilelse. Hva skulle hun nå finne på? Forholdet med Heine var selvsagt ikke alvorlig, i alle fall ikke på den måten Vigdis trodde, men Elena forsto at det hørtes merkelig ut.

«Ta det helt med ro, Vigdis, Heine sin mor skal også være med.»

Det stakk Elena i hjertet da hun hadde sagt det. Løgnen bare plumpet ut av henne, men hun følte hun måtte finne på noe for å roe Vigdis. Hun prøvde å forklare alt på nytt, Heine ønsket å dra til stedet der Jan og moren hadde truffet hverandre, og han hadde spurt om Elena kunne være med fordi hun tilfeldigvis hadde nevnt at hun hadde vært der før. Og nå ville også Anna også bli med, forklarte Elena med påtvungen innlevelse. Men Vigdis ville ikke høre på Elena.

«Hvorfor skal du være med? Klarer de ikke å gå selv? Du har da ikke noe med det å gjøre. Dersom det er noe mellom dere, Elena, kan du like godt si det.»

«Slutt og tull, Vigdis. Jeg har sagt deg at jeg bare har avtalt med han fordi han ville ha følge.» Elena forsto fort at det var en tabbe å si «han» i stedet for «dem». «Du må gjerne bli med, du også», la hun derfor til.

Elena visste at Vigdis ikke kunne bli med, hun skulle på et lederseminar den helgen, om to uker, som Vigdis hadde ansvaret for.

«Det kan jeg ikke og det vet du godt, Elena. Jeg kunne ha vært med deg en hvilken som helst annen helg. Hvorfor må dere dra akkurat den helgen?» Vigdis kikket mistenksomt bort på Elena. «Jeg skulle nesten tro det var fordi du visste jeg ikke kunne være med», fortsatte Vigdis, med et fornærmet ansiktsuttrykk.

«Vigdis, nå må du gi deg», sa Elena og forsøkte å se oppgitt ut. «Det er bare fordi det er meldt veldig godt vær i langtidsvarselet. Det er ikke like hyggelig å være på Hardangervidda i regn og vind, akkurat.»

Vigdis var fremdeles ikke overbevist. «Jeg spurte deg om det er noe mellom dere, Elena. Er det det?»

«Nei, selvsagt er det ikke det. Hvordan kan du tro det?» svarte Elena irritert. «Men hva om så var tilfelle. Du har vel egentlig ikke noe med det, har du?»

Det siste skulle ikke Elena ha sagt. Det forsto hun med en gang ordene var ute av munnen hennes. Vigdis var sår på at Elena ikke ville si at de var et par, men Elena hadde aldri klart å finne ut av seg selv og forholdet mellom dem.

At de elsket sammen, var noe hun for lengst hadde forso-
net seg med, men minnene om Henry og det spesielle hun
hadde følt for han gjorde at hun fremdeles ikke følte seg
sikker på hvor hun egentlig hørte hjemme i landskapet.
Line, for eksempel, hadde vært åpen om at hun kunne ha
sex med både menn og kvinner, så Elena tenkte at det
kanskje var noe slik med henne også. Ikke nøyaktig det
samme riktignok, for tanken på å ha sex med andre menn
enn Henry fikk henne fremdeles til å grøsse.

«Det der var utrolig dårlig sagt av deg, Elena. Mener du
virkelig at jeg ikke har noe med det å gjøre? Vi har da et
forhold sammen, har vi ikke? Du kan vel ikke bare drive
på med meg som om jeg er ingenting. Er du virkelig bare
sammen med meg for å ha noen å ha sex med?»

Vigdis var blitt ganske opphisset, Elena var sjokkert
over den voldsomme reaksjonen.

«Unnskyld, Vigdis, det var ikke slik jeg mente det.»

«Nei vel, men hva mente du da? Vigdis stirret provose-
rende på Elena.

«Jeg mener bare at jeg må få gjøre det jeg har lyst til,
uten at du må godkjenne det», svarte Elena. Vigdis måtte
da være enig i det?

«Dette er da ikke snakk om godkjenning, Elena. Det
handler om å ta hensyn til en som er glad i deg. Vi er fak-
tisk sammen. Du må da forstå at du ikke bare kan gå til
sengs med hvem som helst, når du føler for det. Pokker
ta deg, Elena!»

«Nå er du urettferdig. Tror du virkelig at jeg går til sengs
med hvem som helst? Jeg går faktisk bare til sengs med
deg. Det er overhodet ikke noe slikt mellom Heine og meg
har jeg sagt, nå må du jammen gi deg.»

«Nei, jeg gir meg ikke. Du vrir på det jeg sier til deg. Jeg
forstår faen meg ikke i det hele tatt hvorfor du absolutt
må dra på den turen. Du er en forbanna drittsekk, det er
det du er!»

Vigdis reiste seg, grep middagsfatene og bestikket, gikk ut på kjøkkenet og smelte døren igjen etter seg. Elena satt igjen ved spisebordet mens hun hørte den energiske skranglingen av fat og glass som ble vasket opp. Etter en liten stund reiste hun seg og åpnet døren. Vigdis sto ved kjøkkenbenken med kjøkkenforkleet og de altfor store vaskehanskene på. Elena kunne se tårene i øynene hennes.

«Unnskyld, Vigdis. Jeg er lei for at jeg har såret deg, det var ikke meningen.»

Vigdis snudde seg mot Elena. De stålgrå øynene til Vigdis boret seg inn i Elena.

Elena gikk bort til Vigdis og tørket bort tårene som rant nedover kinnene hennes. Elena hadde alltid syntes at Vigdis var en flott kvinne, særlig når hun viste følelser, slik som nå, det fikk Elena til å smelte.

«Ikke vær lei deg, jeg er glad i deg, du vet det.»

Vigdis la fra seg tallerkenen hun holdt i hånden. Fortvilelsen som lyste ut av øynene til Vigdis, var ikke til å ta feil av.

«Du behøver ikke å si at du er glad i meg om du ikke mener det, Elena. Hva mener du forresten med det, når du sier at du er glad i meg?»

«Jeg skal forsøke å forklare deg det, men kan du være så snill å vente med den oppvasken. Kan vi sette oss ned litt?»

Elena nikket mot salongstolene inne i stuen. Nølende vrengte Vigdis av vaskehanskene og hengte av seg forkleet.

«Vigdis, du vet at jeg var sammen med Henry i USA da jeg studerte der», begynte Elena da de hadde satt seg.

«Selvfølgelig vet jeg det, det har du fortalt meg tidligere.»

«Ja, men jeg har vel ikke fortalt deg at det bare er han jeg har vært sammen med før jeg ble sammen med deg, har jeg?»

«Nei, men jeg har jo forstått det på en måte. Du hadde vel fortalt meg om det hadde vært andre. Men hvorfor sier du det til meg nå?»

«Det er dette jeg vil prøve å forklare, selv om det kanskje er leit for deg å høre. Henry er den eneste jeg virkelig har vært forelsket i.»

Elena så at Vigdis nærmest vred på seg. Hun strammet munnen så hardt sammen at den bare ble til en strek.

«Før jeg traff Henry», fortsatte Elena, «hadde jeg ikke vært sammen med noen. Og etter at Henry døde har jeg ikke vært sammen med noen. Du er faktisk den eneste jeg har vært sammen med utenom Henry.» Elena trakk pusten. «Men jeg har aldri vært forelsket i deg på samme måte som med Henry. «Det må jeg bare innrømme. Jeg ville lyve om jeg påsto noe annet. Jeg vet ikke om jeg noen gang vil være i stand til å bli det heller. Å elske er en ting, men å være forelsket ... Jeg er glad i deg, Vigdis. Jeg håper virkelig at du tror meg, men det jeg føler for deg er noe annet enn det jeg følte for Henry. Likevel, å være sammen med deg har fått meg til å føle meg hel igjen. Du tenker kanskje at jeg bare utnytter deg, siden jeg ikke har ønsket at vi skal flytte sammen, men det aldri vært min hensikt.»

Elena tok en ny pause. Vigdis sa ingenting, hun bare betraktet Elena.

«Jeg vet at hver gang du har forsøkt å snakke om oss to, om et fast forhold og slikt, har jeg bare snakket det vekk eller unngå temaet», sa Elena og svelget. «Jeg beklager det, men det har ikke vært lett for meg å svare ærlig. Jeg har rett og slett ikke har visst hva jeg vil. Jeg vet ikke om det jeg føler for deg betyr at jeg elsker deg eller ikke. Jeg er glad i deg, men jeg har aldri følt det samme for deg som jeg følte for Henry. Jeg har grublet på hva det betyr, om jeg ikke er glad nok i deg, eller om det jeg føler for deg er noe annet enn kjærlighet? Er jeg sammen med deg på grunn av ensomhet, frykt for å være alene, eller kanskje ren egoisme, fordi det er behagelig og trygt? Du reagerer sikkert på at jeg sier dette, men jeg prøver bare å være helt ærlig med deg, Vigdis. Poenget er at når du ønsker et fast, forpliktende og forutsigbart forhold, er det nettopp det som har vært problemet for meg. Jeg er sammen med deg og jeg er glad i deg, men samtidig mangler noe, noe jeg håper skal skje med meg og følelsene mine. Det føles som om jeg venter på å finne noe jeg har mistet. Men jeg klarer ikke å forstå hva det er eller hvordan jeg skal finne tilbake til det.»

Vigdis hadde sittet helt stille og stirret på Elena.

«Er du sint på meg, Vigdis?» spurte Elena.

«Nei», kom det nølende fra Vigdis, «ikke akkurat sint. Nei, selvfølgelig er jeg ikke det, men jeg forsøker å forstå deg. Det er ikke enkelt, som du selv sier, kanskje jeg ikke ønsker å forstå det. Jeg må innrømme at jeg blir lei meg når du sier du ikke elsker meg.»

«Jeg sier ikke det, Vigdis. Det jeg sier er at jeg ikke vet om det jeg føler er forelskelse eller ikke. Jeg vet bare at det ikke er det samme som det jeg følte for Henry, og jeg forstår ikke hva det betyr. Etter at jeg fikk hjertestansen, har Henry kommet så sterkt tilbake i tankene mine.» Elena fikk øyekontakt med Vigdis. «Jeg er usikker, men jeg tror at om jeg noen gang virkelig forelsker meg igjen, enten det er med deg eller en annen, vil jeg forstå det. Jeg håper at det vil skje, men jeg må innrømme at jeg ikke lenger tror det kommer til å skje. Da Henry døde, var det akkurat som noe døde i meg også.» Elena betraktet Vigdis, hun prøvde å lese reaksjonen hennes. «Er du sint på meg, Vigdis?» spurte Elena på nytt.

Vigdis tok blikket sitt vekk fra Elena og stirret ned i gulvet. Etter en liten stund ristet hun på hodet.

«Nei, jeg er vel ikke det.» Hun smilte tappert og strøk hånden sin forsiktig over Elena sitt kinn. «Jeg er bare så håpløst glad i deg.»

43

Elena logget seg av PC-en presis klokken ett. Hun ønsket de andre god helg og gikk ned trappen til hovedinngangen, før hun fortsatte videre til bilen på parkeringsplassen like utenfor. Ryggsekken var for lengst pakket og plassert i baksetet. Idet hun satte seg, kom hun på at hun burde ringe til Heine. Hun tastet nummeret hans og ventet.

«Hei, Heine, det er Elena. Jeg ville bare si at jeg kjører fra Bergen nå. Er alt ok?»

Heine svarte at han var klar og han var glad for det gode været, med tropetemperaturer i vente. Han skulle ta taxi til jernbanestasjonen om et par timer, siden toget hans ikke gikk før halv fire. De avtalte å møtes på Geilo.

Elena smilte for seg selv da hun la på. Det var hyggelig å høre Heines stemme igjen, og hun gledet seg til fjellturen. Hun forsto at hun sannsynligvis ville være fremme lenge før ham, men hun likte å ha god tid når hun kjørte. Med mye trafikk og turister på veien, brukte hun ofte nærmere fem timer på turen, spesielt med en mulig stopp på Voss.

Da Elena hadde passert Nesttun og kjørte ut på Hardangerveien, løste trafikken seg litt opp. Det var fremdeles tidlig på ettermiddagen, så fredagstrafikken var ikke på sitt verste. Etter å ha passert Grimesvingene, løste køen av biler seg helt opp, og hun kunne øke farten. Hun kjente hjertet slå fortere ved tanken på at hun skulle treffe Heine igjen.

Et forhold med Heine ville være helt håpløst. Aldersforskjellen var en ting, men Heine var jo sønn av Henrys bror. Hva i alle dager var det hun egentlig drev på med? Elena ristet oppgitt på hodet for å forsikre seg selv om at hun ikke hadde slike tåpelige tanker.

Tre timer senere var Elena fremme ved Halne Fjellstuer. Hun parkerte bilen foran hovedbygningen og rullet ned vinduet på passasjersiden. Fjelluften strømmet inn gjennom vinduet. Det var fremdeles varmt, men langt svalere oppe på vidden enn på Voss. Hun gikk ut av bilen og satte seg på en benk som sto like ved inngangen. Nedenfor lå Halnefjorden. Et godt stykke ute på vannet kunne hun se Halnekongen, båten var på vei mot kaien som lå like nedenfor veien. Baugen skar seg gjennom vannet og kastet det ut til sidene, mens bølgene bak bredte seg utover som en lang vifte.

Elena stirret mot enden av Halnefjorden. Langt der borte, ved den andre siden, skulle hun og Heine gå dagen etter. Hun fant frem lommeboken sin og trakk ut bildet hun hadde liggende i den ene lommen. Det var hun og Henry som sto og holdt rundt hverandre. Bildet var tatt på en av de mange turene til stranden ved Angostura Lake.

Elena sukket, hun tenkte på e-posten hun hadde fått for et par dager siden fra Camilla. «Surprise!» sto det skrevet. Det første hun så i e-posten var et bilde av Camilla og Emanuel, de sto med armene rundt hverandre, tett omslynget og smilte til fotografen. Akkurat som hun og Henry på bildet.

Elena hadde måttet lese e-posten flere ganger. Emanuel og Camilla hadde flyttet sammen igjen, og de ville feire begivenheten med å invitere noen av sine beste venner til Madeira i oktober. De håpet spesielt at Elena ville komme, for det var henne de kunne takke for at de hadde kommet sammen igjen, skrev Camilla.

«Om du har en pojkvän, hoppas vi att er båda kommer», sto det til slutt.

Måten Elena hadde reagerte på da hun leste e-posten, forundret henne. Det var nesten som hun fikk panikk og ville rømme, reise bort fra alt og alle. Hun som hadde vært så begeistret for Emanuel. Det var som om alle de hun brydde seg om bare forsvant ut av livet hennes, til sin egen lykke, mens hun selv ble stående igjen helt alene. Det var som å se et tog forsvinne med alle de hun var glad i, og hun selv sto tilbake på perrongen. Det var en merkelig følelse av fortvilelse og uro, av ensomhet og lengsel.

Elena sin første innskytelse var at hun ikke ville reise, men så kom tanken på at hun kunne spørre Heine. Var det derfor hun hadde bestemt seg for å bli med Heine på denne turen? For å overtale han til å bli med henne til Camilla og Emanuel? Elena stirret på bildet av Henry og henne. Prøvde hun bare å gjenskape alt ved å skifte ut Henry med Heine?

Da Heine fortalte Elena at det var henne han hadde sett i drømmene sine, ble hun forundret. De første dagene etter at hun kom tilbake til Bergen, spekulert hun på hva som var grunnen til at han innbilte seg det? Anna mente jo at Heine var forelsket i henne. Var det derfor han plutselig fikk det for seg at det var henne han drømte om? Eller var det omvendt, at han mente det var henne han drømte om, og derfor trodde han at han var forelsket i henne!

Den siste tanken var verst. Heine hadde jo fortalt henne at han hadde vært deprimert og at han til og med hadde vært inne på tanken på å gjøre det slutt. Var det mulig at Heine fremdeles var deprimert? Var det derfor Anna hadde oppsøkt henne?

Da ideen først var sådd, hadde Elena blitt fortvilet. Kanskje Anna rett og slett var engstelig for hva Heine kunne finne på?

Elena forsøkte å tenke etter. Heine var i full jobb, og bortsett fra de merkelige drømmene, oppførte han seg helt normalt. Men når sant skulle sies, var vel det Elena hadde fortalt om Jan mye mer merkelig. Og det var først etter at Elena hadde fortalt Heine om Jan, at han hadde betrodd seg til henne.

Kanskje de merkelige tankene og idéene hun hadde om Heine bare kom fordi hun hadde vanskelig med å gi slipp på Henry.

Når Heine kunne stole på henne, måtte det være mulig for henne å stole på han.

Elena gikk tilbake til bilen og kjørte videre. Litt senere passerte hun Haugastøl. På plassen foran turisthytten sto hundrevis av utleiesykler. Elena senket farten, det var et mylder med glade turister på begge sider av veien. Til venstre gikk den populære Rallarveien til Finse. Blant alle turistene og syklene kunne hun se en gutt, kanskje være ni–ti år gammel, som sto med en kvinne, og begge med hver sin sykkel.

Hun og Henry gikk ofte på fjellturer i Black Hills. I helgene, om de tok seg fri fra studiene, kunne de ta bilen og kjøre opp i fjellene like ved Rapid. En gang var de en gjeng norske studenter som hadde avtalt å ta turen opp på en fjelltopp som het Elk Peak. Joachim på fem år, var sammen med foreldrene sine. Det var en vakker dag, sent i september, og lauvtrærne var kledd i alle verdens fantastiske høstfarger. Joachim hadde holdt Elena i hånden mens hele følget vandret mot fjelltoppen. Veien de fulgte var først bred og asfaltert, men etter hvert som de kom høyere opp, ble den grusbelagt og til sist som fjellstier i Norge. Etter at de hadde vandret i nærmere en time, ble Joachim trett. Foreldrene til Joachim forsøkte å oppmuntre han til å fortsette å gå, men Joachim ville ikke. Henry hadde endt opp med å ta Joachim på skuldrene sine. Elena kunne fremdeles se det for seg, Joachim fornøyd og smilende på Henry sine brede skuldre. Hun kunne huske hvordan Henry hadde løpt og hoppet for å leke hest med Joachim, og hvordan Joachim hadde ledd av det.

Hvor lykkelig Elena hadde vært det siste året hun og Henry var sammen i Rapid. Elena tenkte på alle kveldene og nettene hun ikke ville sove, fordi hun ikke ville miste tid sammen med Henry. Når de ikke elsket sammen, kunne de ligge tett ved siden av hverandre uten å si et eneste ord, de hadde bare ligget og sett på hverandre.

En slik lykke ville hun aldri få oppleve igjen.

Eller kanskje det bare var slik hun husket det? Kanskje det bare var et skjørt minne, som et maleri hun hadde bearbeidet over tid, og som hun stadig hadde tilført flere detaljer og finere farger. Og uten at hun hadde merket det, var bildet blitt noe et helt annet enn det hun opprinnelig malte.

<h1 style="text-align:center">44</h1>

Klokken tolv dagen etter gikk de om bord i Halnekongen. Været var fantastisk, det var ikke en sky å se på himmelen og temperaturen var allerede godt over tjue grader. Båten slynget seg i sikksakk innover innsjøen mellom de oransje bøyene som markerte steder med grunner og steiner like under overflaten. Turen over vannet tok omtrent femti minutter. Heine og Elena satte seg foran på båtdekket. Vidden som strakte seg innover langs begge sider av vannet, hadde begynt å få høstfarger, med nyanser i brunt, gult, oransje og rødt. Elena kjente at Heine grep etter hånden hennes. De satt der uten å si noe, det eneste de hørte var duren fra motoren.

Da de hadde kommet på land og var på vei innover stien som buktet seg innover vidden, fløy først én rype opp av lyngen, den kaklet ivrig, og like etter fulgte en flokk på seks–syv andre etter. Litt lenger fremme, høyt oppe i luften, kunne de se to svarte fugler som sirklet stille rundt.

«Det må være ravn eller fjellvåk», sa Heine, «kanskje det ligger et kadaver der inne, eller kanskje de ser etter mat som lemen eller mus? Er det ikke fantastisk, Elena?»

Elena smilte og nikket. Å oppleve all denne vidunderlige naturen sammen med Heine var spesielt. Elena husket sist hun hadde vandret innover denne stien. Selv om hun også den gangen hadde blitt begeistret over naturen, hadde hun likevel følt seg fremmed og alene. Nå var det noe helt annet, det var nesten som om vidden var deres.

«Hva tenker du på, Elena?»

Elena merket ikke at hun stirret på Heine mens hun tenkte. Hun kvapp til, som om hun våknet opp fra en deilig drøm.

«Hva? Nei, ikke noe.»

«Du ser så merkelig på meg?»

«Å, gjorde jeg det? Det er sikkert noe jeg tenker på.»

«Og hva tenker du på da?» Stemmen til Heine var nesten litt ertende. «Tenker du på Bergen? Lengter du tilbake allerede?»

Elena lo.

«Nei, jeg tenker bare på hvor fantastisk det er å være her. Og dette været!»

Temperaturen var stekende, og de hadde kledd av seg. Heine gikk med bar overkropp og Elena kun i en sports-BH.

«Skal vi ta en pause», foreslo Heine, «vi har god tid.»

De slo seg ned ved en passende stein som lå på toppen av den eneste høyden de kunne se langs stien.

Etter å ha spist, la Heine seg på ryggen.

«Vi kan vel ligge her litt og nyte solen.»

«Pass på at du ikke brenner deg, Heine», sa Elena og fant frem en tube med solkrem fra sekken sin. «Jeg tror det er lurt å smøre seg.»

«Gidder du å smøre meg øverst bakpå ryggen?» spurte Heine.

Elena tok tuben, hun dryppet kremen ned på skuldrene og nakken hans, og gnidde kremen forsiktig utover med begge hendene.

Hvorfor banket hjertet hennes så fort? Hun måtte ta seg sammen.

«Skal jeg smøre deg?» spurte Heine da Elena var ferdig.

«Ja, vil du?» svarte Elena, hun bøyde seg fremover og krummet ryggen. Det var bra, nå kunne ikke Heine se hvis hun rødmet.

Elena forsøkte å late som ingenting, men da hun kjente Heines hånd massere kremen inn i nakken, følte hun seg nesten svimmel. Hva skulle hun gjøre? Elena satt nesten som lammet, redd for at kroppen hennes ville begynne å skjelve, følelsen kom så veldig sterk og plutselig.

«Hører du?» Heine stoppet og reiste seg. «Hører du den lyden, det er akkurat som en slags buldring, nesten som et svakt jordskjelv?»

Nå hørte Elena det også, først svakt, etter hvert sterkere. Elena reiste seg hun også.

«Der, se!»

Heine pekte i retning de hadde kommet fra. Langt inne mot et elveleie kunne Elena se noe som ålte og slynget seg av sted, som en slange som bukter seg fremover.

«Det er en flokk med reinsdyr», hvisket Heine henrykt, som om han var redd for å skremme reinsdyrene, til tross for den enorme avstanden. «Det må være mange hundre dyr, er det ikke utrolig? Her går vi langt inne på Hardangervidden, det kan virke helt stille og utdødd, og så plutselig er det liv overalt.»

Buldringen ble svakere og etter en stund kunne de se flokken forsvinne over åsen langt borte i horisonten.

Da de kom frem til Heinseter senere på kvelden, satte de seg ved et bord foran peisen.

«Nå skal jeg finne den boken Jan og Anna skrev seg inn i», sa Elena. Hun gikk bort til bokhyllen der de gamle besøksbøkene var.

«1981, det var det året de var her», fortsatte hun ivrig. «Du er født i 1982, Heine?»

Elena visste godt hvor gammel Heine var, men hun spurte likevel.

«Nå skal vi se, her er boken fra 1980 til 1984, det må være den.»

De satte seg ned og Elena begynte å bla i boken.

«1980, 1981. Det var i august. Mai, juni, her er august.»

Elena snakket mens hun bladde ivrig. Heine fulgte spent med.

«Her! Se!» utbrøt Elena triumferende og pekte.

22.08.81   Jan Steinsland Kommer fra: Halne   Skal til: Halne

«Og her er din mor.»

22.08.81   Anna Pedersen   Kommer fra: Tuva   Skal til: ~~Rauhelleren~~ Halne

Heine tok boken opp fra bordet og stirret på de to linjene. Omsider løftet han blikket mot Elena.

«Tenk at dette ble skrevet den gangen Jan og mamma traff hverandre», sa Heine og smilte.

«Ja, det er ganske utrolig å tenke på?» svarte Elena.

Heine nikket. Elena kunne se at han var rørt.

«Elena, jeg er veldig glad for at du ble med meg. Det er ganske spesielt å oppleve dette, det er akkurat som jeg hadde håpet på.»

Heine fortsatte å stirre på det som sto skrevet i boken.

«Tror du Jan ble interessert i mamma den kvelden, den 22. august? Det må ha vært noe spesielt som skjedde siden de gikk sammen til Halne dagen etter.»

«Din mor var her med to andre venninner, Stina og Grete», sa Elena og pekte på navnene deres. «Jeg tror de inviterte Jan bort til seg. De satt sikkert sammen ved et av disse bordene her, mens Jan satt alene like ved. Det var nok først og fremst for å være hyggelig at de inviterte han bort til seg. Husk at de var ganske mye eldre enn Jan, så det var nok for å være hyggelige.»

Heine stirret på bordet like ved, som om han forsøkte å forestille seg Anna og de to venninnene som hadde sittet der.

«Hva som skjedde videre den kvelden, vet jeg ikke», fortsatte Elena. «Dagen etter slo din mor i alle fall følge med

Jan. Så noe må det vel ha vært. Ser du at hun har strøket over hvor hun skulle gå, kanskje hun ombestemte seg?»

«Mamma var på min alder den gangen», svarte Heine tankefullt. Han var stille en stund før han så på Elena og fortsatte. «Mener du at aldersforskjellen mellom dem var et problem, Elena?»

«Hva tenker du på?»

Elena forsto hva Heine siktet til, men hun ville ikke vise det.

«Mener du at aldersforskjellen mellom oss er et problem?»

Elena forsøkte å le. «Det var da et merkelig spørsmål.»

«Hvorfor er det merkelig?» spurte Heine, og smilte lurt til Elena. Elena visste ikke hva hun skulle svare.

Heine ville ikke gi seg. «Er jeg for ung for deg?»

«Men det er ikke det jeg har sagt vel?»

Elena kunne bite tungen av seg, hvorfor avsluttet hun med et spørsmål? Hun ønsket egentlig å avslutte temaet.

«Selvfølgelig er det noe å snakke om. Du vet at jeg liker deg, Elena. Og jeg tror faktisk du liker meg også.»

«Heine, gi deg. Du vet at jeg liker deg. Men ...»

«Men hva?»

«Like, være glad i, elske, det er ikke det samme.»

Elena forsto ikke hvorfor hun sa akkurat de ordene.

«Ok, la meg gjøre det ordentlig, da. Jeg liker deg, jeg er glad i deg og jeg tror jeg er forelsket i deg.» Heine betraktet Elena på en måte som fortalte henne at han ville forsikre seg om at hun hadde forstått hva han sa. «Liker du meg, Elena?»

«Ja, selvfølgelig gjør jeg det.»

«Er du glad i meg?»

«Heine», sukket Elena, «det er noe jeg må fortelle deg.» Elena var engstelig, hun stirret ned i fanget sitt. «Jeg har ikke vært helt ærlig med deg. Jeg er sammen med noen. Jeg vet ikke hvor alvorlig det er, men vi har vært sammen en stund.»

Elena trakk pusten og ville fortsette, men Heine avbrøt henne.

«Jeg kan ikke si at jeg er veldig overasket over det, akkurat. Du er en flott kvinne, Elena. Jeg kan vanskelig tenke meg at du får gå i fred. Er det seriøst? Har han fridd eller noe sånt? Eller har du gjort det?»

«Hun heter Vigdis.»

Forbauselsen lyste ut av ansiktet til Heine.

«Og nei», fortsatte Elena, «hun har ikke fridd til meg. På mange måter har hun sikkert ønsket å gjøre det, men hun vet at jeg ikke vil si ja.»

Heine klarte først ikke å si noe.

«Jeg må innrømme at jeg er overrasket over at du er sammen med en kvinne», kom det omsider. «Den hadde jeg ikke sett komme.» Rynkene i pannen hans understreket at han var forvirret. «Jeg forstår ikke helt, for du var sammen med Henry, og nå sier du at du er sammen med en kvinne?»

Heine så ut som et spørsmålstegn.

«Hvorfor det er blitt slik kan jeg egentlig ikke forklare», svarte Elena. «Eller, jeg tror jeg vet hvorfor, men det har jeg ikke veldig lyst til å snakke om.»

«Hva mener du med det?»

«Det skjedde noe i oppveksten min som påvirket meg, som forandret meg. Men det er litt komplisert å snakke om det.»

«Men Elena, hva sier du egentlig? Betyr det at du ikke kan like meg?»

«Jeg har nettopp sagt at jeg liker deg», svarte Elena oppgitt. «Men jeg vet ikke om jeg kan bli forelsket i deg, Heine. Eller, kanskje det er riktigere å si at jeg ikke helt vet om jeg vil la meg bli forelsket i deg, eller noen andre for den saks skyld.»

Det så ikke ut som om Heine ble mindre forvirret over det Elena sa.

«Du vet ikke om du lar deg bli forelsket?» Heine stirret forundret på Elena. «Hva mener du med det?»

«Jeg vet ikke hva jeg mener», sukket Elena. «Måten vi har truffet hverandre på, alt det med Jan, og med Henry, og Vigdis. Det er så mye merkelig som har skjedd, Heine. Jeg er forvirret over alle følelsene som jeg har om alt sammen. Jeg vet ikke hva jeg skal tro eller hva jeg egentlig mener.»

De satt i stillhet en stund.

«Enn du da, Heine? Hvorfor er ikke du sammen med noen?»

«Nå forsøker du å prate det vekk», sa Heine og smilte. «Det var en som jeg var sammen med en stund før jeg traff deg, men det ble ikke noe av. Med henne heller», la han til.

«Med henne heller? Hva mener du med det?»

«Nei, det var bare noe jeg sa. Jeg er sikkert bare kresen. Kanskje hun var litt for umoden, litt for ung for meg.»

Heine smilte igjen med et ertende uttrykk.

«Så du liker best modne kvinner?» sa Elena, og forsøkte å være humoristisk hun også.

«Ja, akkurat, og spesielt en slik kvinne som deg.»

«Du gir deg ikke?» Elena ristet på hodet, selv om hun likte det Heine sa.

«Nei, selvsagt ikke. Elena, helt alvorlig, jeg er glad i deg. Jeg håper du forstår det. Jeg hadde falt for deg uansett hvilke omstendigheter vi hadde truffet hverandre på. Du må tro meg på det. Om du ikke gjengjelder følelsene mine, aksepterer jeg det selvsagt, men da må du si det rett ut.»

45

Dagen etter våknet Elena og Heine opp til nok en solfylt dag. Planen var at de skulle gå tilbake til Halne via Skaupsjøen, den samme strekningen som Jan og Anna hadde tatt for litt mer enn tretti år siden. Elena forhørte seg om dyregraven, men betjeningen på Heinseter kjente ikke til den. Det hadde vært mye reinsdyrjakt der opp gjennom tiden, så det fantes mange slike graver rundt om på vidden. Elena og Heine bestemte seg for å ikke bruke tid på å lete etter dyregraven, men heller følge det de mente var den mest naturlige ruten langs vestsiden av Skaupsjøen.

Turen frem til Halne var lang og de startet så tidlig de kunne. Først fulgte de den samme stien som de hadde gått dagen før. Etter å ha gått vel en halvtime forlot de stien og gikk mot sørvest. Det var tørt og fint på bakken, og terrenget var flatt og lettgått, så de kunne holde et høyt tempo. Etter nok en times gange fikk de øye på Skaupsjøen, innsjøen lå omtrent en kilometer lenger fremme, men lavere i terrenget enn der de gikk. Nærmest, ved østenden av vannet, kunne de se elven som rant ut fra Skaupsjøen og videre ned i Halnefjorden. Det var mulig å krysse elven der og ta en kortere rute direkte nordover mot Halne, men de valgte å følge terrenget videre vestover som de hadde planlagt.

«Var det ikke omtrent her den reinsdyrflokken løp i går?» Heine kikket seg omkring.

«Jeg er ikke sikker, men se», sa Elena og pekte, «det ser ut som det går flere dyretråkk innover her. Kan det være sau som beiter her? Jeg vet at det er sau på vidden om sommeren, men om de kommer seg helt inn her, vet jeg ikke.»

«Sau, eller kanskje det er spor etter reinsdyr», undret Heine, og studerte tråkkene som gikk i flere retninger, som om det var turstier oppgått etter folk, bortsett fra at tråkkene ikke var merket eller fulgte noen naturlig retning.

«Skal vi følge et av disse tråkkene en stund», foreslo Heine. «Er vi heldige, går vi rett på den dyregraven. Jeg tipper at slike graver ble lagt der de naturlige dyretråkkene gikk.»

Tråkket de fulgte svingte opp i terrenget igjen, nå mer mot sørvest, for så på nytt å dele seg. Det var tydelig at det ikke nyttet å stole på sporene de fulgte. Elena stoppet opp. De befant seg på en høyde som stakk opp i det ellers flate, men svakt skrånende terrenget. Fra der de sto kunne de se ned mot Skaupsjøen. Bakken var dekket av en blanding av gress og rødbrun lyng. Lengst nede mot innsjøen vokste den sølvgrå vieren tett, det ville være vanskelig å gå der. Flere steder, mellom høyden der de sto og ned mot Skaupsjøen, lå det hauger med grå stein som lyste opp i kontrast mot det ellers grønnbrune terrenget.

«Tror du de steinhaugene kan være dyregraver?» spurte Elena.

«Det er vanskelig å si», svarte Heine.

«Men det må vel være slike hauger med stein som har vært brukt til å lage dyregraver av», påsto Elena. «Dersom vi går nedover mot innsjøen, kan vi vel sjekke de to haugene som ligger der nede?»

Elena pekte på to samlinger med stein som lå i hellingen nedenfor.

Men rester etter dyregrav fant de ikke.

«Det er håpløst å lete, Elena», sa Heine oppgitt, «det er stein overalt her.»

«Jeg er enig i det, vi får heller nøye oss med å sjekke de steinhaugene vi passerer, de andre får vi bare glemme.»

Elena tenkte at det måtte være mulig å finne dyregraven, men turen tilbake til Halne var lang og de kunne ikke kaste bort mer tid på å lete. Tråkket de fulgte gikk nedover, først mot en vegg av vier, og deretter opp i terrenget igjen, mot nok en samling med stein. De fulgte dyretråkkene som tok de opp og ned fjellsiden.

Elena stoppet og ventet til Heine nådde henne igjen.

«Vi kan ikke gå på denne måten, vi må nedover og følge vannkanten videre inn mot enden av vannet», sa Heine. Han hadde klatret opp på en stor stein som stakk opp midt i steinhaugen og pekte vestover. Like under der Heine sto fikk Elena plutselig øye på et dypt hull. Hullet var delvis dekket til med noen mindre steiner. Fra der Heine sto gikk det to steingarder, de strakte utover i en tydelig vifteform.

«Heine!» ropte Elena begeistret og pekte på steinen Heine sto på. Heine kikket forvirret ned på føttene sine.

«Hva er det?»

«Dyregraven, vi står midt inne i den!»

Fra først ikke å se annet enn nok en samling med grå-stein, ble restene etter dyregraven tydeligere. Steingardene strakte seg opp i terrenget og var lagt slik at om reins-dyrene ble jaget inn mot viften, ville de neppe ha forstått det før de var over bakketoppen og inn i den. I enden av viften, der den smalnet sammen, var restene etter et dypt hull, selve dyregraven. Enten måtte hullet ha vært laget ved at stein var blitt fjernet, eller mest sannsynlig blitt laget ved at flere lag med stein ble lagt oppå hverandre, til hullet var dypt nok til å fange et dyr som falt ned i det. Det var vanskelig å forestille seg de voldsomme anstrengelser det måtte ha vært for fangstfolk som jaktet slik for lenge siden.

Etter å ha studert dyregraven gikk Elena og Heine for-nøyd videre mot vestenden av Skaupsjøen. På den andre siden av innsjøen, kunne de se tømmerhytten der Anna og Jan hadde vært. Heine gikk først og Elena fulgte like etter. Vieren var tett, og å gå ved siden av hverandre var umulig. Med det tempoet Heine holdt, hadde Elena mer enn nok med å holde følge. For å komme frem til hytten måtte de først gå rundt enden av innsjøen. Elven som rant ned i innsjøen var dyp og bred flere steder, derfor måtte de følge elven innover langs elveløpet til de fant et sted de kunne krysse. Elena betraktet Heine som gikk et stykke foran henne. Med spenstige skritt hoppet han lett fra stein til stein til han trygt og tørrskodd var over på andre siden av elven. Heine snudde seg for å se etter Elena.

«Forsøk å gå på de steinene der», sa han og pekte hvor hun skulle trå, «men vær forsiktig, steinene er ganske sleipe.»

Elena tok først et skritt og satte foten ned på den første steinen for å prøve festet. Deretter skrittet hun forsiktig over på den neste. Usikker stoppet Elena opp, det var vanskelig å holde balansen slik hun sto og sprikte med beina. Avstanden til neste stein som stakk opp i det strie elvevannet, var for langt for henne, hun ble stående midt i elven mens hun fortvilet stirret på steinen foran seg.

«Kom, Elena, du må ta sats. Jeg tar imot deg.»

I samme øyeblikk kom to måker ut av ingenting. Bare et svakt vindsus fra fuglene kunne høres idet de i glideflukt stupte like forbi Elena og Heine. Elena stirret forfjamset på de to måkene som forsvant ut mot Skaupsjøen, før hun tok sats og hoppet videre, først en gang, deretter en gang til. Perpleks som hun ble over synet av de to måkene, bommet hun på den andre steinen. Hun stupte fremover og holdt på å gå på hodet i det strie vannet. I ren refleks fikk Heine grepet tak i ryggsekken hennes og dradd henne mot seg. Med et fast grep rundt Elena falt de begge inn mot elvebredden, men slik at Elena delvis ble liggende under Heine. Da brast Elena ut i en voldsom gråt.

«Hva er det, Elena. Hvorfor gråter du?» spurte Heine sjokkert. «Slo du deg?»

Men Elena klarte ikke å svare. Hun bare lå der og stirret Heine inn i øynene mens hun hulket i vei.

«Jeg må visst passe bedre på deg. Hva i alle dager har skjedd?»

Elena forsøkte å ta seg sammen.

«Det var de måkene», mumlet hun omsider.

Heine begynte å le. «Blir du skremt av måker?»

«Hvorfor er det måker her. Er det naturlig?» spurte Elena ulykkelig.

«Det vet jeg ikke», svarte Heine og ristet lattermildt på hodet. «De burde sikkert ha holdt seg ute ved kysten, men de er nå her, det er ikke så mye å gjøre med det. Jeg har inntrykk av at måker er i ferd med å ta over verden.» Heine smilte mens han stirret forundret på Elena.

De siste to hundre meterne frem til hytten holdt Heine Elena med et fast grep, han ville ikke slippe henne.

Da de var fremme ved hytten, satte de seg på en benk som sto inntil hytteveggen, vendt ut mot vannet. Elena åpnet sekken for å ta frem termosen og matpakken.

«Elena, hva var det egentlig som skjedde med deg?» spurte Heine forsiktig.

Elena sukket. «Da jeg sto på de steinene, var jeg så engstelig for å falle i elven. Da de måkene dukket opp kvapp jeg så voldsomt, de fløy så tett på oss. Da vi lå der på bakken, det var noe som plutselig gikk opp for meg, jeg har bare ikke forstått det før nå.»

Heine så uforstående på henne.

«Jeg kan like godt fortelle det til deg, Heine. Kanskje det vil være godt for meg å få det ut. Med alt det som har skjedd den siste tiden, jeg forstår det ikke, men det er som om alt fra fortiden min kommer frem. Jeg forstår ting jeg ikke har forstått før. Kanskje den beste måten å få det ut av hodet mitt på er å fortelle det.»

Elena helte først opp te i termoskoppen, deretter brettet hun ut matpapiret med skivene som hun la på benken ved siden av seg.

Så fortalte Elena om den tiden da hun og Richard brukte å være på Halsnøy om somrene som barn, og om Helge
og Bjarne. Og om den forferdelige turen ut til laksegarnet.

«Helge hektet seg fast i garnet og ble dradd ut i sjøen.
Han druknet. Da han druknet, var det fullt av måker rundt
båten som laget et voldsomt leven. Jeg husker det som det
var i går, da han lå der død i båten.» Elena tok en liten
pause, hun måtte puste ut og forsøke å roe seg ned.

«Det må ha vært veldig vanskelig for deg», sa Heine da
Elena hadde snakket ferdig.

«Mer enn jeg har forstått», svarte Elena, hun trakk på
skuldrene. «Hver gang jeg hører måkeskrik tenker jeg på
Helge som druknet.»

Elena hadde sagt det hun hadde tenkt å fortelle Heine,
han trengte ikke å vite alt. For det første var det ikke
noe poeng å betro seg om det som hadde skjedd uten at
det førte til noe bedre. Det var nok at Elena selv forsto
hvordan det hang sammen. Hun undret seg over at hun
aldri hadde forstått hvorfor hun hadde blitt slik, hvorfor
hun fikk panikk med tanken på å ligge med en mann. Da
hun lå på bakken med Heine over seg og begynte å gråte
ukontrollert, forsto hun plutselig hvorfor hun hadde vegret
seg for å være sammen med Henry. Hver gang de hadde
forsøkt, var det eneste hun klarte å tenke på at hun ikke
måtte dø. Men hun hadde aldri forstått at det var det som
skjedde, hun hadde bare fått panikk uten å forstå hvorfor.

«Jeg har heldigvis fått snakket ut med min bror om
det. Det er tåpelig at noe slikt har forblitt usagt i så lang
tid. Ingen av oss har orket å besøke øyen etter at Helge
døde, bortsett fra da jeg nettopp var der med pappa. Men,
Heine», Elena ville pensle samtalen over på noe annet, «jeg
må vise deg noe. Husker du da vi besøkte Fride og Bård,
da Fride viste oss de bildene hun hadde funnet på loftet
i den gamle skoesken?»

«Ja, selvsagt.»

Heine skrudde av korken og satte vannflasken for munnen.

«Da dere studerte bildene, kikket jeg i den esken. Det lå en del andre ting i den, i tillegg til bilder var det noen medaljer og slikt. Jeg rotet litt nedi den. Blant alle bildene fant jeg et sammenbrettet ark som jeg tok med meg.»

«Tok du det?» spurte Heine forbauset.

«Jeg gjorde nok det. Jeg har det med.» Elena nikket mot ryggsekken sin som lå på bakken like ved siden av henne, og bøyde seg frem for å åpne den. «Her er det.» Elena holdt triumferende opp det sammenbrettete arket. «Du skal få lese det, men først er det noe jeg må fortelle deg. Husker du hva Bård sa sist vi besøkte dem, om det som skjedde den kvelden Henry døde? Han sa at Jan ba han om hjelp like etter at han hadde blitt kastet på dør.»

«Jo, det var vel noe slikt han sa», nikket Heine.

«Men det skjedde noe etter at Jan kastet Bård på dør. Det eneste jeg opprinnelig visste fra den kvelden, var at Jan kranglet med Bård, og at Fride forsvant med John, og at Henry kjørte sin vei. At Henry døde like etter at han kjørte sin vei, var jeg opprinnelig ikke klar over. Jan sovnet like etter at Heine hadde dradd, han fikk en voldsom hodepine og nærmest besvimte i sofaen inne i stuen. Det var slik jeg hadde oppfattet det.»

Elena tenkte seg om.

«Fride sa noe lignende, men likevel ikke helt det samme. Hun sa at Jan kom ned fra soverommet fra etasjen over, men at det var etter at hun, Bård og foreldrene hadde kommet hjem igjen. Altså må Jan ha sovnet eller besvimt i stuen, for så å ha gått opp og lagt seg i soverommet i etasjen over. Men jeg tror ikke at han kan ha vært hjemme hele tiden, for Fride sa at de fant bilen til Jan like i nærheten av der Henry omkom. Hun fortalte også at Jan hadde vondt i hodet, hun påsto til og med at Jan ikke husket noe av det som hadde skjedd tidligere på kvelden.

Det er nesten to helt like historier, men likevel er de ikke sammenfallende.»

Elena kikket på Heine, han hadde tydeligvis problemer med å forstå hva hun mente.

«Jeg tror jeg begynner å forstå hvorfor Jan levde med vrangforestilling om Fride», fortsatte Elena. «Kanskje det ikke var en vrangforestilling. Kanskje det var Jan selv som endret på det som opprinnelig skjedde den kvelden.»

«Endret på det som skjedde? Nå klarer jeg virkelig ikke å henge med lenger, Elena», sa Heine og ristet oppgitt på hodet.

«Det Jan sa til meg om at jeg ville forstå, jeg tror det var noe annet og enda viktigere Jan ville at jeg skulle forstå enn bare det om han selv. Hvorfor fortalte han meg om de spesielle opplevelsene i livet sitt dersom det bare var fordi han ville at jeg skulle finne deg? Ikke det at jeg mener det var uviktig, men det må ha vært noe annet han ville. Det skjedde noe spesielt med Jan like før han døde, da han gikk i fjellet med hunden sin. Plutselig sviktet beina under han, han falt ned på kne og begynte å gråte helt ukontrollert. 'Hva har jeg gjort', utbrøt han.»

Elena kikket bort på Heine. Det var vanskelig for henne å beskrive noe som på mange måter bare var en slags intuisjon, noe hun ikke kunne vite helt sikkert, men som likevel var så veldig opplagt. Opplevelsene hun hadde hatt var merkelige og uforståelige, men samtidig like klare og tydelige som vannet som lå like ved. Elena kjente noe vokse inne i seg, hun ble overveldet over bildet som ble tydeligere etter som hun forklarte Heine. Det var som brikker i et puslespill som falt på plass.

«Jeg har fortalt deg om det jeg opplevde på sykehuset, Heine, at jeg våknet opp og plutselig visste alt om Jan. Men nå forstår jeg at det jeg har fått vite om Jan sitt liv bare er deler av livet hans. Det jeg vet er bare det han gjorde og tenkte fra da han kom tilbake til bilen etter jakten og frem til da han kjørte utfor veien. Den kjøreturen kan ikke ha tatt mer enn en time eller noe slikt, men det jeg vet er kun det han tenkte og gjorde den ene timen.»

Elena ble nesten ivrig mens hun snakket. Bildet i puslespillet ble tydeligere.

«Jan ville at jeg skulle finne deg og at jeg skulle fortelle deg at han var glad over å ha fått vite om deg. Men jeg har også følt at det kunne være noe mer, og nå tror jeg at jeg innser hva det kan være. Det må være derfor jeg fikk vite akkurat det som skjedde den kjøreturen.» Elena stirret triumferende på Heine. «Det han ville jeg skulle forstå, Heine, var at Jan mente at han aldri fikk oppleve ekte kjærlighet. Han mente det var alle andre sin feil. Faren, Trude og Jannike, de tre personene i livet hans som betydde mest for ham, alle sviktet han. Det var slik han følte det. Men da Jan brast i gråt opp i fjellet, innså han at han hadde tatt feil. Han forsto at det var vel så mye han selv som hadde sviktet. Først da innså Jan noe som gjelder oss alle, Heine.»

Elena grepet Heine sin hånd og knep hardt til.

«Kjærlighet er ikke noe en får, Heine, kjærlighet er noe en gir. Det er det Jan skriver om i diktet han skrev. Og før du får lese det», sa Elena og holdt arket opp, «det andre som Jan sa, at han ville komme tilbake. Jeg skjønte ikke hva det betydde før ...» Elena stoppet et lite øyeblikk. «Heine, da jeg var på gravplassen og lette etter graven til Henry, og da det plutselig gikk opp for meg at Henry var Jan sin bror, da besvimte jeg foran gravsteinen. Da jeg våknet, hadde jeg forklaringen på hva som skjedde den kvelden Henry døde.»

46

Da Jan åpnet øynene, satt han fortsatt bak rattet i bilen. Han kunne så vidt skimte veien foran seg. Hvordan var det mulig? Det siste han husket var at bremsene ikke fungerte. Og nå satt han her og stirret ut gjennom frontvinduet. Den lette brisen drev tåken sakte bort. Jo mer Jan stirret, dess mer forvirret ble han. Var ikke det huset til høyre mistenkelig likt foreldrenes? Jan betraktet detaljene som ble tydeligere etter hvert som tåken løste seg opp. Inngangsdøren, vinduene, gardinene som hang innenfor, det var ikke noen tvil.

Plutselig gikk inngangsdøren opp. Jan kunne ikke se hvem som åpnet døren, men han hørte en som ropte: «Dra til helvete. Jeg håper jeg aldri får se deg igjen!»

Jan ble sittende lamslått. Han stirret mot døren uten å kunne se hvem det var som ropte. En person kom nærmest vaklende ned trappen og tok opp noe som så ut som en ytterjakke fra gresset. Lignet ikke det veldig på Bård? Da personen reiste seg, så Jan at det var Bård, akkurat slik han husket han. Bård tok på seg jakken og bøyde seg og plukket opp et par sko som lå slengt i gresset. Han tok på seg skoene og begynte å gå, men etter noen skritt stoppet han og snudde seg mot huset. Han stirret mot den stengte døren før han fortsatte å gå videre.

Jan satt som forstenet i bilen, stirret tomt på rattet og instrumentene foran seg. Hvordan var det mulig? Jan forsøkte å samle tankene sine, men alt var bare et salig kaos. Hva hadde skjedd?

En bil passerte og parkerte like foran bilen hans. Førerdøren ble åpnet og ut kom John. Han gikk mot huset. Om lag ti meter fra bilen snudde John seg og ropte: «Bli sittende, jeg skal få henne med meg. Ikke la henne se at dere sitter der.»

Nå kunne Jan se at det satt to andre bak i bilen. John gikk opp til døren og ringte på. Litt etter ble døren åpnet. Det var vanskelig å se, men Jan hørte at John snakket med noen. Døren ble først lukket, og litt etter ble den åpnet igjen og Fride kom ut.

John tok tak i armen til Fride og førte henne ned til bilen. Han åpnet bildøren. Da Fride fikk se de to andre i bilen, tok hun et skritt tilbake.

«Hva er det, John?» hørte han Fride si. «Hvorfor er Adrian og Erlend her?»

«Sett deg inn i bilen.»

«Nei, det vil jeg ikke.»

«Sett deg inn, for faen.»

Jan kunne se at John tok tak i nakken til Fride og tvang henne inn i bilen, samtidig som en av de to som satt i baksetet grep tak i den ene armen hennes. De trakk henne inn i bilen og kjørte av sted.

Med ett gikk det opp for Jan hva som var i ferd med å skje. Dette var kvelden Harry døde! Og kvelden da Fride ble ødelagt for livet!

Jan gikk ut av bilen og begynte å løpe mot huset. Etter et par skritt så Jan at inngangsdøren ble åpnet. Det var Harry.

«Er du her?» spurte Harry forbauset. «Jeg trodde du var inne i stuen?»

«Harry, jeg må få stoppet Fride. Hun kjørte med John. Han kommer til å dope henne ned, og jeg tror de har tenkt å voldta henne. Jeg må få hindret det.»

«Hva er det du sier? Har du gått helt fra vettet? Først

kaster du Bård ut, og nå påstår du at Fride kommer til å bli voldtatt. Hva er det som går av deg, Jan? Du virker fullstendig ute av balanse. Helt ...», Harry nølte litt før han fortsatte, «... helt gal om jeg skal si det rett ut.»

«Hør på meg, Harry, du må tro meg, jeg bare vet det.»

«Bare vet det? Hva pokker er det egentlig som har skjedd med deg?»

Jan gikk bort til Harry.

«Harry, jeg beklager. Alt var min feil, jeg er lei meg for det. Jeg er glad i deg og Fride. Jeg skulle gjort hva som helst for å ha passet bedre på dere, slik at det gikk bra med dere og dere fikk gode liv begge to. Jeg vet ikke helt hva jeg skal gjøre nå, annet enn å si til deg at jeg er glad i deg. Jeg håper du tror meg.»

Harry begynte å le.

«Du har drukket, har du ikke? Selvfølgelig vet jeg at du er glad i meg. Du er bare eldre enn meg og har aldri helt opp forstått at jeg er blitt voksen, jeg også. Men det er helt ok, jeg vet at du mener det godt.»

«Jeg må løpe», sa Jan, «jeg må stoppe Fride.»

«Skal jeg bli med deg?»

«Nei, du må bli hjemme i tilfelle hun dukker opp. Om hun kommer hjem, må du få henne til å bli her. Uansett hva hun sier eller gjør, hun må ikke gå ut igjen, forstår du? Og du også Harry, lov meg at du holder deg hjemme du også. Ikke gå noe sted! Hører du hva jeg sier?»

Harry smilte. «Ja da, det er greit», svarte han og trakk på skuldrene.

«Lover du det?» gjentok Jan. «Hører du, ikke kjør med motorsykkelen!»

Jan snudde seg og løp i samme retning som han hadde sett Bård forsvinne. Etter å ha løpt hundre meter fikk Jan øye på bilen til Bård. Den sto parkert ved fortauet, og Bård satt inne i den, med motoren avslått.

«Bård, Bård!» Jan skrek og veivet med armene.

«Er det deg?» spurte Bård forvirret etter å ha rullet ned sidevinduet. «Hva vil du nå?»

«Du må hjelpe meg, det er Fride.»

«Fride? Hva er det med henne?»

«Vi må hjelpe henne, hun er sammen med John. Han kommer til å dope henne ned. Vi må få stoppet han før det er for sent.»

«Er du syk? Først hiver du meg på dør, du sier du vil drepe meg om du ser meg igjen, og nå ber du meg hjelpe deg med å finne Fride?»

«Bård, jeg forstår at du er forbannet, men vær så snill og hør på meg. Fride er glad i deg, hun ble med John på grunn av en forferdelig misforståelse. Hun kommer til å bli ødelagt for resten av livet. Forstår du Bård, det er alvorlig.»

«Ok», svarte Bård oppgitt, «hva vil du vi skal gjøre?»

«Du må gi politiet beskjed og si at det er bråk hos John, og at det er noen som driver med dop der. Fortell at du hører skrik og rop om hjelp. Gjør du det, nå med en gang?»

«Jeg kan vel ikke kontakte politiet.»

«Bård, nå må du høre på meg. Jeg vet hva som foregår.»

«Hvordan i alle dager kan du vite det? Jeg skal bli med deg og hente Fride, men jeg kan ikke gå til politiet uten at vi vet at noe er galt.»

«Bård, nå skal du høre hva jeg sier til deg, Fride kommer til å bli dopet med heroin og deretter voldtatt av John, Adrian og Erlend. Jeg vet at det var det som var planen, for jeg satt i bilen min utenfor da John kom. Jeg hørte alt sammen.»

«Satt du utenfor i bilen?» spurte Bård skeptisk. «Du var jo inne i huset, Jan. Du kastet meg ut.»

«Jeg gikk ut for å hente noe.»

Jan betraktet Bård, hans gamle venn som han omtrent ikke hadde sett siden den gangen han hev Bård ut av huset. Nå var de tilbake på det samme stedet, på samme tidspunktet. Det eneste Jan hadde i hodet var at han måtte få

stoppet det han visste kom til å skje hvis han ikke gjorde
noe. All den skyldfølelsen han hadde båret på helt siden
den kvelden.

«Bård.» Jan trakk pusten. Det var nå eller aldri. «Betyr
Fride noe for deg, Bård?»

«Ja, selvsagt.»

«Og om jeg forteller deg at hun er forelsket i deg, tar du
da sjansen på ikke å høre på det jeg forteller deg?»

Endelig nikket Bård. «Greit. La oss komme oss av sted.»

47

«Mener du at ...?» spurte Heine forvirret. «Jeg forstår ikke ...»

«Nei, det gjør egentlig ikke jeg heller», svarte Elena, «men da Jan kjørte utfor veien ... på en eller annen måte kom han tilbake til den kvelden da alt det forferdelige skjedde.»

«Men, dersom Jan klarte å få Bård til å redde Fride, hvorfor klarte han ikke å redde Henry?» spurte Heine fortsatt forvirret.

«Kanskje Jan ikke kunne gjøre noe fysisk selv? Kanskje han bare kunne påvirke andre til å gjøre noe. Han ba Bård om å hjelpe Fride, og han ba Henry om å bli hjemme. Bård hørte på han, Henry hørte ikke på han.»

De satt stille en stund uten å si noe. Heine kikket bort på Elena som tankefullt stirret ut i luften.

«Elena, kan jeg spørre deg om noe? Når du sier du møtte Jan, hvordan skjedde det egentlig? Hvordan opplevde du det?»

«Da jeg våknet opp på sykehuset, husket jeg først ingenting», svarte Elena tankefullt. «Men Jans liv var helt tydelig for meg uten at jeg forsto hvorfor. Jeg hadde også en fornemmelse av at noen snakket til meg. Gradvis ble jeg overbevist om at det måtte ha vært Jan og at han hadde vært hos meg mens jeg var bevisstløs.» Elena stirret nysgjerrig på Heine. «Var det det du tenkte på?»

«Selv om drømmene om min mormor bare var drømmer, føltes de utrolig virkelige og ekte», sa Heine. «Det er litt som å bli helt oppslukt i en film. Du lever deg skikkelig inn i den, men innerst inne vet du at du kan stoppe når som helst. I drømmene var det som om underbevisstheten min var med i filmen, mens jeg bare så på.»

«Det er vanskelig å sette ord på det», sa Elena. «Å beskrive noe man har opplevd før, er naturlig. Med Jan er det mer som minner, men ikke minner om ham, mer minner som føles nære og personlige, akkurat som minner jeg har om meg selv.» Elena så på Heine. «Jan gav meg minnene sine da jeg møtte han.»

«Møtte du Jan?» spurte Heine forundret.

«Ja, da jeg besvimte på graven, opplevde jeg det samme på nytt, eller kanskje jeg bare fikk hukommelsen tilbake. Jeg opplevde det samme som på sykehuset. Først ble jeg veldig redd, deretter kom mørket og jeg hørte stemmer. Men så opplevde jeg noe mer, jeg fornemmet lyder og lukter jeg kjente. Det var lyden av løvverk som bruste i vinden og bølger som slo mot stranden. Jeg kunne lukte blomster og gress, og høre fugler kvitret og insekter surre. Disse lydene og luktene visste jeg hvor kom fra.

Plutselig skjønte jeg at jeg var i min onkel sin hage, der mamma vokste opp. Jeg elsket dette stedet som barn. Ved enden av hagen, ved et stort bøketre som ble plantet av min tipp-tippoldefar for nesten to hundre år siden, sto han. Det var Jan.

I det øyeblikket forsto jeg alt. Jan hadde kommet tilbake, akkurat som han lovet.»

Elena holdt frem arket.

«Se her! Det var dette jeg ville vise deg, det arket som jeg fant i skoesken til Jan. Det må være Jan som har skrevet det.» Elena rakte Heine arket. «Du kan lese det selv.»

Heine tok arket, som var håndskrevet.

Speilet

Er det virkelig du som står her, min venn.
Dine øyne er kanskje blitt litt mer blasse.
Og ditt ansikt, dine rynker, er blitt så krasse.
Likevel, jeg kjenner deg godt igjen.

Betyr det at du er kommet tilbake,
eller går du bare sånn helt tilfeldig forbi?
Jeg ønsker virkelig at du er kommet for å bli
denne gang. Etter alle år jeg har klart å forsake.

Mye har skjedd siden du dro din vei.
Valg jeg har tatt som jeg nå angrer på.
Stier jeg fulgte, som jeg tilfeldig ville gå,
men som jeg ønsket å vandre sammen med deg.

Våre veier skiltes så brått langt der vekke,
da tiden fremdeles var så uendelig lang.
Men nå står du her, kanskje for siste gang.
Tenker på det jeg har gjort og alt jeg burde rekke.

Valgte jeg rett eller så jeg bare bort
fra det som kunne fått deg til å forstå.
For alt det jeg gjorde, gjorde jeg kun for å nå
tilbake til deg. Men for sent, nå er det gjort.

Ville alt det jeg håpet, som jeg mente var bra,
kommet tilbake om jeg ikke sa nei.
Hadde da stien jeg vandret tatt en annen vei?
Om jeg bare en eneste gang hadde sagt ja.

Jan
2010

Heine stirret på det krøllete A4-arket.

«Forstår du dette, Elena? Hvem er det Jan sier han møter, som han har ønsket å være sammen med? Hvem er det han ser i speilet?»

Heine stirret forundret på Elena. Elena smilte underfundig tilbake.

«Hvem ser du når du ser i et speil, Heine? Du ser deg selv. Ser du at det står 2010 under navnet hans?» Elena pekte nederst på det håndskrevne arket. «Jan døde det året. Kan det bety at han har skrevet diktet det samme året som han døde? Hvordan i alle dager kan i så fall det arket ha kommet ned i skoesken? Fride fortalte at hun hadde funnet esken på loftet da de skulle selge huset. Huset var leid ut etter at foreldrene hadde gått bort, og etter at Jan døde. Jeg forstår virkelig ikke hvordan han kan ha fått lagt det i skoesken. Eller er det mulig at arket har blitt lagt i esken før det? Hvorfor står det 2010 ved navnet til Jan? Og ser du den setningen der?» Elena pekte ivrig. «Åpne speilet som en dør. Ser du parentesen rundt s-en? Hva om du leser setningen to ganger. Først uten s-en og deretter med. Åpne speilet om en dør, åpne speilet som en dør», leste Elena, «er ikke det underlig?»

Heine betraktet arket med diktet uten å si noe.

«Tenk om det Jan forsøker å fortelle er at døden er en slik dør. Se her!» Elena pekte ivrig på et av versene. «Han ser seg selv i et speil. Han sier at livet ikke er blitt som han hadde håpet. Og om han dør, vil han åpne døren, og på den måten kan han gå tilbake og gjøre ting ugjort. Kanskje det livet Jan levde, det han fortalte meg om, var et annet liv, et annet sted, i en annen verden. Kanskje døden er en slags dør som man kan gå gjennom, mellom vår verden og andre. I speilet ser Jan seg selv, i en annen, parallell verden. Hva om han døde og åpnet døren og reddet Fride. Han sier jo, se her ...» Elena pekte på de to siste setningene i diktet: Kunne jeg vandret på nytt på en sti, så skulle den vært laget av det jeg hadde å gi.

«Det jeg sier høres sikkert meningsløst ut, Heine, men jeg tror Jan reddet Fride, i denne verden. Det er derfor hun ikke bærer preg av å ha vært plaget med dop. Alt som skjedde etter den dagen Henry døde, er endret på grunn av det Jan gjorde. Det jeg først fikk vite var det som skjedde før Jan vendte tilbake i tid. Men da han døde, vendte han tilbake og han klarte å få Bård til å redde Fride. Det var det Jan sa, 'Jeg kommer tilbake.' Han kom tilbake til meg og han kom tilbake til Fride. Jeg tror virkelighetsforvrengningene Jan hadde nettopp må ha hatt med det å gjøre. Selv om han reddet Fride, måtte han leve med begge virkelighetene etterpå.

Elena kikket bort på Heine. «Det høres sikkert ganske sprøtt ut, gjør det ikke?»

Heine smilte. Han la armen sin rundt skulderen til Elena.

«Jo, Elena, det høres sprøtt ut, veldig sprøtt.»

Elena nikket, hun smilte også.

«Men det du sier om dimensjoner», la Heine til, «og at Jan kan ha endret på historien, det er en interessant tanke, det må jeg innrømme.»

«Dersom det finnes flere verdener, flere parallelle univers, kan kanskje døden være en slags dør eller en forbindelse mellom universene, en slags nøkkel til en annen dimensjon som fører deg til en annen verden eller en annen tid», sa og Elena sukket. «Egentlig spiller det ikke noen rolle. Det er ikke viktig for meg lenger. Det som har skjedd har skjedd, men jeg tror at det er en grunn til at Jan fortalte alt dette til nettopp meg. Det er noe han forsto og som han ville at jeg også skulle forstå. Han ville at jeg skal forstå at valgene man gjør i livet ikke skal være styrt av hva andre mener eller sier. Vi er ansvarlige for oss selv og vårt eget liv. Det diktet handler ikke bare om Jan.»

Solen stekte intenst i hytteveggen. De satt begge og skuet ut over Skaupsjøen, landskapet på motsatt side av vannet speilet seg i den krystallklare vannflaten.

«Se der», Elena pekte etter to fugler som fløy ut over vannflaten, «i vannspeilet er de fire, ser du det? De flyr i hver sine verdener, det er bare vannspeilet som skiller dem.»

Heine nikket.

«Det er en siste ting jeg har undret meg over, Heine», fortsatte Elena. «Sa ikke du at første gangen du drømte at du sto sammen med de andre, var da du og din mor feiret julen sammen med din morfar?»

«Jo, det stemmer det», nikke Heine

«Du husker ikke tilfeldigvis hvilket år det var?»

Heine tenkte seg om. «Jeg var vel sytten år. Jeg mener jeg fikk en hagle i julepresang av morfar, og man må jo være seksten år for å ha lov til å jakte småvilt. Jo, jeg var nok sytten år.»

«Og hvilket år blir det, da?»

Heine tenkte seg litt om. «Det må ha vært i 1999.»

«Henry døde lille julaften i 1999. Kanskje det ikke var deg selv du så i drømmen din, kanskje det var Henry som sto der med din mormor?»

Elena reiste seg og gikk ned mot vannkanten. Det føltes som om hun endelig hadde fått ristet av seg alt. Det var en merkelig og befriende følelse.

«Heine? Tenk på det utrolige faktum at vi alle har fått livet i gave, et liv som er fylt med mystikk og mirakler, både store og små. Ofte bruker vi mye tid og energi på å forstå disse mysteriene, fordi vi mennesker vil så gjerne forstå. Det ligger i vår natur. Men ironisk nok kan det som er enklest å forstå, ofte virke som det vanskeligste. Det var det Jan innså. Det var denne grunnleggende sannheten om livet Jan ville dele med meg.»

Elena vrengte av seg sports-BH-en og trakk ned fjellbuksen. Hun gikk ned til vannkanten, trakk av seg trusen og vasset naken ut i vannet. Da vannet nådde Elena til livet, snudde hun seg mot Heine. Heine satt fremdeles på benken og stirret forvirret på Elena.

«Kjærligheten, Heine, det er det Jan ville jeg skulle forstå. Alt har med kjærlighet å gjøre. Og skal du oppleve kjærlighet, må du selv kunne gi kjærlighet. Men det jeg omsider har forstått, er at om du skal få kjærlighet, må du ikke bare gi kjærlighet. Du må også tørre å ta imot kjærlighet, selv om du vet at du kan miste den igjen.»

Elena smilte og løftet armene mot Heine mens hun vinket han mot seg.

«Kommer du, Heine? Du har vel ikke vannskrekk?»